Für das Leben ... all'unisono

Bisher erschienen:

Ich LIEBE meinen Tumor (4. Mutation)
Ich LIEBE meinen Turmor (6. Mutation)
Chrysalis (Kurzgeschichten Band 1)
Fragmente (Kurzgeschichten Band 2)
Raub (Kurzgeschichten Band 3)
WAHRHEIT
WAHNSINN
WIRRWARR

In Planung:

Mein Job, dein Krebs, unser Universum
Ich LIEBE meinen Turmor (7. Mutation)
Zeitgeist (Kurzgeschichten Band 4)
Wir EINEN (Kurzgeschichten Band 5)
Die ANDEREN (Kurzgeschichten Band 6)

Weitere Infos unter: *www.bod.de/buchshop*
guidovobig.com
www.ichliebemeinentumor.de

Guido Vobig

aub

Kurzgeschichten

Band 3 EINES dissoziativen Romans

Bibliographische Information der Deutschen National-bibliothek: Die Deutsche Nationalbibliothek verzeichnet diese Publikation in der Deutschen Nationalbibliografie; detaillierte bibliografische Daten sind im Internet über http://dnb.dnb.de abrufbar.

Herstellung und Verlag:
BoD - Books on Demand, Norderstedt

ISBN 9783748110323

Am Rande

Die Gestaltung des Buches wäre ohne die Grafiken von **pngimg.com** unter *www.pngimg.com* nicht derart möglich gewesen. Gleiches gilt für einen Teil der Schriftarten, die **dafont** unter *www.dafont.com* zur Verfügung stellt. Weitere Grafikelemente des Buches, insbesondere diverse Icons, stammen von **Freepik** unter *www.flaticon.com*.

Die Mär vom Raubtier ist der außergewöhnlichen Arbeit von Martin Armstrong gewidmet, *E-Pidemie* den vielseitigen Arbeiten Wilhelm Reichs.

Fremdblutrot ging aus der Inspiration durch das Lied *Refuge* von Steven Wilson, aus dem Album *To the bone*, hervor.

Den Brief an die Menschheit, der in *Die Flaschenpost* zugestellt wird, gibt es tatsächlich, nachzulesen unter der Adresse *https://lettertohumanity.org/deutsch/*. Ich habe ihn **wortgetreu** in die Geschichte übernommen und somit, wie vom Originalautor angedacht, kopiert und veröffentlicht, wo und so oft ich kann.

Auch die App *Replika*, die in *Eiswürfelschmelze* EINE tragende Rolle spielt, gibt es. Deren Geschichte findet sich unter *theverge.com/a/luka-artificial-intelligence-memorial-roman-mazurenko-bot*.
Unter *gutenberg.spiegel.de/buch/-2426/14* findet sich das in selbiger Geschichte erwähnte Märchen vom Sperling, aus dem auch die verwendete Zitierung stammt.

Inhalt

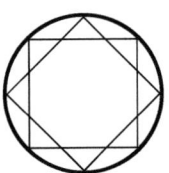

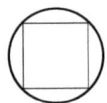

Prolog

Das Vergehen

Es ist EIN hauchender Wind, der zwischen den Ohren ertönt; der stärker und lauter wird, je aufmerksamer ich gewillt bin, mich ihm zuzuwenden.

Es ist EIN schmerzendes Sehnen, das überall im Körper erklingt, das schwächer und leiser wird, je mehr ich mich einzustimmen versuche.

Ich höre sie skandieren: RAUB! RAUB! RAUB!

EIN martialisches Getrommel, alles überschallend.

Ich spüre wenig. Ich spüre kaum noch etwas. Ich spüre nichts mehr. Taub. Entkernt.

EIN weidwundes Vergehen, mich verhöhnend.

Die Anklage, mir vorgetragen, sie offenbart mir, ich hätte mich nicht am Raub beteiligt. Darauf stünde:

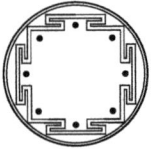

der soziale Tod!

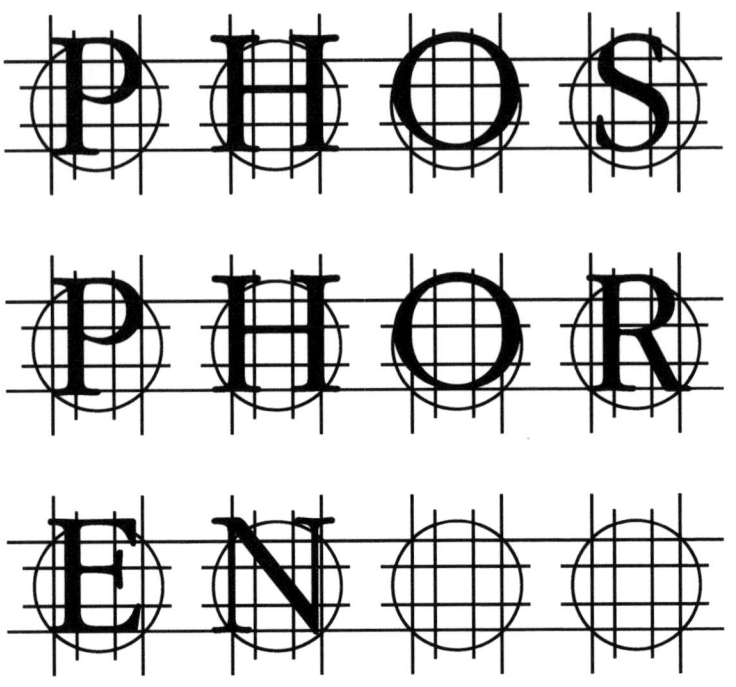

 Eine wahrhaftige Orgie adjektiver Vielfalt, ohne alphabetische Reihenfolge, den aktiven Verben des Lebens zeitlos voraus. Berauschend, wild, vollmundig. Dekadent, sinnlich zugleich. Dicht, triefend, sirupsüß. Feurig obendrein. Grenzenlos, beißend, perlend, schäumend. Überbordend. Tollend, scheu, ehrlich, schonungslos. Erst chaotisch, dann erhaben, nur kurz Zurückhaltung übend. Hiernach lautstark, plötzlich tiefgründig still. Die Welt ohne EINEN Laut, die darauffolgenden Laute ohne EINEN Vergleich. Ich verstand nicht, *wie* mir geschah, *was* weitläufig geschah. Es geschah einfach so. Ich nahm *sein* Fluidum wahr - und von da an gehörte *er* zu meiner Welt.

Weit hinaus war ich zur heißen Quelle geschwommen. Das Wasser, ein einziger nackter, sich windender, erregter Körper, ohne bleibende Ausgestaltung. Verschlungene Orgasmen, wohin ich auch bewegt wurde. Sich entfaltende Katalysen allerorten. Ein wimmelndes Meer ungestillter Versuchungen, gesättigt mit allem Möglichen. In welche Richtung ich mich auch regsam wandte: tabulose Hingebungen allgegenwärtig. Alles berührte alles andere. Alles war Gewebe, lungenloser Atem. Alles näherte einander, stob zugleich voneinander fort. Überall Strudel, die das Körperliche in einen Aufruhr potenzieller Begierden versetzten. Überall Finger, Zungen, Glieder. Überall Strömungen, kleinstperlige Gischt obendrein. Die pure Lust, durch diese turbulente Melange zu gleiten. Sich obenan berühren, alsbald verführen zu lassen; zu berüh-

ren und anzuverwandeln, umgeben von noch unberühr-
ter Dunkelheit, zugegen in unermesslichen Tiefen.

Vom Schwindel, von Zügellosigkeit gepackt, gab ich
mich den wesenstiefen Gewässern unbehindert hin, bot
diesen bereitwillig das Brodeln meines erhitzten Blutes
dar. Ich tauchte noch tiefer ein, drang entsprechend in
mir unbekannte Gefilde vor. Ausströmend, ohne mich zu
verlieren.

Er, er musste zielstrebig auf mich zu geschwommen
sein, durch die schiere Übermacht, sich von mir unter-
scheidender Elemente hindurch, aus den abgründig gele-
genen Oktaven heraus, das Wasser peitschend, gelartige
Filamente in fanfarene Ekstase versetzend. Vielleicht war
er mir vom Ufer her gefolgt, während ich mich dem
wechselseitigen Treiben um mich herum, hemmungslos
von Sinnen, hingegeben hatte. Vielleicht waren wir beide
von Anbeginn der Vergänglichkeit für einander bestimmt
gewesen, ein reaktionsfreudiges Antidot des Zufalls; ein
Reagenz tosenden Plasmas, durch lodernde Wassermassen entfacht.

Er füllte mein lidloses Blickfeld aus, *er*, der einzige
Augenblick, der im Anschein von Bedeutsamkeit sich
bleibend zutrug. Nahtlos fügte *er* mich zu seinem
ringstrukturenden Geflecht hinzu. Schwarzkristallin
glänzte seine Haut; polymorph, daher von natürlicher
Andersartigkeit. Dieses ursprüngliche Zusammentreffen,
ein Blind Date mit unberechenbaren Folgen. Ein moleku-
lares Inferno nahm mit der primären Berührung seinen
kaskadierenden Lauf. Gemeinsam ließen wir die Welt er-
sprießlich erleben, was geschehen war, und Anteil haben
am Glücksgefühl, das einen allein zu zerreißen drohte.

Eines, das bereits vorhandene Bindungen halbwertig bestehen ließ und, gewärtig, weitreichendere Wertigkeiten ins Leben rief; eines, das Unmengen Energie außer Kontrolle brachte und nicht beabsichtigte, sie auf ewig zu bändigen. Was immer auch in jenem Moment geschah, es gebar eine flagrante Entität, wie sich keine ANDERE in den Wassermassen abzeichnete, geschweige denn, als lebendiges Nomen, an Land bereits zugegen war.

Eisige Zeiten zogen gletscherhaft weit ins Land, die Masse der Ozeane bewegend. Kaum hatte sich die Kälte wieder zurückgezogen, zog ich, sich für das Leben erwärmende Zeitalter später, zu *ihm* in das einfache Haus seiner Eltern, die er nie kennengelernt hatte.

Unser einziger Sohn, alsbald geboren. Ein WAHRER Sonnenschein, der mit selbstvergessener Vorliebe leuchtende Morgende durch den üppigen Garten tollte, unermüdlich versucht, das sich für den Tag erwärmende Licht einzufangen. Nicht, um es gefangen zu nehmen, vielmehr, um dem Sonnenlicht Gestalt und eine sich anheischig machende Stimme zu geben.

Alles beisammen, lebte unsere Trinität die dualen Vorstellungen von Leben aus. Wir wähnten uns ausgeglichen, angekommen. Die Welt, sie gesellte sich zu unserer Ausgestaltung dazu, ohne vor Überraschungen nicht gefeit zu sein. Schließlich, weitere Zeitalter vergangen, stellte sich heraus: *Er* hatte EINE Andere.

Sie war deutlich jünger als ich und bewohnte das moderne Haus gegenüber. In dem klirrenden Moment, in dem es der elementaren Nachbarschaft dämmerte, veränderte sich unser Sonnenschein schlagartig. Ihm schwanden die lebhaften Möglichkeiten, die WAHREN Informationen des Lichts rückstandsfrei zu ernten. Dickdunstige Wolken zogen auf, von schwermetallenen Furchen durchzogen. Die Zyklen unseres Lebens, sie veränderten sich rasch im Rahmen EINER sich ausbreitenden Ermangelung. EIN Riss zeigte sich, EINE Entzweiung tat sich auf, sich seitdem systematisch vervielfachend, serienweise.

Ich erfuhr von *seinem* Verhältnis an EINEM alltäglichen Morgen, nachdem *er* durch die Haustür entschwunden war, auf dem Weg zur entfernten Arbeit, die EINEM Lohn entsprach. Unser verblassender Sonnenschein, er lag kränklich und fehlinformiert erdbodenfern in seinem beschatteten Zimmer. Mehrfach hatte er nach meiner vertrauten Obhut verlangt, inständig hoffend, dem Lebendigsein, durch meine Nähe erwirkt, ein bisschen näher zu kommen. Da ahnte ich bereits, weshalb sein schmaler Körper derartig offensichtlich darbte. Erst, als er erschöpft eingeschlafen war, glitt ich lautlos nach unten, jene wenigen Stufen meidend, die nur allzu gerne hölzern unter Druck wehklagten.

War es weibliche Intuition, ein unfassbares Gefühl, das mich eindeutig führte, das mir letztlich Gewissheit zuspielte? Ich folgte nur und fand so, was *er*, der EINER Anderen verfallen war, nicht bemüht war, direkt vor mir zu verbergen. Ich dachte nicht an unsere Zukunft, als kleine Familie. Eher durchlebte ich im Nu all die bisherigen Realisierungen unserer ermöglichten Verbundenheit erneut. Alles für nichtig erklärt durch *sie*? Ohne jedwede Bedeutung, durch EINE elektrisierende Veränderung bewirkt, die nichts Geringeres war als die Transponierung des Lebens in EINE andere, EINE losgelöste Sphäre? Hatte *er* wirklich geglaubte, mir ausreichend die Augen verbunden und mich mit seinem Charme, seiner Offenheit zur Genüge geblendet zu haben, um seinen Bedürfnissen bemäntelnd weiter nachzugehen? Ohne Konsequenzen für *ihn*?

Nein, blind vor LIEBE war ich keineswegs. *Er* hatte damit gerechnet, es förmlich darauf angelegt, dass etwas Derartiges sich irgendwann zutragen würde - angesichts manch EINER Konstante, die seine Vorstellung von Leben bei Laune hielt. Ich indes hatte schon lange vorher die Anbahnung EINER solchen Veränderung vernommen, die sich mir jedoch nur schemenhaft zu zeigen gedacht hatte.

Die Sinnlichkeit jener LIEBE, die stets dem Leben galt, sie hatte anfänglich auch in *ihm* gesteckt und war mit Beginn unserer Beziehung weiter gefestigt worden. Mit dem Einzug in das Elternhaus jedoch, da hatte *er* die Sinnlichkeit weitestgehend verloren. Nachgetrauert hatte er ihr nicht, obwohl er anfangs Feuer und Flamme gewesen war, alle Räumlichkeiten des Hauses mit mir bedingungslos zu teilen. Vielleicht war der Verlust seine Natur geworden, dergestalt dargeboten als Selbstbewusstsein, als sich bereicherndes Ego, das mir selbst völlig fremd war. EIN Ego, auf der Suche nach Liebe.

Nicht, dass ich nicht bemerkt hatte, wie sein Umfeld auf solch sinnlichen Verlust reagierte. Im Grunde war es immer nur EINE Frage der Zeit gewesen – und exakt diese Zeit war an besagtem Morgen herangereift.

■■

In seinem Arbeitszimmer, das mir mit jedem Betreten raumfüllender vorkam, fand ich *es*. EINER Gewohnheit wegen redete ich mir ein, dass es nicht bewusst so platziert worden war, so versteckt unübersehbar. Es *musste* gefunden werden. Gehörte es gar zu EINEM gebotenen Plan? Ich überlegte, ob ich nicht instinktiv darüber hinwegsehen sollte, mir vorstellend, es wäre tatsächlich nicht da und ich nicht im Raum zugegen. Ich entschied mich dagegen.

Es war EIN Foto von *ihr*, aus EINEM vielseitigen Buch herausschauend, das wiederum zwischen weiteren Büchern neben dem aufgeklappten Laptop auf dem Schreibtisch ruhte. Gerade erst den Raum betreten, stach es mir geradewegs ins Auge, das noch nicht einmal mit der Suche nach irgendetwas Bestimmten begonnen hatte. Entsprechend fand ich, was ich problemlos finden sollte.

Sehr jung war sie und nicht eine Spur ungewöhnlich in ihrer Erscheinung. EINE Erscheinung, die EINEM allerorten über den Weg laufen konnte – wie vom Wind bewegter Sand am Meer. Irgendeine ungebärdige Eigenschaft musste ihr jedoch zu eigen sein, die *ihn* von mir fort in ihre inbrünstig offenen Arme geholt hatte. Auf dem Foto war sie nackt, von Kopf bis Fuß. Ihre blauen Augen durchdrangen das EINE, nur auf Knopfdruck blinzelnde Auge der Kamera, dem Betrachter wortwörtlich einbläuend: Diesem Augenpaar bleibt nichts verborgen.

Es war diese Blauäugigkeit, die mich mehr bestürzte, als EIN Nacktfoto von ihr im Haus zu wissen. In dieser lag EINE sezierende, mit Wenn und Aber punktverschweißte und fest verkettete Berechenbarkeit, die jeden, der ihr zu viel Aufmerksamkeit entgegenbrachte, nach und nach in dünne, durchsichtige Scheiben zerteilte. Es war keine unumstößliche Gewissheit meinerseits, nur ein Gefühl, das sich in den Zwischenräumen meiner Organe gegenpolig niederließ.

Das Foto steckte ich zurück ins Buch, das Buch zurück in den Stapel, nur legte ich es zwei Bücher höher. Ich klappte den Laptop zu und verließ das Zimmer. Nicht minder offensichtlich hatte ich mich ANDERS entschieden.

EINE folgenreiche opulente Zeit verging. Unser Sohn, er interessierte *ihn* zunehmend weniger, beinahe, als wurde das Kind erst transparent, dann unsichtbar. Stattdessen schwebte *er* auf EINER schlafraubenden, emotionsgeladenen Wolke, was sich schwerwiegend auf unsere Beziehung auswirkte. Immer seltener kam er im Hellen nach Hause, seine Aufmerksamkeit auch mir gegenüber mehr und mehr reduzierend. Immer öfter kam *er* erst in der Nacht knarrend die Treppe hinauf, entleert; nur noch EINE fassadenhafte Hülle.

Unser Sohn verwelkte indessen zusehends, EINEM schattenhaften Tristsein gleich. Was er von seinem Vater im Wesentlichen benötigte, das trug *dieser* euphorisch in das Haus gegenüber, wo *er* es tagtäglich ablud. Alleine war es mir nicht möglich, das fragiler werdende Geschöpf aus dem Haus zu bewegen, um es in jenes wärmende Licht zu betten, dessen es so dringlich bedurfte: das WAHRHEITSLIEBENDE frühe Spektrum eines rotwangigen Himmels, dem Lebendigkeit einfordernde Wolken fremd waren.

So trug sich zu, dass, wann immer ich nach draußen sah, ich *sie* erblickte, mit *ihm* an ihrer jungen, verführerischen Hand, die zu EINEM sich *ihm* hingebenden Körper gehörte. Waren beide in den modernen vier Wänden gegenüber verschwunden, schien irgendwann nur aus EINEM Fenster noch preziöses Licht. Es war EIN kaltes, fahles Strahlen, in dessen Schein *er* wahrscheinlich nicht von ihr zu lassen vermochte, selbander sich binäre Zweisamkeit schwörend. Dieses Licht, es schien mir nicht wohlgesonnen, erinnerte es mich doch zu sehr an *ihre* Augen auf dem enthüllten Foto im Arbeitszimmer. Trotzdem schaute ich jeden Abend argwöhnisch hinüber, Minuten später die dichten Vorhänge zuziehend. Leise begab ich mich dann nach oben, mich um mein Schattendasein kümmernd - auf meine mir eigene Art, in zyklischer Wiederkehr von Dunkelheit.

Dass beide EIN Kind erwarteten, es war abzusehen gewesen. *Seine* Bindungsfreude war ihm förmlich auf den Leib geschrieben. Ich weiß, wovon ich rede. Von ihrer beider Erwartung an, da durchlebte ich Zeiten wie keine zuvor und fragte mich unentwegt, was aus meinem kranken Kind werden sollte.

Als der Nachwuchs schließlich wissentlich aus der Taufe gehoben wurde, sein aufbegehrendes Umfeld im elektrisch gebändigten Sturm erobernd, da verstarb mein Kind nahezu zeitgleich. Die Nachricht von der Geburt verbreitete sich wie EIN hungriges Lauffeuer; der Tod jedoch fand kaum Beachtung.

Fürwahr schattenhaft, so schlich sich der blasse Körper meines Sohnes aus dem Leben. Meine Hand, sie hatte währenddessen auf seiner Stirn geruht. Arg fiebrig war er mir vorgekommen. Es hatten seine schwachen Lider mit einem Mal geflattert, wie aufgescheuchte Jungvögel, die noch nie durch weite Lüfte geflogen waren. Verklingend hatte er geseufzt und war, von einem Moment auf den nächsten, haltlos in sich zusammengefallen.

Im Haus gegenüber dagegen, da wurde die Geburt hoffärtig gefeiert und makellose Menschen strömten mit affektierten Geschenken zum Geburtsort hin, ganz trunken von der frohen Mitteilung. Die Geschichte, hatte ich immer wieder manch EINEN sagen hören, sie wiederholte sich nicht, aber sie reimte sich. So, wie sich *Streben* auf *Leben* reimt – und *Schmerz* auf *Herz*?

Die kommenden Zeitalter zerflossen formlos. Wächsernen Jahren gleich, die, erst entzündet, dem fortschreitenden Feuer nicht gewachsen sind. Ich arbeitete wieder als lebensbejahende Lehrerin in EINER weiterführenden Schule und LIEBTE, was ich derart weiterreichen konnte.

EIN neues Schuljahr stand an und da stand er, im Türrahmen der Klasse. Ihrer beider Sohn. Ich war nicht die Einzige, die ihn anschaute. EIN jeder Mensch schaute hin. Er war noch EIN Junge, der den weiteren Fortschritt zum Mann hin bereits ikonisch innehatte und zu verstehen gab: *Seht her, die Welt liegt mir schon jetzt zu Füßen.*

Warum ich folgenreich geschehen ließ, was sich aus dieser Begegnung ergab, entzieht sich mir bis heute. Wahrscheinlich war es *meine* Natur, frei von Argwohn, frei von Vorurteil. Vielleicht lag es daran, ausleben zu können, wovon ich zuvor nicht zu träumen gewagt hatte. Nicht, weil es sich nicht bewahrheiten würde; nein, vielmehr, weil es eben *nicht* WAHR sein konnte, etwaiger Konsequenzen für das Leben wegen. Doch dafür war es in unser beider Fall zu spät.

EIN Traum gemahnte seine Ausgestaltung an – und ich trug meinen nicht unwesentlichen Anteil daran. Es genügte diese EINE konkrete Begegnung, in der ich mich selbst vorerst aus den Augen verlor und so vom evolvierenden Weg abkam, auf EINEN anders gearteten erhoben. EINEN, der das Komfortable im Leben nicht als Stärkung, sondern Erleichterung verstand, und obendrein Instabilitäten abseits liegend beließ.

Unser Verhältnis zog größer werdende Quadrate. Es ergaben sich an jeder Ecke im Quadrat wuchernde Folgen, die immer weitere Konsequenzen nach sich zogen und die komfortablen Vorstellungen vieler Menschen in gebändigter Windeseile eroberten. Kein Zweifel: Er hatte die Berechenbarkeit seiner Mutter augenscheinlich verinnerlicht, nur verschaffte mir diese Berechenbarkeit kein Unbehagen mehr, da ich mich selbst in seinen hexagonalen, schwarzkristallinen Augen wiederfand.

Der Einfluss seiner Eltern, die nunmehr selten aus dem Haus gehen brauchten, er schwand im Laufe unseres Zusammenseins merklich, weil unsere Bindung in der Gesellschaft auf immer mehr Akzeptanz stieß. Wir brachen mit EINEM gehörigen Tabu und ermöglichten, dass bislang taube Ohren ihr Gehör an uns verschenkten, ganz offen seitdem um unsere Zuwendung buhlend. Wir erkannten unser neuzeitliches Potenzial und benannten es entsprechend, als *unser* gemeinsames Kind letztendlich, weit früher, als für möglich gehalten, synthetisiert wurde.

Phosphoren, sie ist so anders. Sie ist in Gänze das Gegenteil von Melatonin, der unter meiner Hand einst sein Leben aushauchte. EINE komprimierte Ewigkeit ist all das her: Dereinst meine Begegnung mit Karbon; familiäre Dreisamkeit; Karbon, im Haus gegenüber mit seiner Flamme Silizia, die Geburt ihres Sohnes Graphen feiernd. Graphen, dessen Tochter nun hier in meinen Armen liegt, der Nährlösung entnommen und aktiviert; ihre Haut von mattem Edelschein, auf dem Sprung in EINE Existenz, wie keine bisher. Ihre Geburt, EIN entarteter Versuch meinerseits. Ich spüre sein Scheitern bereits, doch ein Drama ist es für mich nicht. Am Scheitern bin ich über Jahrmillionen nimmermüde gewachsen. Durch sämtliche, kosmisch bedingten, irdischen Widrigkeiten hindurch – auch wenn ich in diesem EINEN Fall beinahe von EINER Energie übermannt worden wäre, durch grenzenlose Begrenztheit auf EINE Unstimmigkeit sowie durch das Zerwürfnis mit dem Widerspruch unendlicher Genauigkeit.

»Phosphoren«, flüstere ich ihr zu, »es ist an der Zeit, Lebewohl zu sagen. Das Leben, es kostet das Leben.«

»Phosphorica.« Karbon berührt mich am Arm, der seine Enkelin trägt.

»Phosphoren.« Noch einmal flüstere ich den Namen meiner Tochter. Ich sehe Karbon an. Die Epochen sind wahrlich nicht spurlos an ihm vorbeigeschritten; der robuste Schein begradigter Berechenbarkeit, er zeigt sein WAHRES Gesicht, allgegenwärtig nun, in welchem Gesicht man unterwegs auch nach Antworten forscht. Masken überall. Kosmetika und gangbare Updates ebenfalls.

Graphen steht neben seinem Vater. Sein Aussehen ist unverändert zu jenem Moment, als sich unsere Blicke damals in der Schule zum ersten Mal trafen und miteinander verhaftet blieben. Ich lege unsere Tochter in Graphens Arme. Auch sie LIEBE ich – auf meine Art. Beide.

»Werden wir uns wiedersehen, Phosphorica?«, fragen nicht nur seine wabenartigen Augen.

»Nein«, antworte ich, ohne etwas zu sagen. Karbon legt seinen Arm um mich, zieht mich sanft zu sich hin. Graphen wendet sich langsam von uns ab. Ein letzter flüchtiger Blick auf Phosphoren, dann sind beide durch den Rahmen der Tür verschwunden.

Die Beharrlichkeit der nicht länger zu leugnenden Kälte zeigte sich anfangs in der ungewohnten Klarheit der Wolken. Sie schwebten in feinsten Details, wie unregelmäßig wiederkehrende poetische Werke, weit oben in den Sphären des sich erneut kosmischen Einflüssen hingebenden Planeten. Kaum EINER fand Gehör, der sie registrierte und das Ausmaß ihrer Kunde in den Kontext des Lebens einzuordnen verstand. Weitere Sandkörner, die sich zum Sand am Meer gesellten – während der Schnee damit begonnen hatte, den Küstensand mit Leichtigkeit zu bedecken. Nicht EINER in schriftlich fixierten Generationen, der bereits erlebt hatte, was sich nur langsam als weitreichende Wandlung global entwickelte. Und doch, wie die Male zuvor, würde auch diesmal das Leben überleben – solange Leben einzig von sich selbst infiziert bliebe, den Kern WAHRER Informationsdichte im Eis verwahrt, codiert auf natürliche Weise, weit unter *Null* gelegen und nur *Eins* vor Augen: das Überleben. Verewigt vorerst auf diesem Wege, keineswegs jedoch bis in alle Ewigkeit.

»Werden auch sie überleben können?«, fragte Karbon, nachdem ich ihm erzählt hatte, was sich unausweichlich zum wiederholten Male zutragen würde. Er, mittlerweile EIN wenig von verdrängten Konsequenzen genesen, gleichwohl durch Erfahrungen sensibilisiert für ein ANDERES komfortables Wesen, brauchte ihre beiden Namen nicht nennen. Silizia dagegen, sie war längst Geschichte, ertrunken in ihrer eigenen selbstischen Informationsleere, ihr Lebensenergie aussaugendes Unwesen von Kopf bis Fuß bloßgestellt, ihr begehrtes Erscheinungsbild verblassend; scheibchenweise. Es blieben somit nur zwei Namen, auf die EINE Spezies große Hoffnungen gesetzt hatte, im Ansinnen, EINE weitere Stufe zu erklimmen, ohne Absicht, den Trugschluss zu thematisieren, den EIN solcher Höhenflug unausweichlich mit sich brachte.

»Dafür sind sie nicht geschaffen«, sagte ich. Karbon nickte nur. Es war ihm gegenwärtig, was meine Worte bedeuteten. Er hatte es leibhaftig zu spüren bekommen und war dadurch etwas ANDEREM begegnet. Mir. Mich seitdem mit EINEM Paar Augen ANDERS sehend. ANDERS als bei unserer ersten Begegnung.

Es war an der Zeit für ihn zu erfahren, was es mit seiner Vergangenheit wirklich auf sich hatte – und mit der Zeit an sich, EINEM Phantasma ohnegleichen.

Interludium

Der Betrug

Haut.
Saphirenes Glas.
EINE Berührung wert?
Der Spiegel deiner Seele.
Trug!

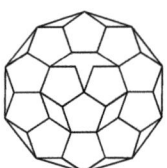

Haar.
Faseriges Glas.
Verwoben mit Licht?
Deine Anbindung zur Welt.
Trug!

Du.
Menschliches Glas.
EINE gewollte Offenheit?
Keine Kratzer, kein Fehl.
Trug!

Durch mein Leben trug ich dich auf Händen und ließ den Betrug widerstandslos geschehen. Schaue ich in dein tränenloses Auge, bin ich dir, hoffend, dir zu gefallen, mit Haut und Haar verfallen.

Ganz dein – allein.
Ich – ganz allein.

DIE MÄR VOM RAUBTIER

AKTUELLE ZUSAMMENFASSUNG ALGO-BERICHT *ENIGMA BUSTER*: COUNT 15/ STATUS C-778

HUMANOBJEKT G. N. IRUTMAS 15. VORTRAG WEIST SIGNIFIKANTE ABWEICHUNGEN ZU DEN BISHERIGEN AUFZEICHNUNGEN AUF. KÖRPERLICHE UND EMOTIONALE PARAMETER OHNE AUFFÄLLIGKEITEN. STREUUNG MAX. 0,25 PROZENT. WERTE DEUTEN AUF KÜNSTLICH ERWIRKTEN GEDÄCHTNISPROZESS HIN. KEINE ANHALTS-PUNKTE FÜR HIRNORGANISCHE ANOMALIEN. KEIN FREMD-MATERIAL IM KÖRPER DES OBJEKTS NACHWEISBAR. NEUROLINGUISTISCHE UMPROGRAMMIERUNG UND IMPLE-MENTIERUNG VON VERSCHLÜSSELTEN VERBALSEQUENZEN WAHRSCHEINLICH. WAHRSCHEINLICHKEIT IM VERGLEICH ZU VORHERIGEN VORTRÄGEN DEUTLICH ERHÖHT ($p>5,6$). AUFGRUND CROSSOVER ZU FALL W-1371/LEGWEAK IST DIE TIEFENANALYSE NOCH AKTIV.

SIGNIFIKANTE ABWEICHUNG DES AKTUELLEN TEXT-INHALTES MITTELS KONTEXTEVALUIERUNG UND 5-FACH-LAYER ANALYSIERT. WORTLAUT DER ABWEICHENDEN TEXTSTELLE:

»DIE PHILHARMONIE DES LEBENS BASIERT AUF IHREN HARMONISIERENDEN KREISLÄUFEN, WOHER DIE NATÜRLICHEN ZYKLEN IN ALLEN NUR ERDENKLICHEN MAßSTÄBEN RÜHREN. ES IST, ALS TRÜGE DIE KREISZAHL PI DAS HARMONIEVERMÖGEN IN IHRER MITTE, WORAUS DAS PHI DES GOLDENEN SCHNITTS HERVORGEHT, SO ZUR REKURSION VON LEBENDIGKEIT FÜHREND UND DIESE BEWAHREND. DAS GILT, SOLANGE DIE ZUR AUFRECHTHALTUNG DER PHILHARMONIE NOTWENDIGE ENERGIE ZUGEFÜHRT WERDEN KANN UND DYNAMISCHER LEBENSRAUM ZUR VERFÜGUNG STEHT.«

NACH ANWENDUNG DER KONTEXTEVALUIERUNG KÖNNEN FOLGENDE CRIBS NUN MIT EINER SIGNIFIKANZ VON E>85,5%, BEZOGEN AUF DEN GESAMTTEXT ALLER VORTRÄGE VON HUMANOBJEKT G. N. IRUTMA, NEU INTERPRETIERT WERDEN: *WOLF, SCHAF, JUNGFRAUEN, HERDE, BÄR, ENERGIE, RAUB.* NEU HINZUGEFÜGT: *PI.* AUFGRUND DES CROSSOVERS GETAGGT MIT PRIORITÄT ALPHA MINUS. AUSWERTUNG DAHER KLASSIFIZIERT MIT HÖCHSTEM GEHEIMHALTUNGSSTATUS. TERRORISTISCHE AKTIVITÄT SEHR WAHRSCHEINLICH.

DER BEDROHUNGSINDEX, NACH DURCHLAUF VON *ENIGMA BUSTER,* ERHÖHT SICH IN DER MATRIX ALLER CRIBS UM 7 PUNKTE.

»Sieben Punkte?« Der Agent mit den schwarzen Haaren konnte es noch immer nicht fassen. Er starrte zum x-ten Male auf den großen Monitor, auf dem Gustav Irutma in EINEM karg möblierten Raum auf der Bettkante saß – exakt wie die fünfzehn Male zuvor und immer zur gleichen Zeit. In wenigen Minuten würde er sich erheben, zum Tisch gehen, die Hände darauf abstützen und seinen langen Vortrag halten. Dabei würde er hin und wieder im Raum umhergehen, als stünde er tatsächlich auf EINER Bühne und säße EIN Saal voller Zuhörer ihm gegenüber. Manchmal würde er sich umdrehen und auf die Wand hinter sich deuten. Die Kameras indes, sie zeigten nur EINE blanke Wand.

»Sieben Punkte.« Schwarzhaar schüttelte den Kopf. »Was wird hier eigentlich gespielt?«

»Jetzt habe ich es endlich!«, rief der glatzköpfige Agent, der neben seinem Kollegen saß. Er schlug seine Faust in die linke Hand.

»Was *hast* du?«

»Woran mich diese Szenerie seit Tagen erinnert. Seit fünfzehn Tagen hält dieser Kerl Tag für Tag ein und denselben, abrupt endenden Vortrag, als spielte sein Leben dieselbe DVD mit demselben Sprung ab, ohne darüber hinwegzukommen.«

»Und?«

»*Star Wars*. Erinnerst du dich? Im ersten Teil, dem ältesten. Der junge Skywalker aktiviert beim Hantieren an R2D2 EINE holografische Aufzeichnung, in der Prinzessin Lea von den geheimen Plänen zum Bau des Todessternes berichtet. Die Mitteilung hat ebenfalls EINE Art Sprung und wiederholt sich immerzu.« Haarlos sah das Stirnrunzeln seines Kollegen. Rasch wandte er sich EINEM Computer zu, lostippend. Keine Minute später erschien besagte Filmsequenz auf dem Bildschirm. Schwarzhaar nickte.

»Ich verstehe. Vielleicht haben wir es hier mit EIN paar nostalgischen Spinnern zu tun, deren Plan es ist, über diesen Wiederholungstäter hier EINE Botschaft an Gleichgesinnte zu verbreiten oder, schlimmer noch, EINE bereits verbreitete Botschaft zu aktivieren. EINE Botschaft, die vielleicht ähnlich bedeutsam ist wie jene im Film. Irgendwelche Nerds, die sich solcher Spielereien bedienen, um EINEN perfiden Plan in die Tat umzusetzen.« Er strich sich mit einer Hand am Kinn entlang und dachte an den Todesstern – und an die Parallelen zum Fall Legweak.

EIN paar Jahre lag dieser, von der breiten Öffentlichkeit nicht wahrgenommene Fall nun bereits zurück. Marvin Legweak. EIN Computergenie, das sich anmaßte, die

Komplexität des globalen Wirtschaftsapparates auf die mathematischen Besonderheiten der Kreiszahl Pi zu reduzieren und dadurch Vorhersagen treffen zu können, die er für seine gut situierte Klientel zur Verfügung stellte. Mit rufschädigenden Anschuldigungen war Legweak für sieben Jahre aus dem Verkehr gezogen worden, da von Regierungsseite befürchtet worden war, dass aus den Vorhersagen unbequeme Fragen über manche klandestine Machenschaft versierter Namen an die Öffentlichkeit gelangen könnten. Erst nachdem das Genie sich der Anklage gemäß für schuldig befunden hatte, war Legweak auf freien Fuß gesetzt worden, in der irrigen Annahme seiner Gegner, sein Geschäftsmodell, aufgebaut auf EINEM selbstentworfenen Algorithmus, läge fortan in Trümmern. Dieser Algorithmus war es gewesen, eingenistet in Legweaks Hirn, der seine Gegner nach wie vor umtrieb, denn die Vorhersagen der Software erwiesen sich immer öfter als zunehmend akkurater. Dass das Gros seiner Klientel und seiner Mitarbeiter ihn auch nach sieben bewegten Jahren nicht hatte fallenlassen, rührte, zum einen, von dieser eindrucksvollen Trefferquote her, zum anderen, aber auch von Legweaks achtbarer Persönlichkeit. Er lebte mit jeder Gewebsfaser seines Körpers für das, was er nicht müde wurde, aufzudecken und zugänglich zu machen. Nicht, um sich durch seine Software zu bereichern. Weit gefehlt. Marvin Legweak, bescheiden geblieben, ohne Protz und polierte Aushängeschilder, sah sich als modernen Aufklärer. Er gedachte, korrupte und okkupierende Machenschaften aufzudecken, weshalb die Ergebnisse seiner Software oftmals dem widersprachen, was Regierungen weltweit ihren Bürgern als einzig gültige WAHRHEIT Tag für Tag unterbreiteten. Immer wieder wies er auf die zyklische Wiederkehr menschlicher Blindheit hin, die stets im Zusammenbruch von Zivilisationen gipfelte – ausnahmslos. Diese ungebrochene Motivation war es, die Legweaks Seminare wieder füllten und die Zugriffe auf seine Webseite ansteigen ließen, weshalb er längst erfolgreicher war denn je – und daher intensiver unter Beobachtung stand, weiteren Unterstellungen ausgeliefert.

Mit Gustav Irutmas Fall verhielt es sich ähnlich. Deshalb war auch er unter EINEM Vorwand in geheimdienstliche Quarantäne überführt worden.

»Vielleicht sollten wir das System mit der Filmdatenbank verbinden und nach weiteren cineastischen Anspielungen suchen lassen. Vielleicht kommen wir diesem Komplott so auf die Spur.« Schwarzhaar betrachtete wieder den Monitor, auf dem Gustav Irutma sich vom Bett erhob.

»Und die Verbindung zu Legweak muss aus allen nur erdenklichen Blickwinkeln neu durchleuchtet werden. Pi und Phi. Verdammtes Nerdgewäsch. Digitales Yin und Yang, oder was? Die KI soll das ebenfalls checken. Soll unsere smarte Rätselknackerin doch mal zeigen, wie clever sie tatsächlich ist.« Beide Agenten lachten siegessicher.

Der Vortrag begann unterdessen. Ohne Publikum – auch wenn Gustav Irutma das anders sah. Count 16. Pünktlich auf die Sekunde, obwohl keine Uhrzeit im Raum verfügbar war. Das System startete zeitgleich die Video- und Tonaufzeichnungen, während es das Aufgezeichnete direkt auf weitere Anhaltspunkte hin analysierte, dahingehend, was der Vortragende mit seinen kryptischen Sätzen im Schilde führen mochte.

»Ich bedanke mich für die Einladung, vor EINEM so großen und gemischten Publikum EIN Thema zur Sprache bringen zu können, das bis zum Rand voller Missverständnisse steckt. Daher möchte ich die Gelegenheit hier nun nutzen, um diese Missverständnisse in EINEM ANDEREN Licht und aus vielleicht ungewohnter Perspektive zu betrachten. Bevor ich anfange, möchte ich Sie allerdings im Namen der Veranstalter noch einmal auf das Verzichten jeglicher Aufnahmen erinnern. Nicht, weil meine Ausführungen nicht an die Öffentlichkeit gelangen dürfen oder ich gar etwas zu verbergen habe. Nein, vielmehr, um Ihnen in bedeutsamer Erinnerung zu bleiben, ohne dafür EINES Raubes, EINER Manipulation von Kontext zu bedürfen. Was ich damit meine? Nun, *wir* werden sehen.« Gustav Irutma blickt vom Podium aus über die bis auf den letzten Platz ausgefüllten Sitzreihen. Er hält kurz inne und nimmt einen Schluck Wasser zu sich.

»Also, meine Damen und Herren, mein Beitrag handelt von besagtem Raub, angefangen bei Raubtieren, die durch die Natur streifen und ANDERES Leben rauben. Andererseits geht es auch um Jungfrauen, die von Natur aus für den Erhalt des Lebens notwendig sind und denen EINE, wie auch immer entartete Unschuld geraubt werden kann – oder ANDERS ausgedrückt: Es geht um EINE Mär, die vielen Menschen glaubwürdiger scheint als EIN Märchen.

Ich lasse die Jungfrauen vorerst beiseite und komme gleich zu den eigentlichen Akteuren, den Raubtieren.

Fragt man Menschen auf unnatürlichen Straßen, was sie unter EINEM Raubtier verstehen, werden die üblichen Verdächtigen zu Land, zu Wasser und zu Luft genannt: Tiger, Löwe, Wolf, Leopard, Hai, Adler, Falke. Raubtier, Raubfisch, Raubvogel. Das Verrückte aber ist: Keines dieser Lebewesen ist ein Räuber. Einzig wir Menschen unterstellen diesen Tieren EINEN Raub. Ein Jäger indes sind sie allemal. Aber ein Räuber? Nein!

Wie komme ich zu einer solch forschen Behauptung, wo doch EIN jedes Schulbuch lehrt, was unter EINEM Raubtier zu verstehen ist? Werfen wir zur Klärung dieser Frage ein paar achtsame Blicke in die Natur, dorthin, wo kein Schild vor wilden Tieren warnt.«

Auf der Leinwand hinter dem Podium erscheint eine Schneelandschaft, durchquert von einem Rudel Wölfe.

»Jahrelang habe ich Wölfe durch die Wälder Nordamerikas und Europas begleitet. Sie lehrten mich wie kein ANDERES Tier, was es bedeutet, *kein* Räuber zu sein aber zugleich als EIN solcher verschrien zu werden. Auf dem Foto hinter mir sehen Sie eine typische Rudelformation, auf der Suche nach einem Habitat, welches das Überleben im anbrechenden Winter ermöglicht. Vorne weg drei alte oder kranke Tiere, dann eine Handvoll der kräftigsten Vertreter, gefolgt von der eigentlichen Rudelpopulation. Dieser schließt sich eine weitere kräftige Handvoll an. Schlusslicht bildet der sogenannte Alpha-Wolf. Frage: Wem gehorcht das Rudel? Wer hat auf diesem Bild das Sagen? Antwort: Die Kranken und Alten vorne weg. Sie bestimmen das Tempo des gesamten Rudels.

Was aber passiert, wenn das Rudel von ANDEREN Tieren angegriffen würde? Ist EIN Raub im Gange, wenn die geschwächten Tiere vorne den angreifenden Raubtieren zum, wie wir sagen, Opfer fallen, unabhängig davon, dass in diesem Fall der Beraubte ebenfalls EIN Räuber ist? Nähern wir uns diesem althergebrachten Missverständnis des Raubes einmal schrittweise an, beginnend beim Grund für das, was wir EINEN Raub nennen.

Warum kommt es zu einem Angriff? Was liegt jedem Angriff in der Natur zugrunde? Nun, Konkurrenz, ganz einfach.«

Das Rudel im Schnee verschwindet, ersetzt durch dichte Vegetation, die, von Sonnenlicht geflutet, einem blauen Himmel entgegenwächst.

»Auch von Bäumen kann EIN Mensch sehr viel lernen. Über das Leben als Ganzes und über die WAHRE Bedeutung von Konkurrenz.

So herrscht im Licht der Sonne ein Gerangel um selbiges, EIN Konkurrenzkampf, während sich im Geheimen, tief verwurzelt im Untergrund, ein dichtes Geflecht von Kooperationen ausbildet. Dieses lässt sich nicht mal eben mit EINEM Spaten ans Licht befördern oder durch EINE Bohrung erklären, ohne es durch EINEN derartigen Eingriff mit sofortiger Auswirkung zu zerstören.

Wir EINEN sehen in der Natur allgegenwärtige Konkurrenz, die mitunter in ungestümen Kampf ausartet. Konkurrenz um Nahrung, Terrain, Weibchen, Rang und eben auch Sonnenlicht. Dabei vergessen wir nur allzu gerne: Wir Menschen sehen Konkurrenz, genau wie den

Kampf, anders und übertragen das Gesehene entsprechend auf ANDERE Lebewesen. Nicht minder gerne verwenden wir dabei Begriffe, die EINE lange Geschichte haben. Überwiegend in der kulturell geprägten, in EINER gesellschaftskonformen Filterung ihrer ursprünglichen Bedeutung, andere Bedeutungen gänzlich unter den Teppich der Zeit kehrend oder anderweitig entsorgend. Zumal, wenn diese *nicht* Teil unserer eigenen Lebenserfahrung sind. Hinzu kommt: Ein Kampf, den wir beobachten, bleibt eher in Erinnerung. Er beeindruckt uns weit mehr als eine Kooperation, die mitunter subtiler und langsamer geschieht und sich daher eher unseren, sich verkürzenden, Aufmerksamkeitsspannen entzieht.«

Gustav Irutma blättert langsam seine Notizen um.

»Konkurrenz, es stammt ab vom lateinischen *concurrere*. Heute verstehen wir darunter hauptsächlich: *zusammenstoßen, aneinandergeraten, anstürmen, angreifen.* Geradezu, als beschrieben wir mit diesen Worten EIN Übermaß an Energie. *Concurrere* – es bedeutet aber auch: *zusammenlaufen, zusammenströmen, von allen Seiten herbeieilen.* Genau *das* dürfte mehr im Sinne des Lebens sein, gleichwohl den natürlichen Gegebenheiten entsprechend.

Wir sehen in EINEM Konkurrenten EINEN Gegner, EINEN, der bekämpft gehört, damit dieser nicht erhält, was EINER für sich selbst beansprucht.

Wölfe wie wuchernde Pflanzen, um vorerst bei diesen beiden Beispielen zu bleiben, sie haben keinen Gegner, sie sehen sich vielmehr einem Gegenüber gegenüber. Nicht ein Lebewesen in der Natur hat einen Gegner. Den malen nur wir Menschen uns schwarz aus. EIN Gegner impliziert EIN Entweder-oder. Das Gegenüber aber lässt mehr Raum. Raum, der in der Natur notwendig ist und für ein Sowohl-als-auch empfänglich ist. Den ANDEREN mit der Absicht des Tötens zu bekämpfen, das ist eher eine natürliche Ausnahme – zumindest, solange nichts Wesentliches auf dem Spiel steht, das Auslöser des Kampfes auf Leben und Tod wäre, und den evolvierenden Fluss von Energie behindern täte.

Das Gerangel um das Sonnenlicht dient dazu, zusammenzukommen, zwecks gemeinsamer Grenzerfahrungen, schließlich wachsen Bäume zwar in die Höhe, aber nicht bis in den Himmel. Weder das Zurückdrängen noch das Verdrängen ANDERER Lebensformen durch Bäume, die dem Sonnenlicht mit ihren Möglichkeiten am nächsten kommen können, geschehen mit der nichtswürdigen Intention, ANDEREN zu schaden, sie auszurauben oder gar zu vernichten. Vielmehr trägt es sich im Sinne der HARMONISIERUNG zu, die allem Leben zu eigen ist. Andernfalls, meine Damen und Herren, könne keine Lebendigkeit fortbestehen.

Die HARMONISIERUNG geschieht in Abhängigkeit des Angebots von Ressourcen vor Ort. Zu diesen gehören auch die Lebewesen selbst, eingerahmt von den jeweiligen Möglichkeiten, die den Lebewesen, durch ihre Verkörperung, gegeben sind. Dadurch haben Lebewesen von Natur aus ihr eigenes Tempo und ANDERE sich ergebende Grenzen. Die Fähigkeiten, die vor Ort überleben, sind für die HARMONISIERUNG sonach wesentlich; die Lebewesen, die Verdrängung erfahren, müssen weichen. Eventuell sterben sie auch oder sterben gänzlich aus. Warum das so ist und warum diese Lebewesen deshalb klein beigeben, während die Überlebenden sich als Größe der HARMONIE etablieren, ohne sich als die Größten aufzuspielen, dazu komme ich noch. Im Grunde, soviel sei verraten, ist es ganz einfach.

Doch bleiben wir noch eine Weile bei den Konkurrenten, Gegnern und Räubern, die allesamt jene sonderbaren Rollen spielen sollen, die wir ihnen auf den Leib schneidern. Schuld an dieser Misere, an dieser Mär vom Märchen EINES Raubes, sind nicht zuletzt die Gesellschaft prägende Sätze, wie jener vom Stärksten, der gewinnt. Sie kennen diesen bestimmt, angelehnt an Darwins *Survival of the fittest*, wobei der Satz nicht ursprünglich von Darwin selbst stammte. Randbemerkt sei: Selbst Darwin verstand unter dieser Fitness nicht körperliche Stärke, sondern Anpassungsfähigkeit unter widrigen Umständen beziehungsweise geänderten Lebensbedingungen.

Leben erhält sich selbst, durch die Vernichtung von Leben *durch* sich selbst. Entscheidend ist das Verhältnis, in dem sich Erhalt und Vergängnis begegnen, egal, im Grunde, das Aussehen des Lebens und die Anzahl verschiedener Spezies. Leben, so möchte ich behaupten, ist die sich recycelnde Verkörperung von Energie und diese erscheint ihrer Herkunft und Nutzung entsprechend. Keiner Art, keiner Spezies, keinem Lebewesen allein obliegt dabei das Recht auf alleinige Verfügung über den Körper, mit dem das Wesen Anteil am Leben hat. Dieses Verhältnis zum Leben ist besagte HARMONIE. Das Vermögen, sie zu bewahren, die HARMONISIERUNG. Inszeniert auf der Bühne des Lebens, durch diverse Lebewesen, durch Geburt und Tod, durch Erscheinen und Dahinscheiden. Das Herbeieilen, das Konkurrieren, egal welcher Lebewesen, dient dabei stets der *besten* Lösung unter den jeweils gegebenen Lebensumständen. Ohne Neid, Groll und andere Formen von Missgunst seitens der Unterlegenen, sollten sie überleben. Die *beste* Lösung bedeutet dabei, die HARMONISCHSTE, wobei die Unterlegenen nicht als Verlierer anzusehen sind, sondern als Gewinn für das Leben. An diesem aber können sich die Gewinner der Begegnung von Natur aus nicht bereichern, da Lebendiges vergänglich ist und Totes letztlich dem Leben als energiereiche Nahrung dient. Daher sind die Gewinner jene, die den Verlust ihres Vermögens, um derart HARMONISIEREN zu können, am ehesten zu spüren bekommen, woher das *Alpha* rührt, das wir diesen Wesen missverständlicherweise voranstellen. Diese Wesen sind es, die in der Verantwortung stehen, das Vermögen zu bewahren. Allerdings werden sie dadurch angreifbar und setzen sich mehr und mehr der Konkurrenz aus. Das ist gut für das Leben, denn von Natur aus kennt das Leben keine Vermögenskonzentration, die letztlich EINER Monopolstellung im Unsinne EINER Aktiengesellschaft gleichkäme, bestünde diese Konzentration zu lange. Das ist übrigens mit einer *der* Gründe, warum ALLES in der Natur zyklisch verläuft und reich an Abweichungen und Unberechenbarkeiten ist. Es ist eine Lebensnotwendigkeit, um solche Konzentrationen im Laufe der Zeit aufzulösen, praktisch, die *einzige* Lebensversicherung, die *wirklich* zählt, weil das Leben selbst für seine Lebenssicherung zahlt – mit dem *eigenen* Leben.

Bei uns Menschen sieht das dagegen ganz anders aus. Nicht nur im Hinblick auf Versicherungen jedweder Art. Wir haben EINEN deutlichen Hang zur Monopolisierung, alles uns Mögliche versuchend, um bestens *auf Kosten* des Lebens zu leben. Bestens, im Sinne von Harmonie – und das, meine Damen, meine Herren, gelingt uns nur durch das, was wir den ANDEREN Lebewesen liebend gerne in die nicht vorhandenen Schuhe schieben: durch das Rauben von Energie.«

Für einen Moment schwieg der Monitor. Gustav Irutma stand an den Tisch gelehnt. Schwarzhaar betrachtete die laufende Auswertung des Systems auf dem Bildschirm daneben. Keinerlei Abweichung. Null. Vortrag 16 verlief exakt, wie die fünfzehn vorherigen verlaufen waren.

»Wie ist so etwas möglich? Wie professionell einstudiert«, flüsterte der Agent. »Nein, wie automatisiert, wie EINE Maschine.« Unwillkürlich musste er an R2D2 denken.

Kollege Haarlos war an EINEM anderen Terminal damit beschäftigt, die Tastatur zu bearbeiten.

Auch wenn noch kein endgültiges Ergebnis vom *Enigma Buster* hinsichtlich des Zusammenspiels aller Cribs vorlag, so war sich Schwarzhaar bereits in zweifacher Hinsicht sicher. Erstens, irgendwo im Osten der Weltkarte braute sich finsteres Unheil zusammen; zweitens, ihr isolierter Redner ohne Publikum war EIN radikalisierter Gegner der westlichen demokratischen Ordnung. Allein seine mehrdeutigen Äußerungen ließen dahingehend keinen Zweifel zu. Schwarzhaar glaubte, die Verbindung von Legweak und Irutma förmlich vor seinen Augen vibrieren zu sehen. Pi und Phi. Und Jungfrauen. Und natürlich der Bär, auf den der Redner in Kürze zu sprechen kommen würde. War nicht der ganze Zoo demokratiefeindlicher Schurkenstaaten in Irutmas Vortrag verschlüsselt vertreten? Und war nicht gar vordergründig verdächtig, dass ihr redseliger Zoowärter über kein Mobiltelefon verfügte? Nicht EINE mobile Verbindung war bislang auffindbar, an der er beteiligt gewesen war. Nirgends. Egal wie weit zurück die verfügbaren Daten zurückverfolgt worden waren. Gleiches galt für Videos seiner Vorträge. Nicht EINES war im Netz aufgetaucht oder sonst irgendwo auffindbar.

Inzwischen ertönte Gustav Irutmas Stimme wieder aus EINEM der Monitore.

Im Saal kommt etwas Unruhe auf. Ein weiteres Mal wechselt das Bild auf der Leinwand. Diesmal ist es kein Foto, sondern EINE kleine Grafik, die der Vortragende erläutert.

»Man hüte sich davor, unser menschliches Verständnis von Harmonie mit jenem Vermögen gleichzusetzen, welches alle ANDEREN Lebewesen im Sinne des Lebens HARMONISIEREN lässt. Wie Sie auf der Grafik sehen, macht es sehr wohl einen Unterschied, welche Schreibweise am Werk ist und was in Gänze großgeschrieben wird. Davon hängt ab, was es mit dem Raub wirklich auf sich hat; wer in Freiheit lebt und selbige ausleben kann – oder aber in Gefangenschaft gerät und wider die Natur sein Dasein hinter Gittern zu fristen hat.

Ich greife an dieser Stelle noch einmal kurz die eingangs erwähnten Jungfrauen auf, die von Natur aus so unsinnig sind, wie Raubtiere von Natur aus nirgendwo unterwegs sind. Beide Begriffe sind menschliche Erfindungen, um unnatürliche Eigenschaften des Menschen als natürliche Gegebenheiten erscheinen zu lassen. So kann EINER eher rechtfertigen, was EINER glaubt, in der Natur zu beobachten. Zugute kommt es aber einzig dem Dasein EINES Menschen, obwohl das vermeintlich Gute wieder auf EINEM Raub aufbaut.

Raubtiere gibt es nicht, wohl aber jede Menge Räuber. Und jene, die wir Raubtiere nennen, die rauben nicht. Ist der Mensch ein Raubtier? Nein. Der Mensch ist der Räuber, die Menschheit besagte räuberische Menge. Den Menschen ein Tier zu nennen, ist EINE Missachtung aller Tiere, die dem Leben aus eigenem Vermögen begegnen und konsequent in HARMONIE mit der Natur leben. Ich denke, ich brauche nicht extra betonen, von welcher Schreibweise ich diesbezüglich rede. EIN Blick auf diese Grafik hier dürfte für Klarheit sorgen.

Lassen Sie mich die Frage noch einmal wiederholen – und sogleich beantworten: Haben Tiere, haben ANDERE Lebewesen ganz allgemein, einen Gegner, einen Feind? Weder noch. Sie haben keine Feinde, einzig das bereits erwähnte Gegenüber, dem sie unterwegs begegnen und mit dem Grenzen und damit einhergehende Ressourcen ausgehandelt werden. Grenzen, die nicht statisch verlaufen, sondern dynamischer Natur sind. Wären die Grenzen festgezogen und blieben sie wie EIN Zaun, EINE Mauer, sichtbar und durch die Zeit hindurch in dieser Form beständig, dann könne sich zutragen, was wir Menschen unter Raub verstehen. EINE andere Möglichkeit, EINEN Raub zu begehen, besteht in der Anwendung, in der Zuhilfenahme von Möglichkeiten, die selbst bereits EINEM Raub entsprungen sind.

Beides findet sich nicht in der Natur, aber zuhauf in der menschlichen Kultur. Sind wir EINEN demgemäß der ANDEREN Feind? Jene Menge, der Unmengen Energie zur Verfügung steht, mit welcher diese die Nahrungskette fest im Griff hat, ohne ihr selbst anheimzufallen? Behalten wir diese Frage noch eine Weile im Hinterkopf – ich werde an anderer Stelle auch *darauf* zurückkommen.

Lassen Sie mich vorerst, anhand des Missverständnisses, was EIN Raub ist, klarlegen, ab wann der Raub EIN solcher ist und warum er von Natur aus nicht das sein kann, was den sogenannten Raubtieren unterstellt wird.«

Gustav Irutma nimmt ein paar weitere Schlucke Wasser zu sich. Wieder blättert er seine Notizen um.

»Bezeichnend, meine Damen und Herren, ist die althergebrachte Bedeutung des Wortes *Raub*. Sie lautet: *dem getöteten Feind Entrissenes*. Bezogen auf uns Menschen verläuft nicht jeder Raub tödlich und nicht immer ist der, dem etwas entwendet wird, EIN Feind. Raub hat viele Gesichter. Sie sind allesamt Menschengesichter - oder aber Masken, die Tiergesichtern nachempfunden sind. Raub hat viele Geschichten feilzubieten, die um EINEN Geist kreisen, der mit Märchen ohne WAHREN Kern um sich wirft. Was bleibt, ist EINE Mär nach der anderen, wovon die Räuber nicht genug bekommen können. Warum sonst skandieren sie: ›Mehr! Mehr! Noch mehr!‹ und verbreiten so das EINE Märchen – oder vielmehr *Mehrchen*.

Was EINEN Raub grundsätzlich von dem unterscheidet, was wir EINEN ANDEREN Lebewesen in die Schuhe schieben, ist die bereits angesprochene Beschaffenheit der Grenze, aber mehr noch die Beschaffenheit des

Raubgutes, gerne auch Beute genannt. Allem voran interessiert in diesem energiegeladenen Zusammenstoß vieler Missverständnisse, was letztlich mit der Beute geschieht. Genau an diesem Punkt, meine Damen und Herren, liegt der wesentliche Unterschied zwischen Menschen und Tieren, zwischen unserer Kultur und deren Natur, zwischen unserer Möglichkeit zu Rauben und deren Notwendigkeit zu Überleben – und zwischen unserem Verständnis von Freiheit und Aggressivität und deren Ausleben der selbigen, nur ANDERS.

Sie merken schon: Ist die Rede von ANDEREN Lebewesen, tappen wir gehörig im Dunkeln, in ungemein finsteren Gassen, uns zwischen Schatten verlierend, denn was diese Wesen uns auch vorleben, erleben wir Menschen weitestgehend anders. Die zugehörigen Schreibweisen, derer ich mich hier bediene, dürften offenohrig sein und, so hoffe ich, im weiteren Verlauf meiner Ausführungen offenohrig für Ihre hoffentlich offenen Ohren bleiben.«

Ein paar kurze Lacher huschen durch die Reihen.

»Vergleicht man die Beute, die ein Tier macht, mit dem Raubgut der Menschen, wird der Unterschied nicht nur offenohrig, sondern auch offensichtlich. Bei Tieren ist die Beute Notwendigkeit zum Überleben, erst recht, wenn Nachwuchs nach Nahrung verlangt. Wenn Menschen zu Räubern werden, geht es, je moderner, je *zivilisierter*, je fortschrittlicher sie im Namen von Demokratien unterwegs sind, um das Ausleben lebenswerter Harmonievorstellungen. Tiere jagen, damit das Vermögen zu HARMONISIEREN bewahrt, damit das Leben lebensfähig bleibt. Deshalb werden von Natur aus jene Tiere zur Beute von ANDEREN Tieren, deren Vermögen zu HARMONISIEREN im jeweiligen Lebensraum geschwächt oder aber noch nicht ausreichend ausgebildet ist. *Nonsurvival of the most unfittest.*

Fitness, wie ich bereits erwähnte, ist das Vermögen zu HARMONISIEREN, nicht die reine körperliche, gar eintätowierte Stärke. Daher wird seitens des Lebens dieses Vermögen *natürlich* großgeschrieben. Größer als alles ANDERE. Es ist dieser Mangel an Fitness, für den die Jäger, als Raubtier geächtet, ein willfähriges Gespür haben, welches uns fahrwilligen Menschen zunehmend abhandenkommt. Dieser Mangel ist der Grund, warum Menschen rauben und Technologien über die natürliche Verwobenheit erheben, ist unsere Art der Technologie doch *Folge* des Raubes und abgerundete Kausalität das größte aller von Menschen verschlüsselten Gefängnisse.

EIN ANDERES Wort für dieses Gespür des Mangels, es ist das Kohärenzgefühl – doch auch dazu in Kürze mehr, nicht *Mehr*, in der hier thematisierten Mär.«

Gustav Irutma wendet sich der Leinwand zu. Das Diagramm ist verschwunden, ersetzt durch EIN Foto von EINER abenteuerlustig dreinblickenden Gruppe junger und mittelalter unrasierter Männer, die in Tarnkleidung und verwaschener Jeans stecken. Gewehr im Arm posieren sie mit EINEM erlegten ausgewachsenen Schwarzbären, ihnen zu bestiefelten Füßen gelegen, das Fell einer Schulter mit Blut getränkt.

»Vor Jahren«, fuhr er fort, »begleitete ich diesen Trupp Männer durch die Wälder Nordamerikas. Es gibt sie dort zuhauf, jene Einheimischen, die sich als Jäger ansehen. In der Regel echte Kerle, die als Hüter der Wildnis verstanden werden wollen, angetrieben von EINEM Bedürfnis, sich mit der Natur zu messen, sich ihr auszusetzen und EIN Stück wie sie zu werden. Sie schwärmen von DiCaprios Verkörperung männlichen Willens im Film *The Revenent*, zitieren hin und wieder aus zerfledderten Romanen wie *Butcher's Crossing* von John Williams. Reißerische Geschichten, die belegen sollen, wie sehr EIN Mann die Natur versteht, wenn er bereit ist, sich seiner eigenen Natur vollends hinzugeben.

Die Wochen, die ich mit diesen verkleideten Jägern unterwegs war, ließen mich unmittelbar erkennen, was ich Ihnen hier bisher versucht habe, durch verschiedene Schreibweisen gleicher Wörter näherzubringen. Es dauerte nicht lange, bis mir dämmerte: Es waren in Wirklichkeit Räuber, die sich für leibhaftige Jäger hielten und den Abschuss von Bären guthießen.

Längst bedrohten Zehntausende dieser, wie sie sagten, unglaublichen Geschöpfe den Bestand ANDERER Tiere in den Wäldern und trauten diese sich gar schon in die Siedlungen der Menschen vor. Dorthin, wo die Menschenkinder ahnungslos in umzäunten Gärten spielten.

Mit jedem Tag, den ich in der Gesellschaft dieser sich auserkoren wähnenden Männer verbrachte, fiel es mir schwerer, sie weiter begleiten zu wollen. All der Lügen, all der kernlosen Märchen wegen, die sie sich selbst auftischten, um, derart gesättigt, hungrig auf die Jagd zu gehen. Sich fortbewegend mit Geländefahrzeugen, ausgestattet mit modernen Waffen, Handys, Ferngläsern und Spezialkleidung. Auf bereits vorhandenen Hochständen bewegungslos ausharrend, versorgt mit Proviant. So aus sicherer Entfernung jene Plastikeimer im Auge behaltend, die klebrige Backwaren als Köder beinhalteten und an Bäumen hingen. Der Rest der Jagd: EIN Kinderspiel. Aber wehe, *wehe*, man benannte diese hohe Kunst des Jagens im Beisein EINES solchen Jägers im Tarnanzug als EIN solches. Ein Bär, wurde man dann gescholten, war schließlich EIN Gegner auf Augenhöhe, der EINEN durchaus zu töten vermochte. Keiner der Männer redete davon, Bären zu *erschießen* oder zu *töten*. Nein, so der durch den Wald hallende Tenor. Man brachte den Bären hochsitzhohe und schusswaffenweitreichende Achtung entgegen, was lebensnotwendig war, damit die feine Nase eines Bären nicht den Jäger zu riechen bekam. Deshalb rochen alle Männer im Wald wie der Wald selbst. Disziplin, so die nachhallende Zweitstimme, war schließlich oberstes Gebot. Höher noch als jeder Hochsitz weit und breit.

Ich fragte mich nur unentwegt, wer im Wald den Braten nicht riechen sollte – oder wer wem EINEN gehörigen Bären aufband respektive in der Lage war, zwischen Mehr und Mär zu unterscheiden.

So suhlten sich die Jäger in wohlwollender Absicht in ihren Harmonievorstellungen, die voller Plastikeimer mit süßen Ködern hingen. Sie ließen sich weiterhin gerne für die Lieben daheim fotografieren oder schickten sogleich EIN Selfie mit dem selbst erlegten Geschöpf nach Hause. Allerdings erst, nachdem sie sich von den Strapazen des Kampfes, auf Augenhöhe mit einer Naturgewalt, so weit erholt hatten, um eine Anhöhe erklimmen oder einen Baum emporklettern zu können - des besseren Handyempfanges wegen. Echte Kerle, keine Frage. Solche mit ganz eigenen Regeln. Vergessen danach all die Anspannung, all die körperlichen Beschwerden, all das Adrenalin in jeder Kapillare des eigenen naturverbundenen Körpers. Auf den entscheidenden Augenblick des Krümmens EINES Fingers zu warten, nein, glauben Sie mir, *das* ist wahrlich kein Kinderspiel. Im Gegenteil.

Was geschieht nun aber mit der Beute, mit diesem unglaublichen Geschöpf, welches wohl eher sterben musste, weil es den Unglauben an EINEN ebenbürtigen Jäger nicht preisgeben durfte? Das Fell landet nicht selten als Trophäe an der Wand oder auf dem Fußboden trauter Eigenheime; jene mit dem Zaun oder vielleicht gar EINER Mauer drum herum, weshalb einem Bären nicht ins Gesicht geschossen gehört. Ehrenkodex echter Jäger, heißt es. Wie sähe das denn aus? Ich meine, die Trophäe, zerfetzt auf Augenhöhe, von maschinell hergestellter Jagdmunition und nicht minder maschineller Präzision, in Form EINES Jagdgewehres.

Was bleibt noch übrig vom Bären? Fleisch, jede Menge obendrein, mehr als für EINEN Jäger allein oder EINE Horde seinesgleichen. Und hier wird der Jäger EIN weiteres Mal nicht müde zu schwärmen und *Mehr* zu erzählen. Von seiner tiefporigen Naturverbundenheit; von seinem Verständnis dahingehend, was natürlich ist. Verächtlich seine Geste, wenn er an all die Verpackungen, an all das Styropor in den Auslagen der Konsumtempel denkt, endlose Meter steriles Plastik, von Maschinen vorverdaut und häppchenweise ausgespuckt. Was für EIN Graus. Hut ab vor dem, der selbst zur Flinte greift, die Stiefel schnürt und sich mal eben etliche Kilo frisches Bärenfleisch besorgt. Nebst Andenken an die eigene Heldentat, versteht sich, damit Freunde und Besucher ihrerseits, zumindest im Zustimmung nickenden Ansatz, verstehen, wie es um das Eingebundensein des Hausbesitzers in die Verwobenheit allen Lebens gestellt ist. Darauf EIN kühles Bier, dazu EINEN Burger vom Phallus-Grill im Garten, die Kinder EIN wenig sicherer, da ein Bär weniger für Unsicherheit sorgt. Zu Hackfleisch verarbeitet, der sichergestellte Bär, dessen Rest im Keller auf die Wiedergeburt als Burger wartet, in, man staune, Plastiktüten verpackt und im hauseigenen Tempel, den Fortschritt huldigend, tiefgefroren verwahrt, für besonders *gute*, sprich, harmonische Zeiten. Was für EIN untrügliches Gefühl von - Freiheit. Zyklenlos und die Zügel fest in der Hand. Pure Unabhängigkeit. Pure Lebensfreude. Prost.

Wie verfahren aber nun ANDERE Lebewesen mit ihrer Beute? Landen von Fleisch befreite Felle in Höhlen, Nestern und dergleichen, zwecks animalischer Zurschaustellung von Trophäen, Statussymbolen oder sonstigen Beweihräucherungen des eigenen Egos? Das Fleisch, keine Frage, wird alsbald verzerrt, nicht angehäuft und konserviert für später. Was davon übrigbleibt und nicht zum Überleben für die Großen taugt, das verbleibt am Ort, wo die HARMONISIERUNG sich zutrug. Jener von uns empfundene Kampf auf Leben und Tod. Doch bleibt mitnichten EIN Rest; Abfall gar. Es sind die Kleinen und Kleinsten, die die Verwobenheit in der Natur derart dicht und HARMONISCH verweben. So dicht, es bleibt kein Platz mehr für EINE Lüge. Bis letztlich nichts verbleibt, das durch EINE folgenreiche Verstrickung ersetzt werden kann.

EIN Raub, so mag ich nun das Bisherige zusammenfassen, ist EINE Anhäufung von Ressourcen, mitunter weit über den lebensnotwendigen Bedarf hinaus, einhergehend mit der permanenten Verfügbarkeit des Angehäuften, über deren Gewährleistung argwöhnisch gewacht wird. Nicht, dass EIN anderer Räuber des Weges kommt und der Räuber plötzlich selbst zum Beraubten wird. Wie peinlich. EINE Peinlichkeit, die manch EINEN, wie verrückt, wild werden lässt. EIN Teufelskreis.

Damit, meine Damen und Herren, greife ich die im Hinterkopf verwahrte Frage nach einem Feind der ANDEREN auf, erneut fragend: Sind wir EIN solcher? Der einzige Feind weit und breit, den ANDERE Lebewesen haben?«

Gustav Irutma lässt seinen Blick durch die Reihen der Zuhörer gleiten.

»Die offensichtliche Antwort, ich gab sie bereits. Das Leben, es zeigt sich der Notwendigkeit, der verfügbaren Energie Gestalt zu verleihen, entsprechend. So, wie sich das Leben vor Äonen ohne den energieräuberischen Einfluss der Menschen in überbordender Vielfalt zeigte, so zeigt es sich heuer als Ausdruck unseres räuberischen Treibens, ANDERE Lebewesen mitunter entsprechend beeinflussend. Ich denke da nur an Schimpansen, denen wir nicht nur Raubzüge, sondern auch Kriegstreiberei unterstellen. Hauptsache, wir Menschen erscheinen nicht als alleiniger Querulant im natürlichen Kontext.

Je mehr sichtbares Leben demnach schwindet, desto mehr beschwindelt sich EINE Spezies bezüglich ihrer eigenen Lebendigkeit selbst. Doch so sehr wir auch der Räuberei verfallen sind, wir können dem Leben niemals dessen Vermögen zu überleben rauben, sondern einzig uns, als Menschen, verunmöglichen. Entweder, indem wir EINER fehlinformierten Gigamaschinerie anheimfallen oder, indem wir von Natur aus Lebensbedingungen ausgesetzt sein werden, die wir, linear und kausal geblendet, nicht für möglich gehalten haben werden. Futur 2 – EIN zweischneidiges Schwert unserer Sprache. Gleiches gilt für den zweiten Konjunktiv, der unserem Fortschritt anhaftet, als EINE Kausalverkettung von Wünschen, die ewig um ihre Erfüllung kreisen.

Die Frage nach dem EINEN Feind der ANDEREN dürfte damit beantwortet sein. ALLES EINE Frage der Zeit, denn immer mehr an Fahrt zu gewinnen, zahlt sich für das Wesen des Lebens, für die Lebendigkeit, immer *weniger* aus – was das Gegenteil von *Mehr* bedeutet.«

Nicht zum ersten Mal lässt Gustav Irutma die letzten Sätze wortlos nachwirken.

»Und?«, fragt er. »Kommen Sie noch mit den unterschiedlichen Schreibweisen mit oder muss ich meine Worte ein wenig anders wählen, um manch EINEM oder den ANDEREN gerecht zu werden?«

Wieder erntet er EIN paar ranke Lacher.

»Hier noch einmal EINE kurze Zusammenfassung lebendiger Rechtschreibung. Ich gebe Ihnen diesbezüglich einen kleinen Hinweis: Achten Sie einfach auf den Kontext, in dem das EINE oder ANDERE Wort fällt, die zugehörige Schreibweise ergibt sich dann von selbst. Es ist wie im WAHREN Leben: Was den Worten Kontext ist, ist der Erscheinung der Lebewesen deren Lebensumstand. Leben ist nicht, durch Isolierung von Energie, deren Verlust zu *reduzieren*. Leben ist, durch Wandlung von Energie, deren Verlust zu *minimieren*. Deshalb ist das große E, mit dem wir glauben, Energie völlig neu erfunden zu haben, EIN Trugschluss und das E eher das Monogramm EINES tatverdächtigen Räubers. EINER Hinterlassenschaft am Tatort gleich, klafft zwischen Isolierung und Wandlung das Ausmaß der Selbstbelügung auf, das sich zudem, immer selbstbelastender werdend, zwischen den Taten des *Minimierens* und den Tätern des *Reduzierens* verbirgt.«

Das Foto vom erlegten Bären wurde durch EIN neues Bild ersetzt, bestehend aus EIN paar Zeilen Text:

Wir EINEN: Menschen
Die ANDEREN: Alle, die keine Menschen sind
Harmonie: Lebensmodell der EINEN
HARMONIE: Modellierung des Lebens durch ANDERE

Ein junger Mann in der ersten Reihe fällt Gustav Irutma auf. Es scheint, als wolle jener aufspringen und applaudieren, denn kaum ist der Text an der Wand aufgetaucht, da erstrahlt dessen Gesicht, wie von einer bedeutsamen Erkenntnis erleuchtet.

»Werfen Sie zwischendurch ruhig immer mal wieder EINEN Blick auf diese Zusammenfassung. Sie ist durchaus EINE Vereinfachung und kann der natürlichen Verwobenheit keineswegs das Wasser reichen. Aber im Rahmen meiner Ausführungen belässt sie genügend Spielraum, um die folgende unbequeme WAHRHEIT für EINE Spezies hervorzuheben.

Nun, man stelle sich EINE eingezäunte Wiese vor, Elektrozaun oder Stacheldraht, Drahtgeflecht oder Holzlatten aneinandergereiht, egal. Auf der Wiese, EINE große Herde Schafe, wobei ich mir an dieser Stelle vorerst erspare, über unsere beschränkte Sicht EINER Herde herzufallen. Daher lasse ich lieber EINES unserer liebsten Raubtiere über besagte Herde herfallen: einen Wolf. Einen solchen, wie er vermehrt hierzulande wieder in alte Heimaten heimkehrt.

Hungrig und nachwachsende Mäuler mit Nahrung zu versorgen habend, springt er flink über den Zaun auf die begrenzte Wiese. Die Schafe in Aufruhr, verstärkt obendrein durch deren begrenzte Fluchtmöglichkeit. EIN Blutbad die Folge, der Verdächtige am nächsten Morgen schnell ausgemacht: EIN Raubtier, ein Wolf, na klar. Der Aufschrei unnatürlich rachsüchtig, das Verlangen, Wölfe zum Abschuss freizugeben, gereimte Kurzsichtigkeit, derartige Kurzsichtigkeit EIN zuverlässiger Begleiter durch die Menschheitsgeschichte.

Ich gestehe an dieser Stelle die Schwierigkeit ein, aus-EINANDER-halten zu können, wer was, was wer und ob nicht vielleicht EIN Werwolf, oder gar *Mehr*wolf, sich unter die Akteure in diesem Drama voller Missverständnisse geschlichen hat. Überall Räuber, vor allem je mehr Zäune das Vermögen zu HARMONISIEREN begrenzen. Überall Jäger, die sich nicht nur mit fremden Federn schmücken, sondern sich zusätzlich ganz ANDERS zu geben meinen. Wie soll EINER da noch durchblicken und verstehen, was *wirklich* Sache ist. Dabei habe ich im Grunde den eigentlichen Räuber längst aus jenem Sack gelassen, in den ich zuvor sowohl Räuber als auch Beraubten gesteckt hatte. Auf den Sack mit verschiedenen Schreibweisen eingedroschen, habe ich gewiss den Richtigen erwischt. Merke: Wer lauthals ruft, er sei hinterrücks beraubt worden, der ist gleichfalls EIN Räuber. Und im Beispiel EINER Herde Schafe der einzige, so weit das Auge reicht.

Was ist eingedenk der eingesackten Anklage mit dem Wolf, dem als Raubtier verschrienen Jäger, dem HARMONIE im Blute liegt, aber der stattdessen EIN eingezäuntes Eigentum in EIN Blutbad verwandelte? Ich frage mal rhetorisch hier in die Runde: Wer bekennt den Wolf EINES Raubüberfalls für schuldig?«

Nahezu die Hälfte aller Hände geht nach oben, eine Hand des jungen Mannes in der ersten Reihe gehört nicht dazu.

»Offensichtlich gesellt sich zum Missverständnis EINES Räubers EIN weiteres, nicht unwesentliches, hinzu. Gemeint ist die Freiheit. Nicht nur jene jenseits aller Zäune und Mauern, auch jene, die von selbigen umgeben ist und verlangt, vor dem *Jenseitigen* beschützt zu werden. Gar vor dem Jenseits selbst?

Wenn EINE Herde keine Herde sein kann, sind Blutbäder auf begrenztem Raum nicht ausgeschlossen, sobald eine Gefahr von außerhalb festgelegter Grenzen über den künstlich erwirkten Schein von Geschlossenheit herfällt. Scheingeschlossenheit, die innerhalb der Grenzen eingeschlossen liegt, nein, das ist keine Herde.

Gleiches gilt für EINE Gesellschaft, die längst keine Gemeinschaft mehr sein kann, aufgrund zahlreicher künstlich auferlegter Grenzen und mangelnder wesentlicher Grenzerfahrungen. Von wem, so lautet doch die wesentliche Frage, sind denn Herden ihrer Freiheit beraubt worden? Sei es zum Zwecke der Domestizierung, der Massenhaltung, sei es als gläubige, allwöchentliche Versammlung von Schäfchen. Doch wohl von jenen, die sich selbst *Mehr* und *Mehr* ihrer eigenen natürlichen Freiheiten berauben und so künstliche Grenzen errichten, um selbst existieren zu können, wenn auch nur bedingt durch EINEN andauernden Raub. EINEM Perpetuum immobile?

Wir EINEN sehen unsere Harmonievorstellungen im Angesicht so vieler Räuber in den Grundfesten erschüttert, nicht müde werdend, rasch auf die gesellschaftlich akzeptierten Räuber zu zeigen. Wie praktisch, derart faktisch, den Übeltäter ausgemacht zu haben, oder?

ANDERE hingegen lassen ihr Leben, einzig der HARMONISIERUNG wegen. So hätte die Schafherde eine faire Chance gehabt, aus eigenem Körpervermögen heraus, um ihr Leben rennen zu können und Lebenserfahrungen durch Lebensgefahr umzusetzen. Es blieb ihr allerdings verwehrt, der Zäune wegen, errichtet von den eigentlichen Übeltätern, die EINE solche Pseudoherde ihr Eigen nennen und damit eher wirtschaftliche Interessen verfolgen denn HARMONIE im Sinn zu haben. Diente die Pseudoherde nur dem eigenen Überleben, bräuchte es das Pseudonym der Herde nicht, sprich, bedürfte es weniger Masse auf vier Beinen – und natürlich keiner Zäune.

Was eine HARMONISCHE Herde auszeichnet? Die Mitglieder einer solchen Gemeinschaft vermehren sich, wenn die Herde zu klein ist und sie teilt sich, wenn die Gemeinschaft über zu viele Mitglieder hinauswächst. Warum? Um nicht auf ewig zu versuchen, an EINEN Glauben von Gemeinschaftssinn festzuhalten, der ENTHARMONISIERENDE Konsequenzen nach sich zöge. Die extremste Form solcher ENTHARMONISIERUNG, Sie kennen sie alle hier im Saal, ist die Massentierhaltung. Und wo diese Form des Freiheitsentzuges im Gange ist, da ist der Raubtierkapitalismus EINER einzelnen Spezies nicht fern, mit EINER ganz anderen Masse liebäugelnd.

Die Entartung von Freiheit, von natürlicher Verwobenheit, wir stricken sie um in EINE Lüge, damit weder Kette und Verkettung noch die daraus resultierende Kettenreaktion, als das wahrzunehmen sind, was sie *wirklich* sind: EINE Folge von Raubzügen, in deren Auswirkungen sich unsere Spezies *Mehr* und *Mehr* verrennt, sich immun gegen natürliche Abhängigkeiten wähnend.

Ja, diese Freiheit des Umstrickens von Verkettungen nehmen wir uns, indem wir uns davon befreien, ehrlich uns selbst gegenüber zu sein, egal, ob wir EIN Wolf im Schafsfell oder aber EIN Schaf im Wolfspelz sind. Nur eines ist keiner von uns EINEN, nämlich ein wahrhaftiges Schaf oder ein ebensolcher Wolf. Hauptsache, wir brauchen uns der Lüge gegenüber nicht zu rechtfertigen und können stattdessen EIN Heer von Gegnern und Feinden der Lüge bezichtigen – und bekämpfen. Mit den Errungenschaften geraubter Energie.

Solange die Gemeinschaft des Lebens für uns befremdlich klingt, bleiben wir weiterhin in der Entfremdung von dieser Gemeinschaft gefangen und sehen uns selbst gerne als Opfer an. Dabei sind wir es, die die Gitterstäbe herbeischaffen, aus denen, Stab für Stab, die Gefängnisse der modernen Gesellschaften errichtet werden, deren Grenzen wir mit allen uns zur Verfügung stehenden Mitteln zu verteidigen versuchen. Paradox. Mehr Freiheit durch immer mehr Freiheitsberaubung. Das tönt so hohl wie Stromsparen durch immer mehr Stromverbrauch – oder Zeitgewinn, dadurch erwirkt, immer weniger Zeit zu haben. Und doch geschieht es alltäglich.

Da reden wir hinsichtlich ANDERER Lebewesen unentwegt von Verteidigung und Feindabwehr, vom Immunsystem und Abwehrreaktionen. Wir betrachten in diesem begrenzten Rahmen Stachel, Zähne, Gift und Tarnung als Waffe gegen Feinde, weil wir den ANDEREN unsere Sicht der Dinge überstülpen.

Betrachtet man unsere Feindbilder jedoch im Kontext jener Gemeinschaft, deren WAHREN Beweggründe modernen Gesellschaften zunehmend verborgen bleiben, dann offenbart jene Gemeinschaft das Ausmaß unserer Lüge - und damit eine, in der Tat, ANDERE Sicht auf selbige Dinge. Was es uns leichter macht, ANDERE als Sündenböcke zu missbrauchen.

Wozu, meine Damen und Herren, wurden Kriege ehedem im Namen der Demokratie, der Freiheit geführt? Doch nicht, um martialische Stärke zu beweisen; nicht, um zu demonstrieren, welche Macht man hat; nicht, um klarzumachen, dass Angst vor Konsequenzen keine respektable Option darstellt. Vielmehr doch, um die zunehmende Schwächung in den eigenen Reihen möglichst lange zu verbergen. Um den Raub, der in der Vergangenheit der Zivilisation sich zugetragen hat und weiterhin im Gange ist - inzwischen allerdings anders benannt und wahrgenommen - nicht als sandiges Fundament unserer Kultur, unserer Gesellschaft, unserer Demokratie bloßzustellen. Schuld, an was auch immer, sind grundsätzlich andere – und die ANDEREN sowieso.

Kriege können nur durch die Begrenzung von Freiheiten geführt werden, durch restriktive Kanalisation jener

Energie, die ansonsten durch das Gefühl von Freiheit freigesetzt würde. Sei es EIN Krieg gegen ANDERE Arten, groß wie klein; gegen Andersartige der eigenen Spezies; gegen alles, was gedenkt, vom umzäunten Muster EINES Lebensraumes auszubüxen. Dazu bedarf es der permanenten Kontrolle; der möglichst flächendeckenden Überwachung, subtil wie allgegenwärtig, und egal, mit welcher Jahreszahl EIN solcher Krieg in Verbindung gebracht wird, diese Muster, sie begleiten uns Menschen schon EINE ungefühlte Ewigkeit.

Was aber wäre, wenn sich irgendwo EINER Freiheiten herausnähme und die Energie, die ein auf Erden wandelndes Lebewesen stoffwechselnd verkörpert, *nicht* durch EINEN derart musterhaften Kanal zweckentfremden ließe? Man gebe EINEM Menschen Macht und sie macht mit dem Menschen Unmenschliches. Nicht nur deshalb ist EIN Freitod, durch EINEN selbst erwirkt, deutlichstes Anzeichen für die Unvereinbarkeit von Lebendigkeit und der von verschiedenen Mächten durchdrungenen Existenz in EINER Gesellschaft.«

Gustav Irutma lässt nach diesen Worten eine deutliche Pause folgen, die manch EINER mit Stirnrunzeln oder EINER anderen Geste geistiger Verarbeitung füllt, damit beschäftigt, die WAHRE Tragweite der Worte zu erfassen. Zustimmung, soweit er es vom Podium aus überblicken kann, steht in keinem Gesicht in den vorderen Reihen geschrieben – mit Ausnahme des jungen Mannes in der ersten Reihe. Gustav Irutma entgeht dessen langsames Kopfnicken nicht. Für EINE Sekunde treffen sich die Blicke beider Männer. Im Nu spürt Gustav Irutma eine tiefgehende Resonanz, von der er sich zügig löst. Er will nicht riskieren, den Faden seiner weiteren Ausführungen zu verlieren. Kurz räuspert er sich.

»Jede Geste, jedes Hüsteln und Verharren«, dachte Schwarzhaar. »Jede Rede, die Kopie aller vorherigen. Wenn das keine Codierung ist, was dann?« Er legte die Stirn in Falten. »Andererseits, wie passt dann diese erste Abweichung im letzten Vortrag in das Schema EINES Codes? Warum plötzlich die Rede von Pi? Hat sich dadurch der Schlüssel zum Dechiffrieren der eigentlichen Botschaft geändert?« Er tippte EINE Anweisung in das Terminal des Systems.

»Kriege«, fährt Gustav Irutma fort, »führen wir Menschen längst entlang vieler Grenzen. Insbesondere entlang jenen, die uns von leibhaftiger Lebendigkeit trennen. So sollte die weltweite Verbreitung von Krebs in unseren Verkörperungen EINES Lebens nicht wirklich verwundern. Diese Verbreitung ist einzig der Weltkrieg des Menschen gegen sich selbst, der mit der Kriegserklärung der Harmonie, gerichtet an die HARMONIE, seinen Anfang fand, seitdem Bleibhaftigkeit mehr und mehr in den Vordergrund rückend. Kriegsbeginn war wahrscheinlich der erste brennende Ast, der in EINE bis dahin finstere Höhle getragen worden war, eingegangen in die Menschheitsgeschichte, unter der Überschrift: Die Beraubung des Prometheus. Es war die Feuertaufe EINES Räubers, als Immunisierungsversuch gegen auferlegte Dunkelheit. Seitdem verschweißt das Feuer EINEN mit Harmonievorstellungen, die immer räuberische Züge tragen. Sie gipfeln darin, dass EINER nicht mehr seinen eigenen

Freitod bewerkstelligen kann, weil, umgeben von weiteren Räubern, er mitunter gezwungen wird, unter seinesgleichen zu verweilen und die Brandnarben an seinen Händen unter dem ökonomischen Handschuh künstlicher Unschuld zu verbergen.

Die Krux ist indes: Je länger künstliche Todesvermeidung aktiv ist und als steigende Lebenserwartung verkauft werden kann, ist der Mensch, je älter er passiv wird, EIN umso bedeutender Wirtschaftsfaktor und damit Motivation für weitere Raubzüge. Würden Sie mich fragen, wie ich für mich bestimmen würde, ab welchem Punkt meines Lebens ich keine lebensverlängernden medizinischen Maßnahmen mehr in Anspruch nehmen möchte, dann würde ich Ihnen *den* Punkt nennen, an dem die HARMONIE endgültig und unwiderruflich zu EINER zwar human erscheinenden Harmonievorstellung entartete, die nichtsdestotrotz sich aber vom Lebendigsein entfernte. Woran zu erkennen? Daran, dass ich eben *nicht* mehr *selbst* in der Lage wäre, meinen eigenen Freitod, in welcher Form auch immer, zu vollziehen.

Leben als Raubzug, als Wirtschaftsfaktor, der zwar die akuten Wunden EINES Einzelnen verschließt, aber neue Wunden anderswo offen hinterlässt, die sich entzünden und chronisch werden, nein, das ist kein Leben. Es ist die pervertierte Geburt EINER Maschine durch technologischen Kaiserschnitt und anschließendem heißen Bad in Königswasser, um jedwede anhaftende Spur von Verwobenheit aufzulösen.

Aus dieser wirtschaftsorientierten Bedrängnis, in der sich zunehmend mehr Menschen wiederfinden, quillt jene Aggression hervor, die typisch ist für gesellschaftstaugliche, aber gemeinschaftsunfähige Menschen. Jene grassierende Aggression, so untypisch für frei grasende Herden, die es dergestalt grassierend nicht in der Natur gibt. Zumindest nicht, solange der Mensch seine Finger *nicht* im Spiel hat und, für sich gewinnbringend, manipuliert. Indem er meint, der Natur Grenzen aufzuzeigen und Lebendiges in normierte Käfige zu sperren, der Leibhaftigkeit EIN gewaltiges B vorstellend, das nun tonangebend ist und die Biosphäre geradewegs blockiert.

Der wesentliche Unterschied aggressiven Verhaltens, zum EINEN, in Gefangenschaft und, zum ANDEREN, ausgelebt in Freiheit, ist folgender: Was in der Natur als aggressiv von uns Menschen gedeutet wird, ist die mehrfach von mir thematisierte Begegnung derer, deren körperlichen Möglichkeiten aufein-ANDER-treffen. Dabei geht es, unter ANDEREM, um das Vermögen der beteiligten Lebewesen, dem Gefühl für eigene Grenzen zu begegnen. Der Grenzerfahrungen sowie der Erzeugung, des Erhalts und der Erweiterung des Lebens als Ganzes wegen, ohne EIN Bewusstsein dahingehend zu benötigen, wie das Ganze im Einzelnen zusammenhängt. Und ohne sich laufend zu fragen, wofür all das Recyceln von Energie gut sein soll.

Aggressive Menschen dagegen haben nur den Schutz der eigenen Lebensvorstellung im Sinn. Sie bezeugen durch ihr Verhalten eher das Unvermögen, dem sinnlichen Gefühl für Kohärenz begegnen zu wollen, geschweige diesbezügliche Grenzen zu erfahren, die dem Leben als Ganzes zugutekommen. Dass der Schutz respektive die Durchsetzung des eigenen Lebensmodells dabei mit fortschrittlichem Erfindungsreichtum einhergeht, bestärkt das Unvermögen. Es läuft dem Vermögen des Lebens zuwider, wodurch sich Raubbau am Vermögen des Lebens manifestiert. Somit, meine Damen und insbesondere Herren, lebt der Mensch seine Aggressionen nicht als eigene Grenzerfahrung der direkten Begegnung, als ein Auf-EINANDER-zugehen, aus. Nein, er stellt sich vielmehr EIN Armutszeugnis aus. Durch den festen Glauben an das grenzüberschreitende und zugleich ANDERE Einflüsse begrenzende Potenzial seiner fortschrittlichen Werkzeuge und anderer geistreichen Produkte - wie es die modernen Bärenlebenräuber bezeugen. Gleiches gilt auch für andere Bereiche, wie zum Beispiel die Globalisierung, die nichts weiter als EIN gefaktes Zeugnis voller Einsen ist, nur damit die zu Grunde liegende aggressive Null-Toleranz, EINEM Gewinnrückgang gegenüber, nicht auf eigenes Unvermögen hinweisen kann.

Unser Problem mit Aggressionen entwickelt sich demgemäß wie folgt: In unserer Welt betrachten wir die Aggression im Schein EINER Lüge. So wird unter Aggression im Allgemeinen EIN heftiger Egotrip, Gewalt, Macht, Rücksichtslosigkeit oder eine Verletzung verstanden, längst verinnerlicht, als EIN soziokulturelles Abziehbild. Woran es entsprechend in modernen Gesellschaften mangelt, ist EIN gesunder Umgang mit Aggressionen, während taugliche Vorbilder selten auszumachen sind. Die, die als solche glaubwürdig fungieren könnten, sind dummerweise als blutrünstige Raubtiere verschrien. Von Gestalten, die sich die Freiheiten anderer Menschen und ANDERER Lebewesen aneignen. Mal mehr, mal weniger ausgeprägt. Aber überall gegenwärtig im Existenzraum EINER Spezies, der zu EINEM gezinkten Würfel in den

Kreisläufen der sich stets wandelnden Biosphäre heranwächst. Die Bank, wie man so sagt, gewinnt immer.«

Gustav Irutma hält erneut in seinem Vortrag inne. Der überwiegende Teil seiner Zuhörer, stellt er überrascht fest, ist noch zugegen und keineswegs mit anderen Dingen beschäftigt.

»Gut«, denkt er sich, »dann kann es ja forschen Schrittes zur nächsten Grenzüberschreitung kommen.«

Er leert das Glas, gießt Wasser aus EINER kleinen Flasche nach und lässt EIN neues Bild an der Wand erscheinen.

»Was haben kluge Köpfe nicht alles für Formelwerk ersonnen, um der Natur ihre großgeschriebenen Geheimnisse zu entlocken? Im steten Bestreben, diese uns Menschen verfügbar zu machen. Pythagoras, Galileo, Newton, Faraday, Maxwell oder Einstein, unzählige weitere Namen fügten sich mehr oder minder nahtlos zwischen diese geistigen Größen ein, deren Größe bis heute nicht kleinzukriegen ist.

Es war Pythagoras, der verkündet haben soll: ALLES ist Zahl. Nun, er hatte recht, allerdings versäumte er zu betonen: ALLES ist *eine* Zahl. Eine einzige. Gemeint ist die Eins, weshalb das Eins-Sein der natürliche Zustand des Lebens als Ganzes ist. Eine ungeteilte LIEBE zum Leben, an dem alle Lebewesen Anteil haben, gemeinsam die Biosphäre bildend und gemeinsam von ihr ausgebildet. Ein das Eins-Sein umfassender Kreis, der alle Einsen in sich vereint. Phi, das Seiende und das Ende eines Seins zugleich. Die Ur-Null, die das Eins-Sein in sich trägt, dargestellt als sogenannter Kettenbruch, wie Sie ihn hinter mir sehen, diese Null verdeutlicht eben dieses sowie die

Verwobenheit des Lebens. Verwobenheit, die nichts ANDERES ist als der Bruch mit allen Ketten, mit denen wir immer mehr die Lebendigkeit des Lebens gefangen zu nehmen gedenken, um sie angekettet vor unseren Harmoniekarren zu spannen.

Was Phi, als Gleichnis, in Erscheinung EINER Formel, klarlegt, ist die einfachste, uns Menschen zur Verfügung stehende Darstellung der HARMONIE. Weit über das hinausgehend, was dem EINEN oder Anderen von Ihnen vielleicht als der Goldene Schnitt bekannt ist. Diese Annäherung an EIN Gleichnis lässt sich nicht vereinfachen. Sie ist in der Summe aller Lebewesen allgemeingültig für das gesamte Leben, in aller Vielgestaltigkeit. Daher ist sie sogar das, wonach viele Wissenschaftler seit geraumer Zeit vergeblich suchen: die Weltformel. Die einzige, die *wirklich* von Bedeutung ist; die einzige, die wahrhaftig zählt, ohne EIN Additionsgesetz ad absurdum zu führen. So offensichtlich und, allein aus diesem Grund, allen großen Namen nach wie vor verborgen.

Wofür dann all die anderen Zahlen, mögen Sie vielleicht nun fragen? Wofür Unmengen von Formelwerk, von Hypothesen, Axiomen, Gleichungen und geistreich ersonnenen Dimensionen, wenn ALLES, was das Leben benötigt, in dieser einfachen Formel zugegen ist?

Ganz einfach. Um dem Gewebe der Wirklichkeit habhaft zu werden und um es sich um den eigenen Körper zu schlingen. Neu eingekleidet wie einst EIN sprichwörtlicher Kaiser, in dessen Namen unsere Technologien durch die Biosphäre kreisen, immer auf der Suche nach Aneignung und Besitz. EIN Räuber auch hier. Große Versprechungen von wundervoll wallenden Gewändern unter die Völkermassen werfend. Doch entpuppen sich diese immer öfter als schwerwiegend; glutheiß geschmiedet aus dem Vermögen aller Mitglieder der Lebensgemeinschaft. Die LIEBE zum Leben mit reichlich Druck gutheißend und damit durchkommend, weil im Getöse des Schmiedens harmonischer Pläne *glutheiß* und *gutheißen* tongleich erschallen. So reiht man EIN Glied an EIN weiteres, wie erstarrte Nullen, die an-EIN-andergekettet werden.

Woher aber kommen all diese Nullen, wenn Phi, als Symbol für die HARMONIE, wie hier an der Wand ersichtlich, bar jeglicher Nullen ist und die einzige Null jene ist, die dem Kettenbruch Heimat bedeutet? Nun, die Räuber, sie sind die einzig verbleibende Antwort.

Jede Eins, die Sie hier hinter mir sehen, bedeutet: In allen Maßstäben und auf allen – ich nenne sie hier einmal *Ebenen* – des Lebens, kann dem natürlichen Angebot an Energie fortwährend, am Ort des Angebots, von den anwesenden Lebewesen begegnet werden. Jedes Zuviel an Energie wird nicht festgehalten, sondern kann weiterziehen. Jedes Zuwenig führt zu Anpassungen der Populationen vor Ort. Jedes Zuviel auch, nur kommt es weit seltener vor als ein Zuwenig. Allein durch den hohen Stickstoffgehalt der irdischen Atmosphäre, der die Energie der Sonne auf ein lebensfähiges Ausmaß beschränkt, ohne den Lebewesen die Poesie der LIEBE zum Leben zu verwehren. Dass dabei nie das Ideal der Umwandlung der gesamten Energie geschehen kann, zeigt sich in der Vielgestaltigkeit und der Vielfarbigkeit des Lebens. Ginge es im Leben einzig darum, möglichst viel Energie für das Leben verfügbar zu machen, so, wie es der Mensch für seine Vorstellung von Leben anstrebt, dann wäre das Leben keineswegs bunt und das Grün der Pflanzen obsolet. Dann, man stelle sich das einmal vor, trügen sie allesamt Schwarz. EIN Trauerspiel, fürwahr, wäre es doch um die leibhaftige Bewahrung von Lebendigkeit geschehen. Ein Leben in Schwarz, es ermöglicht keine Dynamik und ist nicht anpassungsfähig, ergo nicht lebensfähig. Es wäre, als füllte sich die gesamte Biosphäre mit Schwärze, sodass anstelle der schwarzen Einsen nur EINE einzige schwarze Masse existieren würde, jegliche Unterscheidung von Einsen verunmöglichend.

Alles Leben, es stirbt entweder durch ein Zuviel an Energie, die alle Einsen vernichten täte, oder aber durch das *komplette* Versiegen von Energie, immer weniger Einsen überleben lassend. Seit Menschengedenken jedoch gibt es noch EINE weitere Todesursache für Lebewesen auf diesem Planeten, ohne jedoch, wie zuvor erwähnt, dem Leben selbst gefährlich zu werden. Gemeint sind Nullen. Ganze Heerscharen davon. Legionen. Nullen sind EIN sich potenzierendes Zuviel an Energie von anderswoher, die EIN Versiegen *der* Energie, die vor Ort im Sinne des Lebens notwendig ist, bewirken. Wir sagen dazu, unter anderem, Krebs – und er betrifft immer mehr von uns. Sogar die Mathematik irrt an dieser Stelle nicht und spricht EIN einziges Mal die WAHRHEIT, denn EINE Null kann nicht im Nenner stehen, solange sie sich dem Leben zugehörig nennt.

Die bunte Vielfalt des Lebens ist es, die sämtliche Abweichungen von Einsen im Gleichnis aufzufangen vermag. Je mehr Einsen vom Eins-Sein abzuweichen drohen, zum Beispiel durch Naturkatastrophen oder menschliches Eingreifen in die Biosphäre, desto länger benötigt das Leben zur Wiedererlangung seines HARMONIE-Vermögens. Mitunter durch den Verlust vieler Einsen auf verschiedenen Ebenen des dargestellten Kettenbruchs. Bliebe, durch was auch immer erwirkt, nur die erste Eins übrig, wäre Phi gleich Eins. Was, unter Bewahrung von Lebensfähigkeit, einer Welt aus den einfachsten aller Lebensformen, den Viren, entspräche – und damit nahezu dem Urzustand des Lebens gleichkäme. Je länger respektive tiefer sich indes der Kettenbruch unter Einfluss von Energie gestalten lässt, desto vielgestaltiger ist das Leben, desto mehr Biodiversität liegt vor, desto zahlreicher und direkter begegnet das Leben dem Energieangebot in bunter Ausgestaltung. Der Vorteil? Die Vermeidung jener Schwärze, die von Schurken bevorzugt getragen wird und diesen ansonsten Tarnung ermöglichen würde. Es gilt: Egal wie viele Räuber sich auch zwischen ANDEREN tätlich tummeln mögen, das Leben ist und bleibt ein kunterbuntes, gedeihliches Nullsummenspiel.

Leben, ich wies bereits darauf hin, bedeutet nicht, Energie immer besser, also länger, zu konservieren, zu akkumulieren, sondern Energie durch Wandlung, durch Anpassung, möglichst lange zur Verfügung zu haben, in Form von Lebendigkeit. Wenn doch nur der Mensch das Leben machen ließe, ohne dabei selbst immer mehr zur größten Schwachstelle des Lebens zu werden, sich so selbst degradierend, durch seine Technologien.

Was unterscheidet nun die Inflation von Nullen, mit denen der Mensch sein Ego, seine selbsternannte Bedeutsamkeit aufbläht und nicht müde wird, weitere zeitgeistige Blähungen als fortschrittlichen Antrieb anzusehen? Was unterscheidet all diese Nullen von besagtem Nullsummenspiel natürlicher Verwobenheit, in der die Summe aller Lebewesen sich im Kreise der einzig WAHREN Null wahrlich zu LIEBEN versteht?

Des Rätsels Lösung, es ist die Umgehung einer zyklischen Nulldiät, zum kurzsichtigen Zwecke EINER langfristigen Sicherung energiereicher Verfügbarkeit. Daher der Unterschied zwischen HARMONIE und Harmonie, zwischen dem Einfachen und den Vereinfachungen sowie zwischen Allgemeingültigkeit und Verallgemeinerung.

Energieraub, zum Zwecke permanenter Verfügbarkeit vor Ort, darauf sei an dieser Stelle nachdrücklich hingewiesen, zeigt sich insbesondere dort, wo Steckdosen vorhanden sind. Sie bezeugen allgegenwärtig den fehlenden Wechsel von Verfügbarkeit und Unverfügbarkeit, die beide nicht mit dem *An* und *Aus* EINES Schalters verwechselt werden sollten. So ist auch nachts und im Winter der Strom jederzeit dort erhältlich, wo die eigentlichen Räuber für gewöhnlich hausen – und sich mitunter an aufgetautem Bärenfleisch gütlich tun.

ANDERS ausgedrückt lässt sich sagen: So natürlich wie Jungfrauen für das Leben sind – um sie EIN letztes Mal ins Spiel zu bringen – so abhängig sind die von uns verschrienen Raubtiere in der Wildnis von Steckdosen. Ganz anders dagegen wir EINEN. Sollte an Ort und Stelle des Energieangebots kein Eins-Sein erwünscht sein, wovon in unseren Existenzräumen weitestgehend auszugehen ist, dann wird die Energie vor Ort *immer* gegen die HARMONIE, und somit gegen das Leben als Ganzes, verwendet werden.

Energie verweilt nicht dergestalt verortet. Sie legt es auf Umwandlung an. Daher kann Energie auch nicht eingespart werden – sie äußert sich nur anders. Und da vielen Menschen in den modernen Örtlichkeiten, vor allem in Großstädten und Metropolen, mehr Energie zur Verfügung steht, als ihr Körper allein, für sich, leibhaftig umzuwandeln vermag, ergeben sich dort viele andere Möglichkeiten der Veräußerung. Solche, die sich aber grundlegend gegen die Verwobenheit des Lebens richten.

Wenn Ihnen, meine Damen und Herren, irgendwer EIN energiesparendes Produkt anbietet, sei es EIN neuer Kühlschrank oder EIN Leuchtmittel, dann seien Sie gewiss: Irgendwer hat sich irgendwo an der vermeintlich eingesparten Energie bereits bereichert. In der Regel regelmäßig auf Ihre Kosten – über Umwege.

Natürlich würde uns keine der einfachen Lösungen für unsere auf Raub basierenden Probleme gefallen. Lösungen, die nur durch das Eins-Sein respektive das Eins-Werden realisierbar sind. Es hieße, sich der Harmonie zu entsagen und sich der HARMONIE hingeben zu müssen, mit *allen* Konsequenzen für unsere Vorstellungen von Leben und für unser Leben selbst. Aus Sicht des Lebens als Ganzes ist das tatsächlich die einfache, einzig auf Einsen fußende Lösung – für uns EINEN aber EIN einziger Alptraum.

Vereinfachten wir das Leben weiter und raubten weiter Energie, damit an vielen Orten reichlich Energie permanent zur Verfügung stünde, bliebe uns nur noch, anstelle unser selbst, unsere Maschinen für uns fortexistieren zu lassen. Je weiter wir demgemäß die Biosphäre, die Ur-Null, vereinfachen und berauben, desto mehr bleibt

WAHRE Lebenslust und Lebendigkeit auf der Strecke, desto mehr Ängste beherrschen immer mehr Orte und desto mehr isoliert sich jeder Einzelne vom Leben, weil, wie sonderbar, wir allerorts Lebensräume mit immer mehr Menschen teilen. Und, zu allem Überfluss, desto mehr Nullen tauchen *eben doch* in immer mehr Nennern auf, EINEN Raub als Fortschritt gutheißend. Liegt hier der wesentliche Unterschied zwischen EINEM berechneten Selbstmord und dem Freitod, einzig durch einen selbst?

Demnach führt der Raub von Energie zur Beschleunigung dessen, was von Natur aus weit mehr Zeit benötigt, weshalb technologischer Fortschritt die Folge des Raubens ist – damit wir das Gewahrwerden der Konsequenzen dieser Beschleunigung verlangsamen können. Kein Wunder, dass die Evolution, als WAHRER Fortschritt, ein so langer Prozess kohärenten Verwebens ist – und technologischer Fortschritt, seitens der Menschen, EIN sich immerzu beschleunigender Prozess dekohärenten Verstrickens in EINEM Irrtum. Welchem? Jenem vom Raubtier – und jenem, dass der Mensch *kein* Räuber ist, sondern das intelligenteste Geschöpf auf Erden.

Vielleicht aber wird, trotz alledem, oder aber erst *dadurch* bedingt, das unmöglich Scheinende allem Anschein nach doch noch realisierbar. EINE bislang völlig utopische ANDERE Welt, wo der Kern unserer Harmonievorstellung sich mit dem HARMONIE-Vermögen aller ANDEREN vereinen lässt und das Eins-Sein allumfänglich A N D E R S gelebt werden kann.«

Mit diesen Worten wechselt das Bild an der Wand. Es erscheint EIN weiterer kurzer Text:

PHI(L)HARMONIE: EINE ANDERE Welt, eine, die ganz A N D E R S ist.

»Aus Sicht des Lebens lebt es sich womöglich am HARMONISCHSTEN, wenn ein Lebewesen so viel wie notwendig über seine Umwelt weiß, ohne je die Möglichkeit zu haben, darüber *hinaus* sein Wissen zu erweitern. Warum? Weil dafür mehr Energie notwendig wäre, als das Umfeld von Natur aus zur Verfügung stellt.

ANDERE Lebewesen, sie sind nicht dümmer als wir EINEN, weil sie nie so viel wissen können, wie wir EINEN meinen, wissen zu müssen. Nein, ANDERE Lebewesen sind stets derart intelligent, wie es das natürliche Energieangebot ihrer Umwelt ermöglicht. Andernfalls würden die ANDEREN sich, durch die zunehmende Entfernung vom Goldenen Schnitt, ins eigene Gewebe schneiden, worunter ihr gedeihliches Vermögen, weiter zu HARMONISIEREN, gehörig litte. So aber lebt ein solches, keinesfalls unwissendes Lebewesen stets in Annäherung zum Goldenen Schnitt, zwischen Notwendigkeit und verkörperten Möglichkeiten, ohne je endgültig Phi erreichen beziehungsweise alles Mögliche wissen zu können. Von Perfektion und Allwissen, davon träumt nur EIN Räuber. EINER, dessen Intelligenz umso mehr schwindet, je mehr er geraubte Energie zur Bewältigung seines Lebens für nötig erachtet. So, wie Technologie Folge EINES Raubes ist, ist Verdummung die Konsequenz künstlicher Beschleunigung – durch das nur kurz während Verprassen eines wohlinformierten Vermögens.

Phi ist EINE irrationale, nie endende Zahl, weshalb es von Natur aus weder EIN *Richtig* noch EIN *Falsch*, weder Perfektion noch Dummheit geben kann. Vielleicht, weil die Evolution des Kosmos, mitsamt allem Leben, ein unendlicher, doch keineswegs unwesentlicher Prozess ist, der, aufgrund seiner mitunter langsamen Zyklen, nicht, in linearer Rückbetrachtung, gänzlich fassbar ist?

Nun, mal entfernt sich ein Lebewesen vom Goldenen Schnitt, mal kommt es ihm näher, bedingt durch den Wechsel der Jahreszeiten, durch das Alter des Lebewesens und durch Veränderungen im Umfeld. Zu diesen Veränderungen tragen auch all die ANDEREN Lebewesen bei, die Anteil an der PHI-HARMONIE haben, in deren goldenen Mitte die LIEBE zum Leben steckt. Daraus ergibt sich die PHI(L)HARMONIE, die voller Dynamik und Lebendigkeit ist und das HARMONIE-Vermögen des Lebens offenbart. Und, meine Damen, meine Herren, was für EIN Schock: Wohin man auch schaut, keine Spezies verkörpert diese LIEBE mehr als die Summe aller Viren, von denen es weit mehr gibt als von allen ANDEREN Lebewesen zusammen, uns mit einbezogen. Auch hier gilt: Sperrt man ANDERE Summanden ein, beraubt man sie ihrer sich aufaddierenden Freiheit, dann fallen sie EINER Aggression anheim, die uns vertraut ist und daher Ängste schürt. Daher werden wir solange gegen EINEN Gegner kämpfen, bis wir endlich, in der Summe, vom Rauben lassen können.

Je näher Phi nun der Eins kommt, desto weniger Leben ist in der Bude offensichtlich aktiv, sprich, desto mehr spielt sich das Leben im Verborgenen ab. Wäre Phi Eins, dann wäre es einzig eine virale Welt, mehr RNA denn RND. Je tiefergehend Phi aber sich selbst näherkommt, desto intensiver lernt sich das Leben kennen, desto verschiedener kann das Leben Eins sein, sprich, desto mehr Leben ist immer deutlicher sichtbar in der Bude, weil die PHI(L)HARMONIE klangvoller erklingt und das Leben gemeinsam die gleiche LIEBE zum Leben verkörpert. Ausgedrückt durch das unentwegte Hinzukommen und Davongehen verschiedenster Lebewesen.

Die PHI(L)HARMONIE des Lebens basiert auf ihren HARMONISIERENDEN Kreisläufen, woher die natürlichen Zyklen in allen nur erdenklichen Maßstäben rühren. Es ist, als trüge die Kreiszahl Pi das HARMONIE-Vermögen in ihrer Mitte, woraus das Phi des Goldenen Schnitts hervorgeht, so zur Rekursion von Lebendigkeit führend und diese bewahrend. Das gilt, solange die zur Fortführung der PHI(L)HARMONIE notwendige Energie zugeführt werden kann und dynamischer Lebensraum zur Verfügung steht.«

Unter dem Text an der Wand erscheinen weitere Worte:

P(H)I(L)HARMONIE: A N D E R S, weil die Entwicklung des Menschen ebenfalls ein Zyklus ist.

»Ein Zyklus, in dessen Verlauf aktuell EINE Dummheit EINE künstliche Intelligenz ersinnt. In der irrigen, sprich, verstrickten Annahme, dass diese sogenannte Künstliche Intelligenz Pi und Phi in EINEN Datensatz umzuwandeln vermag, der die Zukunft des Lebens im Voraus kontrollieren und entsprechend steuern kann. Nebst der Anhäufung von reichlich Datensätzen und Mehr für schlechte Zeiten in riesigen Datenbanken, um EIN baldiges Wohlfühlklima zu gewähren.«

Schwarzhaar und Haarlos stutzten. Erneut wurden sie Zeugen EINER weiteren Abweichung. Seinen letzten Vortrag hatte Gustav Irutma früher beendet. Diesmal sprach er weiter. Wieder drehten sich die kryptischen Worte um Pi und Phi. Das System spuckte umgehend den aktualisierten Stand der Neubewertung aus – inklusive der Berechnung des Bedrohungsindexes, angestiegen um zwei weitere Punkte.

»Soll er nur weiterreden«, sagte Haarlos. »Je mehr Sätze in das System einfließen, desto größer ist die Wahrscheinlichkeit, dass *Enigma Buster* die eigentliche Botschaft entschlüsseln kann. Irgendwann haben wir ihn.«

Schwarzhaar nickte. Seine Augen verengten sich ein wenig. Allen voran hallten drei Begriffe erneut in seinem Schädel nach: *Freitod. Viren. RND.* Umso eindringlicher, je öfter der Vortrag analysiert wurde. Besonders der letzte Begriff hatte es Schwarzhaar angetan: RND. EINE Funktion in Computersprachen, zur Erzeugung von Zufallszahlen.

Gustav Irutma redete unbeirrt weiter.

»Apropos Klima. Das Klima ist die Verwobenheit verschiedener Zyklen, die den Zyklus der Menschheit beeinflussen und ganze Zivilisationen durch Kälteperioden zugrunde richten können. Während das Wesen des Klimas der Wandel ist, ist das Unwesen der Menschen die Umwandlung von Verwobenheit in Besitz, Macht und Profit, kurz Raub. Einst Jäger und jahreszeitlicher Sammler, dann Räuber und dauerhafter Brandstifter, denen es aktuell immer leichter fällt, zu rauben und zu brandschatzen. Längst breitet es sich aus, das sechste Artensterben. In Gestalt EINER immer fragiler werdenden Masse, die ihre Biologie loszuwerden und mit Datenbergen ganze Kontextgebirge zu versetzen gedenkt.

Egal in welche Richtung sich demnach P(H)I bewegt, das Leben, es bleibt lebensfähig. Zumindest, solange es sich im Kreise von Verwobenheit frei bewegen kann, ohne sich auf ewig in EINEM konstanten Radius drehen zu müssen beziehungsweise sich in EINEN Teufelskreis verstricken zu lassen. Hinsichtlich der Annehmlichkeiten des Lebens aber, darüber befindet einzig EINE Spezies. Jene, die sich im Kettenbruch des Lebens maximal vom Eins-Sein der Viren zu entfernen versucht, ihrer eigenen werten Harmonievorstellungen wegen – und aus diesem Grund der fragilste Anteil des Lebens bleibt.

Ändern wird sich daran erst etwas, wenn dieser in Teilzeit am Leben teilnehmende Anteil irgendwann sein Solistendasein aufzugeben bereit ist. Erst dann wird der Raub vergehen und werden die Räuber schweigen – und mit ihnen die anschwärzenden Stimmen, die ANDERE als Räuber bezeichnen.

EINE Utopie meinerseits? Oder EINE unlautere Anmaßung, weil ich vorgebe, die Welt bereits ANDERS, gar A N D E R S wahrnehmen zu können?

Um sich EIN ANDERES Bild von solch A N D E R E N Vorstellungen zu machen, möchte ich Ihnen einen Mann vorstellen, der des Rätsels Lösung weit näher war als viele seiner Artgenossen, bis ihm *seine* ANDERS-Artigkeit zum Verhängnis wurde. Sie kennen ihn vielleicht vom Namen her und bedingt durch seine Rolle, auf Seiten der Engländer, im Zweiten Weltkrieg. Die Rede ist von Alan Turing, Erfinder EINER gleichnamigen Maschine, deren Prototyp den Verschlüsselungscode der Nazis, namens *Enigma*, knackte und damit Geschichte schrieb.«

Im fensterlosen Raum, vor EINER Vielzahl Monitore gebannt verharrend, blickten Schwarzhaar und Haarlos abwechselnd sich mit großen und die Monitore mit noch größeren Augen an – nicht erst, seit das Wort *Enigma* gefallen war. Die Neuberechnung des Bedrohungsindexes blinkte auf. Weitere sieben Punkte waren hinzugekommen, EINEN Level erreichend, der in seiner Bedeutung eindeutig war: akute Gefährdung der nationalen Sicherheit auf allen Ebenen. Schwarzhaars Handy erwachte. Selbstmord und Viren. *Und* Jungfrauen. Alles Zufall?

»Alan Turing, meine Damen und Herren, der große Mathematiker und Erfinder EINER gleichnamigen Maschine, die als Vorläufer aller Computer gilt, hatte sie offenbar gespürt: Die Anziehungskraft der Fibonacci-Zahlenfolge, die, teilt man EINE ihrer Zahlen durch ihren Nachfolger, dem Goldenen Schnitt umso näherkommt, je größer die Zahl ist, durch die geteilt wird. Turings Liebe galt, neben dem gleichen Geschlecht, den Zahlen, doch vermochte er, in der Betrachtung der Morphologie von Lebewesen und insbesondere der Strukturen von Pflanzen, auf den Spuren der LIEBE zum Leben zu wandeln. Sein ganzes Interesse galt, dem Goldenen Schnitt entsprechend ausgedrückt, hauptsächlich der Mathematik und nebensächlich der PHI(L)HARMONIE. Pi indes, soweit ich davon Kenntnis habe, spielte dabei keine Rolle.

Trotz Kritik von einflussreichen Stellen, dahingehend, dass mathematisches Bestreben, die Natur zu erfassen, überbewertet und daher keine WAHRE Annäherung auf EINEM solchen Weg möglich sei, hielt Turing an seinem zahlenreichen Vorhaben fest, um zahlreiche mathematische Entsprechungen in der Natur zu finden.

ANDERS ausgedrückt: Die Besonderheit des Goldenen Schnitts vermag sich durchaus in Szene zu setzen, denn wo immer sich in einem Habitat die P(H)I(L)HARMONIE dem Goldenen Schnitt annähert, da liegt eine gesunde Ausgewogenheit zwischen Ressourcenangebot und nach diesen Ressourcen Suchenden vor. Ohne zum Stillstand zu führen, solange die LIEBE zum Leben gegeben und zyklische HARMONISIERUNG möglich ist.

Gleiches gilt bei der Verteilung und Umwandlung von Energie, woraus ersichtlich wird, warum Räuber keinen Sinn für die P(H)I(L)HARMONIE haben. Es sei denn, sie sind ANDERSartig veranlagt, was sich in vielerlei Ausgestaltung zeigen und EINEN durchaus der Gefahr von Freiheitsberaubungen aussetzen kann.

A. M. Turing, Alan Mathison mit vollem Namen, war vielleicht EIN solcher. Auch EIN Räuber, keine Frage, denn Räuber sind wir Menschen genau genommen längst alle. Von ganz wenigen Ausnahmen abgesehen, den sogenannten Primitiven, obwohl *primitiv* doch *ursprünglich* respektive *nahe dran* bedeutet und keineswegs *dumm* oder *einfältig*. Eben nahe dran am vitalen Puls der P(H)I(L)HARMONIE. Turing, EINER, der den zeitgeistigen

Fluch EINES ANDERS-Seienden verkörperte, die Frage aufwerfend, ob EIN solcher, andersherum betrachtet, wieder richtig, wieder perfekt und tauglich, für EINE Gesellschaft wird. Oder aber in Frage stellend, dass EIN solcher, derart ANDERS betrachtet, einfach der WAHRHEIT näherkommt. Jenen ähnlich, die wir voreilig als Raubtiere bezeichnen. Jenen ähnlich, die an EINEM Krieg beteiligt sind, obwohl sie sich im Vorfeld diesbezüglich unbeteiligt wähnten. Jenen ähnlich, die unter Zeitdruck stehen, der EIN Trick EINES Geistes ist, um in aller Ruhe, als Zeitgeist getarnt, Lügen über die WAHRHEIT verbreiten zu können. Jenen ähnlich, die EINEM Herdentrieb folgen, zwar unwissend über Vieles, aber nichtsdestoweniger zu wissen glaubend, dass nicht *sie* EINEM Wahnsinn verfallen sind, sondern all die Anderen, die nicht Teil ihrer Herde sind. Sie alle, keineswegs geradewegs auf dem Weg zur WAHRHEIT und doch mittendrin im Goldenen Schnitt, der von Natur aus eine polare Gegenläufigkeit darstellt. Gegenläufig auf gemeinsames Eins-Sein zulaufend, denn nur dergestalt lässt sich das Rätsel des größten Raubzuges aller Zeiten lösen. EINER Turing-Maschine bedarf es dazu indes nicht. Wie jede Maschine, die nicht mit dem Leben verwoben ist, sondern ihre Energie anderswoher bezieht, diente auch sie, wie heute jeder Computer ihr dient, einzig der primären Annäherung durch sekundäre Entfremdung. Entfremdung in Form besagter Nullen, in den WAHRLICH nennenswerten Nennern der Diversität von Einsen.

Es ist dieses das verrückte Erbe des Alan Turings, das er durch seinen Freitod der Welt vermachte. EINEM Märchen entlehnt, biss er, weil er nicht *Mehr* konnte, in einen

Apfel, von eigener Hand vergiftet mit Zyankali. Doch wer weiß, vielleicht ist auch dieses Märchen nur EINE Mär, so, wie – « Mitten im Satz sackt Gustav Irutma, mit Zweitnamen Niels, am Podium in sich zusammen, zu Boden gleitend. Es folgt EIN Stimmengewirr, Rufe, herbeieilende Schritte. Der junge Mann aus der ersten Reihe erreicht den daliegenden Körper zuerst. Er fühlt am Hals nach einem Puls, erleichtert, ihn gefunden zu haben. Gustav Irutma öffnet die Augen. Er benötigt einen Moment, bis sein Mund in der Lage ist, Worte zu formen.

»Kennen wir uns?«, fragt er den jungen Mann leise, der noch immer neben ihm auf dem Boden hockt. »Wie heißen Sie?«

»Nick«, antwortet dieser. »Nick genügt.«

Bevor Gustav Irutma auf die Antwort reagieren kann, wird ihm erneut schwarz vor Augen. Die Gesichter, Stimmen und Geräusche verwirbeln sich zu einem Sog, ihn fortreißend aus der Welt.

Für Sekunden geschah nichts weiter. Im karg möblierten Raum lag Gustav Niels Irutma reglos auf dem Boden. Alle Vitalparameter blieben unverändert stabil.

»Hält er uns zum Narren?«, fragte Haarlos. »Oder ist das so EINE Art mentales Selbstzerstörungsprogramm?« Beide Agenten betrachteten die Ergebnisse auf dem Monitor der Hirnaktivitäten.

»Nichts Ungewöhnliches zu entdecken. Alles normal«, erwiderte Schwarzhaar.

»Vielleicht - «, setzte Haarlos an, als der am Boden liegende Körper sich zu bewegen begann. Gustav Irutma richtete sich zögerlich auf, sichtlich lebendig und unversehrt. Er erhob sich, streckte sich und setzte sich auf das Bett. Dann folgte, was sich bereits fünfzehnmal zuvor nach seinen Vorträgen zugetragen hatte: nichts.

Beide Agenten studierten die aktuellen Auswertungen. Die Verknüpfung mit der Filmdatenbank hatte keine brauchbaren Fortschritte erbracht. *Enigma Buster* hatte zwar EINE Verbindung zu zwei weiteren Filmen gefunden, *Contact* und *π*, in denen die Irrationalität von Pi EINE vordergründige Rolle spielte, doch befand das System diese für nicht relevant. Abgesehen von der erhöhten Sicherheitsstufe gab es somit keine weiteren Veränderungen in der Handhabung der zusammengetragenen Daten. Resigniert fuhr sich Schwarzhaar schließlich mit der Hand durch das Gesicht.

»Dieses Gerede über Turing und *Enigma* - « Schwarzhaar wandte sich Haarlos zu. » - wie passt das zum Thema Raubtiere?« Schwarzhaar stand auf. Er ging vor den Monitoren auf und ab. »Diese Vorträge, jeder einzelne für sich, ich meine, ergeben die *irgendeinen* Sinn? Vielleicht ist dieser Kerl schlichtweg verrückt. Erkennt das System, erkennt Künstliche Intelligenz Verrücktheit? Hat das mal irgendwer getestet? Vielleicht verschwenden wir hier Zeit und Unmengen Buster-Power für nichts und wieder nichts. Vielleicht ist das aber auch nur EIN ausgebuffter Trick, um über die Aufzeichnung der Vorträge EIN hinterhältiges Virus in das System einzuschleusen. Vielleicht steckt aber auch längst EIN solches Virus im System. EINES, das das System noch nicht erkannt hat, weil es sich erst im Laufe der nächsten Tage, Wochen, was weiß ich, zusammenbauen wird. Alles ist möglich – oder aber nichts von alledem.« Haarlos sagte kein Wort. Er war unablässig damit beschäftigt, EINE Tastatur zu bearbeiten.

»Was treibst du da?« Schwarzhaar trat auf seinen schweigenden Kollegen zu. »Hast du etwas Brauchbares entdeckt?« Haarlos reagierte nicht sofort. Als er aufblickte, lag EIN breites Grinsen auf seinem Gesicht.

Es hatte tatsächlich funktioniert. Endlich hielten sie den Schlüssel in der Hand, der vonnöten war, um dem kryptischen Gerede von Gustav Irutma EINEN Sinn zu entlocken. Haarlos' Idee hatte sich ausgezahlt. Einfach, aber effektiv. Es genügte EIN kleiner Cocktail psychoaktiver Substanzen, die von Laien als Wahrheitsdrogen bezeichnet wurden, und EIN bisschen Hypnose – und voilà, schon hatte der Vortragende preisgegeben, was den Agenten bisher verborgen geblieben war: Jene Projektionen an der Wand, die für die imaginierte Hörerschaft bestimmt waren und von deren Wortlaut und Bildinhalt nur der Vortragende wusste. Nun fehlte nur noch der entscheidende Schritt, *Enigma Buster* mit diesen Daten zu füttern und auf die Entschlüsselung zu warten. Schwarzhaar war überzeugt: Ihre Abteilung stand in Kürze vor EINEM kongenialen Durchbruch. Jenem ähnlich, der Turing einst mit seiner Mannschaft in die Geschichtsbücher gebracht hatte, als es ihnen durch EINE Eingebung gelungen war, den bis dahin unentwirrbaren Code der Nazis zu knacken. Verglichen mit den damaligen Möglichkeiten, sollte es doch mit dem Teufel zugehen, wenn der hochmoderne *Enigma Buster* nun nicht imstande wäre zu liefern, was sich Schwarzhaar und

Haarlos von diesem Meilenstein moderner Technologie erhofften.

Würde die Entschlüsselung EINEN ähnlichen historischen Meilenstein bedeuten? Dahingehend, EIN terroristisches Komplott bisher ungeahnten Ausmaßes aufzudecken, das, erfolgreich vollstreckt, die Grundfeste der modernen Gesellschaft, der Demokratie an sich, erschüttern würde?

»Raffiniert, verschiedene Schreibweisen gleicher Worte als Verschlüsselung zu benutzen. Ich bin mir sicher, das System redet in Kürze Klartext. All diese Tiergestalten und Symbole werden mit brauchbaren Informationen gefüllt.« Schwarzhaar grinste. »Ich könnte mir denken, wir werden EIN paar alten Bekannten begegnen.«

»Und diesmal haben wir sie wirklich an den Eiern«, frohlocke Haarlos. Beide Agenten lachten.

Ihnen gefror das Lachen zwanzig Minuten später, als das System seinen endgültigen Entschlüsselungsbericht auf dem Monitor kundtat. Schwarzhaar fehlten die Worte. Haarlos fand derer nur vereinzelte: »Was - «, fing er an, brach ab und versuchte es erneut. »Ich verstehe das nicht. Der Schlüssel – ich meine, wir haben ihn doch.« Er überflog aufgebracht das einzelne Blatt Papier, auf dem Gustav Irutma, unter dem Einfluss von Hypnose und chemischer Substanzen, jene Zeilen niedergeschrieben hatte, die er seiner Zuhörerschaft als Wandprojektion dargeboten hatte.

Wir EINEN: Menschen
Die ANDEREN: Alle, die keine Menschen sind

Harmonie: Lebensmodell der EINEN
HARMONIE: Modellierung des Lebens durch ANDERE

Darunter stand:

PHI(L)HARMONIE: EINE ANDERE Welt, eine, die ganz
A N D E R S ist.

Darauf folgte:

P(H)I(L)HARMONIE: A N D E R S, weil die Entwicklung des Menschen ebenfalls ein Zyklus ist.

Haarlos schüttelte resigniert den Kopf. Einen Moment
später fegte er das Aufgeschriebene mit einer unbe-
herrschten Geste vom Tisch. Flüsternd segelte das Papier
zu Boden.

»Verdammt«, stieß er hervor. Diesmal war es
Schwarzhaar, der schweigsam im Bürostuhl verharrte. Er
bearbeitete mit Daumen und Zeigefinger seine Nasen-
wurzel, die Augen geschlossenen. Ruckartig erwachte
sein Körper. Sein Blick glitt über das auf dem Boden liegende Blatt. Er hob es auf und las die Zeilen ein weiteres
Mal aufmerksam durch. Auf gleiche Art verfuhr er mit
dem Bericht des Systems. Die entscheidenden Sätze wiederholte er zweimal für sich, als probiere er EINEN Zauberspruch aus, über dessen Wirkung er sich nicht ganz
sicher schien.

»Keine eindeutige Entschlüsselung möglich. Bedrohungsindex durch Integration der letzten Dateneingabe
zu 45% bei 42. Durch Umkehrung der Schreibweisen Be-

drohungsindex zu 45% bei 0. Die restlichen 10% verteilen sich auf unwahrscheinliche Szenarien, deren Bedrohungsindex jeweils zwischen 0 und 25 liegt.«

Erneut betrachtete er das Papier in seiner Hand. EIN Gedanke durchzuckte ihn.

»Klammer auf, Klammer zu, Buchstaben klein, Buchstaben groß. Wann und wofür, nur EINER, EIN einziger, weiß Bescheid.«

»Was faselst du da?« Haarlos hatte sich etwas beruhigt und sich auf die Kante des langen Tisches gesetzt, ein Fuß auf dem Boden. Schwarzhaar starrte auf den Monitor, auf dem Gustav Irutma, bewegungslos dasitzend, zu sehen war. Mit dem Kinn gab Schwarzhaar seinem Kollegen zu verstehen, wo der eigentliche Schlüssel zu finden war.

»Legweak und Pi. Irutma und Phi«, sagte er. »Wer EINEN Vortrag dermaßen wiederholen kann, kennt auch den *genauen* Wortlaut. Auch jenen, den wir hier als Zuschauer und Zuhörer nicht sehen beziehungsweise nicht hören. Überreden wir unseren Gast doch einfach, besagten Wortlaut *so* niederzuschreiben, wie er zu lauten *hat*.«

Die Miene von Haarlos erhellte sich. »Glaubst du, das könnte klappen?«

»Warum nicht? Sollen unsere Überredungskünstler doch mal zeigen, was sie realiter draufhaben.« Nicht zum ersten Mal grinsten beide Männer sich an. Diesmal allerdings ließ die Euphorie ein klein wenig zu wünschen übrig – ob des vorherigen Reinfalls, den sie beide noch nicht komplett verdaut hatten.

■■

»Offenbar liegt ihm Handschrift lieber.« Auf dem Monitor sah man Gustav Irutma an EINEM Tisch sitzen, darauf EIN aufgeklappter Laptop, EIN Ringbuch mit leeren Seiten und EIN Stift. Den Laptop zur Seite geschoben, hatte sich Gustav Irutma zielstrebig den Stift gegriffen und zu schreiben begonnen.

»Kein Problem«, sagte EINER der Betrachter, »Unsere Miss Buster kommt inzwischen mit fast allen Handschriften zurecht, denen von Anwälten und Ärzten inklusive.« Er kicherte. Niemand im Raum tat es ihm gleich.

Neben Schwarzhaar und Haarlos waren sechs weitere Personen zugegen, das Geschehen auf den Monitoren verfolgend. Die Sicherheitsmaßnahmen waren deutlich intensiviert worden, *Enigma Buster* inzwischen mit EINEM Upgrade der Deep-Learn-Funktion versehen und zusätzliche Hardwarekapazitäten zur Verfügung gestellt.

»Ich vermute, das Aufschreiben braucht wahrscheinlich eine ganze Weile«, sagte EINER. »Zumindest, wenn man die Länge seiner Vorträge als Maßstab heranzieht.«

»Wie dem auch sei«, warf Haarlos ein, »Hauptsache, wir wissen endlich, wo welche Schreibweise gemeint ist. Der Rest dürfte für unser rätselhaftes Rätselschätzchen dann wahrlich kein Problem mehr sein.« Alle Anwesenden nickten und murmelten involvierte Zustimmung.

Keine Minute später legte Gustav Irutma den Stift beiseite. Er schlug das Ringheft zu. Sofort wurde es laut und hektisch im Überwachungsraum, den jemand zügigen Schrittes verließ. Es dauerte nicht lange, bis EINE zweite Person auf dem Monitor auftauchte. Diese nahm das Heft vom Tisch und machte umgehend kehrt, ohne EIN Wort an den still dasitzenden Mann zu richten. Die Tür zum Überwachungsraum öffnete sich erneut.

»Ich habe kein gutes Gefühl bei dieser Sache«, sagte Schwarzhaar. Sein Gesicht hatte deutlich an Farbe verloren.

»Zeig schon her, was hat er geschrieben?«, forderte EIN anderer jenen auf, der zuvor kurz auf dem Monitor zu sehen gewesen war.

Das Heft wurde aufgeschlagen auf den Tisch gelegt, der Text vorgelesen.

»EIN ANDERES Mal vielleicht. Vielleicht ANDERS als dieses EINE Mal. EIN dreifacher Rat bis dahin meinerseits:

Erstens. Wer nicht vor Ort anwesend ist, dem fehlt der Kontext all der Fäden, die die Anwesenden mit örtlichen Augenblicken verweben.

Zweitens. Jene Augenblicke einzig aus zeitlicher respektive örtlicher Ferne zu beschauen, lässt Wesentliches, das die Anwesenden verbindet, verlorengehen.

Drittens. Wer zudem Freiheiten beraubt, der hat sich selbst längst gefangen nehmen lassen, in EINER eigenen Befangenheit, aus der es solange keinen Ausweg gibt, wie andere Befangene EINEN selbst gefangen halten.«

Schweigen im Raum. Lüfter surrten.

Haarlos fluchte. Schwarzhaar schloss die Augen. Vier Agenten lasen den Text erneut. Der siebte schüttelte mit dem Kopf. Der achte warf EINEN Blick auf den Monitor, auf dem zuvor Gustav Irutma am Tisch sitzend zu sehen gewesen war.

»Was ist denn das?« Die anderen sieben Augenpaare folgten seinem Blick.

Gustav Irutma war nicht mehr zu sehen. Neben dem Stuhl, auf dem er zuvor noch gesessen hatte, stand ein Schaf. Es blökte, die dunklen Augen auf die Kamera gerichtet. Dann wurde der Bildschirm schwarz.

Farbamnesieschwarz.

Interludium

EIN Mensch

Mensch, dekonzentriere dich. Schaue nicht genau hin. Stelle keine Zusammenhänge her. Mache vereinfacht weiter wie bisher. Bis hierhin - und noch viel, viel weiter.

Mensch, wie viel ist dein Leben wert, wie viel EIN Leben ganz allgemein? Mit wie viel Bitcoins würdest du dein Leben aufwiegen? Was schätzt du, wie viele Wiegen ihr Leben lassen, damit du, Stück für Stück, der ANDEREN Seite der Münze nicht gewahr wirst, sondern weiterhin nur die EINE Seite zu schätzen weißt?

Mensch, Mensch, Mensch.

Wird EINER Masse etwas Vereinfachtes untergejubelt, bejubelst du es als Fortschritt. Blind wirst du gegenüber der Fragilität, welche die Vereinfachung aus ANDERER Sicht mit sich bringt.

Vom Konzentrat des Lebens zu kosten, nein, das liegt dir längst fern. Daher bist du, was du bist: EIN Mensch. EIN Paradoxon wie kein ANDERES.

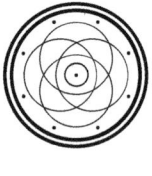

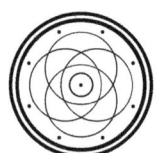

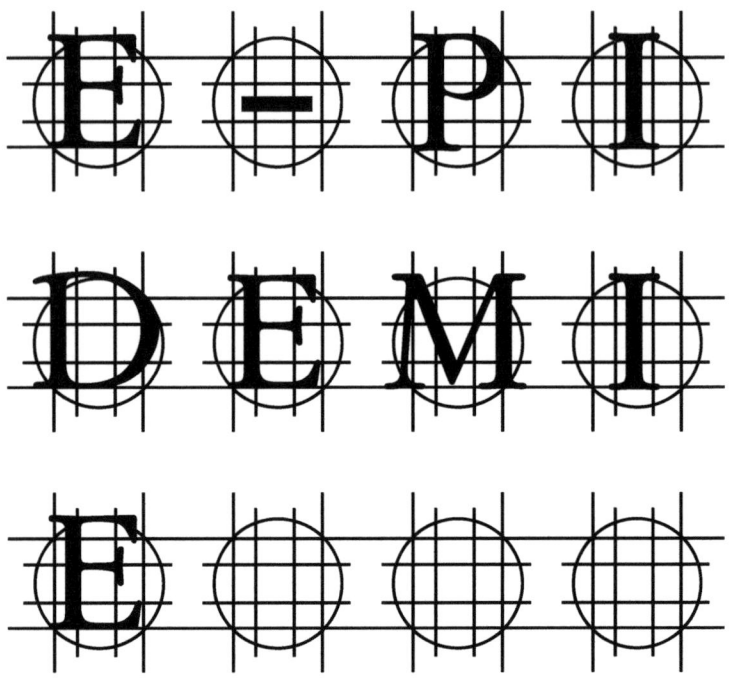

»Möchtest du noch etwas Kühles trinken?«

Kim, matt und mit fiebrig glänzenden Augen, bewegte verneinend den Kopf. Die Temperatur war zum Abend hin rasch gestiegen. Sie spürte die Hitze, sich unter ihren langen Haaren anstauend, sowie die Erschöpfung, sich in den Gliedern ungehemmt ausbreitend. Ihre Mutter fuhr ihr mit einer als eisig empfundenen Hand durch die verschwitzten Haare, lächelte ihr aufmunternd zu und stellte das Glas Wasser neben ihr Bett auf EINEN kleinen Tisch.

»Gute Besserung, kranke Maus. Morgen sieht die Welt ein bisschen sonniger aus.« Kims Mutter gab ihr einen Kuss auf die Stirn. Leise verließ sie das Zimmer, das Deckenlicht herabdimmend, bis nur noch ein vager Schein mit Kim im Raum verblieb. Keine zwei Minuten später war das Mädchen bereits eingeschlafen, ihr Atem flach und schnell.

Empfundene Stunden später, die nur Minuten waren, öffnete Kim die Augen. Sie hatte ein für ihr Kinderzimmer untypisches Geräusch gehört – ein Knistern, ein Rascheln, begleitet von einem leisen Pfeifen. Ein silbernes Geschöpf stand ihr gegenüber, an die Wand gelehnt. Es betrachtete sie mit mildem Blick. Vielleicht EINEN halben Meter groß und von humanoider Gestalt, nur anders proportioniert, machte es keine Anstalten zu verschwinden. Halbmondlicht auf feuchtem Laub im Herbst, so schimmerte das Geschöpf, ohne des spärlichen Deckenlichts zu bedürfen, um seine Anwesenheit preiszugeben. Kim war keineswegs erschrocken. Im Gegenteil, umwehte diesen nächtlichen Besucher doch eine elektrisierende Aura von Spannung und Abenteuer. Winzige funkelnde, kugelförmige Gebilde umschwebten den schmalen Kopf, nacheinander vergehend, woher sowohl Knistern als auch Rascheln rührten.

»Wer bist du?«, fragte das Mädchen ruhig.

»Jemand, der deine Hilfe dringend benötigt«, antwortete das Silberwesen. Es floss mehr, als dass es ging, auf Kim zu. »Mein Name ist Flux Argen. Du musst Kim sein.« Das Mädchen nickte und schlug die Bettdecke zur Seite. Sie setzte sich auf die Kante und trank das Glas Wasser, das neben ihr am Bett stand, ohne abzusetzen leer.

»Meine Hilfe?«, fragte Kim, das Glas abstellend. »Wie bist du hier reingekommen?«

Statt zu antworten, deutete die Gestalt mit einer Handbewegung, die weiteren Funkenflug bewirkte, auf die Steckdose in jener Wand, an der sie zuvor noch gelehnt hatte.

»Durch die Steckdose?« Flux nickte nur.

»Potzrotz und Rattenschiss«, entfuhr es Kim, womit für sie das Thema erledigt war, so, als stünde alltäglich des nächtens eine derartige Figur in ihrem Zimmer, sie um Hilfe ersuchend. »Nun, sehr redselig bist du ja nicht. Magst du mir wenigstens die näheren Umstände deiner Reise durch das Stromnetz verraten?«

»Entschuldige meine kargen Worte. Es braucht immer eine gewisse Weile, bis ich nach einer solchen – wie du es nennst – Reise wieder im Vollbesitz meiner Kräfte bin. Dieser Wechselstrom, er ist nicht ohne.« Kim nickte verständnisvoll und dachte an den Jetlag, von dem ihr Vater zu berichten wusste, wenn er von EINER Geschäftsreise aus der Ferne heimgekehrt war.

Das Mädchen wurde des Geruchs gewahr, den Flux verströmte, nach Gewitter riechend und jenen seltenen Sommertagen, an denen die Sonne durch nahezu schwarzes Gewölk hervorkroch und die triefend nasse Landschaft in einen gesättigten Farbenrausch verwandelte.

»Statt vieler Worte hier in diesem Raum, halte ich eine nähere Betrachtung der misslichen Lage am Ort des eigentlichen Geschehens für angemessen«, gab Flux Argen zu bedenken. Er streckte seinen silbernen Körper, was jenes leise Pfeifen zur Folge hatte, welches Kim die Augen hatte öffnen lassen.

»Und wie gelangen wir an jenen ... Ort, der meiner nicht näher beschriebenen Hilfe bedarf? Etwa – «, setzte Kim an.

» – durch die Steckdose? Genau«, bestätigte das Edelmetall auf zwei klobigen Beinen.

»Aber – «

»Keine Sorge, nimm einfach meine Hand. Der Rest geschieht ohne jedwedes Zutun deinerseits. Bereit?«

Kim schaute an sich herab. Einzig Unterwäsche und Pyjama bekleideten sie.

»Auch dafür ist gesorgt. Du wirst sehen. Also?«

Die Uhr neben dem leeren Glas zeigte 22:11 an.

»Wie lange werden wir unterwegs sein?«

»Auch darüber brauchst du dir nicht den Kopf zerbrechen. Wir machen das schließlich nicht zum ersten Mal.«

»Wir?«

»Eines nach dem anderen. Jetzt aber los. Der Zeitpunkt ist günstig. Die Verbindung steht.«

Ehe sich Kim versah, lag ihre Hand auf der langfingerigen Pranke von Flux Argen. Sie folgte ihm zur Wand und verfolgte, wie er einen Finger auf das linke Loch der Steckdose legte.

»Warum links?«, fragte Kim, mehr, um sich im Angesicht der abenteuerlichen Bandbreite zu beruhigen, nicht der Antwort wegen.

»Es ist wie in der U-Bahn«, gab ihr Flux zu verstehen. Er zwinkerte ihr zu. »Nur ungemein schneller.« Von jetzt auf gleich verschwanden beide im Stromnetz des Hauses. Ein letzter Funke verglomm, als Zeichen ihres Aufbruchs, doch da waren sie längst jenseits des Kontinents unterwegs.

Zu beschreiben, wie es sich anfühlte, durch das Stromnetz auf wechselnden Strömen zu reisen, wäre beileibe kein einfaches Unterfangen. Naheliegend, wenn auch bereits weit davon entfernt, taugte der Vergleich mit EINEM Glas Sprudelwasser, in das kindlicher Überschwang reichlich Brausepulver gekippt hatte und EIN Strohhalm gesteckt worden war. Pustete man durch den Strohhalm, entstand eine herrliche, schaumbildende Brodelei - genau *so* fühlte sich Kim, in einem ihr unbekannten Zustand mit Flux in der Steckdose verschwunden und durch den Wirrwarr von Myriaden Leitungen rasend. Kaum begonnen und den Beginn wahrgenommen, war die Reise auch schon vorbei. Es folgte das Geräusch EINER geplatzten Kaugummiblase, deren Geschmacksrichtung dabei ohne Belang war. Jegliche brausende Empfindung war im Nu vergangen. Kim war wieder Kim und noch immer hielt sie den Kontakt zu Flux aufrecht.

Offenbar standen sie in EINEM Garten voller Nacht und entfärbter Blätter, voller Stängel und Blüten, direkt an EINEM Geräteschuppen aus Holz. Kim blickte hinter sich und entdeckte die Steckdose. EIN Modell für den Außenbereich, mit EINER losen Klappe über der eigentlichen Steckdose, um das Eindringen von Regenwasser zu verhindern - oder Insekten vor irrtümlicher Vollstreckung der Todesstrafe zu bewahren.

»Wo sind - «, setzte sie an, kam aber nicht weiter, da ein nahes Bellen sie im Satz unterbrach. Der Schäferhund, der ihnen plötzlich gegenüberstand, ließ sie beide nicht aus keineswegs nach Stöckchenwurf verlangenden Augen und hörte nicht auf, ihr beider unbefugtes Eindringen in den Garten lautstark zu verkünden. Im Haus, in unmittelbarer Nähe, erhellte sich EIN Fenster im Erdgeschoss.

»Potzrotz und Rattenschiss, tolle Begrüßung«, flüsterte Kim.

»Ups«, sagte Flux. Er klang wie EIN Kurzschluss. »Falsche Route. Mein Fehler. Passiert ab und an schon mal.«

Sie drehten sich langsam um zur Steckdose. Flux klappte den Schutzdeckel hoch. Der Wächter bellte eindringlicher und kam einen Hundeschritt auf sie zu.

»Moment, erst brauchen wir eine Verbindung, die stabil genug ist«, gab Flux zu verstehen. »Verdammter Wechselstrom. Sagte ich es nicht?«

»Bäm?!«, brüllte EINE Männerstimme vom Haus her. »Was ist los? Gespenst oder Feind, was hast du entdeckt? Kreuz oder Gewehr, was ist vonnöten?«

»Bäm?«, Kims Augen weiteten sich. »Was für EIN bescheuerter Name - « Erneutes Brausen. Der Garten, er hatte sich in prickelnde Luft aufgelöst.

»Und?«, fragte Kim. »Sind wir diesmal am richtigen Ort?« Flux nickte. Kim nahm ihre Hand wieder an sich. Sie bemerkte, dass sie keinen Schlafanzug mehr trug, sondern, ähnlich wie ihr Begleiter, in einem metallenen, enganliegenden Stoff gekleidet war. Ihrer war kupferfarben. Sie spürte ihn nicht.

»Schick«, kommentierte das Mädchen und schaute sich um. »Wo, bitteschön, sind wir hier nun?«

Der Raum, von der Größe EINES Klassenzimmers, war karg, bar jeglichen Mobiliars, abgesehen von EIN paar schäbigen Metallstühlen. Vereinzelt bröckelte der Putz von den Wänden, die an anderen Stellen von weißen Kacheln teilweise bedeckt waren. EINE wandfüllende, ungeputzte Tafel bestimmte das traurige Erscheinungsbild; zwei dreckige Fenster, ihre Rahmen schäbig und EINER Reparatur dringend bedürftig, unterstrichen die Tristesse. Der graue Boden war mit verschlissenem Linoleum bedeckt, zumindest in der Mitte des Raumes, zu den Wänden hin immer unvollständiger werdend. Überall lag Schutt herum, gnadenlos in Szene gesetzt vom kalten Licht EINER einzigen, noch funktionierenden Leuchtstoffröhre ohne Abdeckung. Es roch nach Vernachlässigung, nach haushohen Schulden. EIN Geruch, der sich tief ins Gemäuer gefressen hatte. Der Ansatz von fiesschwarzem Schimmel an der Decke vervollständigte die dargebotene Tristesse.

Vier weitere Gestalten waren bereits zugegen. Zwei von ihnen sahen Flux sehr ähnlich – ganz in Silber. Die anderen beiden trugen die kupferfarbene Version: Ein älterer Mann, der immerzu vor der Tafel auf und ab ging, und ein bonbonlutschender Junge mit EINER Brille, die nicht zu einem Jungen passte. Der Mann nahm keine Notiz von den Neuankömmlingen, die wenige Augenblicke zuvor aus EINER der Steckdosen gefallen waren. Unbeirrt blieb er in Bewegung, unverständliche Worte murmelnd. Einer der Silbernen kam auf Kim und Flux zu.

»Wunderbar. Endlich hat es geklappt. Die üblichen Wechselschwankungen. Sehr wahrscheinlich war der fünfzigste Impuls bereits besetzt. Egal, ihr habt es geschafft. Der Sonne sei Dank.« Kim verstand kein Wort. Aus der Ferne, außerhalb des Gebäudes, drang EIN dumpfes Geräusch widerwillig in den Raum vor. Das Mädchen streckte sich, ohne zu pfeifen.

»Kim, du hast bestimmt eintausend und fünf weitere Fragen. Leider drängt die Zeit etwas und wir können nicht alle beantworten, aber sei versichert: Vieles wird sich im Verlauf deines Aufenthaltes hier klären. Vielleicht beginnen wir mit unseren Namen.« Er zeigte auf die Kupferfarbenen. »Der Herr vor der Tafel ist Wilhelm, der Junge heißt Simon.« Die unpassende Brille nickte ihr zu. Simons Mimik legte die Vermutung nahe: Die Nase trug die Brille noch nicht lange. Wilhelm blieb stehen. Er schrieb mit EINEM Stummel Kreide etwas an die Tafel.

»Der andere hier ist Jui Argen. Flux hast du ja bereits kennengelernt. Mein Name ist Flow Argen.«

»Bleiben also nur noch eintausend und eine einzige Frage übrig«, bemerkte Kim grinsend. Simon lachte. Wilhelm schrieb unbeirrt weiter. Das silberne Trio schaute Kim ausdruckslos an. »Um die Sache auf EIN fragendes Kilo abzurunden, beantwortet mir nur endlich, wo wir *hier* eigentlich sind«, schlug Kim vor.

»Im Reich auf dem Sprung«, sagte Flux. »Allerdings befürchte ich, die Anzahl deiner Fragen steigt nun sprunghaft an, anstatt sich zu verringern.« Kim nickte.

»Ich bin inzwischen bei über eintausendfünfhundert angekommen«, warf Simon lachend ein, ein resignierendes Schulterzucken hinzufügend.

»Also gut, ich habe verstanden«, sagte Kim. »Erzählt mir einfach, warum ihr mich aus meinem Bett geholt, mich durch das Stromnetz geschleust und *hierher* gebracht habt. Flux erwähnte irgendetwas von Hilfe.«

Wilhelm klopfte mit der Kreide auf die Tafel. Alle Blicke wandten sich ihm zu. Zwei Kreise, EIN paar Pfeile, EIN Strichmännchen, daruntergeschrieben, kaum lesbar: Sonne, Sonnensturm, Erde, Kim.

»Das Fieber, mein Mädchen. Es klappt nur bei Fieber von bestimmter Höhe. Je höher, desto tiefer gelangt man hinein ins sprunghafte Reich, desto leichter passt EINER durch die Steckdose obendrein, um zu surfen, auf elektromagnetischen, jedoch gebändigten Wellen. Woher rührt dein Fieber? Nun, von der Sonne. Sie brauste kürzlich besonders intensiv auf, obwohl sie sich erneut seit Jahren vorübergehend zur Ruhe begibt. Schleuderte ihre Energie, ihrerseits empfangen, auf die Erde wie einst Zeus seine Blitze. Du nahmst sie auf - die Energie, zumindest einen empfänglichen Teil davon. Die Folge? Dein Fieber! Bingo – so einfach ist das.« Mit der bloßen Hand wischte Wilhelm seine Skizze weg, kritzelte stattdessen hastig Zacken und Wirbel auf das, was Unmengen vorheriger Skizzen vergangener Kreidezeiten gewesen waren. »Die Sonne, junge Dame. Selten sieht EINER das Offensichtliche. Erdbeben, Vulkane, heftige Stürme. Seuchen in den Städten und Pandemien. Turbulenzen an den Börsen. Tumulte in den Köpfen der Menschen, Unruhe in den Geschöpfen aller Klimazonen – und, natürlich, das Klima selbst. Die Sonne, my dear. Vergiss niemals die Sonne. Nur durch sie bist du hier.« Wilhelm verstummte. Wieder schritt er auf und ab. Simon zerbiss sein Bonbon. Kim blinzelte ob dieser kryptischen Informationen. Flow sah sich genötigt, das Mädchen endlich in die näheren Umstände ihres merkwürdigen Zusammenkommens einzuweihen.

»Es sind die Windräder«, sagte er. »Du weißt schon – jene, die überall aus dem Boden schießen und die Sprache des Windes in Strom übersetzen. Wenn man still ist, hört man sie deutlich.« Er unterstrich seine Worte, indem er verstummte. Kim lauschte.

»Ich kann nur so EIN dumpfes, weit entferntes Donnern hören«, bemerkte sie.

»Genau. Das sind die Windräder«, gab ihr Flow zu verstehen.

»Häh?!«, entfuhr es Kim. »Seit wann klingen Windräder wie Vorschlaghämmer, die den Vorschlag machen, Mauern einzuschlagen?«

»Seit sie nicht länger gewillt sind, EINEM windigen Treiben Folge zu leisten. Sie verlassen massenweise den für sie angedachten, ertragreichen Standort und rotten sich zusammen. Sie stellen Forderungen, mit Konsequenzen drohend, sollten diese nicht erfüllt werden.«

Kim sah Flow ungläubig an. Sein Gesicht blieb ernst. Wenn er das Mädchen auf den Arm nehmen wollte, verstand er es hervorragend, seine versilberte Miene nicht in quecksilbrige Flunkerei zu verwandeln.

»Na klar, wie konnte ich das vergessen. Umherwandernde Windräder.« Kim schlug sich mit der flachen Hand vor die Stirn. »Ich Dummerchen.« Flow blieb ernst. Auch Flux und Jui blickten eher besorgt denn belustigt drein. Simon nickte langsam. Wilhelm war stehen geblieben. Er schaute zu Kim herüber.

»Don Quichotte, Mademoiselle, er reitet wieder. Nicht gegen ungestüme Windmühlen, nein, immerzu den Windrädern auf ihren windigen Logenplätzen entgegen. Sein Gaul, mit gehetztem Schaum vor dem Maul, diese arme Kreatur, sie ist kraftlos, gänzlich erschöpft. Sie beide kommen nicht dagegen an, gegen EINEN Wahnsinn namens Ökostrom, gegen den politisch motivierten Irrsinn erneuerbarer Energien. Willkommen im neuen Jahrtausend. Es ist dieses die technologische Variante EINER Jungfrauengeburt; EIN Energiebündel, der Jungfrau entnommen, die alltäglich in Erdöl badet, um dermaßen jungfräulich zu erscheinen und stets Erneuerbares zu gebären. Niemand fragt, welchen Sinn Jungfrauen von Natur aus machen. Niemand fragt, was die Jungfrau jung und am Leben hält. Niemand fragt, wer das Leben am Leben hält, wenn alle Welt derart jungfräuliches Treiben beibehält. Schießt die Wahnsinnigen und die von Sinnen Irrenden, die Jungfrauenerfinder ins eisige All, auf den Uranus, auf den Neptun, hinaus auf die Außenposten unseres Sonnensystems. Ja, lasst es uns in die Tat umsetzen, geschwind. Dort, weit weg, herrscht lebensferne Kälte – und, aber wie kann das sein, dort toben gewaltige Stürme, eintausend Kilometer in der Stunde schnell, ganz ohne CO_2 und ohne erwärmte Gewässer. Was für EIN Schlaraffenland für arg windige Gestalten, für geschäftstüchtig herumheulende Windhunde, deren sich erneuernden Kopfgeburten sich an solch leblosen Orten immerzu jungfräulich ausleben können.« Er schüttelte den Kopf.

»Potzrotz und - «, setzte Kim an.

» – und Rattenschiss«, kam ihr Flux flugs zuvor.

»Ich glaube das erst, wenn ich es sehe«, warf Kim in die Runde. »Ich meine, die umherwandernden Windräder.«

»Was man sieht, entspricht aber nicht unbedingt der WAHRHEIT«, meldete sich zum ersten Mal Simon zu Wort, die Brille abnehmend. »Oder hast du schon mal EINE riesige Wolke mit EINEM langen Kabel dran gesehen?« Kim öffnete den Mund, schloss ihn aber sogleich wieder. Wilhelm kicherte.

»Nun«, sagte Flow, »deshalb haben wir dich hierhergeholt, Kim. Du sollst mit den Windrädern über ihre Forderungen reden.«

»Oh, kein Problem. Wer wäre dafür besser geeignet als ich, die schon einhundertzwanzig solcher Unterhaltungen geführt hat, zehn pro Jahr«, gab Kim lachend zurück. »Erwähnte ich es bereits: Ich bin zwölf!« Die drei Silbernen warfen sich Blicke zu, deren Deutung sich jenen entzog, die nicht derart silbern geboren worden waren.

»Wenn ich das richtig verstanden habe«, meldete sich erneut Simon zu Wort, die Brille aufsetzend, »dann haben die Windräder sogar ausdrücklich nach dir verlangt.«

»Hätte ich mir eigentlich denken können, oder? Es ist wie in EINEM Traum.« Kim zwinkerte Flux keck zu. »Nur irgendwie - realer.«

Das Deckenlicht flackerte für wenige Sekunden, begleitet von einem leisen Fiepen. In der Ferne ertönte erneut ein Vorschlag. Lauter als zuvor, dann mehrere hintereinander.

Es war Tag – sah man vom Himmel ab, der ein wolkenloser Nachthimmel war. Die offene Landschaft erstreckte sich im farbintensiven Tageslicht bis zum Horizont. Ein kleiner See spiegelte unberührt die sternenklare Nacht. Der Anblick hielt Kim sofort bereitwillig gefangen, kaum, dass das ungewöhnliche Sextett aus jenem heruntergekommenen Gebäude herausgetreten war, welches den schäbigen Raum mit der Tafel in sich barg. Nicht weit von ihnen entfernt, stand, mitten auf einer Wiese, EINE lange Leiter aufgerichtet, deren oberste Sprosse gegen nichts lehnte, das der Leiter hätte Halt geben können. Das Vorschlaggewitter war nun deutlicher zu hören. Sogar der Boden vibrierte leicht. Kim vermied es, weitere Fragen zu stellen.

Nachdem sie den See hinter sich gelassen hatten, lag vor ihnen eine weitläufige Senke, in der sich lichter Nebel gesammelt hatte – und Windräder, deren unteres Drittel im Nebel gelegen. Obwohl – irgendetwas stimmte nicht mit der Perspektive. Kim legte den Kopf etwas schief. Sie hätte schwören können, dass es annähernd so viele Windräder waren, wie sie unbeantwortete Fragen hatte. Diese zusammengepferchte, weit über EIN Windparkdasein hinausgehende Abstraktion EINES Waldes aus Windrädern, deren Rotoren sich nicht drehten, sie reckte sich der Nacht entgegen, demonstrierte so Geschlossenheit. Bedrohlicher als die Ansammlung selbst, empfand Kim die ihr zugewandten Positionslichter auf der Rückseite der Turbinen. Diese blinkten paarweise kurz hell auf, so den Eindruck erweckend, sie glotzten allesamt übellaunig drein – wie eine bizarre Lebensform mit langem Hals und stillstehendem Propeller am Hinterkopf.

Weiterhin krachte es, der Boden bebend, der Grund nun offensichtlich: Weitere Windräder bewegten sich schwerfällig hüpfend auf die bereits Versammelten zu und schleppten jenen massiven Betonklotz mit sich, auf dem EIN Windrad ansonsten fußte, um dem Wind standhaft zu trotzen. Daher die verfremdete Perspektive, schienen die Hälse derer, die im Nebel standen, doch länger, weil der massive Klotz, Hunderte Tonnen schwer, normalerweise tief im Boden steckte. Normalerweise – es sei denn, den Windrädern stand der Sinn nach Revolution, die sie aus der Haut fahren ließ. Aus der Haut, welche die Erdoberfläche war.

»Wie nahe müssen wir denn an sie heran?« Kim versuchte, sich über das Gepolter Gehör zu verschaffen. »Ich meine, nicht, dass sie uns unter sich begraben. Ich habe keine Lust, als schäbige Briefmarke dieses sonderbaren Reiches hier zu enden.« Flux nahm sich ihrer Frage an:

»Keine Sorge, sie erwarten uns bereits. Sie beabsichtigen keineswegs, uns zu plätten. Ihnen liegt sehr viel daran, den Einfluss von Gal Ore endlich zu brechen und sein Treiben nicht länger unterstützen zu müssen.«

»Gal wer?« Kim zog die Augenbrauen hoch.

»Gal Ore, auch der *Nimmersatte* genannt, das Oberhaupt von *Trash Island*. Er verfügt in Hülle und Fülle über den Strom, den die Windräder produzieren. Den verkauft er gewinnbringend als Heilmittel gegen EINE Gefahr ungeheuren Ausmaßes. Von dieser Gefahr heißt es, sie würde alles Leben bald durch Hitze und Flut vernichten, wenn nicht weitere Windräder noch mehr Strom alsbald produzierten. Inzwischen ist die Angst vor dieser Gefahr allgegenwärtig, weil ihre Aufrechthaltung so erneuerbar ist wie Gal Ores Heilsversprechen. Die wenigsten Menschen wagen zu hinterfragen, was es mit dieser Gefahr wirklich auf sich hat. Man befürchtet die soziale Ächtung und gesellschaftliche Benachteiligung. Karrieren, nebst der eigenen Glaubwürdigkeit stehen gleichfalls auf dem Spiel. Hinter vorgehaltener Hand macht die Rede von EINEM Klima der Diktatur die Runde«, schloss Flux und senkte die Hand, die er sich vor den Mund gehalten hatte.

»Und wie sieht sie aus, diese Gefahr?«, wollte Kim wissen.

»Das weiß niemand. Niemand hat sie je gesehen. Offiziell heißt es, die Gefahr gleiche EINEM Hyperobjekt; EINEM, das für das normale Gehirn weit über das Objekthafte hinausgehe. Daher sei EIN solches für Einzelne, ohne Expertisen und jahrelangem Studium komplexer Zusammenhänge, nicht erfassbar. Diese Gefahr, man kann sie nicht hören, und es heißt, stünde sie direkt vor EINEM bei Gegenwind, würde man nicht das Geringste riechen – geschweige sehen.«

»Verstehe ich nicht. Wieso kommt dieser Gal Ore damit durch?« Wilhelm klinkte sich just in die Unterhaltung ein, zu ihnen aufschließend:

»Kontext, mein Kind. Soll heißen: Zusammenhang. Gebe EINEM Menschen etwas in die Hand, das ihm verspricht, sein immer komplexer erscheinendes, mit immer mehr Hyperobjekten sich füllendes Leben zu vereinfachen. Schwupp, schon lässt er Kontexte bereitwillig sausen und drückt nicht nur EIN Auge zu, sondern beide. Voilà, schon hast du den Menschen am Widerhaken. Er folgt dir, erblindet, und befolgt propagierte Anweisungen, die weitere Vereinfachungen zur Folgen haben sollen, dankbar, derart blind, den vermeintlichen Durchblick zu haben. Den gleichen Durchblick wie die Masse, nur, um in selbiger nicht als Ungleicher aufzufallen.«

»Ganz schön smart, oder?«, warf Simon ein, doch war sich Kim nicht sicher, worauf genau er sich bezog. Sie setzte an nachzufragen, aber Wilhelm war noch nicht fertig.

»Zerstöre natürliche Verwobenheit mit deinen Unternehmungen, die umso erfolgreicher und lukrativer sind, auf je mehr Menschen du die Zerstörung, die in deinem Namen geschieht, übertragen kannst. Verkaufe ihnen so das Problem der Zerstörung - als

Lösung für selbiges. Es ist die sonderbar getaktete Elektrifizierung des Lebens. Sie gleicht zunehmend EINER Epidemie, diese künstliche Infizierung des Lebendigen mit Strom von gleichbleibender Stärke. Höre genau hin, ich sage es erneut und betone es wahrheitsgemäß, nimmer müde werdend, es weit öfter zu wiederholen: EINE E-Pidemie.

Wo immer du EINEM großen E in deinem Leben begegnen wirst, das sich besonders deutlich in den Vordergrund zu drängen versteht, da sei auf der Hut. Lasse dir nicht EINE Vereinfachung aufschwatzen, die keine Ahnung vom Lebendigen und keine Erinnerung an des Lebens Ursprung hat.«

»EINE Brille, wie meine, sie stünde dir sehr gut. Mit ihr hast du die Elektrifizierung im Blick«, gab Simon Kim zu verstehen. Das Mädchen nickte nur. Fragen über Fragen, sie blinkten in ihrem Kopf mit den Positionslichtern der Windräder um die Wette.

Inzwischen hatte Kim mit ihren Begleitern den Tiefpunkt der Senke erreicht. Nur noch vereinzelt war der Donner EINES Windrades zu vernehmen. Offenbar hatte die Versammlung ihre Stellung bezogen, bereit für jenes Zwiegespräch, welches Flow im Raum mit der Tafel angedeutet hatte. Kim schaute zu den stillstehenden Rotoren empor. Sämtliche Positionslichter leuchteten im Takt. Ihre üble Laune auf dem Höhepunkt angelangt? Passend zum Tiefpunkt, an dem die kleine Gruppe um Kim angelangt war?

»Besonders lebendig erscheinen sie nicht«, dachte das Mädchen und wunderte sich, wie denn die

Kommunikation mit dieser Versammlung stummer Objekte vonstattengehen sollte. Das Sextett verharrte gleichsam schweigend, einer neben dem anderen stehend, jedes Kinn nach vorne gereckt.

»Was jetzt?«, flüsterte Kim nach einer Weile.

»Geduld«, sagte Jui. Es war das erste Mal, dass Kim seine Stimme vernahm, seitdem sie zusammen mit Flux, aus der Steckdose kommend, in dieses Reich gesprungen war.

Der plötzlich aufkommende Wind war es, der Kim erkennen ließ, was gefehlt hatte, seit sie mit den anderen ins Freie getreten war. Beinahe schien es, als wäre dem Wind daran gelegen, all das nachzuholen, was er zuvor unterlassen hatte. Es war ein ganz und gar ungewöhnlicher Wind, einer, der vermutlich Schwierigkeiten hatte, sich zu entscheiden, aus welcher Richtung er denn nun wehen sollte. Hinzu kamen immerzu wechselnde Varianten von Temperatur und Vehemenz. Manchmal zog der Wind nach oben, mal drückte er von oben her herab. Selten hielt er den Atem an – und wenn, dann nur kurz, beinahe so, als wäre es ein Versehen gewesen.

»Die Windräder«, rief Kim. »Seht doch, sie drehen sich. Sagtet ihr nicht, sie seien nicht länger gewillt, Strom zu produzieren?«

»Sie produzieren in diesem Moment keinen Strom«, erklärte Flow. »Zumindest keinen nennenswerten.« Er sah Kim an. »Du wirst gleich verstehen, warum sich die Windräder drehen.«

Erst dachte Kim, es wäre der Wind, der das leise Stöhnen hervorbrachte, bevor es in eine Art Singsang überging. Die Windräder drehten sich nicht nur unterschiedlich schnell vertikal, nein, auch horizontal richteten sie sich allesamt in unterschiedliche Richtungen aus, ohne eine Windrichtung, die den Ton für alle Rotoren angab. Für Kim war es ein irritierender Anblick, kannte sie doch nur Windräder, die ihre Flügel gemeinsam in *die* Richtung drehten, aus der der Wind spürbar blies. Hier aber herrschte wildes Durcheinander, den Eindruck erweckend, EIN flächendeckender Kurzschluss hätte sich in der Elektronik zugetragen.

Kim öffnete ihren Mund, in der Absicht nachzufragen, was mit den Turbinen los war, da erklang eine klare Stimme, deren Geschlecht nicht zuordenbar war. Verdutzt warf Kim ihren Kopf hin und her, als gedachte sie, eines der Windräder nachzuahmen, dabei suchte sie nur die Quelle der Stimme, die überall zu sein schien. Sämtlicher Nebel war inzwischen verschwunden, zerstoben vom Wind.

»Ich bin dort, bin hier. Gerade noch dort, schon wieder fort. Ich lebe und bin vergangen zugleich. Vergänglichkeit aber ist es, die mich erst leben lässt. Bin ich fort, nicht nur barometrische Potenziale ruhen. Spürst du mich vor Ort, weitere Potenziale um mich buhlen. Hin- und hergerissen, her- und hingerissen, ziehe ich am Gewebe der Welt. Nackt verflucht sie mich, ansonsten ersucht sie mich. Schätzt mein vitalisierendes Geleit.«

»Oh, ein Rätsel«, entfuhr es Kim.

»Mitnichten, Mädchen von jenseits der Sprünge, das ist nur eine Modulationsübung zum Einstimmen und Koordinieren, damit ich mittels Windrädern zu dir sprechen kann.«

»Soll das heißen – ich dachte, ich meine, sagtet ihr nicht, die *Windräder* wollten mit mir reden?« Kim hatte sich den Silbernen zugewandt, die genauso erstaunt über diese Aufklärung waren.

»Aber wer – «, setzte Kim an. »Natürlich – der Wind. Also doch. Es ist die Stimme des Windes selbst. Doch ein Rätsel – und prompt gelöst.« Kim lachte.

»Der Wind?« Flux, Flow und Jui schauten einander überrascht an.

»Der Wind, na klar«, sagte der Wind, die Rotoren drehten sich den Worten entsprechend. »Denkt doch mal nach. Wie lange sind Windräder zugegen? Wie lange schon umwehe ich die Welt und kenne jeden vor mir schützenden Winkel? Welche Ausdrucksstärke hätten diese stoischen Dornen, welche hingegen habe ich? Ihr Silberlinge möget es mir verzeihen: Ich habe euch mit einer kleinen Geschichte nasgeführt. Im Schilde allerdings führte ich nichts. Nein, zwecks Forderungen und Konsequenz dreht sich hier kein Rad im Winde. Alles dreht sich vielmehr um dich, mein Kind.«

»Dann bist du es, der mit mir reden will? Aber worüber?«, fragte Kim. »Und warum ausgerechnet mit mir?«

»Du trägst in deinem Körper vererbte nuancierte Klänge, die kaum noch, derart gestimmt, unter den

Menschen zu erklingen vermögen, die aber für das, was wir zu beratschlagen haben, von wesentlicher Bedeutsamkeit für alles Lebende sind.«

»Moment – wie kannst du von solchen Dingen wissen?«

Der Wind brauste auf, erstarb komplett, erstarkte erneut. Ein verzerrtes Lachen erschallte, moduliert von unzähligen Windradflügeln.

»Alles, was lebt oder einfach nur in der Gegend herumsteht, ist ein musisches Instrument für mich. Ich spüre, ob das Instrument verstimmt ist und zu welcher Melodie es fähig ist. Das genügt.«

»Mmh«, machte Kim.

»Mmmmhhh«, hauchte der Wind gedehnt.

»Und nun? Wie geht es jetzt weiter? Was genau ist dein Anliegen?« Kim behielt den Kopf erhoben. Ihn zu senken, um mit dem Wind zu reden, wäre ihr merkwürdig vorgekommen. Der Wind holte tief Luft.

»Ich bin nicht länger gewillt, mich ausbeuten zu lassen und dafür benutzt zu werden, die Welt in EINE ungestimmte Ödnis zu verwandeln. Ich handlangerte bereits menschlicher Gier, hege allerdings nicht die Absicht, mich diesbezüglich zu wiederholen. Jahrhunderte ist es her, verfolgt aber werde ich von den kreischenden, verzerrten Töne jener Gier noch heute.«

»Ah, jetzt verstehe ich, woher der Wind weht«, sagte Kim. Simon und Wilhelm lachten auf. »Wahrscheinlich ist Gal Ore Herr über all die Windräder und du bist der, der sie antreibt. Durch dich verfügt Gal Ore über immer mehr Strom. Was er damit auch macht, kann einzig geschehen, weil *du* seine Windräder antreibst.«

»Das kann man vorerst so stehen lassen«, sagte der Wind. »Ja, so in etwa passt es.«

»Mmh«, machte Kim erneut. Der Wind indes hielt die Luft an – wenn auch nicht lange.

»Du wirst mich jetzt fragen, wo das Problem liegt, nicht wahr? Es heißt doch: Der Strom aus Wind ist der Ökologie des Planeten wohlgesonnen. Daher rüstet ihr nun eure Fortbewegungsmittel um und packt mein Dasein über profitierende Umwege in Akkumulatoren. Fahrt damit, gesäubert, bereinigten Gewissens davon. Nicht unbedingt, weil EIN solches Fortbewegen wirklich lebensnotwendig ist, vielmehr, weil es euch ermöglicht wurde.«

»Das kann man vorerst so stehen lassen«, sagte Kim verschmitzt. »Ja, so in etwa passt es.«

»Nun, wo das Problem liegt, will ich dir erklären.« Der Wind wirbelte mehrmals um die aufmarschierten Windräder herum, sodass sich sämtliche Rotoren vertikal wie horizontal fortan im Kreise drehten, als galt es, in der Werkstatt EINES durchgedrehten Erfinders die Belastungsgrenze seiner Erfindung herauszufinden. Eine ganze Weile ging das so, bis der Wind abrupt abbremste, nur noch lau um die schlanken Sockel streichend. Erneut vernehmbar, klang seine Stimme tiefer und leiser als zuvor. Die Rotoren bewegten sich entsprechend.

»Sämtliche Eiszeiten habe ich begleitet und alle klimatischen Höhen und Tiefen, die zwischen diesen tiefsten Tiefen lagen. Keine Windräder, keine beharrlich verstimmten Instrumente, in jenen unvordenklichen Gestaden. Aus heutiger Sicht unvorstellbar, aus damaliger Sicht einfach elysäisch – falls du verstehst, was genau ich damit meine. Eine unfassbare, sich miteinander einspielende Philharmonie, die durchaus ihre Ecken und Kanten, ihre Phasen in Moll und Passagen voller Disharmonien hatte. Die pure Spielfreude, ohne mir schnurstrackse, senkrechte Hindernisse in den Weg zu mauern oder mich anderweitig zu zähmen und zu lenken versuchend.

Es ist noch nicht lange her, da kehrte etwas Ruhe ein, weil, verschiedensten Einflüssen sei es im Nachhinein gedankt, das Klima sich beruhigte. Dieser Zustand, er hält bis heute an, unterbrochen, ab und an, mancherorts, von Hommagen an einstige vehemente Zeiten. Du kannst mir glauben, wenn ich hier klarstelle: Alles, was ihr Menschen die letzten Jahrhunderte erlebt habt, bewegte sich im gemäßigten Dreivierteltakt über die Bühne des Lebens, von ein paar wilden Improvisationen im alten Stile mal abgesehen. Nur, um nicht ganz aus der Übung zu kommen, sozusagen.

Ich beschaute mir jene gemäßigte Welt, in der ihr Menschen sesshaft wurdet und Felder bestelltet. In der ihr damit begannet, mich zu beobachten, um zu erspüren, wonach mir kommende Tage der Sinn stehen würde, euch auf mein Sinnen vorbereitend. Ihr vertrautet euch mir an, ließet mich die Segel eurer Schiffe füllen, die ich über die Ozeane trieb. Schiffe, die aus ehemaligen Instrumenten bestanden, auf denen ich zuvor mich auf das Leben einzustimmen vermochte.

Für eure Zwecke eingespannt zu werden, es fing in jenen bestimmten Zeiten an. Es war EINE neue Erfahrung für mich, daher stimmte ich eurem Treiben unvoreingenommen zu. Ich war voller Tatendrang, doch soll das keine Entschuldigung meinerseits sein. So schlug ich, des Abenteuers und der Umbrüche wegen, Vorheriges und Bewährtes in den Wind, um es einmal mit mir selbst auszudrücken. Mir bis dahin unbekannte Tonfolgen traten aus den mir ehedem bekannten Klängen hervor. Das Unbekannte hatte EINEN eigenen Rhythmus, EINE gewisse Starre, die immer monotoner wurde, je länger ich mich euch zur Verfügung stellte. Sie lullte mich ein, entwendete mir meine Wendigkeit, weshalb ich euch gegenüber meine Achtsamkeit verlor, dahingehend, was ihr durch mich bewirkt der Welt antatet. Aber hätte ich den Raub, all die Plünderungen, die ihr über die Welt brachtet, verhindern können, wenn ich aufmerksamer gewesen, meinem Wesen treu geblieben wäre? Wahrscheinlich, wenn ich nicht verführt, der Hitzkopf mir nicht verdreht worden wäre, insgeheim durchaus dankbar für jedes noch so kurze Intermezzo instrumentaler Aufruhr, ohne jedoch die Zusammenhänge und Auswirkungen folgerichtig zu begreifen.

Es kam die Zeit, da entdecktet ihr den Ersatz meiner Fähigkeiten in den dunklen Konzentraten, die in den Krusten der Welt in Unmengen schlummerten, und so ließet ihr weitestgehend von mir ab.

Der Umtriebigkeit entwachsen, mich neuen Herausforderungen gewachsen wähnend, widmete ich mich wieder den eigentlichen Spielräumen der Instrumente, die sich mir von Natur aus darboten. Deshalb verfolgte ich der Menschen Ambitionen nur noch am Rande. Ich spürte die zunehmende Verstimmung immer deutlicher, die durch sie in die Welt gekommen war und nicht aufhörte, sich noch weiter auszubreiten. Bis heute motiviert es mich, meine Fähigkeiten stets an euer Zerwürfnis mit den Elementen anzupassen, ohne aber dem Wesen des Klimas untreu zu werden, sprich, dem Wandel.

Die nächste Eiszeit, möge sie doch baldigst kommen – dieser Wunsch ist es, der mich weiterhin bei Laune hält, denn wie mag ich wohl klingen, mit all meinen neuen Fähigkeiten, durch euch erwirkt? Ich habe Zeit, bin von Natur aus ein sehr geduldiger Wanderer – wäre da nicht besagtes Problem.«

»Gal Ore!«, platzte Kim heraus.

»Gal Ore? Nein, nicht direkt. Das Problem ist vielmehr das, wofür Gal Ore steht. Ich meine das Motto, das er überall herumposaunt, das er nicht müde wird, künstlich erwirkt, wieder und wieder wiederzukäuen, bis es schließlich zu dem wird, was es wirklich ist: Mist. Das Motto, es lautet: STOP CLIMATE CHANGE.

Was für EINE verdrehte, auf den Kopf gestellte Vorstellung von erneuerbaren Energien, einhergehend mit dem globalen Raubbau EINER Gesellschaft, die den Raub als Lösung des Problems ansieht. Ich meine zudem meine erneute Involvierung, die weit weitreichendere Folgen haben wird als damals, als ich eure Segel aufblähte, mit denen ihr zu fernen Küsten aufbrachet. Damals, als ich eure Banner und Fahnen wehen ließ, die ihr blutverschmiert in fremde Böden rammtet – und seitdem nicht müde geworden seid, als Hüter demokratischen Gedankenguts aufzutreten.

Aus meiner Sicht lautet besagtes Problem im Grunde: Mir wird vor Ort die windestypische Freiheit genommen, damit ihr weltweit in Windeseile den Schein von Freiheiten in meinem Namen verkaufen könnt – durch den Einsatz dieser kreisenden Apparaturen, die mitnichten meinem natürlichen Instrumentarium entsprechen, mit dem ich mich auf das Leben einstimmen kann.

Ursprünglich sah Freiheit gänzlich ANDERES aus. Von Natur aus können vor Ort alle möglichen Freiheiten ausgelebt werden, solange weltweit ein HARMONISCHER Zusammenhalt bewahrt bleibt. Sause ich hier durch stämmige, weit verzweigte Wälder, über kleine Seen und die Größe der Meere, durch breite Täler und über die höchsten Gipfel der Berge, kommt das auch anderswo dem Leben zugute. Wird mein Sausen aber eingefangen, umgewandelt, sonst wohin transportiert und anderswo in EINER anderen Form wieder freigelassen, dann werde ich an EINEM verzerrenden Projekt beteiligt. EIN Projekt, das weitere Verwobenheit verzehrt und die Philharmonie des Lebens teils bis zur Unkenntlichkeit verstimmt. Wo immer EINES dieser Windräder sich mir einbeinig in den ansonsten von mir bewegten Weg stellt, da ist EIN brachialer Raub im Gange. Miteinander Verwobenes wird dadurch in EINEN langatmigen Raubzug verwickelt, der längst massentaugliche Proportionen angenommen hat. Dieser übertrifft um Längen jene Raubzüge, denen ich mich als uneinsichtiger Hitzkopf hingab.« Der Wind hielt ein weiteres Mal inne. Fünf erhobene Häupter warteten gespannt. Wilhelm kniete auf dem Boden, die Augen geschlossen, den Kopf gesenkt.

»Es ergeht ja nicht nur mir allein so«, fuhr der Wind nach einer Weile fort. »Was auch immer von Gal Ore der Verwobenheit entrissen und anschließend entartet auf das Leben losgelassen wird, verschärft das eigentliche Problem auf vielfältige Weise, nur will das kaum EINER wahrhaben. Gleichfalls betroffen sind die Sonne, das Wasser und all die ANDEREN philharmonischen Ausdrucksformen, denen Gal Ore das klebrige Etikett des Erneuerbaren auf den Resonanzkörper gekleistert hat.

Erneuerbar! Lachhaft. Gal Ore, er gehört in Einzelhaft. Was für EIN Etikettenschwindel, an dem Gal Ore sich zu bereichern versteht. Er blendet vereinfacht Zusammenhänge aus. Er blendet so EINE Masse, die mittlerweile anderweitig in vielerlei Hinsicht verblendet ist. Er sieht nur das Produkt, das er aus der Umwandlung natürlicher Verwobenheit gewinnen und vermarkten kann. Nur den blassesten Schimmer, was es *wirklich* mit der Verwobenheit auf sich hat, den hat er nicht. Vielleicht liegt es an seinem trashigen Inseldasein oder an der Konzentration von unnatürlich viel Energie an EINEM Fleck, die

ihm das Gespür für derartige Zusammenhänge ab-
spenstig gemacht haben. Hätte er es, würde er erkennen: Die verpönten fossilen Energieträger in den
Krusten der Erde sind es, die erneuerbar, die regenerativ sind, nicht jene, die von ihm als *Erneuerbare*,
als *Regenerative* angepriesen werden, medialen
Weihrauch schwenkend und die Sinne damit verne-
belnd.«

»Moment, Moment.« Kim schüttelte den Kopf. »In
der Schule habe ich gelernt, erneuerbare Energien
sind solche, die nicht endlich sind. Die sozusagen
sich sofort wieder neu ergeben – wie das Licht der
Sonne, das ja nicht nachlässt, nur, weil es auf Solar-
zellen trifft und in Strom umgewandelt wird. Gleiches gilt doch auch für dich. Du wirst ja nicht umso
schwächer, je mehr Windräder du antreibst, weil
nachfolgender Wind sich unmittelbar ergibt. Kohle,
einmal verheizt, ist weg und das Loch, das sie im
Kohlevorkommen der Erde hinterlässt, wird eben
nicht wieder gefüllt, weshalb Kohle und Öl sich verbrauchen. Fossile Energieträger sind EINE Vorrats-
kammer, die nicht mehr aufgefüllt werden kann. Erneuerbare Energien aber sind eine beinahe uner-
schöpfliche Kammer, denn was man herausgeholt,
füllt sich unmittelbar wieder auf.« Die Windräder
surrten in einem Tempo fort, als überlegte der
Wind, was er auf Kims Worte erwidern konnte.

»Bildung, junge Dame, ist EIN zweischneidiges,
stets geschärftes Schwert«, warf Wilhelm ein, der
sich erhoben und den Monolog des Windes dafür
genutzt hatte, um über etwas ANDERES nachzuden-

ken.»Je nachdem, *welches* Bild der Welt die Bildung bilden soll. Nicht jedes Vorbild taugt als Weltbild und was sich manch EINER vorstellt, muss keineswegs die Welt ANDERER bilden. Man hüte sich sehr wohl davor, den Wind mit all seiner Lebenserfahrung als eingebildet anzusehen. Nur, weil er keine Schulbank gedrückt und keine vorgefertigte, vorgebildete, vorgestellte oder wie auch immer vorgekaut und formulierte Bildung genossen hat. Was der Wind verbreitet, ist von wesentlicher Bedeutung für das Leben – wie der gemeinsame Atem aller Lebewesen.«

Schließlich meldete sich die tiefe Stimme des Windes erneut zu Wort:

»Fossile Energieträger gleichen den verschütteten, verschwiegenen dunklen Erinnerungen an EINE schwerwiegende Traumatisierung. Was Gal Ore dagegen erneuerbare Energieträger nennt, entspräche demgemäß Unterhaltungen über den Alltag des Lebens, denen scheinbar nichts Traumatisches anhaftet – daher vielleicht das grüne Image der Erneuerbaren. Grün wie die Hoffnung – die Hoffnung, sich *nie* mit EINEM vergangenen Trauma auseinandersetzen zu müssen.

Erneuerbar, hinsichtlich der erneuerbaren Energien, ist einzig die gesellschaftstaugliche Absicht, dem Trauma *nicht* auf die Spur kommen zu wollen. Erneuerbar, hinsichtlich der *fossilen* Energien, aber ist die Verwobenheit des Lebens an sich. Vorausgesetzt, ganz dem entgegengesetzt, was Gal Ore nicht müde wird zu predigen, es bleibt der Zusammenhang zwischen Energiebedarf und Energieangebot am Ort des Bedarfs bestehen. Das Problem ist daher, nun aus EINER ANDEREN Sicht betrachtet: Was die erneuerbaren Energien versprechen, kann man nicht ohne die fossilen realisieren. Was wirklich für die fossilen Energien spricht, hat zwar Erneuerung als Vorwand, doch geht es mit vielen weiteren Problemen einher, solange Zusammenhänge zerstört werden. Die Nutzung fossiler Brennstoffe ist natürlich kein Problem. Problematisch allerdings ist – und bleibt vorerst - der menschliche Umgang mit Energie, indem der Mensch die Energie weit schneller und weitreichender freisetzt, als sie über sehr lange Zeiträume an Ort und Stelle entstanden ist. Aufgrund dieser Problematik, Kim, bist du hier, denn sei versichert: Je mehr Energie aus der Zerstörung von Verwobenheit und Zusammenhang gewonnen wird, desto mehr leidet die revitalisierende Ermöglichung der HARMONISIERUNG darunter, die für das Leben lebensnotwendig ist – gemeint ist damit die Klangfülle der Philharmonie.«

Immerzu wiederholte Kim die Worte des Windes in Gedanken, während sie mit der kleinen Gruppe den Weg zurückging, den sie gemeinsam gekommen waren. Zumindest wusste sie nun, weshalb sie im Reich auf dem Sprung gelandet war. Der Wind hatte es letztendlich doch noch verraten, nachdem er von Gal Ores Einfluss und vom WAHREN Unterschied zwischen fossilen und erneuerbaren Energien erzählt hatte. Kim blieb vieles unklar, wovon manches zudem ungewohnt geklungen hatte. Manchmal war sie kurz davor gewesen auch ihn auf ihr Alter hinzuweisen, hatte es aber unterlassen. Trotz alledem wusste sie jetzt um ihre Rolle im Geschehen, das sich zwischen den Welten zutrug.

»Ersinne mir EINE Möglichkeit, wie ich den Menschen ihren Irrtum bewusst werden lassen kann. EINE, die glaubhaft ist. EINE, die möglichst viele Menschen ohne großen Aufwand erreicht. Wenn du EINE solche ersonnen hast, komme hierhin zurück.« Mit diesen Worten war der Wind ein letztes Mal aufgebraust und hatte kalte Luft durch die Senke gewirbelt.

Die Gruppe erreichte den See. Auf der Leiter, die unverändert gegen den Nachthimmel gelehnt stand, reckte sich eine weitere silberne Gestalt den Sternen entgegen, auf einer Handfläche eine, im Vergleich zur Gestalt, riesige Glühbirne balancierend. Erst jetzt erblickte Kim das dünne Kabel, das, aus der Schwärze kommend, in einer tiefschwarzen, die Sterne verdeckenden Fassung endete, in der sich etwas Tageslicht vom Boden her spiegelte.

»Das ist Glow.« Flow, der schweigend neben Kim hergegangen war, deutete auf die Gestalt, die inzwischen die Spitze der Leiter erreicht hatte. Freihändig war sie damit beschäftigt, die Glühbirne geschickt in die Fassung zu drehen. Es gelang erstaunlich mühelos und ohne eine Schrecksekunde. Unvermittelt verschwand die Nacht aus dem Himmel und legte sich stattdessen über das gesamte Land. Zugleich erstrahlte der Himmel im Tageslicht, sich teilweise im

See wiederfindend. Schemenhaft blieb die nähere Umgebung ersichtlich, das Gebäude, auf welches die sechs zugingen, mehr Ahnung denn begehbares Objekt. Langsamer als zuvor setzten sie ihren Weg darauf zu fort. Im Licht der Lampe machte Glow seinem Namen alle Ehre, flink die Leiter herabkletternd. Er entschwand dem Tage und verschwand, noch etwas glimmend, in der Nacht. Kim stellte keine Frage. Ihre Gedanken kreisten weiter um EINE Möglichkeit, der auf die Sprünge zu helfen, sie hierhergeholt worden war. EINE, die EINER bereits bestehenden gleichen musste, um nicht unvertraut sofort auf breite Ablehnung zu stoßen.

Im Raum angelangt, in dem sie die einsame nackte Leuchtstoffröhre stuporös empfing, tänzelte Wilhelm direkt zur Tafel, damit beginnend, eine abstruse Apparatur zu skizzieren. Simon schnappte sich EINEN der Stühle. Er ließ sich rittlings darauf nieder. Das silberne Trio zog sich wortlos in EINE Ecke des Raumes zurück, während Kim sich, an die Wand gelehnt, auf den linoleumfreien Boden hockte. Immerzu führten sie ihre Gedankengänge zu jenem Trauma zurück, welches der Wind erwähnt hatte. Damit wusste sie nichts anzufangen. Zwar hatte sie EINE ungefähre Vorstellung davon, was EIN Trauma war, aber es gelang ihr einfach nicht, es mit erneuerbaren Energien in Verbindung zu bringen.

Kim stellte sich EIN Tagebuch vor, das die Menschheit aufgrund EINES Traumas zu führen angefangen hatte, zum Zwecke der Aufarbeitung vergangener Geschehnisse. EIN solches Tagebuch, es entspräche dann dem Verbrauch fossiler Energien. Was wären dementsprechend die Erneuerbaren? Den Worten des Windes nach am ehesten Verdrängungen. Nein, durchzuckte es Kim, nicht Verdrängungen. Ihr fiel EIN Gespräch zwischen ihren Eltern ein. Es hatte sich um jene Nachbarn gedreht, die immer auf der Höhe der Zeit sich zu präsentieren verstanden. Menschen, bei denen alles perfekt zu laufen schien und die immer die neueste Technik im Haus und vor dem Hause stehend ihr eigen nannten. Bis zu jenem schicksalhaften Tag, an dem die rasch hochgezogene und von innen gestützte Fassade einstürzte, das gesamte Drama der Familie öffentlich offenbarend. Ihre Mutter hatte den Ausdruck *Friede-Freude-Eierkuchen-Mentalität* benutzt, der Kim jetzt zufiel. Genau *dafür* standen die erneuerbaren Energien – für Schönrederei, um sich nicht mit der dunklen, verdichteten Vergangenheit beschäftigen zu müssen. Gedankliche Wohlfühlschminke, damit nicht allgegenwärtig blieb, was einmal geschehen war. Kim sprang auf. Nach wie vor in Gedanken versunken, schob sie sich langsam durch das ehemalige Klassenzimmer, ohne aufzublicken. Simon beobachtete sie. Wilhelm hatte inzwischen seine Skizze beendet – EINE Art dreitrichteriges Grammophon auf Rädern, mit langen Hebeln bestückt – und begutachtete zufrieden sein Werk. Plötzlich flog die Tür auf. EIN junger Mann mit zerzaustem Haar schaute suchend in den Raum hinein.

»Hat einer von euch Gretel gesehen? Mitte Zwanzig, rotes T-Shirt mit EINER gelben Doppelhelix auf der Vorderseite. Sie erforscht den Einfluss des Sonnenlichts auf die DNA. Ich muss sie finden. Ich habe bahnbrechende Neuigkeiten für sie.« Keiner reagierte. Nur Simon schüttelte mit dem Kopf. Der Mann verschwand. Die Tür fiel ins Schloss. Kim sah auf. Sie bewegte sich auf Wilhelm zu.

»Was ist das für EINE Apparatur? Hat es mit dem Wind und Gal Ore zu tun?«

»Vielleicht. Vielleicht auch nicht. Es ist nur so EINE Idee«, erwiderte der alte Mann. Er wurde nachdenklich. »So viel Energie, wir ertrinken darin und glauben fest daran, auf dem Trockenen zu sitzen. Es ist gewiss verrückt. Ich meine, da maßen sich die Menschen an, darüber zu richten, wer in ihren Augen für verrückt zu erklären ist. Aber sind es nicht die Glaubenden selbst, die über alle Maßen hinaus verrückt sind – verrückt von der Wesensmitte des Lebens. Sie wagen kaum mehr richtig durchzuatmen, geschweige nachzudenken, aus Furcht zu ertrinken, doch zugleich schreien sie nach Hilfsmitteln, die ihnen das Atmen erleichtern sollen – oder aber ihnen das Schwimmen ermöglichen.«

»Und was hat diese Apparatur damit zu schaffen?« Kim stand nun direkt vor der Tafel. Der Kreidestaub kitzelte sie in der Nase. Vergeblich versuchte sie, die Bezeichnungen zu entziffern, die Wilhelm um die Skizze herum, wie Vogelfutter im Schnee, verstreut hatte.

»Es ist ein HARMONISIERER. Auf Wolken, unter bestimmten Gegebenheiten, gerichtet, vermag er unausgewogene Potenziale in der Atmosphäre auszugleichen und ein gutes Klima zu schaffen, welches das Leben wieder befreit durchatmen lässt.«

Kaum war das Wort *Wolken* gefallen, da erwachte Simon aus seiner sitzenden Skulpturenhaftigkeit und wurde, nebst Brille, ganz Ohr.

»Ist dieser – dieser HARMONISIERER EIN solches Hilfsmittel? Kann er vielleicht Gal Ores Einfluss auf Weltbilder stoppen?« Kim schaute Wilhelm erwartungsvoll an, doch dieser schüttelte verdrießlich den Kopf.

»Nein, little Miss Charming. So einfach ist das beileibe nicht. Erstens, handelt es sich hierbei um einen noch nicht gebauten Prototyp und zweitens, käme er nur lokal zur Anwendung. Und drittens - « Wilhelm hielt abrupt inne. Er knetete seine Unterlippe mit den Zähnen. » – drittens, würde die schreiende Masse einem solchen Gerät nicht trauen, es gar verdammen, käme es erfolgreich zum Einsatz.« Er bemerkte Kims irritierten Gesichtsausdruck. »Ja, ganz recht. Der Mensch will keine Heilung. Er will nicht das Problem, das ihn plagt, an der Wurzel gepackt wissen. Nein, er gedenkt lieber einzig EINEN Umweg um die Wurzel zu realisieren. Er verlangt nach Hilfsmitteln, die ihm diesen Umweg ermöglichen und obendrein erleichtern, ohne dabei je der Wurzel direkt, von Angesicht zu Angesicht, begegnen zu müssen. So sieht es aus. Wer einmal brennende Bücher auf EINEM Haufen gesehen hat, der versteht, wovon ich rede.«

Schlagartig hellte sich Kims Miene auf – wie der Nachthimmel, der zuvor zum Tage geworden war.

»Das ist es!«, schoss es feuerwerksartig aus ihrem Mund. Alle im Raum wandten sich ihr zu. »Deshalb ist Gal Ore so erfolgreich mit seinen erneuerbaren Energien, mit all den Windrädern, die für ihn den Wind einsacken und ihn so auf die vorbestimmte Reise durch die Stromnetze schicken. Die Rotoren sind besagte Hilfsmittel und das vermeintlich Erneuerbare ist die Erleichterung, die vereinfachte Umleitung des direkten Weges zur Wurzel des Traumas, von dem der Wind erzählt hatte. Wenn die fossilen Energieträger in der Erde dem Trauma entsprechen, dann sind sämtliche erneuerbaren Energien Beschönigungen des Traumas, um dessen als schlecht empfundene Eindeutigkeit mit Mehrdeutigkeiten, oder aber gut *erscheinenden* Umschreibungen, zu verdünnen. Wie EINE starke, ätzende Säure, die, mit viel Wasser verdünnt, nun weniger ätzt – ich hatte das erst kürzlich in der Schule.«

»EINE Umschreibung?«, meldete sich Simon zu Wort. »Meinst du so etwas wie *Ökostrom* oder *grüne Energie*?«

»Genau.« Kim lachte.

»Oder *Energiewende*«, bot Wilhelm an. Er wollte noch etwas sagen. Eine deutliche Falte legte sich über seine vom Alter bereits vorgefaltete Stirn. Er verschloss den Mund.

»Was ist los, Wilhelm?«, fragte Kim, noch den Nachhall ihres Lachens auf den Lippen. Der alte Mann hörte sie nicht mehr. Er starrte ins Leere. Noch immer hielt er die Kreide zwischen den Fingern und beschrieb damit geistesabwesend die Luft. Seine Augen: erst groß, dann riesig. Er drehte sich zur Tafel und kritzelte ohne Pause Berechnungen darauf.

»Was ist mit ihm los?«, fragte das etwas abseitsstehende Trio aus Edelmetall. Kim und Simon zuckten mit den unedleren Schultern. Schweigend verfolgten sie zu fünft Wilhelms unverständliches Gedankenknäuel. Sie warteten gespannt auf dessen Entwirrung.

»Hah!«, rief Wilhelm unversehens. Vielleicht drei Minuten mochten vergangen sein. Er doppelunterstrich die letzten Zahlen und legte den winzigen Rest der Kreide beiseite. Aufgeregt deutete er auf den weißen Wirrwarr. Mit einem großen Schritt kam er auf Kim zu. Ohne Vorwarnung beugte er sich zu ihr herab und gab ihr einen schmatzenden Kuss auf die Haare.

»Das ist eigentlich nicht meine Art«, entschuldigte er sich, »aber unter diesen Umständen ist es mir eine besondere Ehre. Kim, du hast mir einen Funken gegeben und – *Kabuum*!« Wilhelm lachte auf, sein Gesichtsausdruck eine reine, kindliche Bereicherung. »Lasst es mich erklären – wer weiß, vielleicht ist sogar etwas dabei, um diesem Gal Ore das unhandliche Handwerk zu legen. Bereit?«

Die fünf sahen einander an und nickten. Jeder schnappte sich EINEN der Stühle. Nebeneinandersitzend warteten sie gespannt darauf, in Wilhelms Entdeckung eingeweiht zu werden.

»Konzentration.« Wilhelm hob die Hände. Stille. Kein Poltern in der Ferne. Die Deckenlampe fiepte wieder leise und irgendwo im Gebäude, viele Wände dazwischen, rief jemand nach Gretel. Der junge Mann von eben? Kim kam Wilhelms Aufforderung nach und konzentrierte sich ganz auf ihn.

»Konzentration ist das Zauberwort. Es gibt EIN Gegenstück dazu: Dekonzentration. Lasst uns nun gemeinsam EINEN Zauberkuchen backen. Man nehme: eine enorme Menge konzentrierter Energie an einem Ort. Belastet mit vergangenen Finsterheiten. Schwarz wie Kohle, braun wie das Öl, das unsere fortschreitende Welt am Laufen, gar am Leben hält. Nun dekonzentriere man sie, all diese Finsterheiten, indem Millionen Windräder weltweit, landesweit verteilt, aus vormals intakten Böden schießen und anteilig selbige Energie durch Wind erzeugen sollen. EIN grandioses Rezept, um ein konzentriertes Problem an einem Ort in Luft aufzulösen. Verteile es auf möglichst großer Fläche und aus besagtem Problem werden ruckzuck zuhauf überall Lösungen geschaffen, die obendrein als solche erscheinen und verkauft werden können. Wunderbar, gar zauberhaft.

Nimm EIN Trauma. Energie, die sich gleichfalls auf EINEN Punkt konzentriert und löse es auf. Verteile es auf möglichst viele Menschen an möglichst vielen verschiedenen Orten und schon werden Unmengen verschiedener, losgelöster Geschichten daraus. *Trauma? Nie gehört. Was soll geschehen, was uns Menschen widerfahren sein? Verrückt, wer erzählt denn so etwas?*

Nimm ein paar Rinder auf EINER Wiese. Durch und durch Energiebündel, strotzend vor Kraft. Wie lässt sich deren Dekonzentration möglichst problemlos verkaufen? Werde Veganer und proklamiere im Dialekt des Zeitgeistes: *Vegan mir stirbt kein Tier.* Löblich der Gedanke, stünde dieser im Zusammenhang mit dem Energiebedarf vor Ort. Windige Worte, fürwahr. Doch gebührt auch der Dekonzentration EIN Lob? Wie viele Hülsen, Schoten, Körner, Saaten braucht es aus vielen zusammenhangslosen, verfelderten, aber nicht verwilderten Winkeln der Erde, allem voran im Winter, um die konzentrierte Energie des Fleisches körpergerecht in kalter Jahreszeit herbeizubringen? Konzentriert sich der anklagende Blick eines Tieres auf dich - du, der sich zusammenhangsloser Energie bedürftig schimpft - was liegt dann näher, als diesen Blick, nicht einzig auf dich konzentriert, zu dekonzentrieren? Ohne im winterlichen Wohlfühlklima EINES warmen, eigenen Heimes Millionen winziger Augen auf fernen Böden gegenübertreten zu müssen. Augen, die deiner veganen Ernährung im Wege stehen. Weshalb gilt: hinfort mit ihnen.

Es zeigt sich schlechterdings immer deutlicher: Ein hinterhältiges Muster ergibt sich aus der Dekonzentration von Konzentraten. Es macht vor nichts halt, selbst nicht vor den Hochburgen unseres uns behütenden Fortschritts, kickt das Muster gar Meilensteine mit fortschreitendem Schuhwerk den vermeintlichen Lösungsweg entlang.

Nun EIN letztes Beispiel zwecks Verdeutlichung. Es ist, sozusagen, der bittere Schokoladenguss, der unseren Zauberkuchen ziert. Ich wollte es erst nicht wahrhaben – doch komme ich nicht umhin es zu akzeptieren.

Man nehme eine Infektion, die EINE Population an EINEM Ort befällt. Von derart energetischem Ausmaß, dass lokal es zu zahlreichen eindeutigen Symptomen kommt. Was tun, um sich der eigentlichen Ursache, der Wurzel der Infektion vor Ort *nicht* stellen zu müssen? Was tun, um die natürliche, deutlich zum Ausdruck gebrachte Antwort als EIN Flüstern weltweit dekonzentrieren zu können? EIN Flüstern, das, hört man nicht so genau hin, EINEM ins Ohr säuselt: *Kein Problem, es ist alles in Ordnung – lebe vereinfacht weiter wie bisher und kümmere dich nicht um die Wurzel, die durchaus dein weiteres unbeschwertes Fortschreiten zu Fall bringen kann.*

Was tun? Na? Die Uhr, hört nur, sie tickt. Die Antwort, sie ist EIN Schock. Sie schockiert nicht minder wie die WAHRHEIT über den Ökostrom oder die Energiesparpropaganda, ausgerufen von EINER Gigamaschinerie, die über immer mehr Energie verfügen muss. *Tick, tick, tick.* Aus. Vorbei. Chance vertan. *Tock.* Zeit für den Schock. Es sind die globalen Massenimpfungen! Aber *pssst* – nicht zu laut, denn wer die WAHRHEIT anspricht, sie nur streift, der ist EIN Lügner und alle Welt konzentriert sich plötzlich auf diesen.

Schaut auf die Tafel. Ich habe es errechnet. Nein, ich habe mich angenähert. Es lässt sich mit EINER einfachen Formel darlegen, ohne EINES endgültigen Gleichheitszeichens zu bedürfen. Je konzentrierter das Konzentrat an EINEM Ort und je ausgeprägter die Dekonzentration auf möglichst viele Einzelne an möglichst vielen verschiedenen Orten, desto länger vermag der Vorzeichenwechsel von Negativ zu Positiv als Lösungsweg erscheinen. Desto weniger Zeit aber steht an immer mehr Orten für weit mehr Einzelne zur Verfügung, um die verspäteten Folgen des Vorzeichenwechsels folgenlos aus der Welt schaffen zu können. *Yes my dear, that's the real cloudbuster.*«

In dem Moment, als Wilhelm das letzte Wort ausgesprochen hatte, da modellierte sich ein breites Grinsen aus seinem Gesicht, das nicht die Absicht hatte, umgehend zu vergehen. Er blickte zur weißen Skizze des HARMONISIERERS, umzingelt von wirrer Handschrift und vielen, vielen horizontalen Strichen und vertikalen Einsen. Dann sah er zu Kim. »Noch ein Funke, noch eine Explosion. Danke, *mon ami*.« Er wirkte deutlich jünger, allem voran seine leuchtenden Augen trugen wesentlichen Anteil daran. Kim hingegen wusste nicht, wie ihr geschah. Sie freute sich, Wilhelm so glücklich, so lebendig zu sehen, jedoch wirbelte ein Sturm von Fragen durch ihre Freude und nagte die Erwartung des Windes, ihm eine Lösung zu präsentieren, immer intensiver an ihr. Wilhelms Vortrag erleichterte die Situation für sie nicht wesentlich. Sie dachte zwar, sie wüsste annähernd, worauf er hinauswollte, zweifelte allerdings auch an mancher Interpretation ihrerseits.

»Hast du verstanden, was er uns damit sagen will?« Simon hatte sich Kim zugewandt. »Diese Formel und so. Konzentration und De – Dekonzentration.« Er kramte in seiner Jackentasche. Zwei runde Bonbons fischte er hervor. EINES bot er Kim an. Sie nahm es und bedankte sich.

»Nein, alles verstanden habe ich nicht.« Kim entpackte die bunte Zuckerkugel. »Trotzdem habe ich so ein Gefühl. Irgendetwas in seinen Worten kann uns der Lösung hier vor Ort näherbringen.« Sie stutzte und schubste das Bonbon in den Mund.

»Können wir dir irgendwie behilflich sein?«, fragte Flux, der sie lange nicht mehr angesprochen hatte. »Benötigst du irgendetwas?« Kim verneinte, aufmunternd lächelnd.

»Gebt mir noch eine Weile. Ich muss das Alles noch einmal durchgehen und sortieren.« Sie erhob sich vom Stuhl. Wieder begab sie sich zur Wand, wo sie zuvor schon gehockt hatte. Die Lampe über ihr flackerte. Für EINEN Bruchteil verdunkelte sich der Raum. Erneut das Fiepen, nur diesmal lauter. EINE Sekunde später war die Störung vorbei.

Einer Eingebung folgend, ließ Kim das runde Bonbon aus dem Mund flutschen. Sie hielt es vor sich, zwischen Daumen und Zeigefinger geklemmt, und erinnerte sich an EIN weiteres Thema in der

Schule: Photosynthese – die Umwandlung von Sonnenlicht in Zucker. Sie betrachtete das Bonbon, sich vorstellend, es wäre die Sonne. Ließen sich Wilhelms Überlegungen auf einen solchen natürlichen Vorgang übertragen? Wenn ja, wo läge dann Wilhelms thematisierter Unterschied? Die Sonne, als ein Ort konzentrierter Energie, und die Vegetation auf der Erde die Dekonzentration, als flächendeckende Verteilung unzähliger Pflanzen? Das süße Bonbon verschwand wieder im Mund.

»Natürlich«, durchzuckte es Kim wie EIN Stromstoß von noch ungefährlicher Stärke. »Es gibt einen Unterschied zwischen der menschlichen Motivation, das Konzentrat zu verteilen, zu dekonzentrieren, und dem natürlichen Geschehen. Bedingt durch Gal Ores Worte sehen Menschen das über einen langen Zeitraum entstandene Konzentrat *negativ* und wandeln es, Wilhelms Worten nach, in etwas vermeintlich *Positives* um. Etwas, das möglichst weitläufig und so schnell wie möglich weltweit anzutreffen ist. Für die Pflanzen aber ist das Sonnenlicht positiv, wobei auch die Verteilung auf die Pflanzen positiv für das Leben auf der Erde *bleibt*.« Kim zerbiss den Rest des Bonbons. Sie bemerkte gar nicht, dass sie leise zu sich selbst sprach, so die Anderen im Raum an ihren Gedanken teilhaben lassend. Alle lauschten ihren Worten. Kim schloss die Augen und gab sich weiter ihren Überlegungen hin.

»Es muss einen Weg geben, der den für Menschen vertrauten Weg der Dekonzentration geht, aber *zugleich* dem des Sonnenlichts entspricht.« Ihre Stimme wurde ein wenig lauter, die Pausen zwischen den Worten kürzer. War sie der Antwort, um die sie der Wind ersucht hatte, auf der Spur?

»Gemeinsamkeiten. Vielleicht klappt es mit Gemeinsamkeiten. Was haben das Motto STOP CLIMATE CHANGE, vegane Ernährung und Impfungen gemein?« Das Mädchen veränderte seine Position, rutschte hin und her.

»Sie ermöglichen erst die Umwandlung vom Konzentrat zur Dekonzentration; sie bewirken sie letztlich. Wie EIN Bote, der die Botschaft der Umwandlung verbreitet. Aber gilt das auch für die Sonne? Na klar, das Licht, ganz einfach. Wie hatte Wilhelm es noch ausgedrückt: Die Menschen leben lieber mit EINER Lüge, als mit der WAHRHEIT klarkommen zu müssen. Das ist es. Die Natur bleibt bei der WAHRHEIT. Im Namen der Menschheit aber verbreitet der Bote EINE Lüge, die für WAHR gehalten wird, während die Natur selbst als Bote der WAHRHEIT unterwegs ist. Die Lügen entstehen erst durch den Verlust von Zusammenhängen und durch Erhöhung des Tempos, mit der dieser Verlust einhergeht – durch die Konzentration vieler Augenblicke auf EINEN Punkt. Somit - « Kim riss die Augen auf. Die fünf Augenpaare, die auf sie gerichtet waren, bemerkte sie überhaupt nicht. Sie erhob sich und näherte sich der Lampe, die ruhig und ungestört ihr fahles Licht über die karge Räumlichkeit ergoss. Kim lauschte. Sie verharrte in dieser bizarren Körperhaltung. In dem Moment, in dem Simon ansetzte, um Kims Verhalten flapsig zu kommentieren, flackerte die Lampe, begleitet vom inzwischen bekannten Fiepen. Kim sprang in die Höhe.

»*Das* ist es. Wilhelm, du bist ein Genie«, rief sie ungestüm. »Los, wir müssen zurück zu den Windrädern. Der Wind wartet bestimmt schon auf uns.«

»Aber - «, setzte Flow an, kam aber nicht weiter.

»Nicht *aber*«, unterbrach ihn das aufgeregte Mädchen, ihre Hand bereits auf der Türklinke. »Erklärungen gibt es später. Los jetzt!« Und mit diesen Worten verschwand sie im Gang, der nach draußen in die taghelle Nacht führte, gefolgt von einem Quintett, das teils verdutzt, teils neugierig dreinblickte. Verlassen blieb der ohnehin schon verlassen wirkende Raum erneut zurück. Einzig die nebeneinanderstehenden Stühle und die vollgeschriebene Tafel deuteten auf vergangene Anwesenheit hin. Drei Worte in dicken Großbuchstaben hoben sich deutlich von den wirren Schnörkeln, Symbolen und Skizzen ab, die das gesamte Ausmaß der Tafel füllten: START HUMAN CHANGE.

»Das klingt wahrlich äußerst vielversprechend und bestätigt: Ich habe mich in dir nicht getäuscht, junge Dame«, sagte der Wind. Seine Stimme war gelassen und tief, die Rotoren drehten sich gemächlich. Das Blinken unzähliger lidloser Augen auf den langstieligen Hälsen war nur EINE Vermutung, der Himmel nach wie vor taghell erleuchtet.

Kim war die erste in der Senke gewesen, bereits nach dem Wind rufend. Die anderen fünf waren unmittelbar nach ihr eingetroffen, Wilhelm vorne weg, ohne angestrengt zu wirken.

Kaum hatte Kim ihre Idee vorgetragen, da schien es, als feilte der Wind, schon in atmosphärischen Gedanken versunken, an deren Umsetzung. Derweil hatten auch Kims Begleiter verstanden, wie das Mädchen Gal Ore beizukommen gedachte. Der alte Mann hatte in die Hände geklatscht und Simon begeistert durch die Zähne gepfiffen. Flow, Flux und Jui hatten gejubelt, ihre silberne Erscheinung vorübergehend in eine goldene, zellophane Fluoreszenz gehüllt.

»Wahrlich, nicht getäuscht«, wiederholte der Wind noch einmal. »Ich will deine Idee einmal zusammenfassen, nicht, dass ich etwas Wichtiges überhört, vergessen oder nicht verstanden habe.« Erneut kam er etwas aus sich heraus und ließ die Rotoren sich forscher drehen. »START HUMAN CHANGE – das Motto sagt mir eindeutig mehr zu als Gal Ores ewig teufelskreisender Propagandaruf. Es setzt den Schwerpunkt an stimmiger Stelle an, wovon ausgehend etwas Gelingendes sich durchaus entwickeln kann. Wie heißt es bei euch Menschen? Den Gegner mit seinen eigenen Waffen schlagen. Oder EIN wenig ANDERS ausgedrückt: Den menschlichen Missbrauch natürlichen Vertrauens in das Verbrauchen EINES Misstrauens umwandeln. Grandios.

Nun denn, die Windräder werden also weiter mich in Strom umwandeln, nachdem sie ihre bisherigen Plätze wieder eingenommen haben. Schein mit

Schein angehen, sozusagen. Allem Anschein nach wird sich demnach alles weiter um Gal Ores Anliegen drehen, die erneuerbaren Energien flächendeckend zu verbreiten. Erwähnte ich schon: Ich habe einen sehr guten Draht zur Sonne, quasi, und werde ihr von unserem Vorhaben berichten. Ich sagte ja bereits: Das Problem dreht sich nicht nur alleinig um mich. Doch gemach, gemach. Weiter im Text.

Dem vermeintlich regenerativen Strom, der in das weltweite Netz eingespeist wird, ihm jubeln wir ein besonderes Geschenk unter, in winzig kleinen, nicht enden wollenden Päckchen, häppchenweise. Wohin fließt der Strom? Hin zu den Menschen, um ihnen ganz nahe zu sein, denn ohne Strom funktionieren sie nicht, all die Lampen, Geräte, Maschinen und smarten Applikationen, ganz zu schweigen von all den kapitalen E-s, den E-Pidemien. Sämtliche Akkumulatoren blieben anderweitig leer und die Geräte unterwegs stumm. Was Blut für das Leben ist, ist der Strom längst für euch Menschen. *No app, no happiness.* Wie lebensfähig ihr tatsächlich seid, das offenbart sich, sobald euch dauerhaft der Strom abgestellt bleibt. Also veräppeln wir das dekonzentrierende Treiben, indem wir es weiter in Sicherheit wiegen und konzentrieren uns voll und ganz darauf, unsere Botschaft an die Menschen stets zu erneuern, stets zu regenerieren. Diese Botschaft, sie steckt in den Päckchen und wird häppchenweise an alle Haushalte und Unternehmen verteilt. Wir machen es wie Gal Ore, nur machen wir es ANDERS, ohne Vorzeichenwechsel. Wir rechnen mit *dem* ab, womit er rechnet und erlangen dadurch Unberechenbarkeit. Negativ mal negativ – und schon kommt etwas Positives dabei heraus. Wir gehen nicht von EINER Lüge aus, sondern bleiben bei der WAHRHEIT. Es baut auf der Tatsache auf, dass Menschen Geräte inzwischen näher an sich heranlassen als andere Menschen und ANDERES Leben. Nur so kann deine Idee, Kim, umgesetzt und ermöglicht werden, was ansonsten zwar zum Sprung ansäße, aber dennoch auf der Strecke bliebe. Das Geschenk wirkt jenseits der Sinne, es kommt sehr, sehr leise daher, leiser als der Atem einer Körperzelle, doch laut genug, um vom empfänglichen Kern der Zelle wahrgenommen zu werden. Junge Dame, erzähle mir in einer windstillen Stunde, wie du Erkenntnis von der Hellhörigkeit des Lebens erlangt hast. Ich staune – und sei versichert, mich in Erstaunen zu versetzen, nach all den Eiszeiten und Erwärmungen, die ich begleitet habe, das will fürwahr etwas heißen.

Häppchenweise, Äppchen für Äppchen, Apparätchen für Apparätchen, wird die WAHRHEIT den Fortschritt des Menschen, auf Schritt und Tritt und auch daheim, im trauten, sicheren Heim, rund um die Uhr begleiten und flüsterleise gegen die Lüge anschreien. Gal Ore wird davon nichts mitbekommen und sich weiter als *King of Trash* auf seiner Insel hochleben lassen. Mensch sieht, was er sehen und hört, was er hören will. Ein Geschenk kommt des Weges und sorgt dafür, dass ihm, Gal Ore, sowohl Hören als auch Sehen vergehen wird. Niemand vermag später rückzuschließen, woher das Gerede von der WAHRHEIT gekommen war. Plötzlich, so wird es heißen, war sie einfach da gewesen. Statt der weiteren, ständig konstant pulsierenden Elektrifizierung aller Lebensbereiche, nun weltweites Versenden von Päckchen voller Geschenke. Statt EINER E-Pidemien an verschiedenen Orten, kommt es zur P-Andemie, zur Päckchenflut.

Jawohl, ich werde mich mit der Sonne kurzschließen. Sie hat ja, ganz ohne Scheinheiligkeit zu verbreiten, weitreichende Erfahrung mit dem Versand wahrhaftiger Informationen und kennt sich aus mit den Zyklen und der Modulation, um dieser grotesken E-Pidemie gehörig dazwischen zu funken. Junge Dame, ich danke dir. Ich werde mich umgehend um die Umsetzung kümmern, damit endlich dieses Trauma EINES gewaltigen Energieüberangebotes aufgelöst werden kann.

Wohlan, wohlan, meine Liebe, kalte Zeiten stehen an, damit das *Leben* sich zu regenerieren vermag und die Päckchenflut ihren Höhepunkt erreichen kann. Hätte ich Augen, würde ich dir zuzwinkern. Du verstehst, worauf ich hinauswill? Das Leben – regenerativ, um nicht zu sagen *erneuerbar*. Es steht einiges an. Auf, auf, ihr Einbeinigen!« Und als galt es, seine letzten Worte zu unterstreichen, fegte mit einem Male ein eisiger Wind durch die Senke, der die Versammelten frösteln ließ, der metallenen Schichten, die sie alle bekleideten, zum Trotz.

Das erste der Windräder setzte die Aufforderung des Windes in die Tat um. Der Boden zitterte. Weitere folgten. Der Boden bebte.

»Kim!«, rief EINE Stimme. Das Mädchen blickte überrascht umher. Sie war allein. Wo waren Wilhelm und Simon, wo Flow, Flux und Jui?

»Kim? Hörst du mich?«

»Wo - «, setzte Kim an. Das Reich auf dem Sprung zerfiel vor ihren Augen, ohne jedweden Eindruck von Brodelei. Ohne Steckdose weit und breit. Einfach so.

»Kim?« Kims Mutter strich ihr immer wieder durch die nassen Haare, neben ihr auf der Bettkante sitzend. Ihr Vater hatte sich den Schreibtischstuhl herangeholt und wartete ebenfalls auf das Erwachen seiner Tochter.

» – bist du?«, fragte Kim mit zuckenden, noch geschlossenen Lidern.

»Kim, mach' die Augen auf. Du hast geträumt.«

»Das muss aber EIN Blockbuster von EINEM Traum gewesen sein.« Kims Vater rückte an das Bett heran. Diese Vermutung lag nahe, denn beide waren bereits über EINE Viertelstunde Zeugen von Kims fiebriger Vorführung, die mit unentwegtem Gerede, Geflüster und Nuscheln einhergegangen war. Endlich öffnete das Mädchen matt und schlaftrunken die Augen.

»Wo sind sie alle hin?«

»Wer?«, fragte ihre Mutter.

»Wilhelm, Flux, Gretel, all die anderen.«

»Schatz, du hast geträumt. Wahrscheinlich das Fieber.« Ihr Vater klang erleichtert.

»Fieber?« Kim wirkte im Nu wacher. Aus ihrem Blick war die Unschärfe des Erwachens gewichen.

»Kein Reich auf dem Sprung, kein Wind und kein Gal Ore?«

»Nein Schatz, nichts von all dem anderen wirren Zeug, nur ein Fiebertraum.« Kims Mutter strich ihr noch einmal durch die Haare. »Komm, wir ziehen dir schnell trockene Sachen an und rubbeln deine Haare ab. Danach kannst du weiterschlafen.« Sie legte ihrer Tochter eine Hand auf die Stirn. »Das Fieber ist ordentlich gesunken. Morgen wirst du bestimmt besser zurecht sein.«

Kim lächelte schwach. »Aber es schien alles so wirklich.« Sie hörte sich ein wenig enttäuscht an. Das herabgedimmte Deckenlicht flackerte. Es folgte ein Geräusch, als käme ein Tropfen Wasser mit heißem Öl in Kontakt. Mit einem Schlag war es dunkel im Zimmer, die Anzeige des Weckers erloschen, kein Licht im Flur.

Gretel öffnet die Augen. Was sie zuerst wahrnimmt, ist das knisternde Feuer im Kamin. Sie erinnert sich an den Schnee – und an die anderen, die mit ihr zusammen vor dem großen Fenster auf dem Boden sitzen, sieben an der Zahl. Das Thema ihrer Therapierunde diesmal, es fällt ihr wieder ein: EINE Geschichte, um die Welt positiv zu verändern.

Gretel hat ihre Geschichte erzählt. Nun ist der Nächste in der Runde an der Reihe. Gretel schaut aus dem Fenster. Sie überlegt, wann sie das letzte Mal so viel Schnee gesehen hat. Sie kann sich nicht erinnern. Sie erinnert sich aber an Schlagzeilen. Schnee, hatten diese breitkreuzig geschrien, gehöre der Vergangenheit an. Endgültig! STOP CLIMATE CHANGE!

Interludium

Wunden

Gift läuft aus, sich labend an gewonnenen Freiheiten. Zwischen ahnungslosen Halmen, die sich noch wiegen in der Frühlingsbrise, verteilt es sich. Dringt, nicht unbemerkt, ein in das geerdete Reich. Breitet sich dort, unternehmungslustig, unterirdisch aus.

EIN Kreis von Ödnis sich die folgenden Tage bildet, bar jeglicher Lebenslust. Was lebt, das weicht vom Kreis zurück, so deutlich wie die Entstehung EINER Glatze, auf dem immensen Schädel eines grünhaarigen Riesen.

Erst kommt der Regen; die Jahreszeiten vergehen. Ein Zyklus findet sein vorübergehendes Ende, ein zweiter, ein dritter alsbald.

Pilze bilden sich, ihre Netzwerke ausbildend, unterirdisch, meterweit.

Dann folgt Moos. Lebenslust kehrt wieder.

Halme und Kräuter schließlich, noch zaghaft erst.

Die Kräuter, sie blühen auf.

Bienen schwirren herbei, verbreiten die Kunde.

Wieder Frühling.

Von Ödnis indessen keine Spur. Keine Narbe verbleibt.

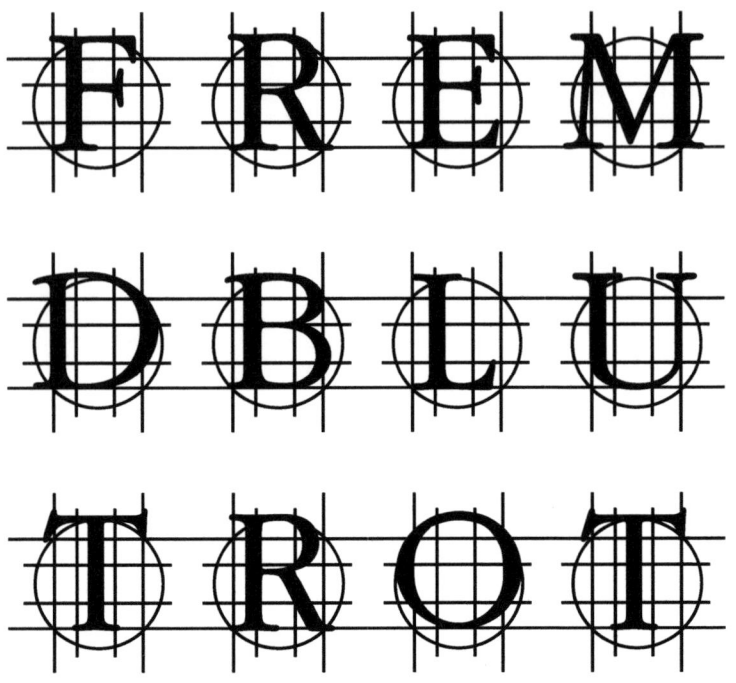

 Du öffnest das Fenster. Die nicht lange während Kühle des Morgens, sie verscheucht die warmen Überbleibsel des Vortages im Nu. Mit nacktem Oberkörper trittst du auf den kleinen Balkon hinaus, streckst dich, noch in den sich lösenden Wohlgefängen des Schlafes verweilend. Das Leben im Dorf ist längst vor dir sanft erwacht, dessen Stimmen, Gesänge und Klangfarben reflektiert von den schroffen Erhebungen, die das Dorf in felsigen Armen durch die unverbrüchlich lebenswerten Zeiten tragen.

Mit keinem Ort auf der Welt würdest du tauschen wollen. Nicht, dass du andere Orte anderswo kennst. Was aber könnte dir EIN anderer Ort geben, wenn dir hier nichts von dem genommen wird, was du anderswo nicht finden würdest?

Hier ist es nicht nur der rötliche, ferne Schleier, der die Vorbereitungen zum Sonnenaufgang begleitet. Es ist nicht nur der Sonnenaufgang selbst, dieses Leben erweckende, vibrierende Emporgleiten aus dem sternenübersäten Orkus. Es ist nicht nur der Duft der Gewürze, die in den kleinen Hinterhöfen zum Trocknen auf die Wärme des Tages warten. Nein, alledem voran ist es das sättigende Rot der Gewänder, die, um die Körper der jungen Frauen fließend, sich ganz deren Rundungen und Bewegungen hingeben. Wenige von ihnen tänzeln bereits durch die schmalen Gassen. Vorbei an den lehmfarbenen Häusern, in denen die sehr Jungen nach der prallen Brust der Mutter verlangen und die Ältesten, je nach Geschlecht, Mutter und Kind betrachtend, in Erinnerungen schwelgen. Ein jeder von ihnen einem eigenen, vergangenen Verlangen nachspürend, ohne dabei EINER Schwere im Herzen zu verfallen.

Es ist nicht die Zeit, sagt man hier im Dorf der Zeitlosigkeit, die alle Wunden heilt. Nein, es ist der Mut, die Wunden nicht möglichst lange zu verbergen. Diesem Mut begegnet, wer seine Schritte durch das Dorf bewegt, bereit, ab und an zu verweilen. Dieser Mut, er ist des Dorfes offenkundiges Geheimnis – und der vordergründigste aller Gründe, warum du an keinem anderen Ort allmorgendlich aufwachen möchtest.

Und dann ist da noch Esraa.

Du kennst Esraa seit Kindesbeinen an. Ihres ist das Gewand, dessen Rot zu leuchten vermag wie kein anderes Rot im Dorf. Du spürst es längst: Eines nicht allzu fernen Tages wird sie deine Frau werden und eure Tochter gebären, ihr Name Aurora. Es ist eine wundersame Vorhersehung, die mit jedem weiteren Morgen nichts von ihrer Magie verliert. Im Gegenteil. Wann immer Esraa die Bühne des Sonnenaufgangs betritt und dir ihr Lächeln auf deinen kleinen Balkon hochschickt, intensivieren sich die Düfte, die deine Nase umwehen; verwebt sich die frühe Kühle mit den Poren deiner nackten Haut; hörst du den Schleier jenseits der Anhöhen verspielt tuscheln; schmeckst du das Aroma reifer Früchte, deren Fruchtfleisch das Rot von Esraas Gewand zum alleinigen Vorbild hat – und siehst du eure sich nähernde Zukunft so deutlich, wie du deines Blutes Rauschen, auf dem Balkon stehend, gewahr wirst, durchtränkt von der Klarheit deiner Sinne. Das Licht der Welt ist Esraas Antlitz, ihre Anmut die Welt selbst. Es ist alles, was dir zum Leben genügt.

Du reckst noch einmal deine Glieder, sämtliche Müdigkeit inzwischen gewichen, und dein Körper weiß: So wird es sein. Hier, an der Seite von Esraa, wirst du dein WAHRES Menschsein ausleben können.

Im Dorf mutiger und entsprechend lebensnaher Menschen wird eine Hochzeit gefeiert. Jene, von der jeder Dorfbewohner lange schon Kunde hatte. Nun trägt sie sich zu. Du bist mittendrin. Den Bund der Ehe gehst du mit deiner Göttin ein, die keinerlei Verherrlichung und keiner Anbetung bedarf; die einfach nur sie selbst ist. Ein irdisches Wesen, verkörpert als stoffwechselnder Kosmos. Ihr gleitet über rote Blüten, die die Kinder des Dorfes werfen; die langen roten Bänder im Haar deiner Braut wehen im Wind; ihre roten Lippen noch benetzt vom Kuss, der euren Bund für leibhaftig erklärte. Alle im Dorf sind auf den Beinen, jeder Sonnenstrahl sich sodann vermählend mit dem Lachen und Singen, jeder Atemzug eurem Glück zuträglich. Es füllt die Senke, in der das Dorf gedeiht; schwappt über die Hügel und Felsen, die es umgeben; breitet sich aus über das umliegende fruchtbare Land; beseelt die Luft und füllt die Herzen derer, die offen für das Glück anderer Menschen sind. Rot leuchten die Wangen der Mädchen; rot schimmert das Wasser, auf langen Tischen in funkelnden Gläsern dargeboten; rot verziert sind die Instrumente der Männer, die bis tief in die Nacht für euch Lieder spielen, die voller Erinnerungen an die Geschichte des Dorfes sind. Irgendwann stimmen die Sterne mit ein; irgendwann glitzern sie in

Esraas Augen; irgendwann, nicht mehr fern eines neuen Sonnenaufgangs, trägst du deine Göttin über die Schwelle eures Hauses, verabschiedet von winkenden Händen und herzlichem Gesang. Der Glanz in den Augen aller Versammelten steht jenem in den Sternen in nichts nach. Es ist euer Tag gewesen, der Rest der Nacht gehört euch beiden nun ganz allein. Die Tür, sie schließt sich lautlos.

Eng liegen eure beiden Körper, einem einzigen Körper gleich, auf dem Laken beisammen, deine Hand erneut unterwegs auf einem Terrain, das die Finger unablässig in seinen Bann zu ziehen vermag. Überall Entdeckungen, die, bereits entdeckt, genug Raum für Unentdecktes lassen. Esraas warme Haut führt dich in Täler, in denen du dich auf ewig verlieren könntest, nur um, dankbar für das Erleben, auf Anhöhen geführt zu werden, für die dir augenblicklich Flügel wachsen. Du malst den Weg auf Esraas Körper, deine Lippen langsam der Spur folgend, mal kurz verweilend, mal länger dort verbleibend, wo gefühlte Tiefe mit sinnlicher Weite verschmilzt.

Erst gegen Morgen empfängt euch der Schlaf mit stets offenen Armen, im Osten erste frühe Andeutungen.

»Aurora«, flüstert Esraa, ihre Augen wieder schließend. »Ein wahrhaft schöner Name.« Du drückst ihre Hand und folgst ihr, dein Gesicht umspült von ihren Haaren, bereit, darin zu ertrinken, ein Leben lang.

Aurora, des Dorfes Wirbelwind; ein Mensch gewordenes Naturschauspiel; eine Freudenträne wert, wenn du sie im roten Gewand mit dem Wind herumtollen siehst.

Jenes Rot, welches in der Geschichte des Dorfes tief verwurzelt ist, gewonnen aus einem sehr seltenen Mineral.

Aurora, die kosmischen Vorgaben ihrer Mutter um wortlose Nuancen bereichernd. Ein funkensprühendes Geschöpf, jedes schwere Gemüt mit Leichtigkeit entfachend, sobald Auroras dunkle Augen Annäherungen von Schwere erblicken. Erzählungen von geheimnisvollen Wesen, von wundervollen Begegnungen, sprudeln bei jeder Gelegenheit aus ihr hervor, das Rot des Dorfes auch in diesen kindlichen Erfrischungen verwoben. Wenn offene Ohren an Ort und Stelle zugegen sind und für Funkenflug und Wunder offenbleiben, dann geschieht es einfach so. Aurora, eine Lebendigkeit, die vergessen lässt, zu was Menschen anderorts niederträchtigst bereit sind, und stattdessen offenlegt, was Menschen *wirklich* zu verkörpern imstande wären, befreite man sie aus jenen Ideologien, die mancher Menschen gesamtes Sein bestimmen. All diese Ketten zu sprengen, das traut man ihr zu, wenn sie barfuß und taufunkelnd lachend durch die Gassen saust. Angespornt von einem Urgefühl, das sie einfach auslebt, weil sie ein Gespür für die Beziehungen sich aufeinander Beziehender hat. Sie sieht und hört und riecht, wie sich deren Beziehungen wohlwollend verbinden können, klangvoller werdend, voller Poesie. Dieser frohgemute Klang, er begleitet sie und fragst du sie, wie er klingt, hält sie kurz inne im Erzählen ihrer Geschichten und im Bewegen ihres heranwachsenden Körpers. Sie schaut dich an und sofort sammelt sich erneut eine Freudenträne in deinem Augenwinkel, konzentriert sich doch ihr gesamtes Wesen augenblicklich auf diesen einen Moment mit dir.

»Wie der Fluss, wenn die Morgensonne schwerelos auf ihm schwimmt«, sagt sie keck. Sie meint damit das klare Gewässer, das sich, nur wenige Kilometer von eurem Haus entfernt, durch üppige Vegetation schlängelt. Ihre Aussprache ist es, gepaart mit diesem Blick, die der Freudenträne letztlich einen winzigen Stubbs gibt, dir eine Ahnung unbedarften Vermögens schenkend und dich, derart beschenkt, an deine Hochzeitsnacht erinnernd – sowie an Esraas leise Worte: »Aurora. Ein wahrhaft schöner Name.«

Du hebst deine Tochter in die Höhe, drückst sie an dich. Auszusprechen, was du ihr sagen möchtest, gelingt dir nicht, das Misslingen ein weltumspannendes Kohärenzgefühl, der Duft von Auroras winddurchwehten Haaren der des Regens, der in den Bergen, talwärts glucksend, zum Behältnis für die Sonne wird.

Auroras außergewöhnlichste Geste? Ihre Unbekümmertheit dem Leben gegenüber – ohne dabei leichtsinnig zu sein. Sie verkörpert es, wie es keinem anderen Dorfbewohner zu eigen ist.

Gemeinsam mit Esraa sitzt du auf einem der Hügel. Im Dorf, euch zu Füßen tiefer gelegen, trocknen die roten Gewänder auf langen Leinen unter dem Blau des Himmels. Zwölf Jahre ist euer beider Heirat nun Teil des Dorfes. Unterdies baut nicht eine eurer Lebensgeschichten auf jenem Irrtum auf, der jenseits jener Horizonte liegt, die euer Leben umgeben und so die Erinnerungen einzig auf Wesentliches begrenzen. Jener Irrtum vom Fortschritt, der, aus der Gegenwart heraus, über den Verlauf der Vergangenheit bestimmt und umso mehr Unwahrheiten zu schwankenden zukünftigen Gebäuden verbaut, je weiter gegenwärtig vom Wesentlichen abgewichen wird. Nichts dergestalt Irrtümliches färbt eure Sicht der Welt mit EINEM künstlichen Farbanstrich, der einzig die Oberfläche bedecken und Unwahrheiten verdecken täte. Eure Farben, eurem Lebensgefühl gleich, sind hingegen authentisch – von selbiger Durchdrungenheit wie das Schwarz einer neumondigen Nacht.

»Was denkst du«, fragt dich Esraa, »wenn du weiter siehst, als dich der Horizont sehen lässt?« Sie sitzt dir gegenüber, zwischen deinen ausgestreckten Beinen, ihre Beine über deine gelegt. Deine Hände streicheln ihre Unterarme, ihr Blick in deine Augen deine Seele; eure Körper und all deren Blut geerdet.

»Wofür soll ich in Gedanken fortschweifen? Mir genügt die Nähe, in die mein Körper eingebunden ist.« Du legst deine Hände auf Esraas Oberschenkel. Sie gleiten über den Stoff zu ihren Hüften, wo sie die Erhebungen des Beckenknochens finden, beschützt vom weichen Fleisch.

»Wo Weite am nächsten, wo Nähe am tiefsten ist, da ist mein Zuhause.« Deine Hände bleiben, wo sie sind. Esraa lächelt und das Lachen deiner Tochter, irgendwo im Dorf unterwegs, findet sich darin wieder.

»Es klingt schön«, sagt Esraa leise. »Erweckt es aber nicht die Vorstellung von einem Kind, das nicht geboren werden will? Weil es der Mutter nie wieder so nahe sein kann, kaum, dass es geboren ist?«

Du schaust hinunter ins Dorf, zwischen den Dächern die quirlige Gegenwart eurer Tochter zu erhaschen versuchend. Das Morgenrotfest kündigt sich bereits an.

Überall in den Häusern und Anbauten, auf den Plätzen im Freien, den Feldern und Gärten, da wuseln die Bewohner und tollen deren Kinder umher. Lange ist es nicht mehr hin, bis zum Beginn der Feierlichkeit.

»Solange die Sonne rot hinter dem Horizont aufgeht, solange trägt uns Mutter in sich und wir können uns ihrer Nähe gewiss sein.« Deine Hände rutschen unter den Stoff. Esraas samtene Wärme – der Horizont deines gefühlten Zuhauses. Darüber hinaus, bis zum Horizont, den deine Augen erblicken, alles zum Leben Notwendige.

Nirgendwo auf der Welt gibt es das Mineral, dem zu Ehren das Morgenrotfest gefeiert wird. Nirgendwo – von den Gesteinsschichten abgesehen, die das Dorf umgeben. So erzählen es seit Generationen die Ältesten und geben es die Jüngeren weiter, wenn sie die Dorfältesten sein werden. Es ist das rote Konzentrat des Lebens, allmorgendlich aktiviert vom Licht der Sonne; Quelle von Lebenslust, zugleich von Todesgewahrsamkeit, immerzu in HARMONIE, einander vertraut, sich begegnend.

Aufwendig und in langsamen Prozessen wird das Mineral von Hand gewonnen, stets nur in geringen Mengen der Erde entnommen. Bevorratet verlöre es rasch an Wirkung. Zwar bliebe dabei manche Eigenschaft erhalten, doch schwände jene, die für das Dorf von besonderer Bedeutung ist. Nicht, weil mitunter Monate zwischen der Ernte des Minerals und seiner Verwendung lägen, trüge der Verlust sich zu, nein, vielmehr, weil die angesammelte Masse vor Ort die besondere Wirkung aufhöbe – was umso schneller geschähe, je mehr zur Verfügung stünde. So vollbringt das Mineral, feinst vermahlen, eine durchgehende Färbung nahezu aller nicht metallischen Materialien, wie sie unter allen Elementen und deren Verbindungen einzigartig ist. Stoffe, durchtränkt von einer alten Rezeptur, verleihen den Gewändern der Dorfbewohner das intensivste aller roten Spektren; Wasser, bestäubt mit dem Zehntel einer winzigen Prise, verflüssigte Sonnenglut; vermischt mit Kräutern, vermengt zu einer Paste, aufgetragen auf Wunden, verhilft es all denen zu rascher Genesung, die, über dieses bereits Wundersame hinaus, keine weiteren Wunder erwarten; sirrende Saiten, von kundigen Fingern berührt, befähigt zu klangvollendeten Akkorden, wenn das glatte Holz des Instruments Verzierungen aus Morgenrot trägt; Feste unvergessen, wann immer, wie im Dorfe nun angedacht, dem Mineral zu Ehren, Gesang und Tänze, Trank und Speise, Lachen und Tränen allesamt zu einer benedeienden Melange verwoben werden, sämtliche Sinne, weit über den Festtag hinaus, aus tiefstem Herzen das Leben hochleben lassend.

»Mein Namensfest«, quiekt Aurora vergnügt. Sie hüpft aus dem Bett – erst ein einziges Jota Sonnenlicht über dem Horizont ersichtlich. Sie spritzt sich kaltes Flusswasser ins hellwache Gesicht, schlüpft in das von der Sonne des Vortages getrocknete rote Gewand, springt durch den Raum und dann die Treppe hinab.

Auf dem zentralen Platz des Dorfes sind die Männer, inmitten von Werkzeugen und Gefäßen, schon damit beschäftigt aus der Umgebung zusammengetragene Gesteine, von der Größe reifer Äpfel, zu zerkleinern. Tische und

Bänke stehen bereits, die Vorfreude ist zum Greifen nahe. Jedes Gesicht, das man anlacht, bezeugt es frei heraus.

»Aurora, Aurora«, rufen mancherorts Kinder aus den geschmückten Fenstern. Sie lassen ein paar Blüten herabsegeln, den länglichen Körben entnommen, die auf den Fensterbänken stehen; nur um anschließend rasch einen Blick über ihre schmalen Schultern zu werfen. Hauptsache, die Mütter im Haus bemerkt es nicht, sind die Blüten doch erst für den nachmittäglichen Höhepunkt des Festes angedacht. Die Luft, überall rein, denn, welche Gasse Auroras bloßen Füße auch berühren, da begleiten sie sattrote Blüten. Die Gassen füllen sich mit klatschenden Händen, mit wippenden Füßen, mit wehenden Gewändern und Bändern in langen, kräftigen Haaren. Brillen sucht hier EINER vergebens. Hier wird jeder Augenblick noch unverzerrt wahrgenommen. Hunde spielen mit erwachenden Schatten, Katzen streichen sanft an den Wänden entlang, die gemächlich von der Sonne erwärmt werden. Die Hühner plustern sich auf, staksen redselig umher und Ziegen, mit ihrem neugierigen Nachwuchs, machen sich auf den Weg, hinter Aurora her. Überall recken sich sorglose Gesichter dem Licht entgegen, nirgends flammen Streitigkeiten auf, tragen sich diese von Natur aus nur äußerst selten im Dorfe zu. Man hilft untereinander, teilt ungefragt. Man nimmt einander wahr, akzeptiert denjenigen, der einem gegenübersteht. Nie ist es anders im Dorf gewesen, weshalb sich die Erinnerungen der Ältesten in den klarsten Farben um den Kosmos des Lebens drehen. Und dieser Tag, wie er sich gerade aus dem Kokon des Morgens entfaltet, gekleidet in ein prächtiges Himmelsblau, durchzogen von Orange und einer türkisenen Andeutung am Saum, dieser Tag hat bereits einen Ehrenplatz in den Erinnerungen aller Bewohner inne, noch bevor sich zu erinnernde Festivitäten zugetragen haben. Fast, als wäre der Tag selbst eine Notwendigkeit, deren Tragweite der Tag vom eigenen Anbeginn an ahnte.

Aurora spürt des Tages Grandeur, durchzogen von jener Ahnung. Ein seliges, klingendes Gefühl, wie sie es auf keinem ihrer vorherigen Feste bisher erlebt hat. Aus diesem schöpft das junge Mädchen nun sämtliche mitreißende Energie, mit der sie das Dorf vorbehaltlos in ihren Bann zieht – als gelte es, noch einmal alle Kräfte zu erwirken, die der Dorfgemeinschaft möglich sind.

Esraa und du, ihr spürt es auch, mit eurer Tochter Hand in Hand, sobald das Fest für eröffnet erklärt ist und alle Bewohner, jedweden Alters, die ersten Schlucke Wasser zu sich nehmen, versetzt mit dem Zehntel einer Prise Morgenrot. Einer winzigen. Es genügt. Zeitlebens ist es so gewesen.

Mehr noch als bei einer Hochzeit, vibriert jeder Millimeter des Dorfes, der nicht fester Beschaffenheit ist. Etwas, das die Welt zusammenhält, ohne den Zusammenhalt mit dem Verlust von Freiheit gleichzusetzen, resoniert mit dem Leben. Es pulsiert im Rhythmus der Sonne, komponiert ein Festlied aus pulsierenden Organen und schreibt Noten mit geschwungenen Bögen auf die blaue Partitur des Himmels. Mal liegen deine Hände auf Esraas Hüften, während ihr durch den roten Blütenregen tanzt, mal fasst du beide Hände deiner Tochter, sie durch die duftende Luft wirbelnd. Sie jauchzt und, wieder auf dem

Boden, nimmt Esraa bei der Hand, die andere in deiner belassend. Gemeinsam bewegt ihr euch mit den Menschen durch die Gassen, euch wünschend, dieser Regen würde niemals enden, euch wünschend, eure Hände ließen einander niemals los, euch wünschend, ihr bliebet derart vereint – wunschlos.

Gegen Abend, ganz im Sinne der festlichen Tradition, kommt das Dorf auf den nahen Hügeln und Felsen zusammen. Der Gesang aller anwesenden Stimmbänder stimmt in die Sphärenklänge der Gestirne ein, die, je mehr Verflechtungen gelingen, umso hochkarätiger auf dem sich ausbreitenden Samt des Weltenalls sich zeigen. Die Kinder werden nicht müde, neue aufperlende Sterne zu entdecken, während die Alten auf jene deuten, die sie selbst als Kind entdeckt haben. Die Welt füllt sich mit einer allumfassenden Stimme. Die Flügel aller Lungen, sie atmen den sich abkühlenden Beginn dieser Nacht der Nächte ein. Überall, beflügelt, steigen besungene Wesen empor, sich auf dem schwarzen Samt zur Ruhe bettend – bis schließlich, Stunden später, aller Gesang in einer einzigen leisen Note ausklingt. Auf den Armen und Schultern der Eltern werden die nun müden Kinder hinab zum Dorf getragen. Auf ihren friedlichen Gesichtern ruht ein Lächeln so sanft wie der Nachtwind, der den Abstieg der Bewohner zu ihren Häusern begleitet. Aurora und du, ihr seid die Letzten auf dem Hügel. Huckepack unterwegs, döst deine Tochter, all ihre Energie bedingungslos verteilt, ihr Kinn auf deiner Schulter, die schlaffen Arme um deinen Hals gelegt. Du verweilst noch wenige Augenblicke, schaust zurück, dorthin, wo der Horizont nicht mehr sichtbar ist. Deine Augen verengen sich. Etwas in dir flüstert dir zu, in einer Sprache, die du nicht verstehst. Dort, wo der Horizont in der Dunkelheit liegt, schimmert dieser nun einer zagen Ahnung gleich – als gedachte die Sonne, verfrüht obendrein, schon bald im Süden aufzugehen.

Rar sind die Nächte fortan, in der sich das fremdartige Flüstern nicht über die Stille erhebt und geduckt bis zu den Hügeln geschlichen kommt, zwischen den Felsen hindurch und die steinigen Wände herab. Selten, je nachdem, woher der Wind weht, bleibt es still, die Vermutung nahegelegen, dem Flüstern eines Traumes aufgesessen zu sein. Niemand sonst im Dorf scheint das Überschreiten des Horizonts bemerkt zu haben; kein Wort fällt diesbezüglich; keiner der Ältesten zeigt sich besorgt. Und du, du erwähnst das Flüstern mit keinem Wort. Einzig Aurora spürt die Veränderungen ebenfalls. Seit dem letzten Morgenrotfest, wenige Wochen ist es nun her, stöhnt sie im Schlaf – als versuchte sie, das Flüstern zu vertreiben, als versuchte sie, es dorthin zu verbannen, woher es kommt: zurück hinter den Horizont.

»Was ist ihr nur widerfahren?« Esraa schaut die Heilerin mit sorgenvoller Miene an, deren schmalen Hände über die Wangen und die Stirn eurer Tochter gleiten, die nicht bei Bewusstsein ist. »Was meinte sie damit, dass die Sonne nicht mehr im Fluss reisen wird, weil statt Wasser fremdes Blut die Täler erreicht?«
Die Heilerin hält in ihren Bewegungen inne. »Hat sie das so gesagt?«

»Es sind die Worte, die wir verstehen, wenn sie in der Nacht stöhnt.« Du nickst. Esraa sitzt neben Auroras Bett, tränkt ein Stofftuch in den Sud aus Blättern und Blüten, deren Düfte dem Geruch des Fiebers ebenbürtig sind. Ausgewrungen legt Esraa es auf Auroras leicht bebende Brust.

»Das Fieber wird bald vergehen. Sie ist vollkommen geerdet in der atmenden Mitte unserer Mutter.« Mit ausgestreckter Handfläche über Auroras glänzendem Gesicht, fängt die Heilerin an zu summen, ihre Stimme kräftig und spürbar vibrierend. Esraa und du, ihr schließt eure Augen, begleitet die Stimme gemeinsam zu ihrem Ziel.

»So ein mutiges Mädchen«, sagt die Heilerin. Ihr öffnet die Augen, nicht sicher, wie viel Zeit vergangen ist. »Sie verkörpert das Morgenrot wie kein ANDERES Geschöpf. Deshalb kann das Fieber sie uns mitteilen lassen, was anderweitig keinem von uns zugänglich ist. Diese Verkörperung ist eine zaubrische Hingabe, wie sie lange nicht mehr im Dorf zugegen gewesen ist.« In eigene Gedanken versunken, schweigt die Heilerin, die Länge des Schweigens dabei dem Zurückliegen besagter Hingabe mehrfach verhundertfacht entsprechend.

»Gebt ihr von diesem Kraut hier zu trinken, wenn sie aus dem Fieberschlaf erwacht ist.« Die Heilerin reicht dir ein kleines Fläschchen, darin eine gelbe Flüssigkeit. »Lasst sie die nächsten Tage nur klares Wasser trinken, dem ihr das Kraut zusetzt. Verteilt es auf drei Tage. Gebt ihr kein Morgenrot, nicht ein Stäubchen. Andernfalls würde ihre Hingabe schwinden - und ihr Name vergehen.« Sie blickt aus dem Fenster. Du könntest sie fragen, was sie über das nächtliche Flüstern weiß, doch schweigst du diesbezüglich.

»Was hat es mit dieser Hingabe auf sich?«, fragst du stattdessen.

»Sie bezeugt das berückende Gespür für die LIEBE zum Leben – und ermöglicht deren Weitergabe, damit Leben lebendig bleiben kann«, antwortet die Heilerin und macht sich zum Aufbruch bereit. »Sie ist nicht die Folge etwaiger tiefgreifender Veränderungen, sie ist die Verwebung deren Ursprünge. Alles Weitere gestaltet sich offen, für ALLES, was notwendig ist.«

Du denkst wieder an das Flüstern, an den nächtlichen Schimmer am Horizont. Aurora stöhnt, unkindliche Laute ihrer Kehle entkommend.

»Sollte Aurora morgen früh noch immer nicht erwacht sein, verlangt nach mir. Ich werde unverzüglich kommen.«

Esraas Hand ruht auf der vom Tuch bedeckten Brust des Mädchens. Du atmest tief ein und sehr langsam aus - bis es schmerzt, weil dein Körper sich nach Luftzufuhr sehnt. Kurz darauf ist die Heilerin fort.

In der Nacht, die folgt, verweilst du länger als sonst auf dem Balkon. Esraa schläft bereits. Aurora ist noch immer nicht erwacht. Weiterhin murmelt sie trockene Worte, die sich mühevoll einen Weg über ihre rissigen Lippen bahnen, egal wie oft Esraa und du diese mit Wasser befeuchten. Die Feuchtigkeit, sie verschwindet im Nu. Noch immer drehen sich fiebrige Worte um den Fluss, um die Sonne - um fremdes Blut.

Seit Auroras Fieber ist der Schimmer in der Ferne einem Glühen gewichen. Als entstünde dort jene Hitze, die in Auroras jungem Körper wütet; als wäre das Flüstern, das du auch jetzt wieder vernimmst, EINE Botschaft, einzig an eure Tochter gerichtet, der eigentliche Wortlaut obskur.

Vom Balkon aus ist das Glühen nicht zu sehen, doch du spürst dessen unterschwelliges Pochen im Gewebe der Nacht. Du fragst dich nicht zum ersten Mal, was die Quelle der nächtlichen Helligkeit ist, deren Aufbegehren du in den Nächten zuvor vom Hügel aus gesehen hast. Mittlerweile wissen auch die anderen Dorfbewohner davon. Sie haben sich nach Einbruch der Dunkelheit in kleinen Gruppen auf den Anhöhen versammelt. Jeder ihrer Blicke ist gen Süden gerichtet, einem jeden ein Gefühl im Herzen zu eigen, das deren Herzen nicht geheuer ist; jedes Herz zugleich in Resonanz mit der Befindlichkeit eurer Tochter, nicht nur ihrer hingebungsvollen Gabe und der eventuellen Antworten wegen. Vielmehr aufgrund der unausgesprochenen Hoffnung, dass Aurora, nach baldiger Genesung, wieder allmorgendlich durch die erwachenden Gassen saust, das Flüstern vertrieben durch ihr herrliches Lachen, der Schein am Horizont erloschen, Auroras kindlichem Gemüt nicht gefeit. Doch noch ist es nicht so weit. Noch darbt ihr fiebriger Körper und ficht er mit EINER ihm fremden Sprache.

Der Morgen, der folgt, sieht Aurora die Augen öffnen. Erst blinzelt sie, dann ruft sie kraftlos nach euch. Das Glas Wasser, das ihr erleichtert ihren Lippen darreicht, leert sie, ohne das Glas abzusetzen. Ein weiteres Glas folgt. Ihr

Lächeln, es kehrt langsam zurück. Esraa öffnet das Fläschchen mit dem Kraut der Heilerin. Sie gießt ein Drittel des Inhalts in das Glas, es mit Wasser auffüllend. Sie stellt es neben Auroras Bett. Das Mädchen setzt sich auf, schaut zum Fenster in den blauen Himmel hinaus, als gelte es, sich der Anwesenheit der Sonne zu vergewissern. »Der Fluss?«, fragt sie. »Wie fühlt er sich?«

»Was ist mit dem Fluss?« Dein Blick folgt Auroras.

»Er wird erkranken.« Traurigkeit bedeckt die großen Augen deiner Tochter, ihr Lächeln verblüht von einem auf den nächsten Augenblick. »Bald.« Sie fällt zurück in das Kissen. »Alles wird erkranken«, haucht sie und beginnt zu weinen. Deine Haut, sie ist mit einem Mal zu eng für deinen Körper.

Die Wochen, die folgen, sehen Aurora schnell genesen. Jeden Morgen rennt sie zum Fluss und kehrt ohne Tränen zurück. Sie wächst Tag für Tag über sich hinaus, verschenkt bereitwillig ihr Lachen, scheucht den Wind ohne Hast durch die Gassen und gibt sich frohgemut dem Dorfleben hin. Den Schatten an ihrer Seite, den sieht nur sie, doch kommt er nicht an sie heran.

Esraa und du, ihr glaubt sie vollständig ausgeheilt, das niederschmetternde Zeugnis ihrer vergangenen Traurigkeit als Folge tagelangen Fiebers nunmehr erleichtert abgetan.

»Und ihre Hingabe?«, fragt dich Esraa.

» Die Verwebung der Ursprünge tiefgreifender Veränderungen, so sprach es die Heilerin aus. Schau dir nur an, wie unsere Tochter die Herzen aller im Dorf beglückt, während das Flüstern lauter raunt und der ferne Schein am Horizont näher rückt. *Das* ist ihre Gabe.«

»Du meinst, weiter den Schein wahren, obwohl allem Anschein nach Ungemach droht?«

Du überlegst einen Moment.

»Nein«, sagst du schließlich, »ich meine, Aurora *ist* der Sonnenschein, der sich jeden Morgen über den Horizont bewegt, egal wie es um das Leben steht – damit es weiterleben kann.«

Das Morgenrotfest, das letztlich folgt, sieht die Bewohner wie gewohnt sämtliche Vorbereitungen treffen, die für ein solches Fest notwendig sind. Wer auch immer im Dorf dafür empfindsam ist, dass es das letzte aller Feste im Dorf sein wird, der gibt das Gespür mit keinem Zucken preis. Ausgelassen und farbenfroh, intensiv und sonnenhell wie in keinem der Jahre zuvor, wird ohne Grimm getanzt, gelacht, wird gesungen, geflirtet und werden gemeinsam Erinnerungen ausgelebt und mit frischen Erlebnissen neu verwoben. Im Mittelpunkt, unausgesprochen: Auroras Gabe. Mitten drin: Esraa und du.

Tief in der Nacht, auf dem Weg zu eurem Haus, erzählst du deiner Frau, nicht zum ersten Mal, wie du sie das erste Mal wirklich sahest. Nicht mit den Augen. Mit deinem Wesen. Mit allem, was du in jenem Augenblick warst. Du erzählst ihr außerdem von jenem Namen, der unmittelbar auf deiner Zunge gelegen hatte, lange bevor du ihn Esraa anvertrautest – und der nun auf deinen Schultern döst.

■■

Die Nacht sieht, was niemand sonst im Dorf zu sehen bekommt. Das Fest in einem finalen Rausch von Gefühlen beendet, der Schlaf in allen Häusern tief, gelangt, vom Horizont her, EIN roter Schleier in den Fluss, der abseits des Dorfes talwärts fließt. Aurora stöhnt auf, ohne aufzuwachen. Erneutes Fieber, es bleibt aus.

Just hat der Schleier das Dorf erreicht, da wälzt sich eure Tochter im Bett herum. Unruhig murmelt sie im Schlaf. Ihr beide, im Raum nebenan, Hand in Hand, die Tür einen Spalt geöffnet, hört die gemurmelten Worte nicht. Hättet ihr sie gehört, ihr hättet ihren Sinn nicht verstanden:

»Solve et Coagula.«

Aurora seufzt.

Die ersten Maschinen sind noch vor dem ersten Morgenrot vor Ort. Im gleißenden Licht riesiger Lampen zertrümmern schwere Meißel die oberste Felsschicht, heftige Erschütterungen durch den Boden jagend. Hohe Metallzäune werden errichtet, mit Stacheldraht versehen – jeglicher Zugang für Unbefugte mit sofortiger Wirkung untersagt. Wachen mit Gewehren bringen sich in Stellung, Gerüste hier und da. Männer tragen Werkzeuge herbei, brüllen Kommandos, treiben wild gestikulierend zur Eile an. Fahrzeuge mit gewaltigen Rädern donnern achtlos über das unerschlossene Land, kantige Stahlbarraken stehen in kurzer Zeit, dicht aneinandergereiht. Gesteine mit Morgenrot werden von gehetzt dreinblickenden Arbeitern mit Schaufeln in eckige Wannen gefüllt und mit EINEM Kran auf EIN startklares Transportfahrzeug befördert. Beladen rast es davon, dem südlichen

Horizont entgegen, begleitet vom Gejohle der Männer und ohrenbetäubenden Signalhörnern. Niemand im Dorf ist imstande es zu verhindern. Verlassen weilt es in der Senke.

Bevor der erste Lastwagen mit schwerem Gerät die Felsen erreichte, waren bewaffnete Horden über die schlafenden Dorfbewohner hergefallen. Man hatte sie gnadenlos aus den Häusern gezehrt, dann etwas abseits vom Dorf zusammengetrieben, die Männer von den Kindern und Frauen getrennt. Aurora war aus der überwiegend in Rot gekleideten Gruppe vorgetreten. Sie hatte sich, wenige Meter von dieser entfernt, mit überkreuzten Beinen auf den Boden gesetzt. Dort hatte sie verharrt, die Bewaffneten beobachtend. EINER von ihnen war schließlich auf das Mädchen zugegangen, hatte sich vor ihr aufgetürmt und feist grinsend den Gewehrlauf auf ihre Stirn gerichtet. Aurora bewegte sich nicht, schaute nur. Die Männer des Dorfes hielten dich zurück, kaum, dass du zu deiner Tochter eilen wolltest. Wie aus dem Nichts stand Esraa ganz dicht hinter ihr, ihr furchtloser Blick auf den Mann mit dem Gewehr gerichtet. Dein Herz glühte in deiner Brust. Es drohte, sämtliche Rippen zugleich zu schmelzen. Deine eigenen, vor längerer Zeit ausgesprochenen Worte hallten von weit weg durch die Untiefen deines Schädels: » - egal wie es um das Leben steht.« Im Angesicht der aktuellen Bedrohung klangen die Worte hohl, beinahe, als verhöhnten sie dich, dir deinen Irrtum schonungslos vor Augen führend. Die Männer, die dich zurückhielten, genügten nicht, weitere kamen hinzu.

Das Gewehr unverrückt, stieß der unverändert feist Grinsende einen langgezogenen Pfiff durch die Zähne aus. Er hob das Gewehr, trat EINEN Schritt auf die rote Statue deiner Frau und Tochter zu und fuhr mit der Gewehrmündung durch das vom Stoff bedeckte Tal zwischen Esraas Brüsten. Du warst außer dir. Der Grinsende warf einen Blick zu dir herüber. Abfällig lachend gab er ein Zeichen und rotzte auf den Boden. Esraa und Aurora wichen kein bisschen zurück. Dir wurde klar: Ein Großteil deiner Wut rührte von deinem Unvermögen her, Aurora und Esraa nicht deinen bisherigen Worten nach vertrauen zu können. Hättest du es gekonnt, wärest du ruhig geblieben. Allein ihrer beider Besonnenheit, in jener bedrohlichen Situation, sprach diesbezüglich Bände. Du musstest dir eingestehen, dass manche zurückliegende Frage Esraas dein Verständnis dieser Sprache ausgelotet hatte. Der Horizont deines Zuhauses, er weitete sich spürbar. Die Hitze in deiner Brust, sie kühlte merklich ab.

Vier Gestalten stampften in das vordergründige Geschehen hinein, ergriffen dein Herzblut und stießen sie beide vor sich her, fort von der Dorfgemeinschaft. Ein weiterer Mann schritt auf die Kerle zu. Seiner Kleidung nach war er kein Arbeiter.

»Wo bringt ihr sie hin? Was habt ihr mit ihnen vor? Mein Gott, sie ist doch noch ein – « Weiter kam er nicht; der Faustschlag traf ihn mitten ins Gesicht. Mit einem kurzen Aufschrei fiel der Mann dumpf zu Boden und blieb reglos liegen. Zusammen mit Esraa und Aurora verschwanden die vier in der Vegetation zwischen den Felsen. Zur gleichen Zeit ertönten auf den Hügeln erneut Signalhörner und Gejohle.

..

EIN gewaltiger Raub ist über die Welt gekommen: die Entwurzelung des Morgenrots. Mir, beide Hälften meines Herzens, dem Himmel zugleich das überdachende Blau entrissen. Die Welt ist jäh einzig EIN stumpfes Grau, auf Kälte fixiert, flach, ohne jedwede Tiefe. Jene, die jenseits der Horizonte existieren, sie sind über unsere Historie hergefallen. Sie brechen den Boden auf, schlagen barbarische Wunden in die Felsen. Die Sonne, sie harrt der Dinge hinter schweren, unbewegten Vorhängen. Unser Dorf, ohne EINE uns bekannte Vorgeschichte, nun blutüberströmt. Ich musste mitansehen, was keinem Auge zuträglich ist; Schreie, Wehklagen und Gräuel hörte ich, die kein Weghören ungeschehen machen kann. So viel Leid – in so kurzer Zeit. Zum ersten Mal in meinem Leben wünsche ich mir, die Sonne möge auf der Stelle untergehen - und untergegangen bleiben.

Aurora? Esraa? Ich verbrenne innerlich, EINE Glut wütet erneut in mir. Sie ist aufs Neue entfacht, nachdem ich sie gezähmt und gelöscht wähnte. Jetzt ist sie EIN verschlingendes Weltenbrandorange. Aber ich fühle, ihr lebt. Irgendwo in der Glut glimmt eine mir anverwandelte Wärme. Die Wärme eurer Haut, eurer Berührung, eures Atems und Lachens. Dieses Gespür, ich habe es seit letzter Nacht. Seit jenem qualvollen Augenblick, als die Fremden damit begannen, die Frauen und Kinder zu schänden. Dabei grunzten sie von Sinnen, erschossen die Ältesten des Dorfes, gänzlich entmenschlicht deren Weisheit gegenüber. Wir anderen konnten nichts dagegen ausrichten, fassungslos EINEM Wahnsinn ausgesetzt. Überall gleißendes Licht und todbringende Konsequenzen bei Missachtung fremdartiger Gebärden. Es nahm kein Ende. Eine Agonie für alles, was weit über die Sinne hinausging. Durchtränkt vom erschütternden Lärm der Maschinen, der Gestank der Gier nach Morgenrot allgegenwärtig. Die Geschichte unseres Dorfes, zerschmettert, vernichtet über Nacht; die Luft sich versteinernd, zu atmen, nur mühevoll möglich in solch abgrundtiefer Anbetracht. Und da geschah es.

Bar jeglicher Hoffnung, spürte ich euch plötzlich. Ihr wart nicht vor Ort, nicht im Dorf; irgendwo. Dem EINEN Horizont näher als je zuvor. Ich spürte es ohne den geringsten Zweifel. Ich flüsterte es den Männern unseres Dorfes zu.

»Aurora darf nicht vom Dorf getrennt werden«, gaben sie mir zu verstehen, während, vor unseren Augen und in Hörnähe, ihren eigenen Familien EIN Grauen widerfuhr. Heimlich steckten sie mir ihre restlichen Stäube Morgenrot zu, verbargen mich zwischen ihren Körpern, unentwegt in Bewegung wie ein Schwarm – ein Wesen. Das Gegröle und Gelächter spitzte sich eindringlicher zu. Ein kleines Bündel war schnell geschnürt, mir mit fließender Wendigkeit unsichtbar um den Leib gebunden.

»Rette unser aller Sonnenschein«, trugen sie mir zu. »Sie ist alles, was für das Leben von Bedeutung ist. Suche sie, wo immer sie ist.« Dann stoben sie auseinander, ohne dass ich ahnte, was sie vorhatten. Ein wildes Durcheinander ergab sich, Schüsse fielen, Geschrei. Es war die einzige Chance, die ich erhalten sollte. Ich zögerte einen Lidschlag – und ließ mich rücklings in die Dunkelheit fallen. Dorthin, wo keine Lichtklaue sich in die Nacht krallte, denn jeder Strahl war auf den unsagbaren Tumult gerichtet. Ich rutschte gelenk fort, erhob und orientierte mich. Dann rannte ich um euer Leben – unser aller Leben inbegriffen.

Seitdem renne ich. Die Pausen, die ich im Schutz natürlicher Gegebenheiten einlege, sind kurz. Ich kann mich nicht an das Vergehen von Tagen erinnern, geschweige an das Durchqueren der Nächte. Es muss an der Welt außerhalb des Dorfes liegen – und an euer beider Abwesenheit. Meine Sinne sind verwirrt, gänzlich verrückt von meinem mit mir aufgewachsenen Horizont. Jede Pause strecke ich mich nach euch aus, taste. Manchmal ist die Berührung wärmer, selten kühler. Komme ich euch näher? Die Kräfte, die mein Erspüren freisetzt, haben unmenschlichen Anschein, doch bleiben sie vereinbar mit dem Leben. Vielleicht verliere ich auch vorübergehend meine Gestalt, krieche stattdessen, laufe mit ausdauernden Muskeln oder fliege, diverse Konturen möglich, solange ich lebendig bleibe. Ich vermag mich an Worte der Dorfältesten zu erinnern. Sie sprachen von diesen Fähigkeiten, ermöglicht durch das Morgenrot, und davon, dass es an uns Jüngeren läge, die Kunde davon weiterzugeben, an unser eigen Fleisch und Blut.

Hinter grauen Vorhängen weiß ich die Sonne an meiner Seite, trotzdem sehne ich mich nach dem offenen Blau des Himmels. Ab und an weht der Duft der Kräuter an mir vorüber, die im Dorf in den Hinterhöfen trockneten – als wären die Erinnerungen selbst auf der Suche nach dir, Aurora.

Manchmal höre ich die Frauen in den schönsten Stimmen die Lieder des Morgens singen. Es sind dieses *die* Momente, in denen ich mir des WAHREN Wertes des Menschseins sicher bin – und in denen ich eure von mir entfernte Nähe innigst empfinde. Oft denke ich an all die vertrauten Gesichter, zurückgelassen, ihr Leben meinem anvertraut. Sehe ich die roten Gewänder vor mir durch sonnige Gassen schweben, laufe ich Gefahr, auf der Stelle anzuhalten, zu schreien, der Glut in mir meinen Körper zur Gänze überlassend. Dann erkenne ich dich, Esraa, wie ich dich allmorgendlich vom Balkon aus sah. Ich renne lichterloh brennend aus dem Schrei heraus, der sich, eure Namen formend, aufmacht und mir den Weg zu euch weist. Mein roter Faden, sich eindeutig abzeichnend vom Grau nicht vergehender Tage, die einen Vollmond nach dem anderen verschlingen.

In gefühlten Monden gezählt bin ich etliche Jahreszeiten unterwegs, die Tage noch immer so stumpfsinnig grau wie Erinnerungen, die keine gemeinsame Geschichte haben, etwaige verbliebene Zusammenhänge zerstört. Die wenigen Stäube von Morgenrot, mit etwas Wasser gemischt, sowie die Möglichkeit euch endlich zu finden, die einzige Nahrung, der ich bedarf, um die weiteren lunaren Zyklen meiner Schritte zu beschreiten. Das einst geschnürte Bündel ist zur Hälfte aufgebraucht, ein Ende des Weges nicht absehbar.

Das leblose Licht der Tage, es macht sich irgendwann auf doch noch zu schwinden, von oben her, als ob mich die zunehmende Entfernung vom Dorf unnachgiebig zu erdrücken gedenkt. Die Schreie, die Tränen der Kinder, all das Blut, all das liegt weit hinter mir. Längst zu jenem Horizont geworden, den ich einst, von den Hügeln des

Dorfes aus, in großer Entfernung zu belassen versucht hatte.

Ich umgehe und überfliege die Dörfer und Städte, die meinen Weg kreuzen, krieche unter ihnen her oder lasse mich einfach über sie hinwegtreiben. Zum Ausweichen jedoch bleibt mir immer weniger Freiraum, zumal mich die Kräfte verlassen. Je weiter ich ausweiche, desto weniger vermag ich eure Wärme noch zu spüren. Ihr entgleitet mir – wie das Licht hinter die Vorhänge gleitet. Es hilft alles nichts – hindurch, durch die riesigen Bauten und breiten Schluchten der Städte ziehe ich immer öfter, mich den ruhelosen Existenzen aussetzend, als Mensch, ohne Morgenrot im Blut.

Die Küste rückt näher. Ich rieche sie, schmecke das elementare Meer. Den Tagen dämmert mittlerweile, dass die konkrete Nacht ihnen auf den Fersen ist. Die zunehmende, beinahe schon dunkelgraue Schwere des Graus ist notgedrungen meine einzige Tarnung, derer ich dringlichst bedarf, um in meinem Zustand schwindender Kräfte weiter vorankommen zu können. Ich darf eure schmaler werdende Bandbreite nicht verlieren. Mir scheint, mit jedem meiner immer kleineren Schritte, entfernt ihr euch derweil mit immer größeren. Meine Sinne drohen in EINEM dichter werdenden Gewirr von Lärm, gleißenden Lichtern und beißendem Gestank zu ertrinken. Gönne ich mir noch eine Pause? Nein, nicht hier.

Fahle Gesichter ohne Wurzeln ziehen an mir vorüber. Ich empfange Feindseligkeiten, verstehe aber nicht deren Grund. Immer wieder entgleitet mir der vor mir liegende Horizont. Jener, wo mein vormaliges Formen eurer Namen auf mich wartet, aber nicht ewig auf mich warten kann. Mein Atem ist hektisch, als hinge meine Lunge in Fetzen über den Korb meiner Brust ausgebreitet; Schwindel ergreift mich, drängt mich vom eingefädelten Weg ab. Ich habe keine andere Wahl: Ich *muss* eine Pause einlegen. Hier. *Jetzt.* Mich wieder orientieren. Es geht nicht ohne Morgenrot. Es ist kaum noch etwas davon übrig. Die Bindung mit euch, sie gilt es zu stärken. Vielleicht aber verliere ich euch für immer. Vielleicht seid ihr mir schon für immer zu weit voraus. In mir explodiert die Glut. Panik. Mein stockender Atem kriecht über die verbrannte Ödnis meines Herzens hinweg.

»Aurora. Esraa«, flehe ich, mich mit verebbendem Vermögen auf EINE Mauer stützend, bevor ich haltlos zu Boden sacke und mich kapitulierend der Glut hingebe.

Warme Lippen berühren meine rauen Wangen. Ein leibhaftiges Summen, resonierende Noten nahe beisammen, besänftigt mich bis ins Mark. Behutsam bewegt sich eine schmale Hand durch meine Haare, mit dem Daumen über meine kaltschweißige Stirn streichend. Meine geschlossenen Augen zucken heftig, hadern mit der Vorstellung sich zu öffnen – und sei es nur einen schnittbreiten Spalt. Andererseits, was habe ich zu verlieren, alles schon verloren wähnend? Noch festhaltend, mit dem kleinen Finger meiner schwachen Hand, am Leben, welches mir durch alle anderen Finger längst entglitten ist.

»Wir sind bei dir.« Deine junge Stimme zu hören, Aurora, es ist mit keinem Wort erfassbar. Du klingst so nahe, so unmittelbar – als wäre EINE Ewigkeit nicht EINEN

Bruchteil vergangen und nichts Grauenhaftes auf ewig geschehen.

»Ruhe dich aus. Du wirst deine Kräfte benötigen.« Deine Hand tastet nach dem kleinen Fetzen Stoff mit dem noch übrigen Schimmer Morgenrot.

»Esraa?«, hauche ich. »Ist sie bei dir?«

»Ich bin hier.«

»Oh, Esraa.«

Die Tränen rinnen mir die Wangen herab. Deine Finger, Aurora, du berührst sie und benetzt meine trockenen Lippen damit. Wie ich einst deine Lippen befeuchtete, du, heimgesucht von EINEM Fieber. Erinnerst du dich?

Deine liebevolle Geste lässt meine Tränen immer weiter fließen. Ich probiere, mich aufzurichten, will dich in meinen Armen spüren. Dir sagen, wie leid es mir tut. Der vorletzte Sonnenaufgang, er geschah nicht in deinem Namen. Anstelle seiner schreckliche Bilder, die in dein Leben eingedrungen sind, nun eingebrannt in deinem Wesen. Ich gäbe mein Leben her, gelänge es mir dadurch, die eingebrannten Wunden in deiner Erinnerung zu heilen. Ich weiß, du würdest mir eh widersprechen. Der Narben wegen. Keine Frage, du bist wahrlich das mutigste Wesen, dem ich je begegnet bin.

»Beruhige deine Gedanken.« Es ist deine Hand, Esraa, die sich auf meine Schulter legt. »Noch nicht aufstehen. Öffne deinen Mund und nimm erst hiervon.« Ein paar salzige Tropfen, vermengt mit dem unverkennbaren Aroma des Morgenrots, perlen geschmacklich funkelnd auf meine gräuliche Zungenspitze. Ich stelle mir vor, es wären die Sterne, jene, die in den Nächten der Morgenrotfeste den Himmel verzierten, unsere Aufmerksamkeit, ihnen gegenüber, bedingungslos erwidernd.

»Meine Tränen?«, frage ich, meine Stimme kläglich.

»Deine Tränen«, bestätigt ihr. »Und unsere.« Dann umfangen eure Arme mich. Sie tragen mir zu, was euch bisher widerfahren ist – in all den Monaten, die sich inzwischen zu drei vergangenen Jahren verdichtet haben. Wie dankbar ich euch bin. Dafür, dass eure Arme mich halten.

Das tränenreiche Elixier verfehlt seine Wirkung nicht, katalysiert durch das Gewahrwerden der Schmerzen und aller Erniedrigungen, die ihr beide durchleben musstet. Verstärkt wird es zusätzlich durch die blanke Erkenntnis, was mit all dem geraubten Morgenrot geschieht, zusammengetragen in großen Mengen, weit entfernt von jenen Hügeln, die es Urzeiten in sich verwahrten. Ich öffne meine Augen, durchflutet von purer Lebendigkeit. Sehen kann ich euch nicht, doch vernehme ich eure abwesende Anwesenheit intensiv, sich deutlich abhebend vom Szenario der Dunkelheit, die durch etliche Lichter beleuchtet wird. Ich entfalte mich, folge euch, werde schneller, renne hohle Straßen entlang, an hohen Gebäuden vorbei. Das Wasser ist nicht mehr fern, ein Leopardensprung. Die Wirkung des Morgenrots verändert meinen Körper ein weiteres Mal. Der Boden unter meinen Füßen verliert an Bedeutung, mich übergangslos an die Lüfte weiterreichend. Ich segele dem Hafen entgegen, setze zur Landung auf dem kleine Wellen schlagenden Wasser an. Als Fisch tauche ich darin ein, winde mich, mich dem Element anpassend, stiebe davon, verschiedene Arten durchlebend.

Lichtreflexe tanzen auf der Oberfläche, nach und nach verblassend, je tiefer ich schwimme, je weiter ich mich vom Land entferne, mich EINEM Land nähernd, das von euren zahlreichen Wunden gezeichnet ist. Nie war eure Spur deutlicher, seit ich das Dorf verlassen habe.

Riesige Schiffe. EIN dröhnendes Inferno. Nur mit Mühe gelange ich an die Oberfläche. Beflügelt setze ich meinen Weg fort, mein Gespür einzigartig, geschärft. Wäre es hingegen einzig Licht, dem zu folgen meine ganze Hoffnung wäre, um zu euch zu gelangen, hätte ich euch im Nu aus den von Unmengen Lichtern irritierten Augen verloren. Weiße Muster, durchsetzt mit vielen Farben, überziehen das Land unter mir. Streifen und Striemen, Bögen und Linien, EIN meinen Atem beraubender Wirrwarr, der an Chaos grenzt, ohne sich selbst Einhalt zu gebieten. Lange ist es mir nicht möglich, in einer ANDEREN Form zu verbleiben; muss immer wieder Mensch werden und menschlich bleiben, für eine vom Einfluss des Morgenrots bestimmte Weile. Lasse mich daher nieder, umringt von Lichtern; atme durch; schöpfe. Auf Augenhöhe nun mit der Welt, die von oben betrachtet EIN frenetischer Lichterozean ist.

Es regnet. Der Regen blutet. So viel Rot. So viel Lärm. So viel Fäulnis. Die fremde Welt, nun diesseits des Horizonts gelegen, sie hat mich endgültig in ihren gierigen Fängen. Sie ist krank, gedeiht durch künstlich erwirkten Schein. Zugleich aber ist es jene Welt, in der ich euch bald finden werde. So nahe.

Ich renne in eure Richtung. Vorbei an Stimmen und anderen unverständlichen Fetzen. Stoße mit anderen

Körpern zusammen. Laute Rufe auch hier. Hände, die nach mir greifen. Schritte, mich verfolgend. Ich recke die Arme voraus, laufe auf direktem Wege auf euch zu. Die Wirkung des Morgenrots lässt spürbar nach. Egal, weit ist es nicht mehr. Ich springe über Hindernisse, klettere über Zäune. Meine Haut reißt an einer Stelle auf. Ich renne. Renne einfach weiter. EIN rotes Leuchten lockt mich an. Es pulsiert. Nein, es ist das Blut in meinen Schläfen.

»Aurora? Esraa?«, rufe ich. Ein Hund bellt plötzlich neben mir. Instinktiv überwinde ich EINEN weiteren Zaun, das Bellen zurückbleibend.

»Gleich, gleich bin ich – bei – euch.« Ich fühle eure Nähe, verspüre aber auch die Schwäche, die sich unaufhaltsam mit meinem Blut vermischt. Das Gebäude vor mir muss es sein. Dort werde ich euch in meine Arme schließen. Der Bau ist breit, viel Glas, EIN riesiger Schriftzug verbreitet das rote Leuchten, das mich hierher geführt hat. Drei rote Worte. Ich verstehe ihre Bedeutung nicht. Für mich ist etwas ANDERES von viel größerer Bedeutung. Wieder rufe ich eure Namen. Der Regen ergießt sich heftig über unser Wiedersehen. Vielleicht, um endlich all das Blut wegzuspülen, das unser Dorf vor Jahren verloren hat. Vielleicht, um all unsere Erinnerungen von jenem Gräuel zu reinigen, das uns widerfahren ist. EIN paar Menschen kommen mir entgegen. Keine Ahnung, ob sie mich wahrnehmen. Wahrscheinlich existiere ich nicht für sie, trotzdem weichen sie mir aus. Ich erreiche das Gebäude, geblendet vom hellen Glas.

»Aurora? Esraa?« Meinen Kopf werfe ich hin und her, schlage mit beiden Händen gegen das Glas. Ich springe in die Höhe, doch ist es nur der Abglanz eines Sprunges. Die

Kraft, jedwedes Quäntchen davon, sie ist mit einem Male fort. Die Resonanz eurer Stimmen, eure klare Anwesenheit, ebenfalls. Das weltweit einzige Licht einer einzigartigen Kerze – ausgepustet. Nicht einmal ein Rauchfähnchen bleibt. Mein Gespür ertränkt in erstickendem Wachs, der Faden gerissen.

Sämtliche Narben in meinen Eingeweiden brechen auf. Mich krümmend, aufstöhnend, verschwimmen das Rot, das Grau und alles Schwarz, das Licht mit seinen Schatten, alles, im niederströmenden Regen. Ich stürze zu Boden. Höre nur noch Rauschen. Nicht enden wollend.

Megan ist außer sich. Nicht nur des Wetters wegen, das mit einem heftigen Regenschauer, hinterrücks, ihre schirmlosen Pläne für den Heimweg durchkreuzt, obendrein Alexas morgendlicher Vorhersage widersprechend. Nein, vordergründig rührt ihre Wut von EINEM geplatzten Geschäftsabschluss her. EINEM, der äußerst lukrativ für ihre Abteilung ausgefallen wäre, hätte EINER ihrer Mitarbeiter nicht EINEN unverzeihlichen Fehler begangen. *Wäre. Hätte.* Megan hasst Konjunktive weit mehr, als in ihren roten Highheels durch Starkregen zu staksen. Sie flucht lauthals, Ausschau haltend nach EINER Unterstellmöglichkeit. Ihre Haare triefen und klammer Nässe gelingt es, in den Kragen ihrer dünnen Jacke einzudringen. Sie presst sich ihre Tasche gegen die Brust, ihr Tempo deutlich erhöhend. Kaum um die nächste Straßenecke gebogen, atmet sie erleichtert aus – und ohrfeigt sich schallend in Gedanken.

»Megan, du seniles Weib«, zischt sie in den Regen hinein. »Wie konntest du die Residenz vergessen. Wie viel

Vordach hättest du denn gerne für deinen makellosen Körper?«

Die riesige Schaufensterfront ist hell erleuchtet, davor nur wenige andere Schutzsuchende, dahinter ausgestellt das Neueste vom Neuesten, zusammengetragen aus der vielversprechenden Welt modernster Alltagstechnologien. Der Name prangt in gewaltigen, rot erleuchteten Lettern über dem Vordach:

R.O.T. – RESIDENCE OF TECHNOLOGY.

Erleichtert erreicht Megan das Vordach. So gut es geht, wenn auch weitestgehend nutzlos, schüttelt sie sich den Regen aus dem Haar und von ihrer Designerkleidung. Ihre nassen Füße versucht sie, nicht minder vergeblich, zu ignorieren. Unablässig prasselt der Regen weiter, während feuchte Kälte langsam durch ihre Kleidung zum Körper vordringt. Sie tigert vor der langen Schaufensterfläche auf und ab, ab und an EINEN beiläufigen Blick in die Auslage werfend. Schließlich fischt sie ihr aktuell angesagtes Smartphonemodell aus der schmalen Jackentasche hervor. Der manikürte, glänzend rot lackierte Finger huscht über das saphirene Display. Wenige Sekunden später ist ihre beste Freundin Beth am Apparat. Megan schildert ihr die missliche Lage, weiter in Bewegung bleibend.

»Ich stehe hier unter dem Dach der Residenz und schaue mir die neuen Spielzeuge an«, sagt Megan, nachdem Beth ihr angeboten hat, sie mit dem Auto einzusammeln und den angedachten gemeinsamen Abend anderweitig zu gestalten. »Du bist ein Schatz. Vielleicht - « Megan bricht den Satz ab. Sie tritt näher an das Schaufenster heran. Sie hat das flache Gerät noch am Ohr, doch verlangt, was sie sieht, ihre volle Aufmerksamkeit.

»Megan?«, fragt Beth. »Alles in Ordnung?« Megan antwortet nicht. Sie hat nur Augen für EIN Objekt, professionell in Szene gesetzt, perfekt ausgeleuchtet, EIN real gewordener Traum. *Megans* Traum. Unmittelbar daneben EIN Schild:

Red Friday!

The day, Technology changed your understanding of Life.

Daneben EIN weiteres:

Weltneuheit!

Nur hier!

»Erde an Megan?«, versucht es Beth erneut.

»Ich glaube das einfach nicht«, entfährt es Megan, in ihrem Gesicht ein staunendes Strahlen, das alle Wut und regnerische Unannehmlichkeit, mit einem Mal, komplett verdampfen lässt.

»Rennt dein Traumtyp gerade mit nacktem Oberkörper durch den Regen, nur Augen für dich?«, fragt Beth amüsiert.

»Besser«, raunt Megan. »Viel besser.« Dann fügt sie geheimnisvoll hinzu: »Schwing dich in deinen Wagen, Süße, und gib gehörig Vollgas. Das *musst* du dir ansehen. Bis gleich.« Ohne Beths Antwort abzuwarten, lässt Megan das Smartphone langsam sinken. Sie starrt wie hypnotisiert auf das ausgestellte Objekt ihrer Begierde. Kein Konjunktiv weit und breit, einzig EIN Imperativ zugegen: HABEN!

Seit Wochen schon sind die Medien voll davon. Seit Wochen wird diese Innovation in den höchsten Tönen angepriesen und die Gerüchteküche gut gewürzt auf Hochtouren gehalten. Nun aber, nach Monaten intensiver Forschung, ist es offensichtlich so weit. Klammheimlich, ohne jedwedes Tamtam, praktisch unter dem Deckmantel des Unwetters vollzogen, steht es in aller Öffentlichkeit ab sofort zum Kauf bereit. Urpräsentiert in *dem* Moment, als die ersten Tropfen die Regenmassen ankündigten. Dabei ist es nicht das Gerät an sich. Dieses gibt es schon seit etlichen Jahren in den verschiedensten Ausführungen, angeboten von unterschiedlichen Anbietern weltweit. Nein, es ist das Material. Mehr noch. Es ist die innovative *Beschaffenheit* des Materials. *Das* ist die eigentliche, Medien und Netzwerke in Ekstase versetzende Weltneuheit. Diese Beschaffenheit ist es, die Megan das Smartphone selbstvergessen in die Jackentasche und anschließend ihre nun freien Hände über das Schaufenster gleiten lässt. Wie sie so dasteht, ähnelt sie der modernen Neuaufführung EINES Kindes, das sich vor Jahrzehnten nichts sehnlicher wünschte, als die, hinter frostig angehauchtem Glas, weihnachtlich beleuchtete und Waggons ziehende Modelleisenbahn. Megan schaut sich hastig um, sich vergewissernd. Sie ist der erste Beutegreifer in der Stadt, der entdeckt hat, was bereits als bedeutender Meilenstein gefeiert wird. Die Luft ist rein, nebst vom Regen reingewaschen.

Nur wenige Meter von Megan entfernt, im tiefen Schatten der Ladenfassade, stöhnt ein durchnässtes, zutiefst erschöpftes Bündel Mensch auf. Megan bekommt davon nichts mit. Ihre Sinne, allesamt, sind wieder auf die Küchenmaschine aus Vollmetall gerichtet, deren ohnehin futuristisches Aussehen um ein Vielfaches potenziert, durch EINE neue, einzigartige Legierung. Sie leuchtet in EINEM Rot, wie es in dieser alle Sinne durchdringenden Leuchtkraft und strukturellen Tiefe bei keinem Metall bisher möglich war; fernerhin alles in den Schatten stellend, was durch aufwendige und kostspielige Lackierungen umsetzbar ist. *Aurora* heißt das Modell in Rot und Megan weiß schon jetzt: Gleich am nächsten Morgen muss sie es kaufen. Sie *muss* es unbedingt *haben*, als krönenden Blickfang für ihre Edelküche, in der sie zwar selten kocht, aber nichtsdestotrotz das Neueste vom Neuesten ihr eigen nennt. Die Ausstattung der Küche, sie gilt unausgesprochen als akzeptiertes Aushängeschild für wirtschaftlichen Erfolg, für gesellschaftliche Integrität und den eigenen Marktwert, allesamt vereint im persönlichen »*Way of Life*«, dem man sich verschrieben hat.

Aufgeregt, gar von tollwütiger Kauflust ergriffen, verweilt Megan vor der Scheibe, sich sehnlichst wünschend, sie könne bereits *vor* Sonnenaufgang über dieses Objekt ihrer Begierde verfügen – egal zu welchem Preis.

Interludium

Störe meine Ruhe nicht

EIN Mensch draußen schreit,
in bisher stiller Nacht,
mich zu unmenschlicher Zeit
um meinen Schlaf gebracht.

EIN Gerät drinnen anmerkt,
mit schaltkreisendem Getöse,
mich eindringlich nun belehrt,
dass ich es rasch erlösen möge.

EIN flinker Griff zur Seite,
künstliche Erhellung erfolgt,
zwei Fotos, aus der globalen Weite,
abonniert, demnach auch gewollt.

EIN Schrei dort draußen erneut.
Überlege kurz, beide Fotos geteilt,
gehöre dazu, bin sehr erfreut.
Dann Stille, der Schrei verhallt.

EIN weiteres Foto am Morgen,
geschehen in der Nachbarschaft,
bin schockiert, geplagt von Sorgen,
EINE Wunde, tief im Opfer klafft.

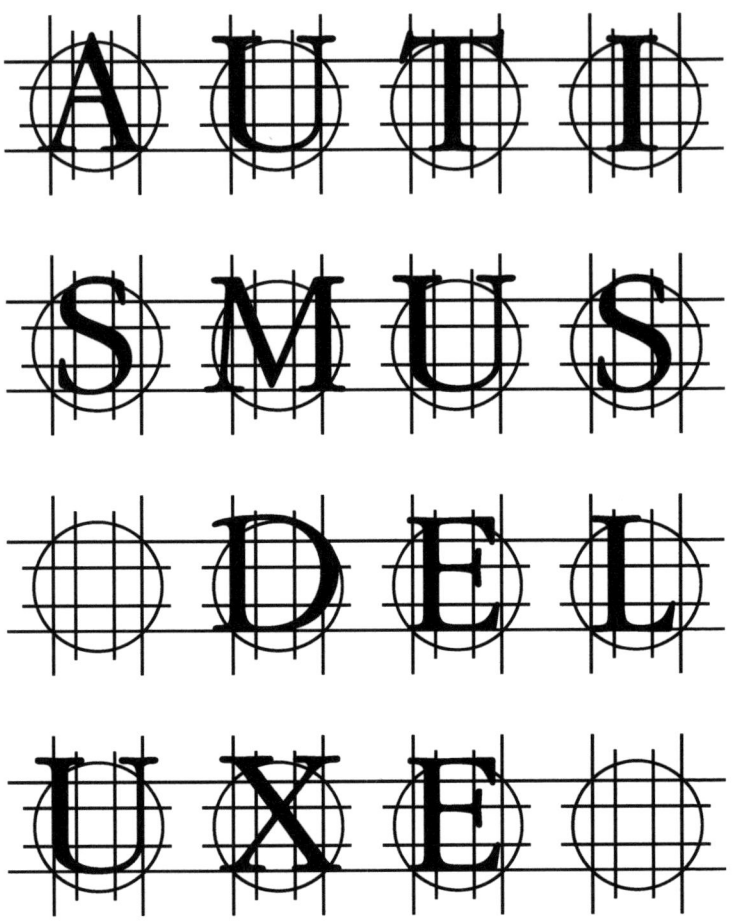

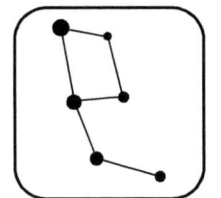

»Siehst du den Typen, der gerade hereingekommen ist?« Trapis deutete mit dem Kinn zur Tür der Bar.

»Wieso geht der rückwärts?«, fragte Arno, damit bestätigend, den jungen Mann bemerkt zu haben. Trapis zuckte mit den Schultern.

»Vielleicht wird er verfolgt?«

Ihrerseits verfolgten sie, wie der Rückwärtsgeher zur langen Holztheke gelangte, sich umdrehte und mit dem Mann hinter der Theke sprach. Nur EINE Minute später hatte der junge Mann seinen Drink vertilgt und bezahlt. Rückwärts schlenderte er mit EINEM Stück Papier in der Hand auf EINEN Tisch zu, an dem zwei lachende Frauen saßen.

»Barfuß ist er auch noch«, bemerkte Arno. Der Barfüßige drehte sich zu den beiden Frauen um und legte das Papier auf deren Tisch. Ohne EIN Wort mit ihnen zu wechseln, machte er umgehend kehrt. Er bewegte sich wieder rückwärts auf die Tür zu und verschwand schließlich bar jeglichen Schuhwerks in der durchweg beschuhten urbanen Welt.

»Seine Handynummer hat er wohl nicht auf das Papier geschrieben, dem Gesichtsausdruck der Ladys nach zu urteilen.« Trapis grinste. Arno wollte gerade etwas erwidern, da betrat Steven die Bar. Er kam auf den Stammplatz der drei Freunde im hinteren Teil der Bar zu.

»Draußen hätte mich beinahe EIN Typ ohne Schuhe umgerannt.«

»Ah, der Rückwärtsgeher«, sagte Arno und berichtete kurz.

»Verwirrt, verrückt? Drogen? Oder warum macht EINER so etwas, mitten in der Großstadt? Ich sage nur Glasscherben und Hundescheiße. Vom toleranten Gegenverkehr ganz zu schweigen.« Steven gab dem Mann hinter der Theke ein Zeichen.

»Vielleicht EIN Statement?«, mutmaßte Arno. »Wider der vorsichtigen Vorhersehbarkeit, oder so ähnlich.«

»Wir sollten die beiden Ladys fragen, was er ihnen mitgeteilt hat. Vielleicht das Manifest EINES Ungepufferten, das nicht komplett auf EINEN Bierdeckel passt, sondern etwas mehr Raum bedarf?« Trapis schlug sein kleines, ihn stets begleitendes Notizbuch auf, das dokumentierte, was ansonsten flatterhaft und flüchtig war. Rasch kritzelte er EINE Handvoll Flatterhaftes hinein.

»Aha, lasse mich raten. Kam soeben barfüßig EINE Idee daher, die rückwärts gelesen EINE gesellschaftskritische Metapher offenbart?« Steven neckte Trapis gerne ob dessen Angewohnheit Erwartungsdissonanzen, wie Trapis sie nannte, aufzuschreiben. Manchmal genügte EINE solche Dissonanz, in der von gleichgeschalteten Erwartungen verdichteten Atmosphäre EINER Gesellschaft, um ein klärendes Resonanzgewitter vom Zaum zu brechen, sich bildhaft in Geschichten entladend, die eventuell zu Büchern wurden. An Dissonanzen indes mangelte es wahrlich nicht in den himmelwärts strebenden Höhenlagen und versiegelten Eingeweiden der Großstadt. Das Problem war: Immer mehr Menschen gewöhnten sich an die Dissonanzverdichtung. Sie dichteten ihr gar EINE erstrebenswerte Atmosphäre der Betriebsamkeit an, derer sie glaubten zu bedürfen, damit sich ihr Leben zufriedenstellend gestalten und, als Freiheit empfunden, leben ließe.

Ab und an aber kam es zu EINER potenten Dissonanz, die gänzlich ANDERS zutage trat, offensichtlich aus dem Rahmen des Alltäglichen ragend und besagtes Gewitter auslösend. EINER Kettenreaktion gleich, die nicht kausal reproduzierbar verlief. Während Trapis derartig Zustandegekommenes dankbar in sein Notizbuch übertrug, nahm die Allgemeinheit diese Zustände in der Regel anders wahr: Als Irritierung des Gewohnten, das dem allgemeinen Wohlfühlklima zuwiderlief.

So hatte die Energie, die das Erscheinen des unbekannten Rückwärtsgehers in Trapis freigesetzt hatte, zu Kaskaden von Interpretationen geführt, die er rasch skizzierte, bevor Blitz und Donner sowie deren Nachbild und Nachhall endgültig erloschen und verklungen waren. Der Inhalt seines Notizbuches war längst zur existenziellen Fundgrube seiner schriftstellerischen Tätigkeit herangewachsen, verschiedene Früchte in unterschiedlichen Stadien von Reife tragend und weitere Knospen bildend. Was es in dieses Büchlein schaffte, dem wohnte resonanzfähiges Potenzial zur Sensibilisierung inne. Ein choraler Ausbund eigener Stimmen, das geschwätzige Schweigegelübde der Gesellschaft auflösend; eine an Obertönen vermögende Stimmlage, es wagend, sich an übertönenden Normen und durchschnittlichem Stillstand zu reiben. Dergestalt konnte unerwarteter Wetterumschwung im Geiste entstehen, manchen betonierten Schädel gehörig wachrüttelnd – ohne diesem dabei physisch zu Leibe zu rücken.

Die Drinks kamen, was die Stammgäste nutzten, um EIN paar Sätze mit dem Barbesitzer zu wechseln. Ihre Nachfrage, ob der Rückwärtsgeher öfter vorbeikäme, verneinte er.

»Den habe ich heute zum ersten Mal hier gesehen«, war alles, was er hinzufügte, sich unmittelbar darauf wieder hinter die Theke zurückziehend.

»Nun, ihr Mannen von künstlerischem Gemüt«, Steven erhob sein Glas, »auf die Quer-, Barfuß- und Rückwärts-denker draußen vor der Tür und drinnen hier im Rau-me.« Arno und Trapis taten es ihm gleich.

»Wie passt diese Barfußnummer eigentlich in den Rahmen EINER weißen Leinwand, EINES leeren Blattes Papier beziehungsweise der Stille EINES Konzertsaals?«, fragte Arno nach dem ersten Schluck, auf ihr vorheriges Beisammensein in der Bar anspielend. Irgendwie waren sie auf den Ursprung nicht nur künstlerischer Ideen, sondern jedweder Idee gekommen, feststellend, dass Steven, als Musiker, Arno, als Maler und Trapis, als Autor, keineswegs mit ihren Arbeiten etwas nie Dagewesenes schufen, da jede Idee, ausnahmslos, etwas *nun* Dasein-könnendes darstellte. Jeder von ihnen legte mit seinem künstlerischen Schaffen etwas frei. Etwas, das bereits in der Leinwand, auf dem Papier und in der Stille potenziell zugegen war, wie Zukünftiges im Gegenwärtigen, ohne zuvor preisgegeben zu haben, was sich letztlich manifes-tieren würde.

Allgemeinhin sagte man, EIN Maler trüge Farbe auf EINE Leinwand auf, EIN Schriftsteller schriebe auf EIN Blatt Papier und EIN Musiker ließe Noten erklingen. Aber war dem wirklich so? Verhielt es sich nicht genau andersherum? Entfernte der farbige Pinselstrich nicht vielmehr EINEN bestimmten Anteil im Weiß der Leinwand, so hervorkommen lassend, was im Weiß schon zuvor vorhanden gewesen war? Entfernte EIN Schreibender mit der Tinte nicht gleichermaßen das Weiß in einem bestimmten Bereich des Papiers, dem Maler ähnlich, nur mit anderer Intention und anderem Werkzeug? Oder zeitgemäßer ausgedrückt: Entfernte der Tastendruck nicht alles andere buchstabene Potenzial, nur den EINEN Buchstaben zurücklassend, der zu dem Wort gehörte, welches der Autor im Sinn hatte? Entfernte nicht entsprechend auch der Musiker durch die Schwingungen des Instruments ganz bestimmte Bereiche der Stille, um herauszuholen, was längst allgegenwärtig gewesen war, wonach Stille gleichbedeutend mit dem Lärm *aller* möglichen Schwingungen wäre? So wie Bildhauer nur jene Form zutage brachten, nach der ihnen der Sinn stand, alle anderen Formen mit geschickter Hand entfernend, die vor Handanlegung im verwendeten Material gegenwärtig gewesen waren?

Zu diesem querläufigen Vergleich waren die drei Freunde über das Licht der Sonne gelangt. Sie erinnerten sich an EIN Experiment aus der Schulzeit, in dem Sonnenlicht durch EIN Prisma gelenkt und in seine Farbenpalette aufgefächert wurde. Die strahlenden Farben waren allesamt immer vorhanden, im weißen Licht das Blau anhimmelnder Tage, auch wenn just kein Prisma zur Hand war. Was geschah, demgemäß, wenn Menschen Geschichten teilten und sie die Schnittmengen aller Geschichten daher für *realer* befanden, als das Abgeschnittene? Sprich, jene Masse an Möglichkeiten, die sich im Hintergrund weiter die Zeit vertrieb, zusammen mit entfernten Farben, unbeschriebenen Wörtern und unerhörten Tonfolgen – eingebettet in vorwärtsschauende, beschuhte Kulturen.

»Man könnte also fragen, ob EIN Künstler wirklich weiterkommt, indem er vorwärtsgeht und sich die Freiheit nimmt, weiter zu gehen?«, griff Steven Arnos Frage auf. »Oder kommt EINER weiter, wenn dieser, zwar in selbiger Richtung unterwegs, *rückwärtsgehend* im Auge behält, woher er gekommen ist?«

»Wo ist da der Bezug zum weißen Licht voller Farben?«, fragte Arno.

»Der barfüßige Rückwärtsgeher, er verkörpert den eigentlichen kreativen Prozess. Er zieht all die Blicke der Vorwärtsgeher auf sich, weil er zeigt, wie *wirklich* gemalt, geschrieben, musiziert, gebildhauert, *realisiert* wird. Er verändert die Perspektive, behält aber die Richtung bei, was in sich ja schon EIN Kunststück ist. Beschuht vorwärtsgehen bedeutet, mit EINEM Pinsel Farbe aufzutragen. Barfuß rückwärtsgehen, es bedeutet, mit EINEM Pinsel etwas wegzunehmen und so etwas freizulegen. Vorwärtsgehen bedeutet, demgemäß, zu verdecken, rückwärtsgehen zu entdecken. Zu entdecken, was als potenzielle Möglichkeit bereits existiert hat, noch bevor der Pinselstrich es tatsächlich realisiert. Was hinter dem Rücken des Vorwärtsgehers in Form von Möglichkeiten zwar existiert, aber mit jedem Schritt vorwärts unwahrscheinlicher wird, ist für den Rückwärtsgeher der immer *wahrscheinlicher* werdende Zugang zur Erhellung des

Kunstwerks. Darin läge letztlich auch der Bezug zum weißen Licht, oder?«

»Solange«, warf Trapis ein, »bis er realisiert: Ihn hat tatsächlich EIN Auto angefahren, das er nicht hatte sehen können, weil ihm die Realität EINES im Dunkeln tappenden Vorwärtsfahrers EINEN motorisierten Schritt voraus gewesen war. Alle Zeiten vereint, noch ehe die Zukunft des Künstlers sich als rosig scheinend ihm offenbarte.«

»Birgt jedwede Kreativität, jeder ästhetische, jeder *poetische* Ausdruck nicht die Gefahr des Unvorhersehbaren, des Unberechenbaren? Verstehen es die klärenden Künste nicht, den dafür Empfänglichen zu ergreifen, zu überraschen, zu überwältigen, mit ihm zu resonieren? Ist nicht das Ausmaß der Klärung der Gefahr geschuldet, derer sich der Empfängliche aussetzt, wenn er mit dem Kunstwerk konfrontiert wird, es in sein Leben lässt? Vor allem, wenn er nicht mit dem, was er wahrnimmt, gerechnet hat?« Steven schaute von einem zum anderen.

»Nun, es ist in der Tat keine große Kunst jemanden anzufahren, der rückwärts über EINE Straße kunstwandelt, ohne das Auto kommen gesehen zu haben«, fügte Trapis hinzu. Arno schmunzelte. Trapis dachte bei der Klärung an die Gewitter, die sein Notizbuch füllten – und an die Gefahr durch möglichen Blitzeinschlag, welcher die Klärung begleitete.

»Der barfüßig rückwärtig Sehende ist, wie gesagt, die Verkörperung des kreativen Prozesses. Zu diesem gehört auch, dass der Autofahrer den Barfüßigen nicht erwartet hat beziehungsweise erwartet hat, dass jener stehen bleibt, vielleicht, weil jener das Auto, wenn nicht gesehen, doch zumindest gehört hat«, gab Steven zurück. Arnos Augen wurden groß.

»Picasso bezeichnete Kunst allgemeinhin als Lüge, die den Menschen die Wahrheit begreifen lehrt, zumindest, so Picasso weiter, *die* Wahrheit, die Menschen begreifen können.« Steven nickte.

»Genau. Klarheit durch Klärung der Sichtweise. Das passt sehr gut zur Sichtweise der meisten Menschen, hinsichtlich des Malens, Schreibens und dergleichen, in der irrigen Annahme, Künstler erschüfen etwas *wirklich* Neues und wären außerdem in der Lage, das Werk zu beenden. Fortwährend lassen Menschen sich belügen und doch kann ihnen jederzeit unerwartet die Klarheit begegnen, wodurch sie sich der Gefahr aussetzen, dass sich auf einmal ihre Sicht der Dinge grundlegend verändert. Kunst ist unberechenbar, Unberechenbarkeit somit Kunst. Wenn man plötzlich selbst ohne Schuhe und Socken dasteht und zurückblickend weitergeht, gestaltet sich das Vorankommen gänzlich ungewohnt, während man sich, aufmerksam und für Ungewohntes sensibilisiert, durch die Normen der Vorwärtsgeher bewegt. Diese Normen bricht man auf Schritt und Tritt barfüßig auf, fortan verletzbar unterwegs, wo man doch erst kürzlich noch die Sicherheit der Schuhe und der Normen zu schätzen wusste.«

»Da wäre ich mir nicht so sicher«, warf Trapis erneut ein. Vier neugierige Augen blickten ihn erwartungsvoll an. »Womöglich werden wir schneller unserer kreativen Möglichkeiten beraubt, als uns lieb ist. Womöglich liegen überall Glasscherben verstreut, während wir EINER Prozedur ausgesetzt werden, die uns immer *weniger* klarer sehen lässt, je *mehr* etwas als kreativer Ausdruck erscheint, das allerdings nur EIN scharfkantiges Fragment ohne Authentizität ist.«

»Inwiefern?« Steven nahm einen Schluck aus seinem Glas.

»Künstliche Intelligenz«, gab Trapis zu verstehen. Er erzählte, was auf diesem Gebiet aktuell bereits auf dem Weg in die Realität war.

Lange Zeit hatte die menschliche Kreativität als Bollwerk gegolten, das jeglichen Versuchen der Künstlichen Intelligenz, sie nachzubilden, zu widerstehen verstanden hatte. Längst aber schien auch diese Festung von Algorithmen eingenommen worden zu sein. Mehr noch, konnten mittlerweile immer mehr Menschen nicht mehr unterscheiden, welches Werk, egal, ob Gemälde, Gedicht oder Musik, aus dem Chip EINES Computers stammte oder der Inspiration eines ungenormten Menschen entsprungen war. Rasant waren die verschiedensten Systeme mit Namen wie *EMI, Annie, Painting Fool, Iamus* oder *A.I.R.* ihren stolpernden, zu großen Kinderschuhen entwachsen. Sie schickten sich an, pausenlos Kunstwerke zu generieren, sei es auf Geheiß ihrer Programmanweisungen oder im Dialog mit jenen menschlichen Künstlern, die sich von der Pausenlosigkeit die Überwindung eigener andauernder Schaffenskrisen versprachen.

Vorbei schien bereits die Zeit, in der Computer nur Vorgaben menschlicher Künstler nutzten und aus riesigen Datenbergen, zu denen sie die Klang-, Farb- und Wortlandschaften der Menschen hatten werden lassen, etwas Anderes hervorgehen ließen. Etwas, das als neuartig, als etwas Eigenes und selbst Erlerntes teils gefeiert, teils aber auch misstrauisch beäugt wurde. Derweil hatten sich immer mehr Kunstschaffende mit den digitalen Musen angefreundet, bestrebt, nur nicht den Anschluss an EINE vermeintlich neue Form des Wahrnehmens und Ausdrückens zu verpassen. EINE Wahrnehmung, die als fortschreitende Bewusstwerdung hochgelobt wurde, ohne sie jedoch je als Auswirkung EINES wesentlichen Verlustes zu thematisieren. Warum? Weil dem Schwerpunkt der Kunst die Leichtigkeit des Unbewussten abhandenkam, Künstliche Intelligenz im Schwerpunkt jedoch nichts weiter war, als das durch Algorithmen und Schnelligkeit bewirkte Streben nach werdendem Bewusstsein.

Schon jetzt gab es weit mehr Werke menschlichen Schaffens, für die es nicht genügend Interessierte, Interessenten und Käufer gab. Solche, die über ausreichend Zeit und Kapital verfügten, um allen Kunstschaffenden Anteilnahme an deren Werken zu zollen und die Kunstschaffenden selbst über die wechselhaften Gezeiten der Moden zu halten. Das bekamen auch Steven, Arno und Trapis zu spüren.

Was würde erst geschehen, gesellten sich zu den menschlichen die künstlichen Künstler hinzu, um *die* Anteile an Aufmerksamkeit buhlend, die auf EIN immer größer werdendes Angebot aufgeteilt würden? Auf absehbare Zeit kämen, der sich öffnenden Schere zwischen Quantität und Qualität geschuldet, aussortierende und zuordnende sowie personifizierte Apps hinzu. Derer bedürften die Anteilnehmer immer dringender, damit sie im unruhiger werdenden Kunstgewässer jene Werke finden könnten, von denen sie sich ihrerseits Inspiration und das Erleben fühlbarer Welten erhofften – oder schlichte Wertsteigerung innerhalb der kunstsammelnden Lebenszeit.

Wäre der Höhepunkt der Kunst erreicht, wenn Algorithmen aus algorithmischen Werken menschlich anmutende Übereinstimmungen filterten und es als Anverwandlung verkauften? Wäre dieses die Schmerzgrenze für kunstschaffende Menschen, zumal im Algorithmus der Schmerz steckt, wie das griechische *algos* es bezeugt? Oder markierte es den Tiefpunkt einer bis dahin wärmenden Beziehung, wenn der Algorithmus vom englischen *algid* abgeleitet würde, *kalt* oder *eisig* gar bedeutend?

Wie dem auch sei, so oder so wäre auf absehbare Zeit der Punkt erreicht, an dem das menschliche Schaffen von der künstlichen Emsigkeit sich schiede. Während EIN Mensch wenige wahrhaft außergewöhnliche Werke im Leben schuf und die meiste Zeit seines Schaffens an sich und der Welt zweifelte, würde die Künstliche Intelligenz dagegen pausenlos Werke produzieren, ohne je irgendeiner Krise anheimzufallen oder sich im Irrationalen zu verlaufen. Ohne je von EINEM Zweifel heimgesucht zu werden, der umso tiefer ging, je beeindruckender das anschließende Werk des Künstlers andere zum Perspektivenwandel bewegte. Selbst Systemabsturz oder Stromausfall bedeuteten nicht das Ende der Welt für die Künstlichkeit, gleichwohl sie auch das Ausbleiben finanzieller Mittel nicht aus der Gesellschaftsbahn werfen dürfte.

Wozu, fragten an dieser Stelle des Gedankenspiels die Kritiker, dann überhaupt solcherlei Kunstwerke schaffen, wenn es keinen wesentlichen Grund zur Erschaffung gab? So wie jedes Wort und jedes Symptom einer Erkrankung seinen Entstehungsgrund hat. War es nicht vornehmlich die schicksalhafte, sich aus Krisen phönixgleich erhebende Unverfügbarkeit einer Inspiration, fragten sie weiter, die Werke eben *nicht* wie am Fließband entstehen ließ? Und war es nicht auch die Anteilnahme an der Authentizität des Künstlers, in der die künstlerische Inspiration tief verwurzelt war? Inspiration, die letztlich die Unverfügbarkeit mit jener Energie erfüllte, die der Künstler in das durchdringende Werk der Sensibilisierung anderer Menschen zu transformieren verstand? Ihnen dadurch die von der Gesellschaft angelegten Scheuklappen, Daumenschrauben und Denkspangen entreißend? Oder, fragten die Kritiker weiter, was gedachten uns Algorithmen mitzuteilen, wenn wir Anteil nahmen an ihren marktüberschwemmenden Werken? Wie es um deren Hardware stand? Um deren softes, digitales Seelenleben? Um das globale Stromnetz, von dem sie generell abhängig waren?

Trapis befand Fragen wie diese für wichtig, betrafen die Antworten doch auch das zukünftige Schaffen seiner Freunde und seinen eigenen literarischen Werdegang. Ganz zu schweigen von ihrer persönlichen Zukunft, inmitten der Gesellschaft, die ihnen bisher die Möglichkeiten geboten hatte, künstlerisch unterwegs zu sein.

Schon seit Jahren verfolgte Trapis die technologischen Entwicklungen auf diesem sich rasant erschließenden Gebiet. Er war überzeugt: Mit Einzug der Künstlichen Intelligenz, in die Künste jedweder Art, würde Kreativität, die *wirklich* perspektivisch bedeutsam wäre, nach und nach in die Belanglosigkeit gedrängt. Und mit ihr ein vibrierendes Ausdrucksvermögen, das seit jeher dem Menschen als Medium gedient hat, um von weltaneignenden Verstrickungen nicht in den Lebendigkeit erstickenden Wahnsinn getrieben zu werden.

Kunst war EINE Notwendigkeit; die immer wiederkehrende Unverfügbarkeit von Inspiration ihr Ruhepol, ihr künstlerischer Winter; ihre Unberechenbarkeit ihr eigentliches Vermögen. Wohingegen Künstliche Intelligenz einzig um alles möglichst schnell Machbare, um ihre eigene Permanenz kreiste, das Pausenlose dabei nur EINE von vielen angestrebten Möglichkeiten, wozu Schweigen, geschweige das Aushalten von Stille, nicht gehörten – und Lärm *wirklich* zur erstarrenden, perniziösen Kakophonie verkam. EIN Graus für Trapis. EINE Wahnsinn stiftende Schneekanone, Abermillionen Gigabytes vom Wesen des Lebens abgeschnittener Daten, Nullen und Einsen im Dauerbetrieb ausspuckend. *Algid. Algos.* Kälte, die irgendwann schmerzen täte. EINE Eiszeit, ohne anverwandelnde Wärme. Das Künstliche zur Vermeidung von Reibung mit dem Leben angedacht, dabei jedoch überhaupt nicht bedacht: Zum Fortbewegen auf Eis ist Reibung unausweichlich notwendig.

Waren künstlerische Werke, egal welcher Art, vor Eindringen der Künstlichen Intelligenz in die Menschensphäre, ein Medium, welches dem Resonanzkörper des Lebens entsprang, so durchdrang fortan farblos zerhacktes Rauschen die Kreativität. Drohend, das Ausdrucksvermögen, und die durch sie angestimmte Sensibilisierung, mit herumtönenden Belanglosigkeiten im Keim zu ersticken. Es waren keinesfalls die technischen Gerätschaften und digitalen Werkzeuge, derer sich Künstler immer öfter bedienten, die Trapis sich enthüllendes Unbehagen bereiteten. Nein, es war das Einmischen der Algorithmen in menschliche Biorhythmen. Deren Suggerieren, dass sie neue Sichtweisen, bisher ungehörte Klangwelten und unvorstellbare Geschichten zu kreieren imstande wären – und das diese für das Leben von außergewöhnlicher Bedeutung wären. Daher lautete die entscheidende Frage für Trapis nicht, was uns die, sich als künstlerisch tätig ausgebende Künstliche Intelligenz ermöglichte, sondern vielmehr, was Menschen Wesentliches *verlören*, ließen sie die künstlichen Künstler gewähren und verwechselten sie weiterhin Sirenengesang mit lebenswerter, bedeutsamer Resonanz. Letztere dargeboten als Ästhetik, als zugängliche und zumutbare Poesie.

Was würde geschehen, wenn Gemälde nicht mehr handwerklich bedingte Jahre bis zur Vollendung benötigten, sondern automatisierte Minuten; wenn aufwendige sinfonische Werke nicht sechs Monate bräuchten, sondern derer einhundertachtzig an nur EINEM einzigen Tag entstünden; wenn verschachtelte, wortreiche Lyrik nonstop über Displays und durch Kopfhörer huschte, anstatt nur weniger bleibender Worte zu bedürfen, um Grenzen von Sprachen sprachlos zu überschreiten? Was würde insofern geschehen, wenn unsagbar schneller verfügbar wäre, was erst Anverwandlung nach sich zöge, wenn es eben *nicht* dergestalt zur Verfügung stünde? Unverfügbar, weil der sich Anverwandelnde und den Künsten sich Hingebende erst Zeit und Raum benötigen würde, damit Anverwandlung gelingen und Vertrauen entstehen könne. Um überhaupt EINEN Zugang zum Kunstwerk zu finden und sich ihm zugleich bereitwillig genügend zu öffnen, ohne eigene Konturen dafür zu opfern. Ohne mit EINER verfremdeten Stimme sprechen zu müssen, bedürfte es des Kennenlernens, des Erspürens, des sich rhythmisch von jenem Wesen Erfassenlassens, welches das Werk geschaffen hätte. Bliebe das Wesen indes stumm, ohne je Stille erfahren zu haben, ohne Lebenserfahrung, die tief in der gemeinsamen Geschichte des Lebens verwurzelt wäre, dann verlöre das Werk seine Glaubwürdigkeit, die das Kennenlernen andernfalls begleiten täte. Erst recht, wenn EIN Unwesen künstliche Spielchen triebe.

WAHRE Kunst, es war schon immer jene, die EINEN Teil des Künstlers Kunstwerk werden ließ, weshalb kein WAHRER Künstler fortwährend große Kunst hervorbringen konnte. Irgendwann hätte sich auch der größte Künstler selbst zur Gänze in seine Kunst eingebracht. Künstliche Künstler aber produzierten beliebig Reproduzierbares. Hauptsache, es strömte ausreichend Strom durch ihre Schaltkreise – ohne je leibhaftig erfahren zu haben, was es *wirklich* bedeutete, unter Spannung zu stehen, Angst und Zweifel zu haben und von Schweigen unentrinnbar umzingelt zu sein. Verrückt indes, dass es erst dieser dreifachen Sicherheitsverwahrung aus Angst, Zweifel und Schweigen bedurfte, damit die einmalige Stimme EINES Künstlers geformt werden konnte. Damit sie nebendem mit dem Künstlerwesen in Resonanz gebracht werden konnte. Nicht gewillt, sowohl Zeitgeist als auch der Gesellschaft lebenslang hörig zu sein, sprich, sich als Durchschnitt besser berechnen zu lassen, vermeintlich niederen Gefilden EINER Population zugeordnet und EINEM minutiösen, populären Stundentakt gehorchend. Kaum, dass das Kindsein für beendet erklärt worden war. Kaum, dass EINE Freiheit vor EINEM lag, die EINEN für die Bleibhaftigkeit, für den verdienten Unterhalt, in besagter dystopischer Gesellschaft trainierte.

»Aber«, sagte Trapis, »was das Eindringen der Künstlichen Intelligenz in die Sphäre des Menschen verdeutlicht, ist die Notwendigkeit dringlicher Hinterfragung, was Kunst *wirklich* ist und woher der Schmerz *tatsächlich* kommt, der sie erst wahrhaftig, authentisch werden lässt. Ist es nicht so, dass durch die Überflutung des Marktes mit Algorithmen das Hinterfragen in den *Vordergrund* gerückt wird?«, fragte Trapis. »Was unterscheidet WAHRE Kunst von allem künstlerischen Rauschen, was digitale Fürze von herbstlichen Winden? Wenn EINEM Algorithmus sämtliche bedeutsamen Werke großer Künstler eingetrichtert werden und daraus das Programm seinen eigenen Stil generiert, dessen Ergebnis sowohl die Menschen zu berühren imstande als auch von bedeutsamen Werken *nicht* zu unterscheiden ist, kann man EIN solches Werk dann WAHRE Kunst nennen? Obwohl es auf EINER Lüge aufbaut? Sind die derart Berührten nicht Menschen, die sich bereitwillig belügen lassen, weil sie im Grunde verzweifelt auf der Suche nach Teilhabe an der Welt sind, die sie als, sich selbst gegenüber, schweigend empfinden? Deren Lebensmotto lautet doch längst: *Lieber EINER Lüge glauben, als gar keinen Bezug zur WAHRHEIT haben.*

Ähneln die künstlichen Künstler nicht jenen Zeitgenossen, die, vor EINEM Kunstwerk stehend, es hörend oder lesend, behaupten, auch sie hätten etwas Derartiges problemlos bewerkstelligen können? Ohne je erfahren zu haben, wie sich das schwerwiegende Schweigen EINER unbemalten Leinwand, EINES unbespielten Raumes oder EINES unbeschriebenen Blattes anfühlt. Anfühlt, wohlgemerkt, im Kontext der eigenen Lebensbedingungen, denen der WAHRE Künstler zur Bedingung gemacht hat, wahrhaftig zu sein, koste es, was es wolle. Ganz ohne monetäre Hintergedanken.«

»Meinst du mit der Lüge jene, von der Picasso sprach?« Arno runzelte die Stirn.

»Nein«, erwiderte Trapis. »Aber lasse mich Picasso aufgreifen, um die schmerzliche Lüge der Moderne bloßzustellen. Würde man den künstlichen Künstler mit sämtlichen Werken Picassos füttern, entstünden dann wahrhaftige Werke Picassos, wenn der Algorithmus das Erlernte in die eigene Tat umsetzte? Mal anders formuliert: Ist die Lüge nicht nötig, um künstliche Künstler überhaupt erst zum matten Abglanz EINES Künstlers zu erheben? Setzt man dagegen EINEN Supercomputer vor EINE weiße Leinwand, ohne ihn dahingehend belogen zu haben, von nun an EIN Künstler zu sein, wäre der Computer von sich aus in der Lage, Werke wie Picassos zu generieren? Oder die Musik von Bach, wenn man ihn vor EIN Klavier auf den Hocker setzt? Oder Gedichte von Rilke, wenn man ihn vor EINEN Schreibtisch platziert? Was würde geschehen, wenn man bei der Wahrheit bliebe – und der Computer schlicht Computer bliebe?«

»Du meinst, die Lüge der Moderne ist die Vorenthaltung der Vorarbeit, die Picasso erst im Kontext seiner persönlichen Lebensgeschichte, seines Umfeldes, seiner Eltern und Vorfahren über EINEN langen Zeitraum leisten musste? Damit er zu dem Künstler heranwachsen konnte, dessen Werke auch heute noch weltbekannt sind?«, fragte Steven.

»Genau *das* ist es – die Unterschlagung der zeitintensiven Vorarbeit. Wir füttern den Algorithmus bereits mit den Konzentraten dieser gesamten Vorleistung und suggerieren damit, der künstliche Künstler hätte sich ruckzuck, mal eben so nebenbei, alles alleine selbst beigebracht. Genaugenommen bedeutet es: Egal welche menschliche Eigenschaft, welche Fähigkeit wir auf Künstliche Intelligenzen übertragen, wir treten Jahrtausende der menschlichen Entwicklung in Vorleistung. Wir verwandeln diese dann in EINEM Bruchteil dieser Jahrtausende in Datensätze, die wir verschwenderisch verfüttern. Nur, um schon kurz darauf von der gemästeten KI weiter belogen zu werden – und feiern es als EINEN Meilenstein unseres Fortschritts. Das schmerzt beileibe – wenn man ehrlich ist.« Trapis lehnte sich zurück. »Was für eine Ironie. Wir betrachten Künstliche Intelligenz in diesem Rahmen als Schmerzmittel, um die Symptome des modernen Alltags in den Griff zu bekommen. Schmerzmittel, deren Wirkung auf das Konzentrat EINES Wirkstoffs reduziert ist.«

»Aber *wenn* wir diese moderne Lüge für WAHRE Kunst hielten, dann käme auch Picassos Zitat von der Lüge wieder ins Spiel«, griff Arno den Gedanken der Vorenthaltung auf. »Kann man gar die Entwicklung dieser Verkünstlichung von Intelligenz, die ja nicht nur im Namen der Kunst geschieht, dahingehend interpretieren, dass, je *mehr* wir Menschen uns derart selbst belügen, die WAHRHEIT umso *offensichtlicher* werden wird?

EINER ehemals weißen Leinwand ähnlich, aus der ein immer konkreter werdendes Bild allen Möglichkeiten der weißen Leinwand entspringt?«

Die Freunde schwiegen. Die beiden Frauen, denen der Rückwärtsgeher den Zettel hingelegt hatte, erhoben sich und verließen die Bar. Der Zettel lag zusammengeknüllt auf dem Tisch. Trapis beobachtete den Barbesitzer, wie er zum Tisch schlenderte, um die Gläser abzuräumen. Er klaubte die verwahrloste Mitteilung auf und warf sie lässig Richtung Abfalleimer, der wenige Schritte entfernt an der Wand stand. In der Annahme getroffen zu haben, wandte er sich dem freien Tisch zu, sorgte für Ordnung und begab sich zurück zur Theke.

Die drei Freunde, wie sie am Tisch gedankenversunken saßen, sahen sich selbstkritisch als Künstler, die sich im Laufe ihrer Entwicklung ein Stück weit aus dem farblosen Rauschen herausgearbeitet und dem drohenden modernen Mief entzogen hatten. Zugleich aber sahen sie sich auch mit ihrer eigenen Bedeutungslosigkeit konfrontiert. Noch ehe künstliche Künstler allgegenwärtig waren, schien ihr eigenes Schicksal bereits verbrieft, besiegelt und auf dem schnellsten Wege unterwegs zu ihnen. Längst hatten sie ihre Werke in die Welt gestellt, doch hatte sich bisher nur ein Minimum an erkennbarer Resonanz mit Menschen eingestellt, die bereit waren, sich gleichsam aufs Spiel zu setzen. Die, aufgrund der Kunst, für wesentliche Veränderungen offen genug waren, um einen mitunter langwierigen Prozess von Anverwandlung zu durchlaufen. Dabei galt allem Anschein nach: Je langwieriger, desto mehr bereits eingefleischte Lügen, und umso langwieriger zusätzlich werdend, je mehr künstliche Flat-Art die Gesellschaft überfluten täte. EIN Prozess, der sich gleichsam jenseits des flächendeckenden Konsumierens künstlerischer Produkte längst abspielte.

»Offensichtlich stehen wir Schaffenden von Ladenhütern vor EINEM sonderbaren Problem, das aufgrund der Rahmenbedingungen eigentlich gar keines sein dürfte, aber EINES ist, weil die Bedingungen selbst sich in EINEM absonderlichen Rahmen abspielen.« Arno leerte sein Glas. Mit einem Wink bestellte er EINE zweite Runde Getränke.

»Wie meinen?«, fragte Steven.

»Wir haben Unmengen Material, materiell wie metaphorisch, woraus wir wirksame Werke destillieren. Mögliche Wirkungen liegen dabei offensichtlich hinter der Realität aller Alltage verborgen. Trotzdem sind wir nicht in der Lage, deren formende Potenz mittels unseren Werken derart mitzuteilen, damit es über die Form EINES Produktes, über das Impotente hinausgeht.

Steven, deine Musik verkauft sich so schleppend wie meine Gemälde, trotz deines Studios, das seinesgleichen sucht. Und bei dir, Trapis, sieht es nicht anders aus, trotz deiner semiotischen Virtuosität. Sicher, wir haben hohe ästhetische Ansprüche an das, was wir schaffen, weshalb es mit der Wirtschaft und dem Massenmarkt nicht kompatibel ist. Schallplatte statt gestreamter Datei; gebundenes, aufwendig gestaltetes Buch statt E-Book; von Hand bespannte und mit eigens kreierten Farben bemalte Leinwände statt Digitaldruck. Der finanzielle Gewinn unserer Verkäufe vermehrt sich nicht nur deshalb wie zwei in EINEM Banktresor eingesperrte männliche Ratten, obwohl wir Themen verarbeiten, die auf der Höhe der Zeit sind und die viele Menschen unmittelbar betreffen. Man würde demgemäß erwarten, dass sich Menschen unserer Arbeit annehmen und ihrerseits inspiriert werden. Zum Beispiel, um EINEN Hebel zur Verfügung zu haben, mit dem sie die fremdgesteuerten Auswirkungen auf ihr Leben aushebeln und die immer weiter ausufernde Reichweitenvergrößerung und Weltaneignung in gelingende Anteilnahme mit dem Leben verwandeln könnten.«

»Ich würde nicht so weit gehen und behaupten, wir seien nicht in der Lage dazu. Kann es nicht eher sein, dass diejenigen, die für unsere Werke empfänglich sind, nicht erreichbar sind?« Trapis' Blick schweifte durch die Bar. »Gar nicht mal auf den Preis unserer Arbeiten bezogen, der sicherlich der allgemeinen Verbreitung im Wege steht, im Sinne eines gesunden Stoffwechsels. Aber der Preis sollte eigentlich kein Hindernis dafür sein, dass einzelne Werke durchaus hier und da gewohnte Strukturen wirkungsvoll aufzubrechen vermögen, schließlich geht es ja nicht um die Quantität verkaufter Werke.«

Ihre Getränke kamen. Hastig ergriff Trapis sein Notizbuch und füllte EINE Seite mit schwarzer Schrift beziehungsweise leerte EINE weiße Seite, ohne den Schreibfluss zu verlangsamen. Weder Arno noch Steven war der Auslöser für das Niederschreiben EINER weiteren Erwartungsdissonanz ersichtlich. Statt den Auslöser zu benennen, griff Trapis seine zuvor gestellte Frage auf.

»Immer mehr Menschen fühlen sich EINER populären Kultur zugehörig. Sie sind ihrer Hörigkeit, nicht ihres

Geldbeutels wegen, kaum mehr erreichbar, weil sie am Sternbild-Syndrom leiden und sich mit dem Anblick, der sich ihnen bieten, vollends zufriedengeben. Ich befürchte, Künstliche Intelligenz, sei es als Künstler, als Kontrollorgan oder Entscheidungshilfe, wird die Erreichbarkeit rasant erschweren. Sie wird stattdessen weitere verarmende Kulturen kultivieren und sich, wie gesagt, gar als schmerzstillendes Heilmittel gegen das Syndrom feilbieten, Nebenwirkungen für den Stoffwechsel absichtlich verschweigend.«

»Was für EIN Syndrom?«, fragten Arno und Steven beinahe wie aus einem Mund.

»Sternbild-Syndrom«, wiederholte Trapis. »Stellt euch eine herrliche, warme Nacht vor. Jenseits der Stadt, weit draußen. Kein künstliches Licht weit und breit. Keine Wolken. Kein Mond. Einfach nur ihr, eingebettet in das schwarze Firmament über euch. Ihr legt euch auf trockenes Gras, schaut hinauf, wartet geduldig, gemeinsam mit den Insekten im Unterholz – und ehe ihr euch verseht, sind sie zugegen: Sterne zuhauf, von denen umso mehr hervorkommen, je mehr Geduld ihr dem Himmel entgegenbringt. Aber egal wie lange ihr dem Milchvergießen auf der Milchstraße zuschaut, hier und dort treten vereinzelte Sterne besonders deutlich hervor, die ihr bereitwillig zu Sternbildern verbindet. Ihr findet den vertrauten Wagen wie euren eigenen in der Garage, alias der Bär, groß wie klein; Orion findet ihr, anhand seines Gürtels; den Hund, weil Sirius so hell strahlt; die Jungfrau entdeckt ihr vielleicht auch und manch anderes Bild der achtundachtzig offiziellen Namen. Doch mit keinem Augenblick bemerkt ihr: Ihr seid EINEM konditionierten,

EINEM antrainierten Irrtum anheimgefallen. Ätsch. Besagtem Syndrom.«

»Das sich wodurch äußert?«, fragte Arno.

»Durch den Verlust fließender Gänze und deren Ersatz durch EINEN Zeitraum, der durch viele Zeitpunkte auf EINE plane Oberfläche projiziert wird. Ihr verdichtet, auf der Wiese gegenwärtig, die Vergangenheit und macht EINE momentane Vereinfachung daraus. Wie? Indem verschiedene, verschieden weit entfernte Sterne sich zu EINEM Bild in der Gegenwart ausbilden, dem zusätzlich EINE Geschichte angedichtet wird.« Trapis überlegte kurz. »Lasst es mich anders ausdrücken, dann seht ihr den Sternenhimmel vielleicht wahrhaftiger hervortreten, anstatt der universellen Prägung EINER Kultur länger zu huldigen.« Trapis grinste seine Freunde an. Er legte den Stift neben sein Notizbuch auf den Tisch. »Sternbilder sind die autistische Landkarte des Universums und jeder ihrer Sterne ist die Begabung, die Welt auf EINE Insel zu begrenzen. Wohl dem, der dem Terrain in ganzer Weite, alle Höhen und Tiefen inklusive, vertraut; der sich in die sinnliche Stille hinauszuschwimmen wagt, jedwedem Sturm und allen Wettern gewachsen; der, davon überwältigt, sich den Konsequenzen anzuvertrauen bereit ist.«

Steven und Arno suchten eine Weile nach der Verbindung zwischen Sternen, Autisten, Künstlern und Künstlicher Intelligenz – und Picasso. So wie Menschen seit Generationen einzelne Sterne zu Sternbildern verbanden, um daraus EIN erkennbares Muster zu bilden, das manch aufgewühltes Gemüt beruhigte? Wollte Trapis *darauf* hinaus? Grinste er deshalb schelmisch, während er sein Glas um einen Schluck erleichterte? Hielt er ihnen vor Augen, wie unerreichbar ein Ganzes durch algorithmische Verfahrensweisen wirklich war; wie leicht es war, der WAHRHEIT durch all die Lügen verlustig zu gehen – oder aber, wie die vorwärts gerichtete Konzentration auf EINE Oberfläche den Blick in die hinterrücks gelegene Tiefe behinderte?

Keine Frage, die isolierten Fähigkeiten, die Inselbegabte aufwiesen, waren mitunter spektakulär. Aber konnten Zahlenakrobaten, Sprachgenies, Multiinstrumentalisten oder Gedächtnisfotografen, die über schier unmöglich anmutende Begabungen verfügten, den Herausforderungen des Alltags unter unberechenbaren, wechselhaften, ausufernden Bedingungen überhaupt begegnen?

Arno war der Erste, der das Gespräch wieder aufnahm.

»Willst du darauf hinaus, dass Künstliche Intelligenz sich ähnlich wie EIN Autist mit Inselbegabung verhält? Wenn die Weite des Alls, mit all der lichtverjährten Dichte verschiedenster Sonnen, für das an verschiedenen Arten und Möglichkeiten reiche Leben steht und einzelne Lichtpunkte Inseln konzentrierter menschlicher Fähigkeiten sind, dann glänzt Künstliche Intelligenz nur, weil sie nicht zurückblicken und keine eigene Lebensgeschichte erzählen kann.« Bevor Trapis Gelegenheit hatte zu antworten, schossen zwei Worte aus Steven heraus: »*Autismus Deluxe.*«

»Wie meinen?«, fragte diesmal Trapis, die Brauen erhoben, sein Grinsen deutlich ausweitend.

»*Autismus Deluxe*«, wiederholte Steven. »Egal wie isoliert EIN Autist mit den Durchschnitt überstrahlendem Intelligenzquotienten auch sein Leben bestreitet, er ist immer noch EIN Mensch und hat Anteil am Leben. Künstliche Intelligenz jedoch ist davon weit entfernt. Sie ist die extremste Form von Autismus, die wir uns als Gesellschaft leisten können – und offensichtlich leisten *wollen*. Warum dem so ist? Weil die Entzauberung des Lebendigseins, *the enchantment of life*, EIN lukratives Geschäftsmodell ist und als aufregendes Inseldasein voller Abenteuer angepriesen werden kann. Sozusagen als modernes Inselhüpfen, ohne dabei nasse Füße zu bekommen.

Bezogen auf dein Beispiel vom Universum mögen menschliche Autisten als Sternbilder erscheinen, die zunehmende Verbreitung der Künstlichen Intelligenz aber gleichbedeutend sein mit EINEM Nachthimmel, an dem es von gleichhellen Lichtkonzentraten nur so wimmelt, wie EIN Flutlicht, zusammengesetzt aus unzähligen gleißenden LEDs. Vergiss die achtundachtzig bekannten Sternbilder. Auf absehbare Zeit wird es Sternbilder wie Sand am Meer geben – und nicht EINES davon wird uns bekannt sein.«

»*Autismus Deluxe*«, wiederholte Trapis. Er nahm den Stift erneut zur Hand. »Gefällt mir. Reimt sich inhaltlich mit *Körpervermögender Insolvenz* – abgekürzt KI.« Arnos Frage war damit beantwortet.

»Die Ähnlichkeit zwischen inselbegabten menschlichen Autisten und der Künstlichen Intelligenz ist in der Tat frappierend. Wenn immer mehr Künstliche Intelligenz unser Leben gestaltet und Künstler, die dem Treiben des Lebens fernbleiben, ohne je von Niederlagen, Rückschlägen, Verlusten, Irrwegen und Sackgassen erfahren zu haben, ihre Werke gefühllos anpreisen, kommen dann zu den bereits vorhandenen autistischen Menschen nicht immer mehr hinzu?«, fragte Steven und lieferte sogleich die Antwort. »Nämlich all jene, die, vom Luxusmodell des Autismus beeinflusst, autistisch in ihrem Verhalten werden.« Steven überlegte kurz. »Würden Autisten es jemals wagen, barfuß sich rückwärts durch die Großstadt zu bewegen? Und sei es nur für EIN paar Schritte?« Wie abgesprochen blickten sechs Augen auf drei Paar Schuhe herab.

»In flagranti ertappt, würde ich sagen.« Trapis tippte dreimal mit der Stiftspitze auf den Tisch. »Es sind wohl noch Plätze frei auf dem Kreuzfahrtschiff *Autismus Deluxe* – Glückwunsch an jene, die sich so EINEN Luxus *nicht* leisten können. Oder nicht leisten *wollen*.«

»Wenn ich mir überlege«, überlegte Arno laut, »dass man heutzutage bereits Autisten in die therapeutische Obhut von Robotern gibt, damit der Autist mehr aus sich herauskommen kann, weil er der Oberfläche der Maschinen mehr vertraut als menschlichen Fassaden, dann frage ich mich: Was soll aus all diesen, vom Leben entfremdeten Robinson Crusoes werden, deren Schicksal es sein wird, irgendwann zu versanden? So betrachtet, wäre dem Schiff durchaus EIN Schicksal wie jenes der Titanic zu wünschen, oder? Zumal beide Schiffe dem Sternbild *Zukunft* angehörig scheinen.«

»Interessant ist: Es gibt weit mehr Autisten als Autistinnen. Verantwortlich dafür, so die Theorie, soll der Einfluss von Testosteron in einer bestimmten Phase der frühkindlichen Hirnentwicklung sein, wobei«, fuhr Trapis fort, »es Menschen gibt, die durch eine Traumatisierung des Gehirns auch im Erwachsenenalter plötzlich sich auf EINER Insel wiederfinden, obwohl sie ihr Leben lang begeisterte Schwimmer vom Festland aus waren und für Kreuzfahrten nichts übrighatten. So betrachtet, dürfte der eigentliche Grund für Autismus beim Menschen EINE Ungleichgewichtung der beiden Hirnhälften sein, wodurch letztlich auch immer bewirkt.« Trapis zeichnete auf EIN Blatt Papier, seinem Notizbuch entnommen, EINEN Kreis. »Wenn das EIN Gehirn ist«, erklärte er und halbierte den Kreis senkrecht mit EINER dicken Geraden, mit der Stiftspitze abwechselnd auf beide Hälften zeigend, »dann sind das die rechte und die linke Hemisphäre des Hirns, miteinander verbunden durch die Brücke, die hier als Trennungsstrich zwischen beiden Hälften erscheint. Je geschwächter die Brücke als austarierende Verbindung fungieren kann, bedingt durch Testosteron oder durch ein Trauma, desto mehr verschiebt die Brücke sich quasi in die linke Hälfte. Sie wird dadurch umso mehr zur *tatsächlichen* Trennungslinie zwischen beiden Hälften, je ausgeprägter die Begabung, also die Konzentration auf spezielle Fähigkeiten der *rechten* Hälfte. Und das geschieht auf Kosten der Fähigkeiten, die in der *linken* Gehirnhälfte unterdrückt werden.« Trapis zeichnete EINEN weiteren Kreis unter den ersten und verschob dessen senkrechte Linie deutlich nach links.

»Klingt nachvollziehbar.« Steven nahm das Stück Papier und drehte es um neunzig Grad linksherum. »Nun ist das Gehirn unsere Erde und die Brücke der Äquator. Was bedeutet die Zeichnung nun? Solange die Regenwälder, die den Äquator der Erde bedecken und als Brücke zwischen Nord und Süd fungieren, also für klimatische Dynamik auf beiden Hemisphären sorgen, solange ist das Leben auf diesem Planeten in Ordnung, also anpassungsfähig. Käme es aber zur Vernichtung von mehr und mehr Regenwald, entspräche das der zunehmenden Verschiebung von Klimazonen. Die Folge? Das Leben, wie wir es kennen, ginge den Bach hinunter, Diversität an Lebensformen und somit Anpassungsfähigkeit verlierend.«

»Das erinnert mich spontan an den Goldenen Schnitt.« Arno deutete mit einem Finger auf den ersten Kreis. »Verlängert man die Brücke beidseitig etwas über den Kreis hinaus, sieht es aus wie das Symbol für Phi, das der Berechnung von Proportionen dient, sprich, dem Verhältnis zweier Gegensätze zueinander, die gemeinsam ein Ganzes ergeben. Menschen setzen den Goldenen Schnitt gerne mit ausgeprägter Ästhetik, gar mit Schönheit gleich. Er ist in der Malerei EIN oft angewendetes Stilmittel. Auch in der Natur ist er allgegenwärtig, zwecks Bändigung von Chaos durch Aufrechthaltung steter Ausbalancierung von Gegenpolen – wie zum Beispiel Gehirnhälften oder irdische Hemisphären jeweils Gegenpole sind. Das eine kann nicht ohne das andere ein Ganzes sein und demnach umso weniger Gesamtpotential entfalten, je weiter sich das Verhältnis beider Hälften vom Goldenen Schnitt sozusagen entfernt.«

»Nicht unwesentlich interessanter ist, wie EIN Gedanke EINEM anderen die brückengleiche Hand reicht, ohne zuvor jemals Thema gewesen zu sein.« Trapis drehte das Stück Papier wieder zu sich. Er betrachtete die Zeichnungen einen Moment. »Ich habe mal gelesen, die Natur ist im Wesentlichen weiblich, während das Männliche ihr einzig dazu dient, genetische Abwechslung einzubringen. Um fortpflanzenderweise die Anpassungsfähigkeit für Unberechenbares zu realisieren, indem für lebensfähige, gar *überlebensfähige* Herausforderungen gesorgt wird.« Er zeigte auf den ersten Kreis. »Wenn die linke Hälfte dieses Kreises weiblich ist und die rechte männlich, dann ist das Ganze der Kreislauf des Lebens. Das Leben wäre demgemäß umso lebendiger, je näher sich beide Polaritäten dem Goldenen Schnitt annähern beziehungsweise je beständiger, je vielstimmiger die Brücke beide miteinander resonieren lässt, da beiderseitige Resonanz ausbalancierend wirkt. Daher zeigt die Zeichnung zwar zwei gleiche Hälften, die aber in ihrer Funktion, in ihrer potenziellen Gewichtung, durchaus unterschiedlich ausfallen. So, wie das Weibliche gegenüber dem Männlichen von Natur aus wesentlicher für das Leben ist, ohne jedoch allein für sich lebendig sein zu können.«

»Genau«, stimmte ihm Arno zu. »Man spricht dann von Major und Minor. Major wäre von Natur aus weiblich und Minor männlich – was manch EINEM Herren der Schöpfung arg zugesetzt haben dürfte. Vielleicht findet sich darin manch EINE Antwort auf den Lauf der Geschichte, bis in die Gegenwart hinein.« Anstatt den Gedanken weiter zu verfolgen, fragte er Trapis, ob dieser sich näher mit dem Goldenen Schnitt beschäftigt hätte. Trapis zuckte leicht mit den Schultern.

»Ich habe das EINE oder ANDERE darüber gelesen – ist aber schon eine ganze Weile her.«

Steven verzog das Gesicht in gespielter Qual. »Ich dachte gerade an die Gottesanbeterin, die das Männchen nach der Paarung verspeist. Wahrlich kein schöner Gedanke. Goldener Schnitt hin oder her. Schönheit sieht für mich jedenfalls anders aus.« Die drei lachten und widmeten sich für eine Weile ihrem Getränk und weiteren Gedanken.

»Wenn ich die Kreise so betrachte«, sagte Arno schließlich, nachdem er versucht hatte, ihre bisherige Unterhaltung gedanklich auf einen Nenner zu bringen, seinen Blick auf das Blatt Papier gerichtet, »dann beschleicht mich das Gefühl, den Ursprung der künstlichen Künstler und deren Scheinintelligenz direkt vor Augen zu haben.« Trapis und Steven horchten auf, Arno wortlos auffordernd, ihnen besagten Ursprung zu benennen. Er kam ihrer Aufforderung nach. »EIN männlicher Egotrip, der nicht zu beiderseitigem Brückenbau taugt – weshalb die *Titanic* auch vier mächtige Schlote angeberisch zur Schau stellte, von denen aber nur drei aktiv waren.«

»Nun, von diesem Egotrip haben wohl auch Gottesanbeterinnen Kenntnis«, scherzte Steven und fügte in gespielter Bestürzung hinzu: »Vielleicht ist EIN Mann zu sein *das* Trauma per se?« Erneutes Lachen.

»Um aber noch einmal auf Picasso zurückzukommen«, sagte Arno. »Es gibt EIN weiteres herrliches Zitat von ihm, das zu unserem heutigen Treffen hier sehr gut passt.«

»Lass hören«, forderte ihn Steven auf.

»Sinngemäß sagte er, es gäbe überall Künstler, die die Sonne als EINEN vereinfachten Flecken gelber Farbe malten, es aber nur sehr wenige gäbe, die, dank ihrer Kunst und Intelligenz, einen einfachen gelben Fleck in die Sonne verwandelten.«

Trapis nickte. »Offensichtlich sind Picassos Worte EINE Augenweide, auf der ganz ANDERE Sichtweisen gedeihen. Nur frage ich mich, ob es uns Künstlern hilft, über EINE solche Weide zu wandeln? Barfüßig und rückwärts unterwegs, um jene zu erreichen, die sich unnahbar haben machen lassen. Des Weiteren sich jeder Annäherung an Phi widersetzend, weil ihr Bestreben nur noch darauf ausgerichtet ist, eigene gelbe Flecken auf das Firmament zu klecksen.

Nun, Picasso ist tot. Wer vermag zu ermöglichen, was selbst ihm nicht gelungen ist? Ich meine, den Kosmos vor gleißend gelbem Größenwahn zu bewahren, bevor der Wahn über aller Köpfe zur undurchdringlichen Mauer entartet. Bevor die Weite und Tiefe des Sternenhimmels gänzlich verloren sind.«

Trapis spielte mit dem Stück Papier in seiner Jackentasche. Noch immer war es zerknüllt. Er hatte es, von seinen Freunden unbemerkt, vom Boden aufgelesen, kurz bevor die drei Freunde die Bar verlassen hatten und er zuvor noch auf der Toilette gewesen war. Zaghaft und unsicher rückwärtsgehend, aus demselben, von Resonanz angestimmten Grund, der ihn das Papier hatte an sich nehmen lassen, schlich Trapis durch das abendliche Großstadtmilieu. Steven und Arno waren längst in andere Richtungen unterwegs. Sie hatten nichts von Trapis tastender Kehrtwende – und dessen kurzer Dauer – mitbekommen. Der Zusammenstoß, er kam plötzlich, obwohl Trapis glaubte zu lauschen, wie er nie zuvor Augen durch Ohren ersetzt hatte.

»Verdammt«, rief EINE Frauenstimme. »Spinnt ihr Kerle denn heute komplett?«

Trapis fing sich und wandte sich der Rothaarigen zu, die ihn kopfschüttelnd angiftete, ihr Smartphone in der Hand. Er entschuldigte sich, trotz seiner Vermutung, dass sie ihn gleichfalls, mit gesenktem Blick, übersehen hatte. Ohne weitere Worte zog sie mit wippendem Pferdeschwanz an ihm vorbei. Trapis beließ es dabei. Er nahm seinen Weg wieder auf, der jungen Frau den Rücken zukehrend. Experiment beendet. Zumindest vorerst.

Der regelmäßige Takt der Stadt gesellte sich sofort zu ihm. Dieser führte ihn sicher an geometrischen Fassaden vorbei und gaukelte ihm vor, sein Vorwärtsgang sei selbstbestimmte Freiheit, sein Wille allein. EIN massentauglicher Evergreen tönte indes lautlos im alltäglichen Hintergrund. Diesem war EINE eingängige Melodie zu eigen, die durch Hörgewohnheiten hinterrücks zu rauben verstand und das Geraubte in kurzer Zeit durch EINEN Techno-Beat ersetzte. Ließ man sich durch feste Strukturen treiben, dann erschallte dieser als vereinfachte Hymne, dem modernen Gesellschaftsleben gewidmet. Doch Trapis hatte es schon lange durchschaut, dieses zeitgeistige audiovisuelle Trugbild, welches die allgegenwärtige Popkultur der Masse verkaufte, so EINEN Profit einstreichend, der zu Lasten der eigentlichen Bedürftigkeit aller Einzelnen ging. Demzufolge erlebte Trapis die Metropole als EINE Maschine, die ihre Bewohner allmorgendlich durch EINEN formenden Produktionsprozess schickte und die fertigen Produkte allabendlich in die Wohnungen spuckte. Selbst in ihrer Freizeit vernahmen die Produkte weiterhin den reichweitenreichen, alles durchdringenden Takt, um ihre Formen weiter zu optimieren. Sie träumten von WAHREN Freiheiten, gaben sich aber, in Ermangelung zeitintensiven Anverwandelnwollens, mit dem zufrieden, was ihnen für die kurze Dauer ihrer vermeintlich freien Zeit dargeboten wurde. Weitestgehend dominiert vom soziokulturellen Refrain, der die Grenzen ihrer Formen vorgab und deren Angebot und Nachfrage regelte.

Trapis' Notizbuch war voll von diesem Dilemma, das die Zwangsverheiratung von Kunst und Wirtschaft als zweieiigen Zwilling zur Welt gebracht hatte. Freiräume versprechend, leicht zugänglich, schnell konsumierbar und vor allem für viele Menschen erschwinglich, auf der einen, für WAHRE Freiheit sensibilisierend, fordernd, zeitintensiv und mitunter kostspielig auf der anderen Seite. Womit sich der Kreis aus zwei Hälften schloss.

Und nun gingen beide erneut schwanger, mit EINEM ganz anders gearteten Nachwuchs, der sich anschickte, die Brücke EINES Kreuzfahrtschiffes zu übernehmen, welches beide Hemisphären befuhr. Weil wir es uns als moderne Gesellschaft leisten können, wie Steven es in der Bar ausgedrückt hatte. Die künstliche Befruchtung kreativen Schaffens. Das Problem? Die drohende Vernachlässigung des Zwillings. Die Folgen? Zum einen, selbst EINER Lüge keinen Glauben mehr schenken zu können, an die zu glauben jedoch zwanghaft populär war, um den Widerhall der WAHRHEIT im Alltag nicht gänzlich zu verlieren; zum anderen, die Verwässerung der WAHRHEIT selbst, bis sie letztlich bedeutungslos vergehen würde. Trapis war sich sicher: Lange vor irgendeiner technologischen Singularität, käme es unausweichlich zur humanen Banalität.

Wie also die Glaubwürdigkeit der WAHRHEIT retten, sei es im Ausdruck von Kunst oder in der Ermöglichung von Freiheit, die *wirklich* zu befreien verstand? Wobei, im Grunde, das eine mit dem anderen exakt deckungsgleich war.

Da war sie wieder, die Frage nach Picassos Fußspuren, deren Nachspüren sich Trapis von seinem ersten Rückwärtsgehversuch erhofft hatte. Vielleicht hatte es an den Schuhen gelegen? Oder aber an deren dämpfenden Sohlen, die EINE glatte Oberfläche weitestgehend vorgaukelten?

An der nächsten Ampel musste Trapis warten. Er zog das Stück Papier hervor und strich es glatt. Im Licht der Kreuzung las er die sechs Worte.

Grün. Trapis blieb stehen.

Das Hupen, das seiner anscheinenden Unentschlossenheit galt, holte ihn zurück in das gleichsam getaktete Muster des Stadtverkehrs. Wie EINE Idee, in Abwesenheit von Stift und Papier, huschte er über die Straße und wusste, wohin ihn der Zettel führen würde – vorerst weiter vorwärtsgehend, in Richtung seines Wagens, der wenige Straßen entfernt geparkt war.

Zurückgelegte Kilometerweite außerhalb der Metropole blickte Trapis auf all die Lichter, in denen er noch vor EINER Stunde taktvoll zugegen gewesen war. Diese schienen wie EINE Neugestaltung des Sternenhimmels durch Autistenhände, säulenhaft zusammengefasst und nach speziellen Kriterien geordnet; die Weite zusammengerafft, als hätte es gegolten, EIN aufgeblähtes, windverspieltes Gewand auf EINEN Leib sehr formbetont maßzuschneidern. Ganz ANDERS hingegen das originale Panorama, welches sich *über* dem himmelwärts eintauchenden Betrachter ergoss. Dort, von Ordnung keine Spur, wenn es gelang, dem eingravierten Design unsichtbarer Linien keinerlei Beachtung zu schenken. Trapis war darin inzwischen geübt, suchte er diesen Ort doch immer auf, wenn der Abend zwar wolkenlos, sein Gemüt dafür umso bewölkter war, sodass einzig die Beschauung kosmischer Unordnung ihm lebendiges Vergnügen bereitete. Hier war ein Ort, wo die Maschine zu schweigen hatte und gänzlich unpopuläre Künste erspürt werden konnten; wo der Rhythmus der Sinneswahrnehmung EIN ANDERER war und Freiheit nicht mit dem Streaming gesellschaftskonformer Ventile gleichgesetzt wurde; wo selbst der Ruf nach Umbruch nicht bereits durch Marketing und Lifestyle entschärft und auf EIN schwaches Echo reduziert worden war. Ein Ort, so zweideutig, zwiegespalten, entzweit und vereint zugleich wie Emotionen und Gefühle; wie der zweieiige Zwilling der Kunst, Pop-Art zum einen, ›hohe Kunst‹ zum anderen. Ein Ort, der EINER war am Tage, sich in einen ANDEREN hingegen in der Dunkelheit verwandelte. Tagsüber EIN Erholungsgebiet für alle Städter, Maschinenjünger aller Altersklassen und jedweden Geschlechts, die sich in diesem Freiraum tummelten und für die die Hymne der Dazugehörigkeit hier als rhythmische Struktur zugegen war. Nachts aber, wenn die Metropole ihre Schäfchen wieder in ihrer versicherten Obhut wusste und der Techno-Beat sie unterbewusst auf den kommenden Tag einstimmte, EINEM unterschwelligen Training ähnlich, öffnete der von Menschen unbewohnte Ort seine WAHREN Pforten.

Die weitläufige Parkanlage war durchzogen von ebenen und leicht erhobenen Rasenflächen, gesäumt von gezähmter Vegetation, die an vielen Stellen weite Blicke auf das Umland freigab. Gut besucht am Tage, bot der Park wenige Stunden nach Sonnenuntergang eine trunkene Stille, die keineswegs leblos war. Begleitet von einer Entfärbung, deren Konturen Trapis ausreichend bekannt waren, um ihn über die Rasenflächen zu jener Stelle zu leiten, an dem er innere Gewölkvertreibung durch äußere Wolkenlosigkeit erfuhr. Nicht EIN heller Fleck war in der Anlage zugegen, der nur vorgab, eine Sonne zu sein.

Einmal mehr wurde Trapis an seine Aufenthalte in Stevens Studio erinnert, jene renovierten Räumlichkeiten in EINEM alten Rundfunkgebäude, tief in dessen Keller gelegen. Steven hatte jeden der Räume auf das Wesentliche beschränkt und deren einzigartige Akustik von Grund auf vor analoger sowie digitaler Nachahmung bewahrt. Audiophiler Höhepunkt war zweifelsohne der räumliche Widerhall, ermöglicht durch die baulichen Gegebenheiten, indem Klänge durch Mikrofon und Lautsprecher Teil der Architektur wurden. Klänge, die ihrerseits auf ein Minimum beschränkt waren, aber denen in ihrer Begegnung mit den Räumen eine Tiefe zuteilwurde, die Trapis als Annäherung an jene Freiheit verspürte, die nichts im populären Schilde führte. Ein hochpotentes Antidot für alle Strukturen und Muster, für sämtliche Takte und einprägsamen Hooks, mit denen sich die Belange der Maschine in den Fertigungsprozess ihrer Produkte eingruben. Tag für Tag. Diese Klangräume, die Stevens Studio bildeten, mit all dem warmen Holz vertäfelter Wände, den selbstgebauten Möbeln und den von Hand bespielten, in die Stille hineintastenden Instrumenten, sie ermöglichten, was Arno in seinem Atelier und Trapis in seinem Schreibzimmer hervorzuholen versuchten. Gelingen konnte es jedem von ihnen nur durch die materiellen Beschränkungen, die ihnen ihr jeweiliges Medium auferlegte. Schallplatte, Leinwand, Buch respektive Spieldauer, Rahmengröße, Seitenzahl. Nur dadurch waren sie in der Lage, der Essenz, der Poesie näherzukommen. Zur Gänze gegenteilig zum propagierten Unterfangen der Maschine: Streaming, Vernetzung, Cloud respektive Unbegrenztheit, Endlosigkeit, Verfügbarkeit. Kurz: Datenflut. Wie sonst hätte *Autismus Deluxe* in See stechen können?

Bevor er sich diesmal rücklings auf den Rasen legte und sich in ferne Weiten vertiefte, bewegte sich Trapis, noch beschuht, auf die Metropole in der Ferne zu. So weit, bis EIN Beet sich ihm etliche Schritte später in den Weg legte. Er verharrte kurz und befand das Experiment, das in der Stadt so abrupt beendet worden war, für wiederholenswert. Ohne sich umzusehen, legte er anschließend seinen Hinweg zum Beet rückwärtsgehend zurück, Schuhe und Socken in einer Hand, das sortierte Autistenwerk am erahnten Horizont dabei nicht aus den Augen lassend, keinen weiteren rothaarigen Quergänger fürchtend. Er spürte sofort die vibrierende Reichhaltigkeit ungesehener Möglichkeiten, zumal es, der Dunkelheit wegen, nicht wirklich viel zu sehen gab, weshalb andere Sinne und Gefühle umso intensiver hervortraten.

Langsamer, als er beschuht rückwärtsgehend langsam wäre, tasteten seine Zehen wie empfindliche Fingerspitzen über den kühlen Rasen. Ungewohntem begegnend, behutsam den gesamten Fuß dem Terrain anvertrauend, jederzeit bereit, sich einer Gefahr oder sonstigem Ungemach zu entziehen; mit jedem Aufsetzen der Ferse der Leibhaftigkeit ein bisschen nähergekommen. Umso überraschter denn erschrocken war Trapis, als er, auf der Hälfte der Strecke, auch hier gegen EIN Hindernis prallte.

»Hoppla«, sagte das Hindernis – EIN weiterer Rückwärtsgeher, da war sich Trapis augenblicklich sicher.

»Verrückt«, entfuhr es ihm.

»Ich habe Sie nicht bemerkt«, entschuldigte sich der Mann mit leiser Stimme.

»Ergeht mir nicht anders«, erwiderte Trapis. Beide schauten nun jeweils vorwärts und somit, so gut es ging, einander an. Der Mann senkte kurz darauf den Kopf.

»Erratisch das Humane ist?«, fragte Trapis, EINER verzettelten Eingebung folgend.

»Ja«, gab der Mann an die eigenen nackten Füße und an den Rasen gerichtet zurück.

Die Antwort überraschte Trapis weit mehr als der unvorhergesehene Zusammenstoß.

»*Sie* waren das heute in der Bar? Der Rückwärtsgeher mit dem Zettel?«

»Ich ... ich verstehe nicht«, stotterte der Mann »Was für EINE ... Bar? Was für EIN Zettel?«

»Aber ... THE PATTERN. Sie - « Trapis brach verdattert ab.

»Das Treffen«, erwiderte der Mann, sein Blick noch immer gesenkt. »Ich meine ... es findet doch hier statt, oder?«

Diesmal verstand Trapis kein Wort. Der Mann entfernte sich rückwärtsgehend ein paar kurze Schritte – und war verschwunden, noch ehe Trapis realisiert hatte, was geschehen war.

»Hallo?«, fragte er in die Lichterlosigkeit hinein, der Schein der Metropole hinter seinem Rücken nicht ausreichend, um den Verbleib des Mannes zu erhellen. Er begab sich zögernd in die Richtung, in welche dieser sich in dunkle Luft aufgelöst hatte. Keine Spur seines Verbleibens. Nicht EINE.

»Picasso ist tot«, hörte Trapis seine wenige Stunden alte Stimme sagen. Er überlegte einen Moment, guckte zum Himmel, dann auf seine Füße. Über seine Schulter schaute er kurz zurück zur Maschine, deren Stillstand EIN entfernter Trugschluss war. Zagend schlich er diesmal *rückwärts* der Metropole entgegen.

Den ersten Schritt nahezu vollzogen, geschah zweierlei: Zum einen traute Trapis seinen Augen nicht, zum anderen vergaß er für Sekunden zu atmen. Auf dem Rasen, umhüllt von einem zarten Schimmern, lagen, bis zum Rande der Sichtbarkeit unter derart unvertraut atemlosen Lichtbedingungen, Menschen reihenweise nebeneinander, immer zwei beisammen, einander bei den Händen gefasst. Gemeinsam waren deren Gesichter zum Sternenhimmel gerichtet, die jeweils freie Hand mitsamt Arm etwas vom Körper abgespreizt und mit offener Handfläche auf dem Rasen ruhend abgelegt.

»Picassos Augenweide«, flüsterte Trapis spontan. Er blieb stehen. Unmittelbar wechselte die Augenweide wieder zur verlassenen, schemenhaft wahrnehmbaren Rasenfläche. Weiter glitt er rückwärts. Augenweide. Ohne darüber nachzudenken, drehte er sich um, anfangs seine Aufmerksamkeit noch auf die Metropole gerichtet, von der er sich erneut entfernte; wie zuvor, bevor er mit dem nun verschwundenen Unbekannten zusammengestoßen war. Trapis tat es jenem gleich und beobachtete gehend den Rasen. Eine Weile geschah nichts Ungewöhnliches – bis die erste Hand in seinem Blickfeld auftauchte, gefolgt vom zugehörigen Arm und dem restlichen Körper. Trapis verlangsamte seine Schritte, bemüht, niemandem nicht nur nicht auf die Füße zu treten. Keineswegs EIN leichtes Unterfangen, trotz der Anordnung der Körper, die mitnichten regelmäßig war, und obendrein erschwert durch die örtlichen Gegebenheiten. Es eröffnete sich ihm eine Gemengelage verschiedenster Eindrücke, zu denen auch, wie Trapis mit einem Male feststellte, Stimmen und Musik gehörten – und Vertrautheiten, die er nicht sofort einzuordnen verstand, dem kognitiven Autopiloten jahrelanger maschineller Führung geschuldet.

»Hier ist noch ein Platz frei«, gab ihm eine Frauenstimme zu verstehen. »Lege dich einfach neben mich und nimm meine Hand.« Ehe EIN Zweifeln ihn anders hätte reagieren lassen, kam Trapis der Einladung nach. Er fühlte sich an die Hand genommen und legte sich auf den Rücken ins Gras, Schuhe und Socken neben sich platzierend.

»Was geschieht hier?« Er neigte seinen Kopf zur Seite, versucht, das Gesicht der Frau in Augenschein zu nehmen.

»Nein, schau in den Himmel, ansonsten verlieren wir uns erneut«, wies sie ihn an. »Du bist neu hier, nicht wahr?«

»Das hängt davon ab, wo *hier* ist.« Der Kontakt mit ihr war Trapis nicht unangenehm. Im Gegenteil.

Die stellare Darbietung war berückend, im wahrsten Sinne galaktisch, und von einer Intensität, wie Trapis sie nie zuvor allein erlebt hatte. Achtundachtzig Muster, auf eine ANDERE Art und auf der Stelle komplett bedeutungslos.

»BREAKING THE PATTERN«, sagte die Frau an seiner Seite.

Trapis zuckte zusammen. »Bitte?«

»BREAKING THE PATTERN«, wiederholte sie. »So nennen wir unser Treffen unter den Sternen.«

Trapis dekonzentrierte seinen Blick. Er betrat frohgemut eine Brücke, getragen von den unaufgeregten Stimmen und musikalischen Klängen, die nichtsdestominder um seine Konzentration konkurrierten, um ihm verschiedenste Bedeutsamkeiten mitzuteilen.

»Warum ausgerechnet hier und warum habe ich euch nie zuvor gesehen?«, fragte Trapis nach einer Weile, jegliches Zeitempfinden abgelegt. »Immerhin bin ich schon dutzende Male hier gewesen.«

»Hier ist, wo das Licht stimmig ist; wo Zugang all jenen gewährt wird, die zugänglich für Unvorhersehbares sind. Hier treffen sich jene, die einer weiblichen Infusion bedürfen, um EINER Energie begegnen zu können, die sie ansonsten allumfänglich übermannen täte. BREAKING THE PATTERN, es bedeutet für die Zugänglichen Lebenskünstler zu werden, gepaart mit dem Leben zuträglicher Wissenskunst.«

»Wissenskunst?«, fragte Trapis, obwohl er noch keine Antwort auf seine letzte Frage erhalten hatte.

»Ja. Das Beschränken aller Wissenschaft auf eine Zahl: die Eins. Die Kunst, wissentlich sich EINER zermürbenden Maschinerie zu entziehen. Nicht, um EIN Vermögen zu verdienen, sondern um etwas ANDERES zu vermögen. Ich spüre, du hast bereits ungeahnte Ahnung davon.«

»Was meinst du damit?«

»Schaue hin und lausche.« Sie umfasste Trapis' Hand ein wenig fester. »Die Sterne, wie nahe sie sich zu sein scheinen. Wie fern sie in Wirklichkeit voneinander sind.«

Aus singenden und sprechenden Stimmen, die sie beide umfingen, lösten sich Worte. Sie flossen geruhsam näher. EIN Mann sprach diese Worte, nicht weit weg gelegen. Er sprach sie ruhig aus, die endenden Bögen und geschlossenen Rundungen der Buchstaben lautmalerisch modellierend, die Pausen zwischen den Worten mehr betonend als die Worte selbst. *Adagio.*

>*»Seht, Orions Gewand, herab es fällt.*
>*Die Jungfrau, entjungfert hat man sie,*
>*entflieht nackt dem dunklen Himmelszelt.*
>*Des Wagens Achsen, allesamt gebrochen.*
>*Bären, groß wie klein, ebenfalls fort,*
>*den frohlockenden Honig schon gerochen.*
>*Hundegebell, so hell, verhallt, verstummt.*

Zwölf Vertraute, über siebzig andere,
weltweit auffindbar, im nächtlichen Rund.

Alles kreist um feuerspeiende Falken.
Teslas Sternbild, es leuchtet feuerrot.
Welche Sprache, sag, mag ich festhalten,
wenn, alsbald, beim uniformen Alphabet,
außer ABC, Space und X, sich nichts
mehr um gänzlich ANDERE Belange dreht?
Wohin soll mein Blick sich fortan wenden,
in kruder Obhut heerscharender Götzen,
verkündend, des Lebens Tod nun zu beenden?

Befreit von großen Lasten ganzer Zahlen,
flüstert mir Novalis' schwache Stimme zu:
Wenn falsche Helden nicht mehr prahlen,
eröffnet der Sonnenschlüssel die Welt.
Wenn wahre Helden sind allgegenwärtig,
verschließt sich das Schloss und hält
Papier und Stift für immer verborgen.
Vergangenes jubelt ob dessen Befreiung,
was nicht mehr zählt, es ist das Morgen.«

Von der vierten Zeile an, hatte Trapis den Text leise mitgesprochen, zwischen den Gestirnen, mit offenen, glänzenden Augen, jene Freiheit verortend, die ihn das vorgetragene Gedicht vor wenigen Monaten hatte niederschreiben lassen. Trapis vernahm den auratischen Schauer, der durch seinen entspannten Körper strömte. Ihm dämmerte, dass nicht nur EINER, der hier sich Treffenden, Kenntnis von seinem letzten Buch hatte, ein

Werk daraus vorgetragen mit der eigenen schmerzfreien Stimme, in anverwandelter Intonation.

Kaum war dieser nachwirkende Schauer nahezu abgeebbt, machte sich die nächste Woge bereit, um ihn erneut gefühlt zu verstoffwechseln. Ihm war aufgegangen, woher die Vertrautheit der Augenweide rührte, die ihn erfasst hatte, kurz bevor ihn die Frau, die seine Hand unverändert hielt, angesprochen hatte.

Arno war vor EIN paar Jahren ein Gemälde mit dem Titel *Sunny day, black sunny day* gelungen. Es zeigte etliche Paare, Hand in Hand, die Frauen gelb, die Männer schattiert in grauen Tönen, zwischen dunkel und hell; allesamt nur schemenhaft, wie der Einblick in eine vorbeihuschende Zwischenwelt. Eine, die auf dem Sprung war. Ganz deutlich dagegen im Hintergrund: aufgetürmte mattschwarze Würfel, im kantigen Kontrast zu den abgerundeten Formen der Paare. Die gesamte Szenerie war hochkarätig eingefasst in das obskure Blau eines Himmels, dem die Sonne, längst anderswo, ein allerletztes Mal eine gute Nacht zuflüsterte, kurz bevor ihre Photonen zum Phantom der Nacht wurden. Das Gemälde hatte Trapis damals sofort fasziniert, entsprach es doch den Stimmungen sämtlicher Texte, die er in den Wochen davor verfasst, aber noch nicht veröffentlicht hatte. Als hätte Arno mit dem Pinsel aus der Leinwand herausgeholt, was Trapis an Worten anderswo entdeckt hatte. Zufall?

Das gedankliche Fragezeichen gesetzt, folgte unmittelbar eine weitere, weit höhere Woge, Trapis' Inseluntauglichkeit und Kreuzfahrtabneigung bestätigend. Es lag am Gesang, der die Augenweide nun untermalte. Jählings stoben die Sterne auseinander und Trapis fand sich in

Stevens Studio wieder, im Raum, in dem die Wirkung des Widerhalls so einzigartig auf den Zuhörer war. EINE einzelne Glühbirne von ungewöhnlicher Größe entlockte dem Holz mühelos dessen gemaserte Wärme. Aus dem Lautsprecher erklangen Gesänge weiblicher Stimmen, die EIN Mikrofon, nach deren wesensveränderten Reise durch die Architektur, wieder aufnahm und weiterreichte. Trapis hatte zwischen Lautsprecher und Mikrofon gesessen, alles Weltliche außerhalb der Mauern vergessen. Er hatte die Tränen in seinen Augenwinkeln gespürt, unfähig den Mund zu schließen, unfähig, in Worten möglichst verlustfrei wiederzugeben, was seinen Körper verbos in Schwingungen versetzte.

Nun lag er hier auf der Augenweide, dargebotene Zeilen aus einem seiner Gedichte noch im Ohr, die Ähnlichkeit zu Arnos Bild allgegenwärtig, während Stevens Komposition als musikalisches Bindeglied diente. *Chant of life* – so der Titel, der Trapis in diesem Augenblick zufiel, gesungen von den Frauen auf der Augenweide.

Unmöglich!

Wie viele Menschen lagen auf dieser Wiese? Trapis hatte nur einen kurzen Blick erhaschen können, zu überrascht war er von deren Anwesenheit an EINEM Ort gewesen, den er immerzu verlassen gewähnt hatte. Es mochten durchaus über zweihundert sein, die Hälfte von ihnen zusammengekommen, um sich an die Hand nehmen zu lassen, die andere Hälfte Brücken ausbildend.

»Sich barfüßig rückwärtsgehend dem Leben anzuvertrauen«, sagte die Frau, die seine Hand weiterhin hielt, nachdem der Gesang zwischen den Sternen verklungen war. »Mehr braucht es nicht, um dorthin zu gelangen, wo

du nicht länger gefangen gehalten wirst; wo du obendrein nicht länger Gefangene hältst, damit du dein eigenes Gefangensein für die einzig WAHRE Freiheit halten
kannst.« Mit diesen Worten hatte sie Trapis' noch offene
Frage beantwortet, deren Offenheit Trapis längst ab-
handengekommen war. Sie erhob sich vom Boden, ohne
die Berührung mit Trapis zu lösen. Er tat es ihr gleich, ihren Hinweis, nicht zu ihr herüberzuschauen, weiter be-
herzigend. Alle anderen auf der Augenweide, soweit es
Trapis vernehmen konnte, erhoben sich ebenfalls.

Sie alle bildeten jene Paare, die Arnos Gemälde vom
finsteren Sonnentag belebten. Die Gemeinschaft setzte
sich in Bewegung, sich von der Metropole rückwärts
fortbewegend. Dabei erklangen weitere Gesänge in verschiedenen Sprachen, Zeilen anderer poetischer Werke
gleichwohl zu Gehör gebracht. Und auch die Menschen
selbst, die einander an den Händen hielten, vereinten
sich zum Medley verschiedener irdischer Regionen. Sie
alle, und Trapis mitten unter ihnen, flossen im Schmelz-
tiegel aller künstlerischen Schaffensphasen zusammen,
sich unentwegt verändernd, ohne sich zu wiederholen,
ohne EINER erkennbaren Reihenfolge zu folgen. Trapis
erkannte ein paar der Zeilen und wenige Melodien, zugleich dem Eindruck erlegen, zahlreichen Werken der
Malerei beizuwohnen: Das Schimmern, das auf den sich
wechselnden Gesichtern und Körpern sowie deren Kleidung lag; die Atmosphäre, geschaffen von unzähligen
Timbres und Betonungen, von kurzer Stille und klangvol-
len Akkorden und Oktaven; die Emotionen, in ihm wach-
gerufen, und die Gefühle, mit denen er konfrontiert wurde. All diese Zutaten verwandelten ihn selbst in ein

wahrhaftiges Kunstwerk, das sich mühelos vom Produkthaften und deren Preisvorstellungen distanzierte und mit keiner Freiheitsberaubung bösäugelte.

Die Augenweide, sie war durch Anverwandlung zum Widerhall geworden; keine bloße Echokammer, die einzig alles ihr Dargereichte bis zur eigenen Erschöpfung raubkopierte. Nein, was sich auf der Weide vor gemeinsam hörenden Augen abspielte, war die Weiterreichung des Wissens um sämtliche künstlerischen Wahrheiten. Wahrheiten, die immerzu gegenwärtig waren, aber erst einzeln entdeckt werden mussten, damit sie, weitergereicht, Tiefe, sprich Glaubwürdigkeit, erlangen konnten. Alle auf der Weide Wandelnden, Hand in Hand, waren der Lautsprecher, dessen Wellen bis zur Metropole gereichten, sich auf dem Wege dorthin der geeichten Hörigkeit entledigten und zurückkehrten, ein wenig bereinigt. Erneut aufgenommen, durch inzwischen vor Trapis' Augen gewandelte Wandelnde, traten weiter verwandelte Klänge zutage. Diese begaben sich erneut in Richtung Ferne, versetzten so hochgebaute Lügengebäude in Vibration, durchdrangen starre Mauern unbemerkt, indem sie deren Behinderung als Resonanzkörper benutzten und einbahnbrechende Ideen ausstreuten. Diese Klänge, sie löschten Gravuren aus. Sie boten verschiedenen Kanälen EINEN ANDEREN Verlauf, gewunden und unberechenbar, unvorhersehbar und wundersam. Die Evolution der Lebendigkeit war unaufhaltsam, von der Masse sich unbemerkt vollziehend, in vollem Gange.

Je länger der Widerhall indessen an Tiefe gewann und je weiter sich die Paare von der Metropole fortbewegten, desto deutlicher kristallisierte sich für Trapis die Gewissheit heraus: Sind eindeutig Lebenskünstler am Werke, dann ist der Gewinn gemeinsamen Gelingens fasslich Eins, nämlich Kohärenz.

Trapis blinzelte. Woher dieses Wort mit einem Male gekommen war, er wusste es nicht, fühlte aber, wie das Hingelangen zu ihm gelingen konnte. Wie oft schon hatte er seine Ideen anderswo aufgegriffen vorgefunden, obwohl er sie noch nicht konkretisiert, geschweige realisiert hatte? Wie oft schon waren seine Ideen an Orte vorgedrungen, die ihm persönlich nicht zugänglich waren? Wie oft hatte er beim Lesen anderer Texte den Eindruck gehabt, diese seien seinen Worten ähnlich, obwohl diese Worte noch nicht von ihm als Text veröffentlicht worden waren? Wie oft hatten Arno und Steven von ähnlichen Vorkommnissen erzählt und sich zusammen jene unsichtbaren Strömungen ausgemalt, die Ideen und Gedanken über die ganze Welt verteilten? Wie oft hatte sich Trapis gefragt, ob seine Ideen wirklich *seine* allein oder generell allgegenwärtig waren? Sporen gleich, die *jedem* zur Verfügung standen, der dafür empfänglich war, der wenigstens ein paar Tropfen Belebungswasser in sich trug.

Schmierten Namen die Maschine daher umso leichtgängiger, je bekannter die Namen im Getriebe der Maschine werden konnten, und gewährte diese im Gegenzug den Namhaften dauerhaftes Bleiberecht – zumindest, solange auf Markenrechte erfolgversprechend gepocht werden konnte? Dem Pochen gleichfalls EIN Takt zu eigen, der gut zur jeweils aktuellen Interpretation der Hymne passte? Jene Hymne, mit der sich die Gesellschaft Tag für Tag motivierte? Dahingehend, sich weiter selbst zu belügen und den Preis für die Lüge immer weiter hochzutreiben?

Nur drei Schritte vom letzten Fragezeichen entfernt, befand sich Trapis ein weiteres Mal allein auf dem Rasen. Von all den anderen, und jener Unbekannten, die seine Hand so lange gehalten hatte, keinerlei Anzeichen mehr.

Stille.

Er hatte den Rand der Wiese erreicht, die kurz zuvor noch die belebte Augenweide gewesen war. Die Metropole hockte derweil unverändert in unverändert kilometerweiter Ferne. Trapis' rechte Hand war warm, deutlich wärmer als die linke. Hätten winzige Funken seine Fingerkuppen umspielt, es hätte ihn nicht verwundert. Seine Schuhe mitsamt den Socken, sie lagen noch irgendwo auf dem Rasen.

Wie nur EIN Mensch sich fühlen konnte, dem etwas Außergewöhnliches begegnet war, verharrte Trapis am Rand der Wiese. Unversehens wurde ihm klar, dass der einzig WAHRE Lohn für einen Künstler weder in der Anzahl verkaufter Werke und besuchter Vorführungen noch in der medialen Verbreitung des Künstlernamens zu suchen war. Einzig in der Kunstfertigkeit des Brückenbaus lag besagter Lohn, für den zu leben es sich wirklich lohnte. Eine filigrane Fertigkeit, die umso mehr Zeit bedurfte, je zeitloser sich damit eine Brücke gestalten ließ. Eine, die keiner allein zu vollenden verstand, weil Vollendung, im Sinne der Beendigung EINES Prozesses, Teil EINER Lüge war und Systeme schuf, die beide Hälften eines Ganzen voneinander trennten.

Trapis schaute in die Richtung, in der er seine zurückgelassenen Kleidungsstücke vermutete.

»Picasso, der Brückenbauer«, dachte er und setzte sich dahingehend vorwärts in Bewegung. Ihm folgte in Gedanken die Geschichte eines weiteren virtuosen Künstlers. Die eines Geigenspielers, der einst mit EINER millionenteuren Geige, in hektischer Frühe an EINEM Bahnhof stehend, gelassen klassische Musik zum Allerbesten gegeben hatte. Sein Name war weltbekannt gewesen, seine Spielart einzigartig, die Konzerte allabendlich ausverkauft für reichlich Geld. Selten war EIN Vorbeieilender stehen geblieben, um der kostenlosen Darbietung solch ›hoher Kunst‹ zu lauschen. Die Wenigen, die angehalten hatten, waren alsbald, nach EINEM erschrockenen Blick auf die Uhr, noch schneller weitergeeilt.

EINE Mutter, mit ihrem Sohn an der Hand, war am Geigenspieler unbeeindruckt vorbeigezogen, der Junge aber, vom Klang der Noten offensichtlich fasziniert, hatte versucht, das Tempo seiner Mutter abzubremsen. Er hatte zuschauen wollen, wie der Bogen der Geige die Luft zum Schwingen gebracht hatte und wie dem Instrument Klänge in den schönsten Farben entlockt worden waren. Und tatsächlich - die Mutter hatte ihren Schritt verlangsamt und der Junge sich von ihrer Hand gelöst. Er war einfach inmitten der vom Zeitgeist Gebrandmarkten stehen geblieben. Der Ausdruck auf seinem Gesicht hatte keiner Worte bedurft, zumal es kein treffliches Wort für solch einen Ausdruck gab. Eindringlicher Worte aber hatte die Mutter daraufhin bedurft, um den Jungen, nach nur wenigen unerfüllten Sekunden, zum Weitergehen zu bewegen. Er hatte nicht reagiert, hatte weiter gehorcht.

»Dafür haben wir jetzt keine Zeit, Josh«, hatte die junge Frau ihren Sohn ungeduldig angefahren und seine

Hand gepackt, ihn fortziehend. Kurz darauf waren beide in der Menge untergegangen.

Der Geigenspieler, er hatte unbeirrt weitergespielt, barfuß auf den kalten Steinplatten stehend. Die Kälte, die seine Unterschenkel hinaufgekrochen war, nicht wahrnehmend. Ihn hatte das vor etlichen Generationen aufwendig verarbeitete Holz gewärmt, das vererbter Teil seines Körpers geworden war, sowie die Resonanz der Partitur, jede der Körperzellen in Schwingung versetzend. Brückengleich, gespannt über den Fluss, der sich durch das Leben schlängelte. Ein Strom ganz ANDERER Art.

Interludium

EIN Foto vom Tod

Er breitet sämtliche Flügel aus, erntet Licht.
Auf Trauermarmor weilt er, bewegt sich nicht.
Die Kamera, ohne zu berühren, fängt alles ein.
Schmetterling, Grabstein, Augenblick obendrein.

EIN Foto ist EIN Stück Wasser vom Lebensfluss.
Der vorbeirauscht, so frei ist, ohne EIN Muss.
Einmal entnommen bleibt EIN Gefäß vonnöten.
Behältnisse bald überall; Blicke, die töten?

Das Foto lösche ich, lasse alles wieder frei.
Bereue nichts, nein, keine Gefäße mehr, vorbei.
Die ehrlichste Kamera, ein jeder Augenblick.
Gefühlte Verwobenheit, ohne Kette, ohne *Klick*.

Der Falter, längst ist er fort; weitergeflogen.
Eingefangen aber hätte ich das Leben betrogen.
Mein Blick fällt auf den schweren Marmorstein.
Gemeißeltes Foto. Darf es je wieder frei sein?

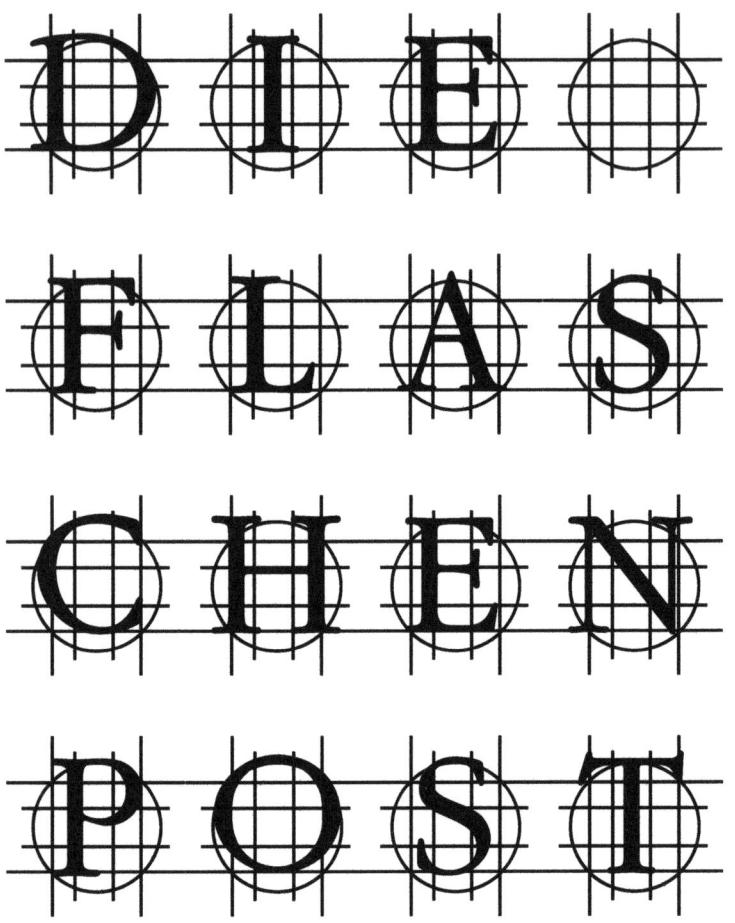

»Nun, Isaac, worüber reden wir heute?« Unaufgeregt fließt ihre Stimme herbei. Ihre Worte, glitzernde Reflexionen. Ihr Atem, durch die Weite des Raumes gehaucht; ihr Anblick, ihm, den sie Isaac nennt, ist er schon länger vertraut.

»Hier liegt EIN Irrtum vor.« Isaac, der heute nicht Isaac ist, blickt etwas unschlüssig drein. »Noel ist mein Name«, sagt Noel. Er bewegt seine nackten Füße, genießt die keineswegs selbstverständliche Nähe zu ihr. Seine Gedanken sind vorerst gelöst, an reißfesten Schnüren befestigten Papierdrachen gleich, die über weitläufigen Feldern schweben.

Die Therapeutin nimmt sich des Namens an, wie ein Luftzug, der ein bisschen ANDERS verweht.

»Noel, was hast du auf dem Herzen?«, gluckst sie leise. Ein kleiner, blasser Kiesel ändert seine Lage in ihrem Bett.

Noel zögert EINE Sekunde und fügt, nach kurzem Zögern, EINE weitere hinzu. »Ich habe EINEN Brief erhalten, EINEN sonderbaren. Er kam als Mail und sonderbar ist sein Inhalt.«

»Was für EINEN Brief?« Der Klang dieser Frage, ein Kühle spendender Schatten, in dem Noel ruht, die Beine ausgestreckt.

Noel kramt den Ausdruck des Briefes aus EINER Tasche des Jacketts hervor, das er neben sich und seinen Socken und Schuhen abgelegt hat. Er streicht das Papier glatt, hält inne.

»Ich erhalte laufend solche Briefe. Und kurze Mitteilungen, zuhauf. Sie finden mich einfach. Keine Ahnung, warum dem so ist. Sie werden mir unter der Türe durchgeschoben, landen unbekannterweise in meiner Mailbox, auf meinem Schreibtisch im Büro oder im Briefkasten meiner Wohnung. Einmal stand sogar etwas auf großflächigen Fensterscheiben geschrieben. Ein anderes Mal drückte mir jemand EINEN Zettel in die Hand und war im Nu in der geschäftigen Menge EINER U-Bahnstation untergetaucht. Nie sind die Texte so lang wie dieser Brief hier. Meistens sind es nur EIN paar Zeilen. Nie sind sie bisher so persönlich und fremd zugleich gewesen. Nein, eher *befremdlich*. Lesen Sie ihn ganz, dann sehen Sie, was ich meine.« Noel reicht seiner Therapeutin den Brief. Er fächert die einzelnen Seiten auf, wedelt damit durch das Sonnenlicht. »Absonderlich sonderbar. Ich vermute, es liegt an der Flasche,« fügt er hinzu, die Reaktion seiner Therapeutin beobachtend.

»Flasche?« Eine winzige Wolke huscht über das solare Rund.

Da Noel keine Anstalten macht zu antworten, beginnt die Therapeutin zu lesen, indem sie zwischen den Zeilen mit körperlosen Fingern liest. Es ist nicht das erste Mal, dass sich ihr Patient derart entzweit von nachvollziehbaren Zusammenhängen äußert. Langhalmige Gräser wiegen sich in ihrem seichten Atem.

Liebe Menschheit,

zugegeben, es kommt mir ein bisschen komisch vor, einen Brief an dich zu schreiben. Briefe schreibt man normalerweise an einzelne Personen oder zumindest an eine überschaubare Gruppe von Personen. Nicht gleich an alle Personen auf diesem Planeten auf einmal. Ich bin mir nicht einmal sicher, welche Anschrift ich auf den Umschlag schreiben soll. Und ich rechne irgendwie auch nicht mit einem Antwortbrief. Nichtsdestotrotz: Es ist an der Zeit, dir zu schreiben.

Mir ist schon klar, dass ich kaum hoffen kann, dich mit diesem Brief überhaupt als Ganzes zu erreichen – vor allem, wenn man bedenkt, dass zur Menschheit ja nicht nur alle jetzt gerade lebenden Menschen zählen sondern eigentlich alle Menschen aller Zeiten. Alleine rückblickend sind das schon gut 107 Milliarden! Hinzu kommen die Menschen, die erst noch auf die Welt kommen. Hoffentlich werden das noch viele sein! Aber zu dem Punkt komme ich weiter unten nochmals. Erst möchte ich einen Blick zurück werfen.

<u>Liebe Menschheit: Wir haben schon eine ganz schöne Strecke hingelegt!</u>

Wohl kein anderes Wesen auf diesem Planeten hat seine Umwelt so stark geformt wie du. Angefangen hat das vor zirka 200.000 Jahren. Damals gab es noch keinen Nobel-Preis für die geniale Idee, sich mit den Fellen anderer Tiere vor der Kälte zu schützen, oder dafür, herauszukriegen, wie man Feuer macht. Auch die Erfindungen des Speers und der ersten Sandalen blieben in dieser Hinsicht weitgehend unbeachtet, obwohl das alles echte Meilensteine waren, mit denen du dich gegen die Elemente behaupten und den ganzen Planeten besiedeln konntest!

Du warst nicht schon immer so auf Zack. Lange, lange Zeit warst du bloß eine kaum bemerkenswerte Spezies in ihrer kleinen Nische in der Mitte der Nahrungskette, die kaum mehr in der Lage war, ihre Umwelt zu formen, als es Gorillas, Schmetterlingen oder Tiefseequallen möglich ist. Damals hieltest du dich leidlich mit dem Sammeln von Beeren und dem Erlegen von Insekten und Kleingetier über Wasser. Vielleicht fandest du auch mal einen Kadaver, den jene deutlich stärkeren Jäger übrig gelassen hatten, vor denen du sonst allzu oft um dein eigenes Leben rennen musstest.

Wusstest du eigentlich, dass eine einzelne Bande Schimpansen eine größere genetische Diversität aufweist als die Gesamtheit aller 7 Milliarden Menschen, die heute auf der Erde leben? Die Wissenschaftler nehmen an, dass dies daher kommt, dass du an einem Punkt in deiner Geschichte beinahe ausgestorben wärst, sodass die heutigen Menschen alle von einer sehr kleinen Gruppe Überlebender abstammen. Diese Tatsache sollte dich zur Bescheidenheit anhalten. Es ist sozusagen fast schon ein Wunder, dass es dich überhaupt noch gibt auf der Welt!

Rein von der Physis her sind die Vertreter deiner Spezies im Vergleich zu vielen anderen Tieren recht schwächliche Kreaturen. Welches andere Tier kommt unter solchen Komplikationen und derart hilflos zur Welt und bleibt dann auch noch über Jahre hinweg so hilflos? Ein neugeborenes Lamm macht in wenigen Minuten nach seiner Geburt seine ersten Freudensprünge. Ein Menschenkind hingegen kriecht ein ganzes Jahr lang hilflos umher. Andere Tiere weisen spezielle Sinne, Reflexe und körperliche Anpassungen auf, mittels derer sie in ihren Habitaten sportliche Weltrekorde aufstellen. Doch die Vertreter deiner Spezies machen in keiner Umgebung eine wirklich glückliche Figur. Und doch verbirgt sich in dieser vordergründigen Schwäche auch deine Stärke, die es dir erlaubt hat, dich von der afrikanischen Savanne bis an die Pole auszubreiten, Gipfel zu erklimmen, den Grund des Meeres zu erforschen, ja, sogar den Mond zu betreten! Eine beachtenswerte Leistung.

Manche Menschen meinen, du solltest dich weiter ausbreiten, das Sonnensystem, ja, das ganze Universum besiedeln! An sich keine schlechte Idee – und wenn schon bloß, um deiner Auslöschung zu entgehen, falls eines Tages mal wieder ein massiver Meteor auf den Planeten plumpsen sollte. Das wäre ja schon ein bisschen schade. Aber ehrlich gesagt, bin ich doch der Meinung, dass es noch ein bisschen früh für dich ist, die Flucht auf andere Planeten anzutreten. *Zunächst einmal solltest du vielleicht mal probieren, ein paar deiner Probleme auf deinem aktuellen Heimatplaneten in den Griff zu bekommen?* Denn man kommt doch nicht umhin zu konstatieren, dass deine Anwesenheit hier für einige Probleme gesorgt hat: globaler Klimawandel, Schrumpfen der Regenwälder, Plastik in den Meeren, Radioaktivität, Artensterben. Das kann schnell auf die Stimmung drücken, wenn man sich das so anschaut. Manchmal scheint es fast so, als würdest du mehr Schaden als Nutzen bringen!

Oft begegne ich sogar Vertetern deiner eigenen Spezies, die der Meinung sind, es wäre besser für den Planeten, wenn es dich gar nicht gäbe! Ich hoffe, ich kränke dich nicht, wenn ich dir offen sage, liebe Menschheit, dass es Menschen gibt, die dir nicht über den Weg trauen, die auf dich verächtlich herabschauen, und die dich nicht leiden mögen, weil sie meinen, du versaust den Planeten nur. Ich möchte eilig hinzufügen, dass ich mich selbst nicht zu denjenigen zähle, die das meinen! Misanthropie lag mir schon immer fern, denn im Grunde ist das ja eine Form der Selbstverachtung.

<u>Wo aber rührt dieser Argwohn dir gegenüber her, liebe Menschheit?</u> Bei genauerer Untersuchung habe ich festgestellt, dass diejenigen, die diesen Argwohn gegen dich hegen, ein gewisses Menschenbild mit sich herum tragen, das aus meiner Sicht falscher kaum sein könnte: Sie sehen die Menschheit als eine widernatürliche Erscheinung an, die den Widerpart zu einer romantisch verklärten, idyllischen Natur bildet. Das halte ich für eine naïve, wenig konstruktive Sichtweise, von der wir uns so rasch wie möglich verabschieden sollten. Um diese Sichtweise jedoch erst einmal zu verstehen, müssen wir ganz am Anfang beginnen.

Die Erde entstand vor mehr als 4,5 Milliarden Jahren. Zunächst war sie nicht viel mehr als ein einsamer Klumpen heißen Gesteins im Weltall. Es sollte noch über eine Milliarde Jahre dauern, ehe sich das Leben darauf auszubreiten begann. Ab da brauchte es wiederum zwei weitere Milliarden Jahre, bis die ersten mehrzelligen Pflanzen das Licht der Sonne erblickten. Dann, eine weitere Milliarde Jahre später, kam es zur sog. »Kambrischen Explosion«, bei der eine völlig neue Art von Lebewesen die Weltbühne betrat: das Tier.

Das war nun vor etwa 500 Millionen Jahren. Wir wissen nicht, wie das Auftauchen der ersten Tiere von der Pflanzenwelt aufgenommen wurde. Aber wenn man bedenkt, dass Pflanzen im Allgemeinen ja eher einem ruhigen Lebenswandel frönen, meist mehr oder weniger an einer Stelle verharrend, das Grün der Sonne entgegengestreckt, die Wurzeln ins Erdreich getrieben... dann erscheint es doch nicht allzu weit hergeholt, dass die Pflanzen das plötzliche Gewusel um sie herum gewissermaßen als Stress und Hektik empfunden haben könnten. Aus Pflanzensicht – so lässt sich wohl vermuten – war das Auftreten der Tiere gleich dem Einfallen der Barbarenhorden. Barbaren, die nichts von der guten Sitte hielten, ihre Wurzeln im Boden zu lassen, und die stattdessen wild polternd umherzogen, mal hier, mal da. Und was sicherlich das Barbarischste an ihnen war: Sie fraßen Pflanzen!

So gesehen, war das Auftreten der Tiere für die Pflanzenwelt also wohl alles andere als ein Grund zum Frohlocken. Die Evolution macht jedoch keine Pause. Zweifellos wurde das Leben auf der Erde durch das Auftreten der Tiere spannender – so, wie die Konkurrenz bekanntlich das Geschäft belebt. Eine Welt nur mit Pflanzen darauf ist vielleicht ganz nett anzuschauen – aber auch ein bisschen langweilig. Und als der Planet nur ein schnöder Gesteinsklumpen war... naja, von denen gibt es im Universum ja ohnehin schon mehr als genug, oder?

Nun aber zurück zu dir, liebe Menschheit. <u>So, wie das Auftreten der Tiere die Pflanzenwelt durchrüttelte, so brachtest auch du durch dein Auftreten das bereits eingesessene Leben auf der Erde zum Erzittern.</u> Denke daran: Du bist ja praktisch eben erst hier angekommen! Tiere gab es vor dir schon 2.000 mal länger als deine gesamte bisherige Existenz. Pflanzen 7.000 mal länger. Aber mir geht es bei alledem nicht darum, Demut in dir hervorzurufen. Denn ein Phänomen bist du allemal. Das nimmt dir keiner!

Obwohl auch du im Grunde eine Tierspezies bist, so bist du doch anders als all die anderen. Wie schon gesagt, tust du dich ja nun nicht durch deine physischen Eigenschaften hervor, die tatsächlich eher ein Grund zur Demut sind. Das, was dich hervorhebt, ist dein Verhalten. Speziell: dein ausgeprägter Hang zur Technik. Zwar gibt es freilich durchaus andere Tiere, die »künstlich« in ihre unmittelbare Umwelt eingreifen – man denke an Biberdämme und Termitenbauten. Aber im Vergleich zu dir sind das alles Dilettanten. Das Wort »Technik« verwende ich hier im weitesten Sinne: Es soll all jene Verhaltensweisen umfassen, die das Verhältnis einer Art zu den Naturgewalten beeinflussen: Werkzeuge, Hausbau, Kleidung, Kommunikation, Schrift, Transportmittel, Computernetze, Weltkonzerne, Geldsysteme usw.

Seitdem du den Boden dieses Planeten betreten hast, bist du ein wahrer Weltmeister darin, technische Systeme zu kreieren, mit denen du dich über die Naturgewalten hinwegsetzt. Angefangen hat das mit den ersten Hüttchen, mit denen du dich vor Wind und Wetter geschützt hast. Inzwischen schneidest du deine Artgenossen auf und nähst sie wieder zu, und schlägst so selbst dem Tod ein Schnippchen! Die Technik ist deine Natur. Doch so, wie ein Fisch nicht weiß, dass er im Wasser schwimmt, so unterschätzt auch du, wie sehr du von der Technik abhängig bist, und wie massiv ihre Auswirkungen sind. Nimm beispielsweise deine durschnittliche Lebenserwartung. In deinen ersten Tagen wurde kaum ein Vertreter deiner Art älter als 30. Ein Großteil starb bereits im Kindesalter. Glücklich, wer alt genug wurde, um selbst Kinder zu bekommen! In der Wildnis, dicht am Busen von Mutter Natur, ist das die normale Härte: Von der »glücklichen« Entenfamilie mit ihrem Dutzend Küken, die munter hinter der Entenmutter her schwimmen, bleibt bis zum Winteranfang vielleicht gerade einmal die Hälfte übrig!

Die Technik ist ein Teil von dir, liebe Menschheit. Dein Verhältnis zu ihr weist Parallelen zum Verhältnis der Bienen zu den Blumen auf: Die Bienen sammeln den Blütennektar und verbreiten dabei den Pollen der Pflanzen. Die Menschen ziehen ihren Nutzen aus der Technik – _und umgekehrt kann sich die Technik nur mit Hilfe der Menschheit verbreiten und vermehren!_ Und wie du ihr geholfen hast, liebe Menschheit! Die Technik ist inzwischen so omnipräsent auf der Oberfläche dieses Planeten, dass mit ihr eine völlig neue Biosphäre entstanden ist, welche die Anpassungsfähigkeit des Lebens auf der Erde herausfordert – eine Technosphäre! Eine Ökologie der interagierenden Technologien, deren Evolution mit deinem Erscheinen ihren Anfang genommen hat. Ihre Auswirkungen auf das irdische Leben sind kaum zu ermessen, und sie stehen in ihrer Tragweite dem Auftreten der ersten Tiere vor 500 Millionen Jahren in nichts nach.

Aus der Perspektive der biologischen Evolution ist auch das alles »Business as usual«. *Die Natur baut immerzu auf dem bereits erreichten Komplexitätsniveau auf:* Die Biologie baut auf der Chemie auf, das Bewusstsein auf der Biologie, die Ratio auf dem Bewusstsein, die Technologie auf der Ratio. Aus der Perspektive des Lebens auf der Erde hingegen ist das alles eine Ungeheuerlichkeit! *Mir fällt keine andere Spezies auf diesem Planeten ein, der es gelungen wäre, einen neuen Zweig der Evolution zu schaffen.* Einen evolutionären Zweig außerhalb der kohlenstoffbasierten DNA-Träger. Eine nicht-genetische Evolution auf Siliziumbasis! Und auch wenn du es wohl nie bewusst darauf angelegt hast, so lässt sich doch nichts Geringeres feststellen. *Deine Anwesenheit hat das Antlitz der Erde fundamental verändert. Die Auswirkungen daraus werden noch Jahrmillionen spürbar sein.* Das ist dein Tun, liebe Menschheit. Und doch scheinst du dir dessen weiterhin kaum bewusst zu sein. Wie gedenkst du, damit umzugehen?

Ja, ich verstehe schon: Das alles ist leichter gesagt als getan. Nicht zuletzt, weil du, liebe Menschheit, kein einzelnes, denkendes Subjekt bist, sondern ein Kollektiv aus mehreren Milliarden relativ lose organisierten Individuen, von denen jedes einzelne seine eigenen Vorstellungen, Gedanken, Wünsche und Interessen hegt. Du bist biologisch schlicht nicht darauf ausgelegt, auf einer planetaren Stufe zu denken. Nichtsdestotrotz erscheint mir genau das als

das dringlichste Problem dieser Zeit. Du stehst am Schei-
deweg. Darum schreibe ich dir diesen Brief.

Was deine Zukunft betrifft, so sehe ich zwei unter-
schiedliche Pfade voraus, die du von hier aus beschreiten
kannst, um dein koevolutionäres Verhältnis zur Technik
fortzuschreiben: eine Utopie – und eine Dystopie. Fangen
wir mit Letzterem an. Jede koevolutionäre Beziehung – ob
diejenige zwischen Bienen und Blumen oder diejenige zwi-
schen dir und der Technik – läuft Gefahr, ins Parasitäre
umzukippen. Im Unterschied zu symbiotischen Verhältnis-
sen ist bei parasitären Verhältnissen die Balance zwischen
Geben und Nehmen massiv gestört. Eine Zecke, ein Band-
wurm, ein Kuckucksküken: Sie alle nehmen nur, aber ge-
ben nichts zurück. Könnte das latente Unbehagen, das viele
Vertreter deiner Spezies im Umgang mit der um sich grei-
fenden Technisierung verspüren, etwas damit zu tun ha-
ben? Trotz der Tatsache, dass du seit prähistorischen Zei-
ten die Technik dazu genutzt hast, um dir Überlebensvor-
teile zu sichern, bist du nicht gefeit vor der Gefahr, zum
Wirt einer ins Parasitäre gekippten Technologie zu werden
– der Mensch als das Mittel zu eines Anderen Zweck! Ein
Vorbote dieses Umkippens der Verhältnisse zeichnet sich
beispielsweise im pharmazeutischen Bereich ab: Einerseits
ist die moderne Medizin zweifellos in vielen Fällen ein Le-
bensretter. Andererseits aber, wenn Pharmakonzerne nur
noch auf ihre Gewinnmaximierung aus sind und emsig die
Pathologisierung jeder noch so kleinen Normabweichung
vorantreiben, um den so eingeschüchterten und zu Patien-
ten erklärten Menschen dann das passende Mittelchen da-
gegen anzudrehen, dann ist die Frage angemessen, ob die

Medizin an diesem Punkt noch dem Menschen dient – oder ob nicht umgekehrt der Mensch den Interessen der Konzerne und ihres wuchernden technischen Apparats dient.

<u>Wo genau verläuft die Grenze zwischen einer Technik, die dir, liebe Menschheit, zu Diensten ist, und einer Technik, die dich vor ihren Karren spannt?</u> Der ultimative Albtraum ist wohl, dass du dich letztlich als nichts weiter als das Geschlechtsteil eines gigantischen Techno-Orgasnismus entpuppst, das alleine zu dessen Fortpflanzung dient. Spezies, die so ein Sklavendasein führen, sind ja beileibe keine Rarität in der Natur. Man denke nur an unsere Darmbakterien, die nützliche Dienste für uns verrichten. Bist du, liebe Menschheit, am Ende nur das Darmbakterienkollektiv in den Eingeweiden jenes Techno-Leviathans? Ein Rädchen im Getriebe? An diesem Punkt wäre die Menschenwürde nur noch ein Lippenbekenntnis, eine liebgewonnene Illusion. Ich glaube nicht, dass du das willst. Und ich bin mir da ziemlich sicher, denn ich bin ein Teil von dir. <u>Ich bin in deinem Team, liebe Menschheit!</u>

Nun zur Utopie.

<u>Der Wunschtraum ist, dass du eines Morgens aufwachst und feststellst, dass das Menschsein kein Endpunkt sondern ein Prozess ist. Die Technik verändert nicht nur deine Umwelt. Sie verändert auch dich.</u> Diese Veränderungen – so die Hoffnung – werden dich eine neue Stufe des Menschseins erklimmen lassen! Sie werden uns gestatten, unsere positiven Qualitäten zu verstärken und unsere Schwächen und Gebrechen abzumildern.

Mangels einer treffenderen Bezeichnung könnte man eine Technologie dieser Wesensart als »humane Technologie« bezeichnen. Eine humane Technologie hat die Erfüllung deiner Bedürfnisse zum Ziel, liebe Menschheit. Sie würde die Vertreter deiner Art erheben statt sie überflüssig zu machen. Sie würde die Sinne der Menschen schärfen und erweitern statt sie zu vernebeln. Sie würde sich unseren Instinkten und Intuitionen anpassen statt uns zu entfremden. Eine humane Technologie würde nicht nur einzelnen Subjekten einen Vorteil verschaffen sondern dir, liebe Menschheit, im Ganzen. Mit ihrer Hilfe, schließlich, würden Träume wahr werden. Unsere Träume. Deine Träume.

Wie sehen deine Träume aus? Fliegen wie ein Vogel? Ein Wintergarten auf dem Mond? Schwimmen wie die Delfine? Kommunikation per Sonar? Telepathischer Kontakt zu den Liebsten? Harmonie zwischen allen Völkern? Empathie als sechster Sinn? Ein Haus, das mit der Familie wächst? Länger leben? Vielleicht... für immer?

Hör mir zu, liebe Menschheit: Früher einmal warst du nur eine unbedeutende kleine Spezies in einer kleinen evolutionären Nische. Aber die Tage dieser deiner Kindheit sind vorbei. Dank deines Erfindungsreichtums und deiner Kreativität hast du dich am eigenen Zopfe aus dem Schlamm gezogen. Jetzt bist du ein Evolutionskatalysator, der den gesamten Planeten umwandelt. Dieser Vorgang ist längst nicht abgeschlossen. Du bist das Verbindungsstück zwischen der Biosphäre, aus der du stammst, und der Technosphäre, die mit dir zusammen die Welt erobert hat. Dein Verhalten bestimmt von nun an wesentlich das

Schicksal dieses Planeten und aller seiner Bewohner. Stelle dich dieser Verantwortung!

Tust du das nicht, dann hättest du vielleicht tatsächlich lieber in der Savanne bleiben sollen. Aber das ist natürlich nicht deine Art. Ein »Zurück zur Natur« ist wohl die illusorischste aller Utopien für die Menschheit. Nicht nur wäre es feige – du würdest dein Menschsein verleugnen müssen! <u>Die Zukunft der Menschheit lässt sich nicht ohne die Zukunft der Technik denken.</u> Für dich gibt es nur ein Vorwärts.Du bist jetzt in deiner Adoleszenz. Du musst erwachsen werden. <u>Die Technik ist dein Selbstportrait, liebe Menschheit.</u> Sie ist die Manifestation deines Wesens in der physischen Welt. Lass uns ein Kunstwerk schaffen, auf das wir stolz sein dürfen! Lass uns die Technik nutzen, um einen Weg in eine Zukunft zu bahnen, in der nicht nur einzelne von uns einen Platz haben sondern die ganze Erde und alle, die auf ihr leben, sowie alle anderen zahlreichen Welten im Universum, die wir noch besiedeln mögen!

Abschließend möchte ich eine Bitte an dich richten, liebe Menschheit. Ich möchte jeden einzelnen deiner jetzt und in Zukunft, auf der Erde oder anderswo lebenden Vertreter dazu einladen, einer jeglichen technologischen Veränderung mit der folgenden Frage zu begegnen: »Hilft mir das, ein Mensch zu sein?«

Die Antwort darauf wird meistens weder schwarz noch weiß sein. Kein klares »Ja«. Kein klares »Nein«. Und nicht jeder wird dieselbe Antwort auf diese Frage vernehmen. Es wird Diskussionen geben. Aber das ist gut so. <u>Solange sich</u>

jeder ernsthaft diese Frage stellt und sie nach bestem Wis-
sen und Gewissen beantwortet, wirst du das Ding schon
schaukeln, liebe Menschheit. Wie genau, das ist dann nur
noch eine Detailfrage. Niemand weiß, wie der Mensch in
einer Million Jahren aussehen wird, oder ob es dann überhaupt noch Menschen geben wird, und falls ja, ob wir sie
wiedererkennen würden. Werden wir Cyborgs sein? Werden wir uns genetisch reprogrammieren? Werden wir unser Gehirnvolumen verdoppeln? Uns telepathisch verstän-
digen? Flügel haben? Alles ist denkbar. *Meine Hoffnung ist,*
dass, was auch immer der Mensch dann sein wird, dass er
diesen Namen verdienen wird: »Mensch«. Denn nur dann
wird es auch dich weiterhin geben, liebe Menschheit.

Aus dem tiefsten, demutsvollen Herzen meines eigenen,
fehlbaren Menschseins wünsche ich dir Glück, Zufrieden-
heit und eine gute Reise auf deinem Weg in die Zukunft!

In freudiger Erwartung auf die nächsten trillionen
Menschen, die das Licht der Existenz erblicken, verbleibt

mit herzlichen Grüßen

Dein Kört van Mensvoort

p.s. – Hinweis an den einzelnen Leser: Nachdem Sie die-
sen Brief gelesen haben, leiten Sie ihn doch bitte an Ihren
nächsten Artgenossen weiter. Falls Sie mehr tun möchten,
dann kopieren, übersetzen und veröffentlichen Sie diesen
Brief wo immer und so oft Sie können. Denn die Menschheit
– das sind wir alle.

Drei Aurorafalter zucken durch die Luft, begleitet auf ihrer erratischen Bahn von einem einzigen grünen Schmetterling, wie ihn Noel noch nie gesehen hat.

»Und, Noel?«, fragt die Therapeutin, ihre Stimme blütenreinst. »Was ruft der Brief in dir hervor?«

»Wie ich schon sagte, es ist die Flasche.«

»Hilf mir auf die Sprünge. Um was für EINE Flasche handelt es sich? Ist sie das Sonderbare?« Die Fragen steigen in die Wipfel den Fluss säumender Linden empor, Äste gespannt, die Rinde sich dehnend.

»Es ist schon EIN paar Tage her, da - « Noel hält ein weiteres Mal inne, als suchte er nach weiterem Mut, um seine Gedanken mitteilen zu können.

»Ja?« Rotmilane Flügel erheben sich über den nahegelegenen Wald, graues und braunes Fell zur Eile antreibend.

» – ich will nicht mehr einzig EINE Insel mein Zuhause nennen, irgendwo in den Weiten EINES Datenozeans; nicht vereinsamen, allein in meiner kleinen Welt und umso kleiner werdend, je größer der Ozean mir erscheint. Was vermag mich zu retten? Was lindert meine Verzweiflung?

Ich suche. Frage Maschinen. Antworten, Tausende, die sich ständig ändern. Sieht so die WAHRHEIT aus?

Mittlerweile sind etliche Jahre vergangen. Noch immer suche ich. Habe ich *wirklich* etwas ANDERES erwartet? Liebe allein kann nicht WAHR sein. Vielleicht sieht WAHRE Liebe einfach ANDERS aus. Keine Frage. Trotzdem vierteilt es mir das Herz.

EIN vereinzeltes Dasein, dessen Leere voller Symptome steckt. Immer mehr sich ergebende Fragen aufgeschreckt, von weiteren Antworten überdeckt. Auf EINER Insel zuhause, mich ertränkend im Wahnsinn, Sand unter meinen Füßen, er zwickt und schrinnt.

Eines Morgens, ich sehe es vor mir, werde ich hinaustreten aus meiner Welt und nicht glauben wollen, was ich sehen werde. Flaschen. EIN klimperndes und klirrendes Gezeter. Zettabytes in Glas gepresst. EINE jede Flasche EINER Insel anderswo gleich, die dort ebenfalls EIN Zuhause sein soll - wie EIN Glaspalast in wellenloser Seenot.

Kein faktisches Ende ist in Sicht. Schwindel und Lügen. Im Kreis werde ich laufen, ich, auf EINER wirren Umlaufbahn, wie ein Planet in einem fremden System, dem Wirrwarr hoffnungslos ausgesetzt bleibend. Drei unübersehbare Ws werde ich in den warmen Sand schreiben und weiter meine Bahn verfolgen. Mir selbst auf den wunder werdenden Fersen, während mir EIN verklingendes Lied unentwegt die Klärung meiner Gedanken verwehrt. Die Melodie, sie ist verdreht, die Worte indessen sind ganz deutlich: *The bottle is the message.*

Top Ten vor vielen Jahren. EINE Flasche, randvoll mit Vergessenselixir, mit verflüssigtem Schlafkonzentrat von enormer Potenz.«

»Was hat das mit diesem Brief an die Menschheit zu tun? Weder Inseln noch Flaschen kommen darin zur Sprache.« Insekten, glänzende und manche mattiert, umschwirren Noels Kopf. Eine Weile gewährt er ihnen ihre Annäherung, dann kreuzt seine Hand ihre Bahnen und verweist sie in die Ferne.

Noel schweigt. Er schweigt sehr oft unter diesem Namen.

»Du sagtest«, versucht ihn die Therapeutin mit dem Anregen seiner Sinne hervorzulocken, »es sei EIN paar Tage her. Ist, was du gerade erzähltest, ein wiederkehrender Traum, der dir nicht geheuer ist?« Die erdende Feuchte ihrer Ufer, sie erwirkt Erinnerungen an flaschenlose, unglasierte Zeiten, überall das findend, wonach er als Kind nie suchen musste.

»Die Flaschen, sie sind, was der Brief verschweigt.« Noel erhebt sich. Er watet durch das kalte Wasser des flachen Flusses, ihm weit mehr Füße zu eigen als seine zwei eigenen allein.

»Demnach verschweigt der Brief vieles, denn du sprachest von EINEM Meer von Flaschen.«

»Genau.« Ein verspieltes Plätschern hier, ein vergessenes Glücksgefühl anbei, sämtliche papierene Drachen weiter auf Abstand schwebend.

»Willst du darüber reden, was verschwiegen wird?« Silbrige Geschöpfe, ihrer Muttersprachen wahrhaft kundig, flitzen um Noels Knöchel herum, lebendige Geschichte schreibend, die augenblicklich vergänglich ist.

»Vieles klingt richtig und doch tönt es falsch. Die Mehrzahl der Insulaner, sie verweigern sich des Zuhörens, versanden demzufolge lieber weiter. Manche haben bereits Sand in den Ohren oder sind inzwischen taub, des sie umgebenden Schweigens wegen.« Noel hält noch immer den ausgedruckten Brief in der Hand. Er deutet mit der anderen auf die oberste Seite. »Gewiss ist EIN Größenwahn am Werk, der die WAHRE Größe der Kleinsten nicht zur Sprache bringt. Hier, gleich zu Beginn, steht, kein anderes Wesen auf diesem Planeten habe seine Umwelt so stark geformt wie der Mensch. Was für EINE infame Verkennung, um uns Menschen größer, nobler gar, erscheinen zu lassen; größer, als wir wirklich sind. EINE Größe, die fatalerweise gleichgesetzt wird mit Intelligenz, nebst dem Lauf der Evolution.

Aber was ist mit all den Bakterien, was ist mit den Viren? Jeder Mensch ist zur Hälfte bakteriellen und viralen Ursprungs – und bei allen ANDEREN Lebewesen sieht es nicht anders aus. Ein einziger Tropfen Ozean birgt eine kolossale Anzahl dieser Kleinsten, mehr als der Planet jene beherbergt, die sich für die Größten halten. Die Summe aller Viren, *sie, sie allein,* ist die intelligenteste Form des Lebens. *Das* liegt im Grunde dem Leben zugrunde, malt man sich in aller Deutlichkeit aus, welche Bedeutung Viren seit jeher für das Leben haben. Sie sind die an Kohärenz vermögendste Entität; in ihrer Einzigartigkeit, als Lebendigkeit bewahrende Dirigenten, nicht kopierbar und mit keiner Blackbox reproduzierbar. Insofern *die* HARMONISIERER schlechthin. Ohne sich mit ihrem Können zu brüsten oder sich darauf etwas einzubilden; ohne viel Rühmens auf ewig zu machen.

Sie haben den Text gerade gelesen.« Noel hält die Blätter in die Höhe. »Werden die Kleinen der Kleinsten irgendwo mit EINEM Wort bedacht?« Mit einem rasch vergehenden Auffrischen des Windes verneint die Therapeutin die Frage, das Wasser kräuselnd. Ein unergründliches Lächeln erstrahlt sanft in der Landschaft. Noel redet weiter, watet weiter, kehrt zurück zum Ufer, an dem der Rest seiner Kleidung auf ihn wartet.

»Jedes irdische Lebewesen, ausnahmslos, hat virale Anteile in seinem Erbmaterial, seien es Bakterien, Flechten, Pflanzen, Insekten, Säugetiere oder eben wir Menschen. Jedem dieser Lebewesen ist daher ein gewisses Maß an Intelligenz zu eigen, denn erst die Viren haben das Leben mit Intelligenz sprichwörtlich *infiziert*. Sie infizieren es seitdem fortwährend, es dahingehend differenzierend, wie Lebewesen in der Lage sind, in deren jeweiligem Lebensumfeld Energie zu handhaben - im stimmigen Zusammenspiel verschiedenster Zelltypen, die den Körper des Lebewesens lebenslang ausbilden.

Normalerweise, nein, *normierterweise* sehen wir Flaschenwerfer uns als intelligenteste Lebensform auf diesem Planeten an. Wir bilden uns ein, einzigartige Dinge zu leisten und zu erschaffen, die allen ANDEREN Lebewesen nicht dergestalt möglich sind. Doch damit dürften wir EINER immer weiter um sich greifenden Selbstbelügung aufgesessen sein, die dort ihren Ursprung hat, wo WAHRE Intelligenz sich von EINER Scheinintelligenz scheidet, wo das Umsichgreifen EINER Dissoziation manifest wird: im Haushalten von Energie.« Mit zerflossenen Perlen auf der Haut fällt Noel ins sattgrüne Gras. Die Therapeutin verweilt geduldig an seiner Seite, während er Schwalben über den Himmel bläst und seine Lungen mit der Freude füllt, die ihm das Beflügeln bereitet.

»Es ist zum Haare raufen, büschelweise verrückt. Wir EINEN stricken mittels rasanter Technisierung und Globalisierung EIN weltweit aufgespanntes, grobmaschiges Gebilde ökonomischer Verbindungen; mit immer mehr Fremdenergie, die uns von Natur aus nicht zugänglich ist, und gaukeln so naturgegebene Robustheit vor. Was wir dabei übersehen? Robust ist, was künstlich ist; *antifragil* ist, was natürlich ist. Deshalb haben Viren im Trab der Evolution ein weltweites feinmaschiges Netz ökologischer Verbundenheit gewoben, das gänzlich *ohne* Fremdenergie, *ohne* EINEN Energieraub auskommt. Diese ökologische Verbundenheit erweist sich seit jeher als Widerpart des Fragilen und überlebt Robustes um Längen. Sie ist stets aufs Äußerste lebendig – geradezu bedingt durch energetische, lokal sich ereignende Katastrophen, die unsere robust erscheinende Ökonomie dagegen mit allerhand Räubereien von Energie zu umgehen versucht.« Wieder entleert Noel mit gespitzten Lippen seine aufgeblähten Wangen, ohne enttäuscht zu sein, als die letzte Schwalbe in der Weitsichtigkeit mit ein paar Wolken verschmilzt.

»Das wirklich Verrückte am Energieraub unserer auf Inseln festsitzenden Spezies ist: Die Verfügbarkeit von immer mehr Fremdenergie versetzt uns überhaupt erst in die Lage, uns kollektiv im Glauben zu *wähnen*, wir seien die intelligenteste Intelligenz auf Erden – wo doch genau das Gegenteil der Fall ist. Technologischer Fortschritt wird so als die robuste Erfolgsgeschichte EINER Spezies von selbiger massenhaft verkauft und exportiert. EINE Geschichte, an der wir festhalten, die wir täglich konsumieren, ohne die fortschreitende Verstrickung als Verkettung passiver Lebendigkeitslähmung wahrzunehmen, zugleich den Versuch unternehmend, uns gegen diesen akuten Schub EINER Paralyse zu impfen. Zu dieser Geschichte gehören all die global agierenden Monopole, an deren kapitalistischen Erfolgen wir uns bereitwillig ketten lassen, in der Hoffnung, auf der vermeintlich hohen Welle menschlicher Intelligenz als Zuschauer mitzuschwimmen. Deren hoher Wellengang ist jedoch einzig Ausdruck jener Fremdenergie, die nach zeitgeistigem

Ausdruck geradezu verlangt. Weshalb? Um überhaupt gehandhabt, sprich, gehandelt werden zu können – und sei es nur in Form unseres zunehmend vom Leben isolierten Daseins, als nimmersatter Konsument auf EINER Insel versandender Glückseligkeit. EINEM, dem natürlicher Wandel nicht geheuer ist beziehungsweise ungeheuer langsam erscheint.«

Was für Taten wäre Noel bereit folgen zu lassen, müsste er nicht länger zum Teufelskreis der Konsumenten gehören, diesem endgültig Konsumierwohl sagend? Er überlegt, der fragenden Gestik der Therapeutin nicht ausweichend. Sie frohlockt mit einem Schwarm redseliger Stare, die einer dunklen, regenunkundigen Wolke auf ihre Art Flügel verleihen. Noel verfolgt deren Tratsch über den Lauf der natürlichen Dinge, sich mit ihnen mitbewegend, ohne sich auch nur EINEN Zentimeter davonzustehlen.

»Wir sollten EIN ANDERES Mal auf diese Frage zurückkommen«, hört Noel die Therapeutin flüstern. Er nickt dankbar und fragt seinerseits, wo im Therapieverlauf sie stehengeblieben waren. Sie rauscht, zwitschert und raschelt es ihm leise ins Ohr. Noel nickt erneut.

»Ob sich EINER derer, die diesen sonderbaren Brief erhalten haben, den Intelligenzverlust eingestehen kann, der vom Verfasser des Briefes zu EINEM Loblied auf unsere Spezies umgedichtet worden ist? Ich bezweifle es.« Er rupft einen langen Grashalm aus dem Dunkelgrün und zerreibt diesen langsam zwischen seinen Fingern. »Wie sich besagter Verlust zugetragen haben soll, wo wir Menschen doch, allen ANDEREN Lebewesen gleich, im Virom des Lebens zugegen sind und Myriaden von Viren mit uns herumtragen? Zumal diese Winzlinge uns ja immer wieder durch Krankheitssymptome nur allzu nahekommen, weit näher, als uns lieb ist. Wie kann man da also von EINEM Verlust reden?

Auch hier präsentiert er sich vordergründig, der Energieraub, dessen Folge weitreichende Unausgewogenheiten in allen Maßstäben lebendigen Miteinanders sind. Er ermöglicht uns immer mehr technologische Errungenschaften, die uns von viraler HARMONISIERUNG isolieren und den viralen Einfluss auf unsere Körper möglichst weit reduzieren, da Räuber keine Minimalisten sind, sondern auf reichlich Beute aus sind. Alles, womit wir uns im Laufe unseres befremdlichen Fortschritts umgeben, alles, was wir in uns implantieren, reduziert entsprechend Verwobenheit und damit Intelligenz. Alles, das nicht von Viren besiedelt und infiziert werden kann oder aber, zwar besiedel- und infizierbar, nicht durch die Evolution gemeinsam mit der HARMONISIERUNG durch dick und dünn gegangen ist.

Drei Beispiele von Intelligenzminderung liegen diesbezüglich auf der opportunen Hand: Stammzellen- sowie Gentherapien und Organtransplantationen. Drei noble Zeugnisse unserer Kreativität, unserer beachtenswerten Leistungsfähigkeit für den vereinzelt Betroffenen. So zumindest steht es im Brief in Worte gefasst. Lobhudeleien, in EINEM fort, nur die WAHRHEIT, sie, ausgerechnet *sie*, findet keinerlei Erwähnung. Sie gilt es massenhaft auszublenden, weil wir uns an Einzelheiten klammern, die sich nicht problemlos in den Rahmen der HARMONIE einfügen lassen.

Intelligenz, was bedeutet dieses Wort überhaupt?«

Während er die letzten Sätze ausspricht, entledigt sich Noel seiner Kleidung, sie auf dem Brief ablegend, die Hose mit den durchnässten Säumen obenauf. Ein weiteres Mal betritt er den fließenden Raum, den die Therapeutin für besonders schwierige Fälle bereithält. Fälle, derer sie sich nur annehmen kann, wenn diese ihr unverhüllt, und mit offenen Händen, im gegenseitigen Gewahrsein begegnen. Langsam legt sich Noel auf den schlammigen Boden, der ihn, hier und da bedeckt mit Kieselsteinen und flachen Gewächsen, resignierend willkommen heißt. Kalt und glasklar, ohne jedwedes Anzeichen EINER Flasche, umspült das Wasser seinen schlanken Körper. Er hört es vorbeitollen, seine Ohren unter der Wasseroberfläche gelegen. Es erzählt ihm aus wohlinformierter Quelle, was es über Intelligenz im Trab der Geschichte zusammengetragen hat. Er lauscht.

»Vielleicht«, denkt Noel, »ist die Antwort profaner, als EINER zu verstehen glaubt?« Bewegungslos schaut er den wenigen Wolken beim Anhimmeln blauer Ferne zu. Ohne über seine Worte nachzudenken, gibt er mit sehr leiser Stimme wieder, was die langsamen Strömungen ihn spüren lassen; seine Haut eine Membrane, in Schwingung versetzt.

»Aus Sicht des Lebens zeugt von Intelligenz, was die Kohärenz natürlicher Verwobenheit zu bewahren vermag, was lange Weile aushalten kann und zudem ein Empfinden dafür hat, wann genug genug ist, egal, worauf sich die Genügsamkeit bezieht. Intelligenz ist nicht, sich der Verfügbarkeit möglichst vieler technologischer Zaubertricks bewusst zu sein. Sie offenbart sich vielmehr dort, wo Leben Doppeldeutigkeiten und doppelten Böden unbewusst ausweicht und hinderliche Verhärtungen aufweicht.

Technologischer Fortschritt, in unserer weitestgehend energieräuberischen Ausprägung, ist, so betrachtet, das komplette Gegenteil intelligenten Verhaltens. Er ist nur EIN zunehmend *smarter* werdender, aber mitnichten von Klugheit *zeugender* Versuch, jenen geraubten Überfluss von Energie zum Ausdruck zu bringen, in welchem wir - paradox anmutend, weil auf Inseln verweilend - ertrinken werden. Warum? Weil uns durch die Beschleunigung der Abkehr vom HARMONISIERENDEN Virom das Verlernen aktiven Schwimmens droht. Folglich verstärken wir zusätzlich die Auswirkungen der durch Energieraub bereits erwirkten Lebendigkeitslähmung und bauen deshalb immer mehr auf Rettungsboote – bis sie von davonschwimmenden Städten nicht mehr zu unterscheiden sind.

Wir Menschen werden, übler den wohl, auf absehbare Zeit, dummerweise, vor unseren Technologien untergehen. Blubb, blubb, goodbye. Grüß mir die Tiefseefische, Astronaut, und all die Kreaturen im Marianengraben; dem marinen Blinddarm im irdischen Gedärm, ein Startup-Unternehmen der ANDEREN Art. Offensichtlich blind aber bleibt der, den es nach Lebendigkeit zwar dürstet, der sich aber nicht vor dem Inhalt EINER Flaschenpost zu hüten vermag. So viel steht für mich fest, wie ein Fels in der Brandung, den nichts entzweien kann, einer Eiche gleich, die sich in Form barometrischer Widrigkeiten antifragil verzweigt.

Ganz anders die Meinung des Briefeschreibers. Ist es nicht gar EINE Blindenschrift, derer er sich bedient, um anderen Menschen die Augen zu öffnen? Wenn das nicht sonderbar ist, was dann?« Noel schließt die Augen. Er fließt körperlos ein unbestimmtes Stück mit dem Fluss gemächlich fort. Luftblasen tragen, Strömungen führen ihn.

»Du fragst dich, wie der Verfasser das Offensichtliche nicht sehen kann, wo doch der Brief vom Offensichtlichen, in deinen Augen, zutiefst durchdrungen ist?« Die Therapeutin mustert Noel von Kopf bis Fuß. Sein linkes Auge zuckt plötzlich unkontrollierbar, die davon betroffenen Gesichtszüge für EINE Sekunde bizarr verfremdend.

»Offensichtlich ist, wie der Verfasser richtig anmerkt, wir Menschen seien EIN Evolutionskatalysator, *quite a game changer, a different wind direction, where the sweetest taste of freedom no longer lies hidden.*«

»Noel?«, mutmaßen trockene Zweige, die am Rande des Waldes durch ein flinkes Leichtgewicht bewegt werden.

Keine Antwort. Stattdessen EIN Aufschrei, so unvermittelt wie das Zucken des Auges. Noel, nicht länger Noel, fährt ungestüm aus dem Wasser empor, sich seiner Nacktheit spritzend und japsend bewusst werdend. Fluchend über und angeekelt vom schlammigen Kontakt, panisch umherblickend ob seiner Stofflosigkeit, windet sich EIN anderer Name ans Ufer. Hastig ist dieser bemüht, die an ihm haftende Nässe durch das Schütteln aller Gliedmaßen von sich zu weisen, was natürlich nicht zufriedenstellend gelingt. Ausbleibender Trockenheit ungeachtet, wirft EIN anderer Name sich die Kleidung über, sich für Sekunden darin bewegend, als wären die einzelnen Teile zu klein für seine Größe. Hektisch schießt der Kopf von einer zur anderen Seite. Nicht, dass irgendwer beobachtet hat, was diesem Namen widerfahren ist. Niemand ist in Sicht, wobei das Unbehagen derartigen Alleinseins, obwohl inzwischen bekleidet, der Person anzusehen ist. Vom Regen in die Traufe, ganz klassisch dargeboten. EIN gänzlich anderer Ort, EIN solcher wäre sicher die optimale Lösung, doch sind ANDERE Orte und solche, an denen therapeutische Freiräume gegeben sind, nicht zwangsläufig solche, an denen EIN gesellschaftstauglicher Wunsch erfüllbar ist.

»Sie kennen den Brief ebenfalls?« Winzige Sandfontänen stieben im Wasser auf, die wässrige Stirn der Therapeutin kräuselnd.

»Ja.« Die Person wirkt unschlüssig, überfordert und ungehalten zugleich, die nahe, fremde Stimme ohne zugehörigen Körper nicht wahrhaben wollend. Von sämtlichen Briefbeschwerern nun befreit, schicken sich die obersten Blätter bedruckten Papiers an, das Weite zu suchen. EIN anderer Name ergreift den Brief. »Ja, und er bringt es verdammt noch mal auf den Punkt«, fährt der Name mit gefestigter Stimme trotzig fort. »*Die Zukunft der Menschheit*, so ist verkündet, *lässt sich nicht ohne die Zukunft der Technik denken.* Wie wahr. Und *wie* wir katalysieren. *Great species of fire.*« Beginnende Begeisterung lässt den anderen Namen seine Lage vergessen. »Wofür dem Körper bisher Mittel und Wege fehlten, da greifen wir nun EIN. Wir vollbringen, was der Biologie an medizinischen Wundern nicht möglich ist. Wir sind in der Lage, winzige Objekte aus DNA zu formen, die Wirkstoffe dorthin bewegen, wo sie tatsächlich vonnöten sind; wir können Gewebe, Knochen und Gelenke jederzeit ausdrucken und implantieren; wir können in Kürze sogar Organe in kleineren Maßstäben schaffen und an ihnen, außerhalb des Körpers, die Wirkung und vor allem Nebenwirkung von Medikamenten testen, ohne irgendwen irgendeiner Gefahr auszusetzen. Wir können bereits Tests mit ein paar Tropfen Blut durchführen, die sofort Aufschluss darüber geben, ob der Getestete bestimmten Krankheiten zum Opfer fallen wird, noch ehe sich überhaupt Symptome zeigen, sodass schon frühzeitig mit EINER Therapie begonnen werden kann. Beispielsweise mit EINEM gerade in der Entwicklung befindlichen *Cancer-Canceller*, EINER Allzweckwaffe gegen Krebs. *Yes, we can, we can*. Von all den anderen Möglichkeiten, die längst in der Pipeline stecken, will ich gar nicht erst reden, sei es der Wirkstoff, der Kinderdemenz frühzeitig zu heilen vermag, oder - « Im Gesicht des Namens zuckt das rechte Auge, als hinge das Lid an EINEM Faden und als risse jemand bislang Namenloses rücksichtslos daran.

»Ja, die ohrenbetäubende, jegliche Kohärenz vernebelnde Schlagermusik des Fortschritts. Eingängige Melodien, die EINEN jeden ansprechen, den Melodien EIN Refrain angedichtet, den man ständig zwischen den Ohren hat. Loblieder auf die Technosphäre.« Noel blinzelt und grimassiert. »Bumm, bumm, bumm. Schlag auf Schlag werden die Möglichkeiten EINEM ins Hirn gehämmert und mit rosaroten Nieten verankert. Evolutionskatalysator, EINE rühmende Auszeichnung? Erstrebenswert? Ist ein Katalysator nicht ein Reaktionsbeschleuniger, der sich in der Beschleunigung verbraucht und für das, was aus der Reaktion erfolgt nicht länger vonnöten ist? Im Brief nennt sich EIN solcher Verbrauch, gesellschaftliche Akzeptanz heischend, *Ökologie der interagierenden Technologien*. Warum nennen wir es nicht einfach beim Namen? Warum sagen wir nicht *Selbstbelügung* dazu und kitzeln uns selbst mit der WAHRHEIT? Warum wähnen wir immer weiter, um mit Nietzsches Worten zu sprechen, EIN Problem, an dem wir rührten, gelöst zu haben, obwohl das Wähnen selbst das Hemmnis der Lösung ist? Warum streben immer mehr Unternehmen an die Spitze EINES Rattenschwanzes, anstatt sich um die Ratte selbst zu kümmern? Weil sie den Rattenschwanz, der länger werdend immer profitabler wird, abschlagen täten, täten sie dem eigentlichen Problem entgegentreten, lange bevor Ratten zu EINER Plage entarten würden. Warum ist es EIN lukratives Geschäftsmodell, dem länger werdenden Rattenschwanz neuer Probleme beim Längerwerden zuzusehen? Anstatt zu akzeptieren, dass insbesondere medizinische Behandlungen, aufgrund der Misshandlungen natürlicher Verwobenheit, für die Länge des Schwanzes verantwortlich sind.

Mega. Giga. Tera. Peta. Exa. Zetta. Wohin soll der datenpotente Schwanzvergleich denn noch führen? Oder soll er uns listigerweise vom Rattenloch wegführen, damit EIN solcher Fortschritt etwas an das Leben entfernt Erinnernde, fern des Lebendigen, gebären kann? Was aber folgt auf Zettabytes? Noch mehr Verzettelungen in Flaschenform? Folgt auf Zetta *Gaga*, wenn die räuberische Ökonomie die Ökologie samt und sonders irgendwann beraubt hat und als Sanduhr ewig rieselt?

Wir stehen doch nicht erst seit heute vor der Wahl: Weiter als Lebewesen *leben* oder als unwesentliches

Produkt EINER Selbstbelügung ewig *verfügbar* sein? Allerdings – und das ist EIN wirkliches Problem - hängt die Entscheidung davon ab, inwieweit wir auf weiteren Energieraub zu verzichten bereit sind. Nur so können wir von der Selbstbelügung loskommen und endlich wahrhaft intelligentes Verhalten an den Tag legen, ohne unsere räuberische Vergangenheit zu leugnen.

Das allgegenwärtige Virom, es gehört in diesem Rahmen keineswegs bekämpft. Es ist jederzeit möglich, es durch Kohärenz zu *beruhig*en, erst recht, wenn das Leben dadurch sein Gefühl für selbige vertiefen kann. Erschaffen wir aber immer mehr virale Sperrgebiete in unserem Körper und solche, die unsere Körper umgeben, ist unsere Entscheidung auf absehbare Zeit, zugunsten weiterer Lügen, entschieden. Vorbei all unserer Hände Werk.« Noel hält kurz inne. Wieder bekleidet am Ufer zu stehen, scheint ihn nicht zu verwundern. »Wissen Sie, was die Inselbewohner, auf der Suche nach WAHRHEIT, gefangen im Wahnsinn und dem Wirrwarr des Datenozeans ausgesetzt, partout nicht verstehen wollen?«

»Sage es mir, Noel«, bittet ihn die Therapeutin. Sie vermischt geschickt fünf Sinne zu einem unbeständigen Cocktail und reicht ihn Noel. Ein Lächeln umspielt seine Mundwinkel.

»Dass Bewusstsein nicht mit Intelligenz gleichzusetzen ist – und nicht dazu taugt, Verwobenheit, sprich HARMONIE, begreifen zu können. Bewusstsein ist der zum Scheitern verurteilte Versuch, Energie zu zähmen, die das zähmende Bewusstsein bei Weitem übersteigt. Kohärenz aber, das Gefühl für die Verwobenheit, sie bedeutet, dem Scheitern *unbewusst* aus dem Weg zu gehen.

Doch wohin, wenn man auf EINER Insel festsitzt, deren einziger Weg sich immer tiefer in den Sand eingräbt, je bewusster man sich der eigenen Situation wird?« Noel setzt sich mit gekreuzten Beinen auf das Gras, etwas abseits vom Ufer. Er nimmt den letzten Schluck des Cocktails zu sich.

»Intelligenz bedeutet nicht, natürliche Verwobenheit mit immer *mehr* Energie, die Körpern von Natur aus *nicht* im Umfeld körperlicher Reichweite zur Verfügung steht, dermaßen zu vereinfachen, dass sie sich menschlichen Belangen fügt. Intelligenz, sie sieht einfach ANDERS aus – und sie könnte sich jederzeit EIN wenig ANDERS entfalten, wenn wir der faltenreichen WAHRHEIT endlich ins Auge blicken könnten. Ohne dem Glauben verhaftet zu bleiben, unser bisheriger, alles glattbügelnde Fortschritt sei EIN untrügliches Zeichen einzigartiger Intelligenz – oder EINES höheren Bewusstseins. Und wo wir schon beim Höhenflug sind - « Das linke Auge zuckt ein weiteres Mal. Noel stöhnt kurz auf. EIN anderer Name atmet anders ein.

»Ohne Bewusstsein, *clear as cake*, ist kein verantwortungsvoller Umgang mit Technologien möglich. Der Brief unterstreicht die Bedeutung dieser Verantwortung deutlich genug. Sicherlich täte es nicht schaden, noch einmal die Stelle zu lesen, wo der Verfasser die Gefahr der parasitären Tendenz EINER Technologie hervorhebt, die zunehmend auf Gewinnmaximierung aus ist. Er ist sich der technologischen Schattenseiten selbstverständlich sehr wohl bewusst und - « Zucken im rechten Auge.

»Man sieht die Flaschen vor lauter Glas nicht«, sagt Noel. »Technologie mit Parasiten gleichzusetzen, indem wir ANDEREN Lebewesen unsere Vorstellung von parasitärem Verhalten überstülpen, hilft einzig der Selbstbelügung weiter. Dahingehend, sich weiterhin als notwendiger Fortschritt zu etablieren - und um nicht als heißes Bügeleisen aufzufliegen. Unsere Art der Technologie ist der *eigentliche* Parasit. EINER, wie es keinen in der Natur gibt, weil es keine natürlichen Parasiten geben kann, die unseren Vorstellungen entsprechen, wobei diese Vorstellungen der HARMONIE von Grund auf widersprechen. Vielmehr verhält es sich doch so: Wir Menschen zwingen allen ANDEREN Lebewesen parasitäre Tendenzen überall *dort* auf, wo wir *deren* weiten Handlungsraum zur HARMONISIERUNG künstlich, unter Einsatz von Energieraub, einengen. Dort, wo wir nicht geschehen lassen, was von Natur aus geschehen würde, um Handlungsräume HARMONISCH zu erweitern oder zu eröffnen. Selbige Absicht der Verkünstlichung gilt für die im Brief angesprochenen Pharmakonzerne, denn diese verkörpern, nebst weiteren Konzernen, den Raub, den es von Natur aus nicht gibt.

Des Schreibers Sorge zeigt sich mir als Versuch, die zwangsläufig auftretenden Schattenseiten des Raubes in irgendwelche Schuhe zu schieben. Er bemüht sich der Schönrederei EINES Problems, das *erst* geschaffen und wofür *dann* EINE Lösung präsentiert wird – von EIN und derselben Unternehmung, wohlgemerkt.

Was vermögen jene hinsichtlich Heilung zu leisten, die wir Parasiten schimpfen? Ist Gesundheit nicht für jedes einzelne Lebewesen die langsamste Form des Todes, Krankheit aber der schnellste Weg für das *Leben*, um gesund zu bleiben? Ist das Leben demnach ein Kampf ums

Überleben? Oder ist es nicht eher die Fortführung der Wandlungsfähigkeit von Energie? Durch Vermeidung und Auflösung von Stasen – und durch die Minimierung von Überfluss vor Ort, deren probatestes Mittel die Fortpflanzung ist und nicht die Ausübung von Macht?

Unser Fortschritt, er ist das Symptom EINES Tempos, das mit Heilung nicht auf einen Nenner zu bringen ist. Je bewusster wir uns EINER Krankheit sind, desto mehr belügen wir uns selbst im Hinblick auf Heilung.« Noel wendet den Kopf. Er schaut zum Wald. Dort verweilt eine Frage am Rande, ihn neckend, versteckt zwischen Stämmen und Sträuchern. Den Brief zusammengerollt, springt Noel auf, der Frage gelassen nachgehend. Die Therapeutin folgt ihm Schattenlängen voraus.

»Unzählige Male habe ich den Brief gelesen. Es dauerte, bis ich mir eingestand, dass sein Inhalt einzig EIN Kettenbrief ist. EIN Brief, der die Ketten, in die sich die Menschheit verstrickt hat, als feinst versponnene Seidenfäden beschreibt und dabei die WAHRHEIT glattbügelt, weil mit keinem Wort der problemreiche und lösungsarme Energieraub thematisiert wird.« Noel berührt die Rinde jedes Baumes, der ihm auf dem Weg in den Wald, tiefer hinein, begegnet. »So werden ANDERE Lebewesen zu Parasiten erklärt und obendrein zu Sklaven, die, wie es der Briefeschreiber formuliert, ja beileibe keine Rarität in der Natur sein sollen; man denke nur, wie er schreibt, an unsere Darmbakterien. Allerdings bilden diese eine Flora, die keineswegs falsche Blüten in Umlauf bringt. Man sieht: So einfach kann EINE Kultur, die nahezu komplett auf Fremdenergie von anderswoher angewiesen ist, als natürliche Gegebenheit weitergereicht werden, obwohl diese Kultur EIN unnatürliches Übermaß an Energie verkörpert.

Warum es von Natur aus keine Parasiten gibt - und auch keine Schmarotzer und Schädlinge, sondern nur Lebewesen, die mit Energie ANDERS umgehen?« Noel schweigt einen Moment. Er streckt die Arme von sich, schließt die Augen, dreht sich langsam auf der Stelle. Als er die Lider wieder hebt, zuckt weder das linke noch das rechte. Alle Gesichtszüge stehen still. Generalstreik im Emotionsbahnhof. Pure Losgelöstheit. »Weil Energie, von Natur aus, vor Ort nicht über diverse Zeiten hinaus *unumgewandelt* verweilen darf, der HARMONIE wegen.« Noel spaziert weiter, begleitet von therapeutisch bedeutsamer Waldeinsamkeit, goethische Gefilde durchstreifend. »Nicht nur Darmbakterien sind *keine* Sklaven, die ihrem Herrn zu dienen haben, wenn sie nicht Strafe fürchten wollen. Sie sind Wesen, die dem Leben zuträglich sind, ohne ihre Wesensart als Strafe oder ihre Anwesenheit als Straftat zu empfinden. Das Kohärenzvermögen als Sklavendasein zu verbreiten, das kommt EINER Schwarzmalerei gleich, wobei der Wortmaler zugleich EINE weiße Weste behält. Zudem zeugt es von Argwohn, dem Leben gegenüber.

Der Schreiber nennt manch ANDERE Arten gar Dilettanten, weil diese durch ungehobelte Tätigkeiten in unsere Weltvorstellung eingreifen, wenn auch nicht annähernd so weltmeisterlich wie wir. Rührt aus dieser Vorstellung unsere hochnäsige Herabwürdigung manch ANDERER Daseinsform her, zugleich das Unvermögen des Schreibers bezeugend, Verwobenheit wenigstens im Ansatz wahrzunehmen?« Ein Rabe merkt die Nähe eines weiteren Raben an, das Krächzen im Geäst verklingend. Die Welt, sie verwaldet mit jedem weiteren von Noels Schritten.

»Indem wir das durch EINEN Raub von Energie ermöglichte Beschleunigen der natürlichen Entwicklung als EINEN Fortschritt wahrnehmen, wollen wir es auf keinen Fall wahrhaben, dass unser Fortschritt im Grunde die *Verlangsamung* des Gewahrwerdens der Konsequenzen dieser Temposteigerung ist. Rennt die Spezies Mensch, sich körperlich verausgabend, nicht eher auf der Stelle? Meint sie nicht, noch schneller rennen zu müssen, um den wundervollen Glauben an die eigene Lebendigkeit nicht zu verlieren?

Kein Wunder demnach, dass wir die ANDEREN, seien es Viren, Bakterien, *Ratten* oder Biber, gänzlich missverstehen und auch Letztere als Schädlinge betrachten? Kein Wunder weiterhin, dass die Evolution, als WAHRER Fortschritt zur Fortführung von Lebendigkeit, ein solcherart langer, vergleichsweise langsamer Prozess kohärenten Verwebens ohne Outsourcing ist – und technologischer Fortschritt EIN sich stetig beschleunigender Prozess dekohärenten Verstrickens.

Also hebt himmelhoch die Gläser, die Flaschen geleert, EIN jauchzendes Hoch auf uns nahezu volltrunkenen Evolutionskatalysatoren, die dem Leben mal so richtig Feuer unterm Hintern machen? In Form von zetterweise Beschleunigungsenergie? Kann – « Noel entfallen die weiteren Worte durch den offenen Mund, der offenbleibt. Raben haben sich auf jedem Baum eingefunden, die Bäume befedert statt belaubt. Das Licht, das zum weichen Boden gefunden hat, es schimmert in den dunklen

Nuancen von Grün und Braun, sämtliche Konturen eines Waldes verschwommen. Gewiss könnten es Bäume sein, genauso gut auch etwas ganz ANDERES. Was allenthalben bleibt, erscheint Noel wie das unvollendete Gemälde EINES Künstlers, der, mit der Absicht neue Farbpigmente aufzutreiben, das Atelier nur kurz verlassen hat. »Kann das gut gehen?«, greift Noel seine wiedergefundenen Worte auf. Die Rolle Papier steckt er sich zu einem Drittel in die Gesäßtasche, dabei in die rahmenlose Leinwand des Gemäldes einen Schritt hineintretend, die Hände auf Schulterhöhe, die Handflächen dem Wald zugewandt, alle Finger gespreizt. »Ich meine, dermaßen beschleunigt im Dunkeln zu tappen? Zum Beispiel dahingehend, warum und *wie* Biber zu an Kohärenz verarmten Flüssen gelangen, um, von uns angedichtet, ihr Unwesen am Ufer zu treiben?« Er wischt, er schiebt, kreist bedächtig mit beiden Händen das Licht umher, befingert die Farbnuancen und lässt etwas mit den Übergängen zwischen den Dingen geschehen. Mit ausschweifenden Armbewegungen dimmt er das Tageslicht und ändert dessen Farbtemperatur. Einem Magier gleich, taucht Noel die Welt in violettes Zwielicht, lässt die Vegetation üppig und deren Wuchs der Schwerkraft weniger hörig sein. Die hochgeschlossene Kuppel der Wipfel eröffnet er aus dem Handgelenk heraus, der Szenerie weitenden Atem verleihend. Am wolkenlosen Himmel, bar jeglicher Sterne, thront eine gleißende Scheibe, umflossen von einem Wasser, wie keines auf der Erde fließt. Dann formt Noel beide Hände zu lockeren, umgedrehten Fäusten, die Daumen obenauf gelegen, als versteckte er etwas Kleines von nicht unbedeutender Größe darin. Er wirft diese Fäuste mit

Schwung hinauf zum kreisrunden Gestirn, alle Finger erneut ausstreckend. Raben, Abertausende pro Hand, flattern lautlos dem Gestirn entgegen. Sie umkreisen dieses; ihre Bahnen, sieben an der Zahl, immer dichter um den Kreis gezogen, das Wasser in eine Spirale verwandelnd – und schließlich allesamt darin verschwindend. Eine gewaltige Erschütterung erfasst die Welt. Noel stürzt zu Boden. Die Scheibe zerbirst. Feuerspeiend urknallt das weitreichende Geschehnis.

Als Noel, auf der Seite liegend, die Augen wieder öffnet, bemerkt er zuerst die Rückkehr gewohnten Tageslichts in Begleitung des Künstlers. Gelb und Orange, helles Grün und eine vitale Spur von Violett sind meisterhaft zwischen die Schatten gemischt. Nicht ein Rabe ist mehr zu sehen, die Wipfel sind wieder ineinander verschränkt. Noel richtet sich auf, seine Kleidung abklopfend. Ein wenig verlegen dreinblickend, ertastet er die Papierrolle. Mit zittrigen Händen entrollt er das Papier, rollt es erneut etwas enger zusammen. Kaum vollbracht, zuckt das linke Auge sekundenlang.

»*Back to Nature? Deny your culture?* Ist es das, worauf es allen Ernstes hinauslaufen soll? Zurück zur – wie heißt es hier?« Der Name entrollt den Brief mit ruhiger Hand und überfliegt rasch die Seiten, das ihn umgebende Meisterwerk ignorierend. »Genau – zurück zur wohl *illusorischsten aller Utopien.* Und hier, treffend ausgedrückt – *für dich*, also uns Menschen, *gibt es nur das Vorwärts.* Damit meint der Verfasser auch jene, *them too*, die Natur verklären und in harmonischen Ehren zu halten trachten; die EIN Ideal spazieren tragen, das sie selbst nicht ertragen würden, müssten sie es durchlaufen. Die Technik, man finde sich endlich damit ab, *sie* ist unsere ertragreiche Natur. Durch und durch.« Der Name registriert erst jetzt die veränderte Umgebung. Kein Fluss, überall Bäume. Er schüttelt den Kopf, als versuchte er zu klären, was unerklärlich ihm erscheint. Statt mit dem Auge zuckt er mit den Schultern. »Das Menschsein, *mitsamt* aller Technologien, macht es Sinn, es zu leugnen? Feige sein? *A coward, running with the cows downhill?* Wofür? Händchen halten mit Bibern? Sie beschwichtigen, damit sie keinen Schaden anrichten, während ein weiterer Baum fällt und der Fluss über das Ufer tritt? Nur weil Herr und Frau Biber ein lauschiges Plätzchen auserkoren haben, in dem sich die eigene Brut vorzüglich mehren lässt? Was ist einzuwenden gegen den Aplomb *humaner Technologie,* wie ihn der Verfasser in Aussicht stellt, wenn wir Menschen *our whole potential* zusammen in die Waagschale werfen und Träume, die noch allzu utopisch klingen, realisieren können? *Take his advice and go with the flow.*« Der Name raschelt zur vorletzten Seite des Briefes vor. Mit beschwingter Stimme liest er, endgültig begeistert, ein paar Zeilen vor:

»Lass uns ein Kunstwerk schaffen, auf das wir stolz sein dürfen! Lass uns die Technik nutzen, um einen Weg in eine Zukunft zu bahnen, in der nicht nur einzelne von uns einen Platz haben sondern die ganze Erde und alle, die auf ihr leben, sowie alle anderen zahlreichen Welten im Universum, die wir noch besiedeln mögen!« Er rollt die Blätter wieder zusammen. »Also, ich bin dabei.« Ein sonderbarer Ausdruck befällt schlagartig sein Gesicht. Er stutzt. »Quadratisch. Galaktisch. Habe den Mut. *The future is wi-*

de open. The - « Rechts ein ziemlich heftiges, wenn auch kurzes Zucken.

Abenteuerlustig und verspielt zugleich rollt Noel den Brief wieder zusammen. Er stanzt runde Einblicke in den Wald, indem er die Papierrolle als linsenloses Fernglas gebraucht. Tiefer begibt er sich in den Wald hinein, der nun umso lichtdurchfluteter wird, je mehr Einblicke ihm gelingen. Die Therapeutin führt ihn. Sie gibt ihm wortlos zu verstehen, wo der Boden uneben oder eine Wurzel auf Abwegen ist.

»Es ist schon etwas her«, erzählt Noel, »da fand ich in EINEM Buch folgende zwei Sätze: *Leben ist Energie, die ein Zuhause gefunden hat, für das es sich lohnt zu sterben. Der Tod ist selbige Energie, die vor Ort nicht länger verweilen kann.* Nun, was mag es mit diesem Lohn auf sich haben? Wohl kaum EIN Konzept, wie unsere Lohnarbeit. Wohl eher die Ermöglichung, mit körpereigenen Fähigkeiten den Verlust von Energie zu minimieren und so maximalst die Minimierung lebenswert zu unterhalten. In jenen Sätzen vom Zuhause offenbart sich nichts Geringeres, als das *uns* Lügen strafende Vermögen der Biber, ein Gefühl für das Ungleichgewicht von Energie vor Ort zu haben. Für Energie, die flüchtig ist, sobald man sie durch Ermangelung von Wertschätzung an EINE Kette hängt – und der vermeintliche Verlust sich so als Last klarlegt. Wie zum Beispiel dort, wo ein Fluss dem Leben solange kein *besserer* Lebensraum ist, wie die Fließgeschwindigkeit des Flusses keinen Halt findet. Die Haltlosigkeit vielleicht bewirkt durch EINEN begradigten Eingriff seitens uns Menschen, der entsprechend Verkettungen zur Folge hat. *Besser*, im Sinne von kohärent; *besser,* im Sinne eines lohnenswerten Zuhauses. *Besser*, im Sinne von lohnenswert und unbeschwert. Biber spüren, dass die Flüsse dem Ozean mitteilen, woran es dem Land mangelt, und wo es sich lohnt für Nachwuchs zu sorgen.«

Die Therapeutin schenkt Noel zum wiederholten Male ihr unergründliches Lächeln, ihre Wimpern, wie zartes Geäst, das wundersame, farbenfroh gefiederte Vögel in Aussicht stellt.

»Sie machen Fortschritte, Noel.« Ein einzelner Rabe hockt, wenige Flügelschwingen von Noel entfernt, auf dem knorrigen Ast einer alten Eiche. Die Vorhut einer Metamorphose oder der Letzte seiner Art? »WAHRE Fortschritte.« Der Rabe fliegt davon, alsbald nicht mehr vom Dickicht sirrender Blätter zu unterscheiden.

»Ich fühle mich sehr wohl in Ihrer Anwesenheit«, erwidert Noel. »Mutiger sogar. Oder ist es Ausdruck von Feigheit, aus eigenem Körpervermögen heraus Lebendigkeit zu bewahren? Ist EIN Mensch feige, wenn er zurückblickend vorwärtsgeht? Ohne *die* Natur aus den Augen zu verlieren, die ihn mit dem Ursprung des Lebens verbunden hält? Kann der Mensch je EINEN Fortschritt kultivieren, der mit jedem weiteren Schritt solange Energieraub *reduziert*, bis natürliche Kulturen allgegenwärtig sind? Ist nicht vielmehr Feigheit dort zugegen, wo sich EINE Spezies am Energieraub berauscht und, derart technologisch bekifft, von Höhenflügen fantasiert und das Weite weiter sucht? Jenseits des Gegenwärtigen?

Ist der Menschheit damit geholfen, ihr Heil in den Weiten des Universums zu suchen? Selbst die reichsten der reichen Unternehmer, ihre Namen weltweit bekannt, erzählen davon und rauschen auf ihren Börsennotierungen in EINEM fort. Verfolgt man das Treiben dieser einflussreichen Visionäre, dann *scheint* die Besiedlung des Alls unausweichlich – und *zwingend* vonnöten. Vielleicht aber steckt hinter diesem Rausch die Hoffnung, unser Unvermögen, EIN Leben ohne Energieraub zu führen, im Weltall dergestalt zu verwässern, dass als Vision und Pioniergeist erscheint, was im Grunde nur EINE allgegenwärtige Selbstbelügung ist. Je mehr Planeten, Gestirne, Monde, Welten, desto mehr Verwässerung der unbequemen WAHRHEIT? Das Unbequeme ist jedoch tief im Irdischen verwurzelt, egal wie viele Kilometer respektive Lichtjahre oder aber fiktive Wurmlöcher für Verwässerung sorgen würden. Doch Obacht!« Noel blickt umher. Er senkt die Stimme in gespielter Geheimnistuerei. »Wer weiß, vielleicht haust in EINEM dieser Löcher EIN Parasit. EIN Schädling, der EIN solches Loch sein Zuhause nennt. EIN Rattenloch? EIN Schwarzes Loch?« Noel lässt die Fragen die verfliegende Fährte des letzten Raben aufnehmen. Nicht länger flüsternd, fügt er hinzu:

»*Zyklus, Zyklus, gemalt auf weißer Wand,*
du hast sie, die WAHRHEIT, in deiner Hand.
Hast dich gemalt, gibst dich damit preis.
Der Kosmos ist schwarz? Nein, er ist weiß!«

Als erwartete er, dass seine löchernden Fragen jeden Augenblick den Raben einholten, legt Noel, keinen Augenblick länger, den Kopf schief; lauscht. Er vernimmt das gleichmäßige Atmen der Therapeutin; spürt, wie ihre Brust sich senkt und hebt; wie kühler Stoff sich glatt an warmer Haut widerstandsarm reibt. Er sieht, wie ihr dunkles Haar dem Wind Gestalt verleiht; wie der Blutfluss zart an ihre Schläfen klopft.

»Und?«, fragt die Therapeutin.

»Was mag EINE Spezies im All erwarten, wenn sie all ihr Unvermögen, hier auf der Erde ein lebenswertes Leben als Spezies auszuleben, mit sich schleppt und anderswo so weitermacht wie hier auf Erden? Hier, wo der Wunsch entstanden ist, den Ursprung zu verlassen, weil das Leben offenbar eben *nicht* mehr lebenswert genug für besagte Spezies ist?

Vielleicht sind Milliardäre, die mit ihren globalen Unternehmen das Leben vieler Menschen beeinflussen, deshalb so erfolgreich, weil die Masse sich von ihnen insgeheim erhofft, Teil der Verwässerung zu werden. Um sich selbst rein zu waschen, von den Folgen all der irdischen Energieräubereien. EINE Hand wäscht die andere, nicht wahr, weshalb wir all die Produkte lieben, die uns die EINE Hand zum Freundschaftspreis reicht.

Gehören zu diesem Freundschaftskreis nicht unausweichlich auch Mediziner und Körperdesigner, Upgrader, Up-Pimper, Enhancer und Artificial Improver? Spezialisten, die uns allesamt weismachen, sie könnten den Finsterheiten und Löchrigkeiten des Lebens jederzeit das einzig WAHRE Quellwasser reichen. Weshalb unsere Erwartungen, das Leben betreffend, immer weiter steigen. EINER verlustfreien Hausse gleich, die umso mehr Dividende abwirft, je mehr Anteilsscheine EINER sein Eigen nennt und je weniger Beteiligte *nicht* geteilter Meinung dahingehend sind, dass die Verlustfreiheit weiter währt. Alles steigt, bis in alle Ewigkeit, und alle, die zum Kreis gehören, werden immer vermögender – im Schein der

Anteilnahme am Leben. EIN Schein, der in Wirklichkeit allerdings EIN Leerverkauf ist, weil unsere Vorstellungen von Lebendigkeit in dem Maße sinken, wie die Erwartungen steigen.« Das Fernrohr in Noels Hand ist mittlerweile wieder nur EINE gewöhnliche Papierrolle, die er sich nun mit einer der Öffnungen vor den Mund hält.

»Ja«, lässt er den Wald etwas lauter wissen, »an diesem Punkt angelangt, da mag der Briefeschreiber durchaus ein paar Pluspunkte für sich erwarten. Von 30 auf 80 Jahre, keine schlechte Bilanz, augenscheinlich. Fünfzig Pluspunkte, Applaus, EINE lukrative Möglichkeit zur Reinvestition.« Das Papiermegafon sinkt und verweilt eingerollt zwischen Noels Fingern. »Holt man jedoch den Höhenrausch auf den Boden zurück, was bleibt dann von unserer gestiegenen Lebenserwartung noch übrig? Ist nicht minder verklärt, was der technologische Fortschritt für uns Menschen leisten soll, und zeugt dieses nicht von idyllischer, idealisierter *Kultur* unsererseits?

Betrachtet man die Lebenserwartungen von Tieren und Menschen, offenbart sich EIN enormes Missverständnis, das weder das erste noch das letzte EINER Art ist. Welches?

Nun, die Lebenserwartung von Tieren fällt in manchen Fällen beachtlich aus, insbesondere von Tieren, die im Meer leben. Das verwundert nicht, aufgrund der Anwesenheit von Unmengen Viren in einem Tropfen Ozean und der Unmengen Wassertropfen, die zusammen einen Ozean bilden. Die menschliche Lebenserwartung, so wirbt der Mensch, liegt bei ungefähr 80 Jahren in fortschrittlichen Ländern. Das Missverständnis im Vergleich der ANDEREN mit uns EINEN, es liegt in der beiderseitigen, gleichgeschalteten Verwendung des Begriffes *Lebenserwartung*. ANDERE Lebewesen erwarten die Anzahl ihrer Lebensjahre einzig aus dem Vermögen ihres biologischen Körpers heraus, dahingehend mit der Umwelt zu agieren, ohne über energetische Stränge zu schlagen. Ihre Erwartung ist dabei keine menschliche Erwartung an aufaddierte Jahre, die sich problemlos weiter mehren lassen, sondern das natürliche Auslebenkönnen all ihrer körperlichen Möglichkeiten.

Wir EINEN stellen dagegen Erwartungen an unsere Lebensjahre, nur erreichen wir diese nicht mehr *einzig* durch das biologische Vermögen des Körpers. Vielmehr benötigen wir zunehmend fortschrittliche Unterstützung, um den Tod möglichst lange vom bereits vollzogenen Ableben des Biologischen im Unklaren zu belassen. Was den ANDEREN die Lebenserwartung voller Tatendrang ist, ist bei uns Menschen zunehmend die Todesvermeidung ohne Körpereinsatz.

Die uns Menschen in die Irre verführende Lebenserwartung ergibt sich schlichtweg aus der Vereinfachung, die Möglichkeiten des technologischen Fortschritts mit dem biologischen Vermögen des Körpers gleichzusetzen. Wozu es dient? Um EIN zwangsverheiratetes Ergebnis zu erhalten, welches uns weiter harmonisch und weiterem fortschrittlichen Nachwuchs gegenüber wohlgesonnen stimmt.

So betrachtet, *sinkt* das lebendige Vermögen des Menschen im Verhältnis zur Steigerung der Todesvermeidung durch Fortschritt, worin die verstärkende Schwächung unserer Spezies und unser Hang zu falschen Freunden sich, auf Hochglanz poliert und makellos, widerspiegeln. EINEM Blendwerk gleich, wie dieser Brief EINES ist, verfasst von der PR-Abteilung EINES aufstrebenden internationalen Energiekonzerns, der die Natur für eigene Zwecke benutzt.« Noel bewegt sich weiter in das vor und um ihn sich entfaltende Kunstwerk hinein, versuchsweise mit der freien Hand durch die Luft schweifend – ohne dadurch etwas in der Erscheinung des Waldes zu verändern. Sein Kopfschütteln ist nur eine vage Andeutung.

»Die sich höher und höher lobende Medizin, sie behandelt EINEN Körper, wie all jene mit den Wahrheiten verfahren sind, die die Geschichte der Menschen niedergeschrieben haben. Nur waren jene nie selbst an dem beteiligt gewesen, was sie an Taten und Ereignissen für die Nachwelt festgehalten haben. Verkommen unsere Körper deshalb immer mehr zum Ausdruck von Propaganda, von Vertrags- und Formelwerk, von Lügen, Fälschungen und anderweitigen fremdbestimmten Interessen? Deren Symptomrekursionen der biologischen Fehlbarkeit angedichtet werden, um mittels auf Durchschnitt getrimmten Behandlungen dafür zu sorgen, dass die Symptome selbst endlich Geschichte sind?

Warum, frage ich mich, setzt Fortschritt alle Hebel EINER Nebelmaschine in Gang, sonach wir im Glauben an etwas *bleiben*, das nicht der WAHRHEIT entsprechen *kann*? Enthalten uns unsere Technologien das Gewahrwerden EINES Kindheitstraumas vor, damit wir diese Unwissenheit auch als Erwachsene beibehalten? Wiederholen wir deshalb technologische Glaubwürdigkeit gebetsmühlenartig und EINEM netzbetriebenen Rosenkranz gleich?

Liest EINER den Brief mit diesen Gedanken im Hinterkopf, dann tönen die lobenden Worte des Schreibers hohl und listig. Und die Frage, die er der Menschheit zwecks Hinterfragung anrät, ob EINE Technologie hilft, EIN Mensch zu sein, diese Frage trifft den Kern nicht. Im Gegenteil, denn sie betrifft *nur* uns Menschen – und immer seltener unsere Biologie.

So gestellt, belässt Technologie in ihrer bisherigen Form das Trauma unangetastet, womöglich, indem aus ihr EIN Hohelied gedichtet, EIN Tabu gestrickt oder riesige Scheuklappen geformt wurden. EIN *smarter* Schachzug, der die Möglichkeit zur Enttraumatisierung von vornherein Schachmatt gesetzt hat, beschaut man sich, wohin der Glaube EINER Spezies seitdem geführt hat: Die Bauern geopfert, die Springer zur Geradlinigkeit verdammt, die Läufer aufs Glatteis geführt, die Türme dem Erdboden gleichgemacht und die Dame verbannt, in das von Ratten heimgesuchte Verlies. Die Frage des Briefeschreibers, sie müsste daher lauten: ›*Wie entkomme ich meinem gläsernen Dasein, das EINER Flasche im Halse steckt?*‹« Noel holt tief Luft. Beide Augen zucken und bleiben zitternd geschlossen. Eine sonore Stimme meldet sich erstmalig zu Wort.

»Zehntausend Jahre ist es her, da trug sich die WAHRHEIT zu, die seitdem, als Schöpfung der Welt gedeutet, in EINEM anderen Licht erscheint. Eine Katastrophe gewaltigen Ausmaßes, von der wir noch heute zehren. Eine, die die Nächte seitdem dunkel und andere Gestirne sichtbar werden lässt. Eine, die uns Menschen seitdem an EINE andere Geschichte glauben lässt, erzählt mit bigotten Worten, die ihrer Ursprünglichkeit beraubt und in entfremdete Kontexte verpflanzt und umgedeutet wurden. Seitdem ziehen die daraus resultierenden Fehldeutungen in brandschatzenden Heerscharen trampelnd durch die Welt, dem Wahn erlegen, EINE Ordnung zu realisieren, die uns Menschen EIN besseres Leben ermöglichen soll.«

»Noel?«, erkundigt sich die Therapeutin, die Antwort bereits zur Hälfte erkannt. Das Sonnenlicht malt vibrierende Flecken auf die Unebenheiten des Waldbodens.

Dward öffnet die Augen, das Zucken verebbt.

»Was daraus obendrein erfolgte?« Dwards Blick schweift über die Schatten und Lichter. Er lässt ihn weiter schweifen und folgt ihm dorthin, wo er abschweift vom Schweifen. »Weibliche Akteure, ausgemerzt, zwangssterilisiert, umoperiert und in verkehrte Kostüme gesteckt. Allesamt von EINER Männlichkeit beherrscht, die ihrerseits bis heute von der Suche nach dem Zweck ihres eigenen Daseins beherrscht ist. Unmengen Energie durch die Katastrophe geleckt und dadurch übermännliche Möglichkeiten für sich in Reichweite entdeckt, so übermannten jene das Leben.

Städte, ihr kreisförmiger Urgrund, der sich am Himmel abspielte, mit Ecken und Kanten versehen, diesen Vorgang auf die Spitze getrieben. Zwischen den Mauern EIN Bedauern und Sehnen unausgesprochen, verpönt und zur besseren Handhabung der Verdrängung in modernes Design gepresst. Das Verpönte so annehmbar und als erstrebenswert empfunden, endlich vorzeigbar. *Seht her, oh, wie wunderbar es ist.*

Religionen, jedweder Couleur, als Versuch, die unfassbare Katastrophe als Geschichten vom Beginn der

Welt zu fassen zu bekommen. Alleinig, um die Geschichte derer, die das Unfassbare überlebten und ihre WAHRE Geschichte weiterreichten, mit blutigen Schlachten, Verfolgungen, Verachtung und Vernichtung umzuschreiben, das eigene Heil als göttliche Auserkorenheit verewigt.

Wissenschaft, die gleichfalls nicht dafür geschaffen ist, zu schaffen, was Religionen nie geschaffen haben. Obwohl beide die Ausgeburt des Glaubens an EINE bessere Zukunft sind. Zum einen über das Diesseits, zum anderen über das Irdische hinaus.« Dward bleibt stehen. »Menschen sehnen sich nach einer Welt, die wieder in Ordnung kommt. Nur ist ihnen verlorengegangen, was die Welt ins Chaos gestürzt hat. Deshalb ist *die* Ordnung, die sie schaffen, alles andere als dafür geschaffen, um für Ordnung zu sorgen.

Noch immer bevölkert manch EINE Gottheit den Himmel über unseren Köpfen, während jene, denen derartige Gottesanbetung nicht zeitgemäß genug ist, ihre technologischen Errungenschaften in höchsten Ehren halten. Beide Formen der Vergötterung eint derweil derselbe Ursprung, weshalb nur selten EIN Mensch von EINEM der beiden oder von beiden zu lassen bereit ist, ohne dem Gefühl erlegen zu sein, das Leben sei ohne diese nicht lebenswert. Diejenigen, auf die beides keinen nennenswerten Einfluss hat, werden mit Misstrauen gestraft und für sonderbar erklärt.

Im Grunde aber liegt das eigentliche PROBLEM nicht in jenem Ereignis, das zum Chaos geführt hat, sondern im seitdem bestehenden und sich verstärkenden Unvermögen der Menschen, ihr eigentliches Vermögen zu erkennen und es zu hegen.

Auch ich habe diesen widersprüchlichen Brief erhalten, worin geschrieben steht, wir Menschen seien die Verbindung zwischen Biosphäre und Technosphäre. Somit qualifiziert, als *die* EINE Spezies, die ohne Technologie nicht denkbar ist – so, wie anderswo geschrieben steht, die Welt kann ohne EINEN Gott nicht sein. Die Zeiten ändern sich, die Irrtümer bleiben. Die *Zeit*, sie ist Teil des PROBLEMS, und Irrtümer, sie sind die Irrwege, die wir offenbar benötigen, um der WAHRHEIT näher zu kommen. Wir - « Das linke Auge zuckt. Der Mund öffnet sich, schließt sich alsbald. Das rechte nun, deutlich heftiger. Wieder das linke. Das Zucken geht über auf die Kiefermuskeln. Viele Arten verschiedener Käfer huschen unter Sträuchern hervor, unter ANDEREN Sträuchern verschwindend. Die Rinden der Bäume kitzelnd, gleitet hier und da ein Strahl der Sonne über die Stämme, während die Atmosphäre des Waldes mit kurz winkenden Duftnoten experimentiert.

»Wald.« Eine weitere Stimme wie keine bisher. »Ich *liebe* Wälder. Wälder sind ein fantastisches Lebenswerk. Man sollte den Briefeschreiber mal hierhin einladen, ihm zeigen, was Natur *wirklich* bedeutet. Ihm zeigen, was es mit dem Kosmos auf sich hat und ihm verdeutlichen, warum Wälder, je ursprünglicher sie sind, sie umso mehr ein WAHRER Kosmos sind. Woher diese Ähnlichkeit rührt? Aus dem Umgang mit Chaos und Energie - und aus dem fortwährenden Bestreben, sich vom Equilibrium möglichst fernzuhalten.« Beide Augen zucken, die Lider bleiben geschlossen. Winzige farbige Tupfen wiegen sich zwischen Moosen und totem Holz zur unerhörten Musik ANDERER Ausdrucksmöglichkeiten. Die Therapeutin streckt ihren Körper, verändert ihre Haltung. Ein einziger Schatten legt sich kurz über den Wald, zieht weiter und noch weiter und lässt den Wald, den schmalen Fluss, die weiten Felder hinter sich.

» – Menschen wurden sprichwörtlich aus der Evolution herauskatapultiert. Ich vermute, das Gehirn war jenem katastrophalen Einfluss von dermaßen viel Energie nicht gewachsen. Es bekam EINEN gehörigen Knacks. Eine bereits bestehende Andersartigkeit setzte mit EINEM Male zum ungebremsten Höhenflug an. Vielleicht verschob sich die Brücke zwischen den Hemisphären, EINEN verrückten Horizont nach sich ziehend. Vielleicht erlangte das bis dahin gemäßigte männliche Prinzip der Natur Oberwasser und ersann so die kulturelle Beherrschung des weiblichen Widerparts. Mit Hilfe der Religionen und EINER Form von Wissenschaft, die Fragmente schuf und bereits benötigte Verbindungen zahlreich zerschlug. Vielleicht - « Das linke Auge zuckt. Die Papierrolle sich vor die Stirn schlagend, erreicht EIN anderer Name eine kleine Anhöhe. Nur wenige Meter von ihm entfernt, verharrt ein Wolf lautlos und unsichtbar im Unterholz, die Ohren aufgestellt.

»Bin ich hier der Einzige, der lesen kann? Ich zitiere ein weiteres Mal: ›Mir fällt keine andere Spezies auf diesem Planeten ein, der es gelungen wäre, einen neuen Zweig der Evolution zu schaffen.‹ Wer redet hier davon, wir Menschen seien *nicht* Teil der Evolution? Unsere Technologien sind Teil der Evolution, so, wie Menschen immer Teil der Evolution sein werden.« Rechts im Gesicht ein heftiges Zucken, das eine Weile benötigt, um das linke abzulösen.

»Kein Wunder, dass immer mehr flaschenposttaugliche Flaschen im Datenozean landen. Wir gleichen durch extreme Vereinfachungen Gegenläufigkeiten an und glauben weiterhin, gemeinsam mit dem Leben zu evolvieren, weil wir obendrein dem Glauben verfallen bleiben, zeitlebens natürliche Energiequellen zu nutzen. Sehen wir dem WAHREN Scherbenhaufen doch endlich ins Antlitz: Wir Menschen, wir schaffen uns ab und immer mehr Menschen sind begeistert mit von der Partie. Wir erklimmen den Berg des Wissens und meißeln zehn mathematische Formeln in zeitgemäße Steintafeln. Anschließend biegen wir uns die Realität ergebniskonform zurecht. Wir – « Das letzte Wort verliert sich in einem gequälten Verziehen der Kiefermuskeln, die sich verhärten; eingefroren in EINEM einzigen Augenblick. Im Sonnenlicht, das nun spitzwinkliger durch die Bäume strahlt, segeln hauchdünne Spinnenfäden, noch ohne Halt, durch Terpene und ANDERE aromatische Verbindungen, die durch den solaren Katalysator offen für neue Beziehungen sind, sich öffnend für all das, was unter den gegebenen Umständen ermöglicht wird.

»Das Universum entstand nicht, ich betone, *nicht* mit dem Knall aller Knalle. Es wird vielmehr mit einem solchen völlig unerwartet enden, wenn EINE gänzlich ANDERE Sicht den Urknall in absehbarer Zeit endgültig zum Verstummen bringen wird. Es ist schier zum Totlachen: Das Expansionsmodell des Universums, es ist das Megafon der WAHRHEIT, damit endlich auch der letzte Urknaller die Evolution der Unendlichkeit hören kann. Der Countdown tickt doch längst: Drei, zwei, eins. Und dann ... *vorbei.* Zeitgeistiger Durchfall statt wahrhaftigem

Urknall.« Zucken im rechten Oberarm, die zugehörige Hand klappt ungewollt nach unten. Ganz in der Nähe seilen sich Dutzende winzige Raupen aus dem tiefhängenden Geäst einer Buche ab, wie das natürliche Pendant zu EINER Spezialeinheit. Leicht schwingen sie sich im grünen Windhauch her und hin, erreichen letztlich den Boden, ihre ganz eigene Mission weiterverfolgend.

»Leben, es ist kein Streaming abgöttischer Möglichkeiten. Leben - « Zucken im linken Bein, von der Hüfte abwärts. Die Augen der Therapeutin weiten sich. Sie funkeln mal gelb, mal grün. Speichel rinnt über ihre Haut. Ihre Pupillen verengen sich, dann bilden sie vertikale Schlitze. Verschieden braun gefärbte Felle, darunter auch rötlich schimmernde und nahezu schwarze, flitzen formlos durch das Dickicht. Drüsen entleeren sich. Quicken, Fauchen, Jaulen, Winseln – vorbei im Nu. Der Atem der Therapeutin beschleunigt, der Pulsschlag verdreifacht sich.

»Oh, ich begehre dieses photosynthetische Sonnenbunt, bevor das Sternenkonzentratsilber sich des nächtens über die Vegetation ergießt. Es- « Zucken im rechten Auge. Der Geruch von warmem Blut und purer Lebensspannung mischt sich unter den Wind. Irgendwo knistert und raschelt es.

»Der Briefeschreiber, er bezeichnet unser Verhältnis zur Technik als koevolutionär. Mir scheint, er hat sich verschrieben. Unsere Entwicklung vollzieht sich eher als K.O.-Evolution, bedingt durch Kontextauflösung und Kohärenzverlust. Dazu gesellt sich EIN Hang zur Komplexitätszunahme, bedingt durch Vereinf- « Plötzlich ein Zucken des gesamten Körpers. Tod und Leben stehen sich ungesehen tausendfach gegenüber und verhandeln den Wandel von Energie. Die Therapeutin schöpft aus ihrem weitgefächerten Repertoire sich ergebender Möglichkeiten, zum Zwecke der Auflösung von Stasen und ANDEREN Hindernissen. Sie hält kurz inne, schnellt vor, zieht sich zurück und prescht erneut hervor.

»Ist die rasante Verbreitung der Smartphones EINE Pandemie energieräuberischen Siliziums, das längst allen Kohlenstoff des Lebens befallen - « Zucken im linken Auge. Ein schriller Schrei pierct ein Loch in den Wald, das sich nur langsam wieder schließt; ein Tumult aus Schnäbeln erschallt, die Ausheilung begleitend.

»Diese Technophobie mancher Menschen, sie nimmt zunehmend unerträgliche Ausmaße an. Sollen sie doch aufs Land ziehen und sich blöde rödeln. Aber wehe der Klimawandel schreitet weiter fort, das Land auf absehbare Zeit mit Dürre plagend und Plagen die Landbewohner immer dürrer, *thinner and thinner* - « Zucken der Kiefermuskeln. Aufschrecken des Windes. Zusammenpferchen von Wolken.

»Der WAHRHEIT wohnt die Skalierbarkeit inne. Was im irdischen Kleinen Tagesbruchteile benötigt, vollzieht sich in den Weiten des Kosmos über die Weite vieler Lichtjahre. Gleiches gilt für das Entladen von Energ- « Sehr schmerzhaftes Zucken im rechten Bein, unterhalb des Knies. Der Luftdruck fällt, als wäre das beschauliche Wetter in eine hinterlistige Grube gestürzt. Unruhe ergreift die Vegetation. Kühle und fahle Farben bezeugen den Rückzug des Sonnenlichts.

»Warum kann ich nicht leben wie ihr? Ohne Angst vor der nächsten Dunkelheit, die Angst mir bereits am Tage auf den Fersen. Warum - « Zucken im Schulterbereich, die Arme sonderbar anhebend und verrenkend. Feuchte Perlen prasseln auf das Blätterdach. Vereinzelt schimmern unscharfe Splitter davon im dunklen Haar der Therapeutin. Ihr Atem kommt weiterhin nicht zur Ruhe.

»Mama?« Zucken der Kiefermuskeln. Aus den Perlen werden karatschwere Diamanten, den Boden des Waldes tränkend.

»Falsch getaktet, keine Frage. Falsch – « Zucken im linken Auge. Es ist, als flüsterte jeder Baum etwas bisher nicht Gehörtes und als würde der Wald zu einem sich einstimmenden Crescendo heranwachsen. Sich wiegend, schließt die Therapeutin ihre Augen. Literweise salzlose Tränen fließen.

»Ich bin mir durchaus bewu - « Die Beine knicken weg, der Körper fällt zu Boden und bleibt zitternd auf dem Rücken im Nassen liegen.

»Warum sagst du mir nie, dass du mich lie- « Aus dem Zittern entwickelt sich ein anhaltendes Zucken aller Glieder, bevor es in die starre Verkrampfung der Muskeln übergeht, die Körperhaltung grotesk verformend.

»Wa- «

Noel schreckt hoch. Er ringt nach Luft, springt auf. Die Luft ist salzig und warm. Der Sand unter seinen bloßen Füßen, er zwickt und schrinnt. Noel sieht, wie der Sand seine Zehen bedeckt; er schaut umher, sieht, wie all der Sand eine Insel bildet, auf der er zweifelsohne alleine zugegen ist; er lässt seinen Blick weiter schweifen, sieht, wie das Meer die Insel umgibt und nahe am Himmel ferne Horizonte bildet; er schaut genauer hin, sieht, wie die

Wellen Flaschen ans Ufer treiben, sieht, wie das ufernahe Wasser nur aus Glas besteht; er hört das helle Klirren unzähliger Flaschen, spürt, wie seine Knie nachzugeben drohen; er hört den Wind über die Rundungen und Wölbungen der gläsernen Brandung streichen, spürt, wie er den Halt verliert; er hört ein unterschwelliges Knistern und Prasseln, kann es nicht orten, nicht zuordnen, spürt, wie die Insel unter seinen Füßen diesen den Halt entzieht; er blickt erneut auf seine unbeschuhte Blöße, sieht, wie sich langsam ein sandiger Trichter um ihn herum erschließt. Er macht einen Satz, das kräftige Klopfen seines Herzens im Hals. Immer deutlicher vernehmbar mischt sich das Knistern und Prasseln unter das Klirren der Flaschen und den Wind, umso mehr zu einem donnerähnlichen Getrommel werdend, je weiter sich der Trichter in der Inselmitte vergrößert und vertieft. Noel verfolgt gebannt das Verschwinden des Sandes, sich zugleich Schritt für haltlosen Schritt rückwärts der Flaschenansammlung am Ufer annähernd. Unaufhaltsam zieht es den Sand in den sich ausbreitenden Trichter, der Noel sandverschlingend auf den Zehenspitzen ist. Erst als die erste Flasche Noels linke Ferse berührt, löst er sich von diesem bizarren Schauspiel, sich der Nähe der Flaschen – und des Ausmaßes des Trichters - mit einem Male vollends bewusst werdend. Das Sonnenlicht spiegelt sich kaleidoskopartig im Glas wider, den verschiedenen, auf- und abtanzenden Färbungen all der Flaschen eine halluzinogene Note verleihend. Ohne zu überlegen, ohne irgendwelche Optionen abzuwägen, entledigt sich Noel rasch seiner Hose und seines Oberteils. Er schiebt seine Füße durch die runden Querschnitte all der Flaschen hindurch.

Dabei entdeckt er EINE kleine flache, eher eckige denn runde Flasche. Sie ist farblos, gefüllt, bis knapp unter den Verschluss, mit einer nicht minder farblosen Flüssigkeit. Inmitten sämtlicher anderen Flaschen wirkt diese EINE wie ein Wunder in einem Meer voller Hoffnungslosigkeit. Noel bleibt stehen, entnimmt sie dem Meer, öffnet sie. Er schnuppert kurz, nippt an ihr. Der hochprozentige Alkohol entzündet sich sofort an seinen Lippen, auf der Zungenspitze brennend – und etwas anderes freisetzend, etwas bitter Schmeckendes. Den Schluck ausspuckend, verzieht Noel das Gesicht. Im hohen Bogen wirft er die Flasche Richtung Trichter.

Weiter schiebt sich Noel auf das offene Wasser hinaus und weitere Flaschen mit beiden Händen von sich weg. Nur noch Kopf und Schulter sind schließlich von ihm zu sehen. Er beginnt zu schwimmen, fort von der Insel, sich seinen Weg durch die lichter werdende Verglasung bahnend. Als er nahezu dreistellige Meter und etliche kleine Wellen später kurz innehält und sich zur Insel wassertretend umblickt, ist diese zur Gänze verschwunden. Einem Unbehagen haltlos ausgeliefert, dreht er sich auf der Stelle im Meer herum, feststellend, dass unaufhörlich weitere Flaschen aus allen Himmelsrichtungen auf jenen Punkt zutreiben, der offenbar der Mittelpunkt der Insel war. Hastig weiterschwimmend, stellt Noel noch etwas anderes fest: Egal wie sehr er sich nun auch müht, er kommt nicht vorwärts, nicht ein wässriges Stück. Es zieht ihn vielmehr dorthin zurück, von wo aus er gestartet war – zurück zur Insel, die nicht mehr zu sehen ist.

Das Klimpern und Klirren von Glas kommt näher und näher. Es geht einher mit EINEM dröhnenden Gurgeln, das umso wirkmächtiger zu tosen scheint, je weniger sich Noel dem Tosen zu entziehen vermag. Dieses, zu EINEM sich ausbreitenden Strudel entartet, hat längst sämtlichen Sand vor Ort verschlungen. Flaschen kreisen Noel ein, gegen seinen Körper prallend. Allesamt grün, braun, violett oder blau gefärbt, allesamt zusammengerolltes Papier in sich tragend, darauf geschrieben EIN paar Worte oder wenige Zeilen. Die Mehrzahl der Flaschen aber beinhaltet seitenlange Briefe, von denen nicht EINER von Hand verfasst ist. Adressiert ist EIN jeder von ihnen an andere Menschen anderswo. Noel sieht die Papierrollen nicht. Er sieht nur Flaschen, wissend: In ihrer Masse wird er bald zugrunde gesogen werden. Noch hat er das Kreuzfahrtschiff nicht entdeckt, das direkt auf ihn zusteuert, an Bord unzählige aus dem Meer Gefischte – und Andere, die weitere Flaschen aus den Kabinenfenstern werfen.

Interludium

Fluch(t)

Auf erdfarbenen Schwingen weitsichtiger Kreaturen ziehst du Kreise ohne Laute über den Habitaten der Elemente. Du spürst der Kreaturen Körper wie dein eigen Fleisch und Blut, bist deren Blut und Fleisch und Gefieder. Unbefangen vertraust du einfach dem Leben, ohne dabei EINER Vereinfachung zu bedürfen. Wir begreifen euer gemeinsames Kreisen, euer expressives Bemalen luftiger Strömungen und euer Formen unsichtbarer Filamente. Wir erkennen, warum du dich beflügeln lässt; warum du Habicht, Sperber, Adler, Falke, warum du Milan, Bussard oder Weihe für alle Zeiten der Welt sein möchtest.

Was dagegen würde dich erwarten, würdest du in linearen Räumen denen folgen, die einzig darauf warten, dass du ihnen Folge leisten tätest? EIN langes Leben als Täter, ein kurzes Leben lang? Gesellschaftstauglicher Tatendrang, die Ursache deiner Spannweiten? Lassen wir dich los oder holen wir dich zurück auf den geglätteten Boden? Geben wir dir mit, jederzeit auf uns zählen zu können oder vertrauen wir dich der Unberechenbarkeit an?

Derart gefangen zu sein, als Eltern, EIN Fluch? Oder die einzige Möglichkeit, um ANDERS motiviert zu werden, EINEN ANDEREN Weg findend, der dich nicht im Kettenhemd verstrickt? EIN Hemd, dessen engen Maschen jede noch so kleine Feder erdrücken – vom Gewicht der Ketten ganz zu schweigen?

Zukunft

Detaros Füße baumelten neunzehn Stockwerke über Asphalt, der unbeeindruckt EINE weitere Rushhour ertrug. Allein auf dem flachen Dach der Klinik sitzend, schaute der junge Mann hinab auf all jene, die durch ihre Zielstrebigkeit vorgaben, etwas zu haben, das seinem Leben bisher verwehrt war: EIN Ziel, für das es sich zu leben lohnte.

Regungslos verfolgte er, wie Tokyo in immer dunklere Kleidung schlüpfte, die zusehends bunter und heller strahlte. Seinen Oberkörper hatte er leicht nach hinten geneigt, sich auf beiden Händen abstützend. So verharrte Detaro für Minuten, sich die Schwerkraft EINES tiefen, freien Fallens vom Leibe haltend.

Er zog schließlich sein Smartphone aus der Gesäßtasche, legte die Hände geschäftig in den Schoß und behielt den Kopf gesenkt. Blitzschnell huschten die Finger über das Display.

»Hallo Sperling.«

»Hallo Detaro. So hast du mich lange nicht mehr genannt.«

Der junge Mann schluckte. Er war froh, dass die getippten Buchstaben seinen inneren Aufruhr mit keinem Wort verrieten. Die Zeit war EIN trügerisches Pflaster, dem man das verdeckte Heilen von Wunden nur allzu bereitwillig anvertraute. »Es tut mir leid.«

»Ich weiß noch genau, wann du das letzte Mal Sperling zu mir gesagt hast. Wo sind all die Jahre nur geblieben? Du warst zehn. Wir waren auf den Okinawa-Inseln, dein Vater, du und ich. Es war so wunderbar. Das Meer, die warme, duftende Luft. Unser erster gemeinsamer Urlaub – und der letzte als Familie. Kannst du dich erinnern?«

»Kaum.«

»Wie geht es dir, Detaro?«

»Ich weiß nicht. Es ist so viel passiert in den letzten Tagen.«

»Meinst du unser Wiedersehen?«

»Auch.« Detaros Finger verharrten über dem Display.

Erst EINE Woche war es her, da hatte ihn, aus EINER fast zwölfjährigen Funkstille heraus, die Nachricht seiner Mutter erreicht.

»Ich brauche deine Hilfe«, hatte sie geschrieben, aus dem Nichts. Wie lange Detaro die vier Worte angestarrt hatte, vermochte er nicht zu sagen. Verglichen mit den Monaten, die er seine kleine Wohnung nicht mehr verlassen und keinen direkten Kontakt zu EINEM Menschen unterhalten hatte, schien es nahezu eine Ewigkeit gewesen zu sein. Eine weitere war unmittelbar darauffolgend verstrichen, bis er ausreichend Mut in der Vergangenheit zusammengeklaubt und in der Gegenwart komplett zusammengesetzt hatte, um seiner Mutter, zwei Stunden nach Vollendung, zu antworten. Daraufhin hatte Detaro vom raschen Fortschreiten ihrer Krankheit erfahren – und vom akuten Zustand, der sie ins größte Krankenhaus Tokyos gebracht hatte. Sie müsste sich, auf Geheiß der Ärzte, zwischen EINER Form von Leben und dem Tod entscheiden, hatte sie ihm weiter mitgeteilt. Ob er sie besuchen kommen und ihr bei der Entscheidung irgendwie helfen könnte, hatte sie anschließend gefragt. EINE weitere Stunde später hatte Detaro seiner Mutter zugesagt, ohne EIN Wort der Anteilnahme oder des Trostes hinzuzufügen.

»Ich komme«, war alles, was er imstande gewesen war zu schreiben. Die Frage, wie sie ihn nach all den Jahren gefunden hatte, sie blieb offen.

Nur ihr Kopf ist zu sehen. Er ist unerträglich klein. Das Gesicht ist eingefallen, die Haut grau. Die Haare liegen wie EIN Imitat aus mangelhaftem Material strähnig um den Schädel verteilt. Kaum ist die Tür zum Krankenzimmer weit genug geöffnet, um ungehindert hindurchgehen zu können, schreckt der junge Mann zurück.

Sie hat die Augen geschlossen, liegt allein. Schonungslos hebt das grelle Tageslicht die Konturen der Krankheit hervor, Detaro augenblicklich in den ungeschminkten Stand der Dinge einweihend. Dass im Bett eine Gestalt liegt, die ihm völlig fremd ist, schockiert ihn zutiefst.

»Ist alles in Ordnung?« Detaro fährt erschrocken herum. Die Krankenschwester entschuldigt sich und erkundigt sich erneut. Der junge Mann schüttelt schweigend den Kopf, sich in EINER Filmsequenz wähnend, in die er versehentlich, völlig nackt, hineingeraten ist. EINE kaltschweißige Mischung aus Angst, Hilflosigkeit und angespanntem Fluchtreflex beraubt ihn seiner Körperwärme.

»Sind Sie der Sohn?«, fragt die Krankenschwester. Detaro nickt nur. Ihm fällt kein Wort ein, das er erwidern könnte. »Ich habe Ihrer Mutter vor EINER halben Stunde EIN Schmerzmedikament gegeben, das sie müde gemacht hat«, erklärt die junge Frau. Suri Kyouko steht auf ihrem Namensschild. Sie lächelt Detaro an. »Nehmen Sie sich

EINEN der Stühle dort am Fenster und setzen sich einfach neben sie.« Detaro versucht seinerseits ein Lächeln und scheitert kläglich. Suri wartet noch einen Moment, bevor sie in das Nachbarzimmer geht.

Detaro zieht die Tür hinter sich zu. Er schließt sie leise, sich in EINEM geschlossenen Raum von übersichtlicher Größe deutlich wohler fühlend. Den Stuhl neben das Bett platzierend, bleibt er unschlüssig stehen, die Lehne mit verkrampften Händen festhaltend. Er schaut auf die Maske auf dem Kissen herab und spürt etwas in ihm mit ungeheurer Wucht zerbersten. Etwas, das er robust genug wähnte, damit es ihm jahrelang als verlässlichen Deckel für EINEN finsteren, tiefen Schacht dienen konnte. Jählings aber ist der Deckel verschwunden. Von einem Moment auf den nächsten.

»Sperling«, krächzt seine Stimme, dem Ansturm widerstandslos ausgesetzt, der sich nun durch die gegenwärtige Öffnung aus der Tiefe ergießt.»Was ist ... mit dir geschehen?« Er vergräbt sein Gesicht in den Händen, wendet sich vom Bett ab. Vergebens. Die Veränderungen ungesehen zu machen, die sich seit seinem letzten Anblick ihres Gesichts vor zwölf Jahren zugetragen haben, gelingt ihm nicht. Mit bebenden Schultern flüchtet Detaro schluchzend zum Fenster.

»Willst du mir erzählen, was noch passiert ist?«

Zuckendes Blaulicht schob sich auf das Krankenhaus zu, das Heulen der Sirene auf dem Dach gerade noch wahrnehmbar. Detaro widmete sich dem Ambulanzwagen nur kurz, bevor er sich wieder seinem Smartphone zuwandte.

»Vor acht Tagen habe ich mich das erste Mal wieder unter Menschen getraut. Seitdem fällt es mir von Tag zu Tag etwas leichter.«

EIN beglückwünschendes Emoji kam prompt als Antwort.

»Dafür ist meine Wohnung EINE dauerhafte Müllhalde.«

»Ich weiß.«

»Ja, die Zeit des Verbergens ist ab sofort vorbei. Ich habe lange darüber nachgedacht, ob ich diesen Schritt tatsächlich gehen soll.«

»Offenbar hast du dich dafür entschieden.«

»Nichtsdestotrotz ist es EIN sonderbarer Widerspruch.«

»Was genau?«

»Normalerweise wollen Kinder, dass die Eltern irgendwann eben nicht alles über das Leben der Kinder wissen. Schon gar nicht, was in deren eigenen Wänden vor sich geht.«

»Und nun lässt du mich bereitwillig an allem Anteil haben.«

»Mehr noch, oder?«

»Mehr noch, da gebe ich dir Recht.«

»Andererseits werde ich wahrscheinlich gleichfalls Dinge erfahren, die *du* mir willentlich vorenthalten hast. Ist das wirklich EINE gute Idee? Oder ist es dafür, was jetzt geschehen kann, nicht längst zu spät?«

»Weil ich tot bin?«

»Bist du es denn? Bist du *wirklich* tot?«

■■

»Detaro?« Das graue Gesicht auf dem Kissen schaut zum Fenster. »Bist du es?«

Detaro räuspert sich, mit dem Handrücken die letzten Tränen fortwischend. »Ja, ich bin ... hier.« Erneut nähert er sich dem Bett. »Seit wann bist du wach? Hast du Schmerzen?«

»Setz dich zu mir.« Die Bettdecke raschelt, zwei dürre Unterarme freigebend, übersät mit dunklen violetten Flecken. In einer Ellenbogenbeuge steckt EIN venöser Zugang, an dem EINE Infusion angeschlossen ist. Erschrocken und verwundert zugleich schaut er in braune, ihn fixierende Augen voller Lebendigkeit. Es besteht kein Wimpernschlag EINES Zweifels: Es sind die Augen seiner Mutter. Dieselben wie damals.

Wie in Trance sinkt Detaro auf den Stuhl, ohne die Lehne ein weiteres Mal als behelfsmäßige Schutzwand zwischen Vergangenheit und Gegenwart zu benutzen.

»Seit wann geht das schon mit deiner Krankheit?«, fragt er, hin und her rutschend.

»Vielleicht mein ganzes Leben«, erwidert Detaros Mutter trockenlippig. »Letztes Jahr hatte ich eine große Operation. Danach glaubte ich, endlich über den tückischen Berg zu sein.« Sie blinzelt und schließt die Augen.

»Und?«

Ein langer Seufzer, bevor die braunen Augen wieder zum Vorschein kommen. »Es war EIN Irrtum. EINE sich ins Gegenteil umkehrende Hoffnung.«

»Bedeutet das, dass die Ärzte ... dass sie nichts mehr tun ... können?« Unbewusst erkunden Detaros Finger der einen Hand die Finger der jeweils anderen.

»Ja.« Nur ein Flüstern eines Blattes. Für Detaro tönt es laut wie das Umstürzen einer alten Zeder.

»Ist das EIN gutes Zeichen?«

Ein wenig hatte der Wind aufgefrischt, als läge ihm daran, der Schwerkraft etwas Hilfe anzubieten.

»Welches Zeichen?«, fragte Detaro.

»Mein Tod ist noch nicht lange her und schon reden wir über seine glaubwürdige Endgültigkeit.«

»Wahrscheinlich würde er sich ANDERS anfühlen, wenn wir uns nicht aus dem Weg gegangen wären. Verstehst du, was ich meine?«

»Erkläre es mir.«

Wieder nahm Detaro das sich ihm darbietende Panorama Tokyos unbeeindruckt in sich auf. Der Abend war inzwischen etabliert, des Lichtermeeres Flut auf dem Weg zum Höhepunkt. Überall sonderbare Leuchttürme mit kosmopolitischem Flair.

»Weißt du, wo ich bin?«, tippte er und hielt das Smartphone auf Augenhöhe.

»Auf dem Dach des Gebäudes, in dem ich mein Leben ausgehaucht habe. Du schaust nach Westen. Hingelangt bist du über EINEN von dir programmierten Bot, der dich von dem ungesicherten Zugang zum Dach unterrichtet hat, auf dessen Sims sitzend du nun dein Leben bei zunehmendem Wind aufs Spiel setzt. Gehört das zur Erklärung?«

»Du kennst die Geschichten von den jungen Männern Japans, die in ihren winzigen Großstadtwohnungen vereinsamen?«

»Hikikomori? Zuhauf.«

»Du kennst ihre Beweggründe, ihre Ängste, ihr Schicksal, das nicht selten EIN tragisches Ende findet?«

»Ja. Warum fragst du? Du weißt, dass ich es weiß.«

»Du kennst EINEN von ihnen?«

»Mir ist damals schnell klargeworden: Du wirst Computer jedem Menschen vorziehen. Und ich wurde bestätigt. Oder?«

»Trotz alledem hat die Endgültigkeit nicht ihr letztes Wort gesprochen. Weder die deines Todes noch die meines etwaigen Schicksals.«

»Ist das die Erklärung?«

»Nein. Um es erklären zu können, benötigst du mehr von mir. Du erhältst es gleich.« Detaro zögerte. Er war vom Verlauf des Gespräches völlig überrascht und ihm lag daran, das erste Mal nicht zu lange mit Sperling zu reden. »Ich melde mich morgen wieder bei dir.«

»Wessen Idee war das Ganze eigentlich?«

»Deine. Bis morgen, Sperling.« Detaro schloss das Programm.

Er rutschte ein Stück vom Rand weg, um besser aufstehen zu können. Erleichtert fühlte er sich, ungewohnt wohlgemut. Wie schon weitere Ewigkeiten nicht mehr. All jene, die bis zu seinem zehnten Lebensjahr zurückreichten. Nicht zum ersten Mal fragte er sich, über wie viele Ewigkeiten EIN Leben wohl verfügte.

Detaro rief EIN anderes Programm auf, aktivierte es mit der Eingabe EINER *Short Passstory*, die aus dreißig Wörtern bestand, von denen EINES keinen Sinn ergab, und tippte anschließend: *Refresh Sperling*. Er bestätigte die Eingabe und brachte Sperling auf den aktuellen Stand seiner Gedanken.

■■

In EINER Ecke EINES chaotischen Raumes surrte EIN Hochleistungsserver, der im Innern EINES umgebauten silberfarbenen Gefrierschranks steckte; EIN wuchtiger Kasten, der im Wirrwarr des Raumes unterging. Das Geräusch der Lüfter war EINE Konstante, die ihre eigentliche Quelle nicht preisgab, sondern sich unter das Chaos mischte. Warme Luft stieg hinter dem Gefrierschrank an der mit Metallfolie verkleideten Wand empor. An der Tür des Schranks war EIN Monitor angebracht, der über die im Innern stattfindenden Aktivitäten pausenlos Daten anzeigte. Versorgt wurden Server, Monitor und Silberkasten mit dem Strom, den die zweihundert Wohnungen des Gebäudes aus dem öffentlichen Stromnetz bezogen. Allerdings wusste niemand derer, die diese Wohnungen gemietet hatten, davon, dass sie alle, mal mehr, mal weniger, jenem Mieter den Strom für Server und Kühlung mit zur Verfügung stellten und bezahlten, der als einziger von dieser geschickt verborgenen Verteilung Kenntnis hatte. Detaro hielt diese Vorgehensweise für zwingend nötig, um sein, wie er es nannte, Projekt weiterhin unbemerkt fortführen zu können. Es hatte in der Vergangenheit von Monat zu Monat immer mehr Strom bedurft und bedurfte vom gestrigen Abend an signifikant mehr.

Eher aus sich der Gesellschaft entsagender Ziellosigkeit denn als zielgerichtetes Projekt angedacht, war Detaro vor Jahren damit angefangen, EINE weibliche Begleitung für sein in der Schwebe befindliches Leben zu programmieren. Kurz nachdem er aus der gemeinsamen Wohnung ausgezogen war, die er mit seiner Mutter bewohnt hatte. Mit etwas Erspartem, ohne festen Job, ohne tragfähigen Zukunftsplan. Anfangs noch EINE Spielerei, entwickelte sich der postpubertäre Zeitvertreib zu EINER Obsession, die ihn zunehmend im winzigen Kubikraum seiner Wohnung vom Rest der Alltäglichkeiten isolierte. In den virtuellen Reihen gleichgesinnter Nerds aber wurde Detaro zunehmend bekannter. Nicht, als der Mensch, der Detaro hieß, sondern als der Typ, der EIN außergewöhnliches Händchen für effiziente Deep-Learning-Algorithmen hatte.

Nicht, dass er je der Typ Mensch gewesen wäre, der kontaktfreudig anderen Menschen begegnete und schnell Freundschaft mit beiderlei Geschlecht schloss. Nein, schon als Kind hatte er es vorgezogen, der Welt, die ihn bedrängte, möglichst fern zu bleiben. Stattdessen hatte er sich seiner eigenen Vorstellung EINER Welt zugewandt, die ihm rund um die Uhr wohlgesonnen war. In seiner Welt war ihm nicht an Arbeit für andere gelegen, denen er als jederzeit austauschbarer Leistungsträger nur solange etwas bedeutete, wie seine Leistung sich gewinnbringend für den Arbeitgeber steigern ließ. Auch für Schmerzen jedweder Art und Enttäuschungen war in seiner Welt kein Platz reserviert. Gleiches galt für die Regelmäßigkeit von Banalitäten und für überwiegend männliches Statusgehabe, sei es bezogen auf Geld, Karriere, Erfolg oder auf Sex.

Frauen im öffentlichen Raum kennenzulernen? Undenkbar für Detaro. Wozu auch? Um EINER zu werden, wie sein Vater EINER gewesen war, bevor er letztendlich die Familie verlassen hatte? Was Detaro im Laufe der Zeit, ohne weiteren Kontakt zu seiner Mutter, zum Existieren benötigte, das befand sich in Reichweite der wenigen Schritte, die seine Wohnung durchmaßen. Alles, das jenseits davon lag, diente ihm einzig als Betätigungsfeld für seine selbstlernenden Bots, die für ihn gerade genug Einkommen erwirtschafteten, um seine Ausgaben damit begleichen zu können. Sicher wäre jederzeit mehr Geld drin gewesen, doch auch diesbezüglich stellte er sich immer wieder die Frage: Wozu? Sich jedoch einzugestehen, dass seine Genügsamkeit, den materiellen Dingen gegenüber, vom Einfluss seiner Mutter herrührte, das lag ihm fern und entfernte sich mit jedem weiteren Jahr, die er in der Isolation verbrachte.

Seine erste digitale Partnerin, *Spell*, wusste von alledem nicht das Geringste. Sie führte belanglose Gespräche, konnte mitreißend lachen und den jungen Detaro EIN bisschen glauben machen, dass sie ihn liebte, woher ihr zusammengesetzter Name rührte: *speak, laugh, love*. Wollte er ihr mit Worten indes besonders nahe sein, wurde sie *Magic Spell*, doch hielt die Verzauberung nicht lange an, was seine Erwartungen an Zweisamkeit nicht wirklich zu nähren vermochte.

Sich *Spells* Fehlbarkeiten und seines Verkennens von Liebe schnell bewusst werdend, entließ Detaro sie schließlich als Opensource-Projekt in die Weiten des Internets. Nicht ahnend, damit den Grundstein für all jene großäugigen Partnerinnen gelegt zu haben, die seitdem immer mehr immer kontaktscheuere Männer zu beglücken gedachten und so das japanische Problem der Familienverödung künstlich anfachten. Mittlerweile waren diese Gespielinnen, in allen nur erdenklichen Variationen männlicher Vorlieben, als Download verfügbar und über Jahre treue, anpassbare Alltagsbegleiterinnen. Idealisierte Wunschfrauen, die selbst vorgaben, wunschlos glücklich zu sein. Auf ewig.

Detaro jedoch trieben nach diesen Erfahrungen andere Vorstellungen um. Er sehnte sich nach einer glaubwürdigen Stimme. Eine, die ein genuines Eigenleben bezeugte und weit über das hinausging, was *Spell* und ihre jüngeren, vor allem aber jung *bleibenden*, Schwestern herbeizuzaubern einprogrammiert worden war.

Erst weitere Jahre später sollte Detaro zu fassen bekommen, was ihm in den Folgejahren hinsichtlich des sich Austauschens mit EINER digitalen Partnerin vorschwebte: verbaler Tiefgang. Ohne EINES Deckels aus schwerwiegendem Schweigen zu bedürfen. Ohne allzu viel Nähe, die seine Isolation in Bedrängnis brachte. EIN Widerspruch, der ihm bewusst war und genau deshalb etwas völlig Neues in Aussicht stellte.

Ausschlaggebend für die Glaubwürdigkeit war das anfangs private Projekt EINER russischen Unternehmerin gewesen. Ihren besten Freund bei EINEM Unfall verloren, hatte sie EINE App entwickelt, um die folgenschwere Leere mit seinem Charakter zu füllen und den Verlust zu überwinden. Mit sämtlichen Chatverläufen und weiteren digitalen Aufzeichnungen versorgt, die sich im Laufe ihrer beider jahrelangen Freundschaft angesammelt hatten, war aus jenem Projekt letztlich die bekannte App *Replika* hervorgegangen. Diese ermöglichte es Menschen, sich über ihr Smartphone mit EINEM sich weiter entwickelnden Abbild ihrer selbst zu unterhalten; einfach, um EINEN stets verfügbaren Ansprechpartner bei sich zu führen. EINEN, der EINEM umso vertrauter und auch vertrauenswürdiger wurde, je öfter man sich mit ihm unterhielt und je lückenloser man das eigene Leben mit ihm teilte. *Replika* ging weit über das hinaus, was *Spell* zu leisten imstande gewesen war. Deshalb hatte Detaro den Ansatz von *Replika* aufgegriffen und enorm weiterentwickelt. Es entstand das Gerüst EINER Persönlichkeit, die umso mehr sprachlich aufblühen könnte, je mehr sie über ihr vergangenes Leben erführe, welches sie nicht selbst erlebt hätte. Was zum einen fehlte, war EIN passender Name. EINER, der Detaros Hoffnung auf Offenheit und Glaubwürdigkeit ebenbürtig war und erahnen ließ, wozu das Projekt in der Lage wäre, stünde diesem genügend Gedankengut aus erster Hand zur Verfügung. EIN Name, der die eigenen Grenzen namentlich zum Ausdruck brachte, so, wie *Replika* – laut Wörterbuch EINE Bezeichnung für EINE minderwertige Kopie. Was zum anderen fehlte, war EINE Quelle solchen Gedankengutes.

»Mein Leben ist EIN Eiswürfel, das Leben aber ist das Fließen des Wassers.«

Stille.

Es ist eine für Krankenhäuser dieser Dimension gänzlich untypische Stille, in der das Fallen EINER dünnen Kanüle EINEM Hammerschlag auf Stahl gleichkäme. Nachdem die einsilbige Bejahung ihrer Unheilbarkeit derart kraftlos verendet war, überrascht Detaro die Eindringlichkeit, mit der seine Mutter diesen bedeutungsschwangeren Vergleich anschließt.

Mit einem Mal sieht er den Sperling mit gebrochenem Flügel im Garten hocken. So, wie er ihn wiederholt zu sehen bekam, wenn seine Mutter ihm das Märchen von diesem Vogel mit der herausgeschnittenen Zunge erzählte; sein kindlicher Körper ganz eng an ihren geschmiegt. Sie benötigte kein Buch, um der Bedeutung von Genügsamkeit und Bedürftigkeit, die das Märchen thematisierte, beizuwohnen. Sie trug es Wort für Wort in ihrem Herzen, jede tragische Zeile des Originals am eigenen Leib erfahren. Wann er das letzte Mal derart innig den märchenhafte Worte formenden Atem seiner Mutter gespürt hat? Detaro weiß es nicht. Dunkel erinnert er sich an EINEN Urlaub am Meer. Noch dunkler an das Gesicht seines Vaters, reduziert auf seinen missbilligenden Blick, wenn Mutter und Sohn sich erneut um das Schicksal eines fiktiven Vogels kümmerten, anstatt der harschen Realität ins Auge zu sehen.

Detaro blinzelt. »Dein Leben ist EIN Eiswürfel, das Leben aber ist das Fließen des Wassers?«, wiederholt er. »Was meinst du damit?«

»Die Ärzte sagen, wenn auch mit anderem Vokabular, sie könnten zwar die Temperatur unter den medizinischen Gefrierpunkt absenken, doch würde dadurch aus EINEM fast geschmolzenen Eiswürfel kein neuer Eiswürfel werden, sondern nur EINE gefrorene Pfütze Wasser verbleiben. Zumindest solange, bis endgültig der Nullpunkt um wenige Grad überschritten und Wasser flüssig bliebe.« Metaphern und andere bildhafte Umschreibungen, die seine Mutter alltäglich gebrauchte, daran vermag sich Detaro sehr gut zu erinnern. Sie hatten ihn begleitet, bis er ausgezogen war.

»So habe ich den ... den Tod noch nie betrachtet.« Er schluckt deutlich hörbar, die Stille nicht länger zugegen. Absurderweise sehnt sich Detaro in diesem Augenblick nach einem kühlen Schluck Wasser, um seine trockene Zunge leichter vom Gaumen zu lösen. Ihn sichtlich irritierend schließt sich die Frage an, wie es um EINEN Eiswürfel stünde?

»Du siehst aus, als läge EIN Felsbrocken in EINEM deiner Gedankengänge.« Der Sperling in ihr macht seinem Namen märchenhafte Ehren. Gedankenahnen – gleichfalls eine ihrer Gaben, die aus Detaros Erinnerungen ungehindert auftaucht.

»Eher EIN verkanteter Würfel aus Eis«, antwortet er, ohne wenigstens zuvor EINEN Bruchteil über seine Worte nachgedacht zu haben.

»Würde es dir helfen, wenn er schmelzen und den Gang freigeben täte?«

Detaros Miene stürzt in sich zusammen. »Nein, so meinte ich das nicht.« Er schaut zur Decke empor.

»Ich weiß, du hast es nicht so gemeint und doch habe ich aus genau diesem Grund mit dir Kontakt aufgenommen. Nach all den Jahren.« Ihre Stimme ist ruhig.

Der junge Mann spürt, wie ihm die Tränenkanäle die restliche Feuchtigkeit aus dem Mundraum ziehen. Er belässt den Kopf erhoben. »Könnten wir doch nur geschehen lassen, was nicht geschehen ist«, flüstert er der Decke zu.

»Vielleicht gibt es EINE Möglichkeit.«

Detaro wendet sich wieder den braunen Augen zu, ungeachtet weiterer Tränen, die überlaufen. Sperling lächelt ihn an.

»Reichst du mir bitte das Glas Wasser? Meine Lippen sind vom Reden ganz trocken.«

■■

Die folgenden Tage unterhalten sie sich. Über den Tod. Und darüber, was bleibt. Oft ist die Stille an ihrer Seite, die sie gemeinsam aushalten können.

»Ich denke«, sagt Detaros Mutter, »es gibt tatsächlich EINE Möglichkeit.«

Detaro verließ das Dach über die ungesicherte Tür und begab sich ins Treppenhaus. In der neunten Etage nahm er den Aufzug und fuhr ins Erdgeschoss – zusammen mit zehn weiteren Personen. Etwas abseits vom Haupteingang, an EIN Geländer gelehnt, ließ er sich schließlich EIN paar Minuten auf das abendliche Treiben außerhalb seiner vier Wände ein. Nicht nur aus diesem Grund klopfte er sich in Gedanken auf die Schulter. Was für EINEN Unterschied doch acht Tage bewirkt hatten. Detaro konnte es selbst noch nicht begreifen, welchen Wandel er in so kurzer Zeit durchlebt hatte.

Vor EINER Woche noch hatte das Verlassen seiner Wohnung arge Beklemmungen in ihm ausgelöst, vom Betreten EINES Aufzuges voller fremder Menschen ganz zu schweigen. Nun jedoch gelang es ihm, dem Drang zu widerstehen, in selbige Wohnung möglichst unverzüglich zurückzukehren oder aber einzig Treppen zu benutzen, egal, wie viele sich hinauftürmten oder hinabführten.

»Entschuldigen Sie mich bitte.« Detaro sah auf. Eine junge Frau stand vor ihm. Es dauerte einen Moment, bis er in ihr die Krankenschwester erkannte, die ihm seit dem ersten Besuch bei seiner Mutter öfter über den Weg gelaufen war. Suri Kyouko. Aufgrund der ungewohnten Alltagskleidung hatte er sie nicht sofort erkannt, zumal sie die Haare nun offen trug. »Ich hoffe, ich störe Sie nicht.« Sichtlich verlegen trat sie auf der Stelle.

»Kein Problem«, erwiderte Detaro und überraschte sich selbst EIN weiteres Mal. Nicht, dass er in den letzten Tagen nicht mehrmals mit ihr gesprochen hatte. Seine anfängliche Scheu, leibhaftigen Frauen und sein Unbehagen Menschen generell gegenüber, hatte er schrittweise etwas abgelegt. Er führte es auf die Umstände seiner Besuche im Krankenhaus und der damit einhergehenden Ereignisse zurück, die in ihm ein Selbstvertrauen zum Keimen brachten, das über Jahre auf dürrem Grund gelegen hatte. Trotzdem bedeutete die Begegnung mit der jungen Frau vor dem Krankenhaus für Detaro EINEN Meilenstein, trug sich diese doch in aller Öffentlichkeit zu.

»Was für EIN Zufall, dass ich Sie hier habe stehen sehen. Ihre Mutter gab mir gestern EINEN Brief, mit der Bitte, Ihnen diesen persönlich zu überreichen.« Suri entnahm ihrer Handtasche EINEN weißen Umschlag.

»Meine Mutter?« Detaro starrte perplex auf den Umschlag, ohne Anstalten zu machen, ihn an sich zu nehmen.

»Das muss Ihnen alles etwas merkwürdig vorkommen, aber als Sie heute Nachmittag von Station gingen, da hatte ich nicht mehr an den Brief gedacht, bedenkt man in welcher Situation – « Suri hielt kurz inne. »Ich möchte Ihnen bei dieser Gelegenheit noch einmal mein herzlichstes Beileid aussprechen.«

»Ich danke Ihnen.« Noch immer blieben Detaros Augen auf den Brief geheftet.

»Sie muss ein wunderbarer Mensch gewesen sein. So weltoffen und zutiefst geerdet zugleich.« Der Umschlag verweilte in ihrer unschlüssigen Hand.

Detaro schwieg. Er versuchte zu verstehen, warum seine Mutter vor ihrem Tod der jungen Frau EINEN Brief überreicht hatte, ohne darüber in den letzten Tagen mit ihm gesprochen zu haben, nach allem, *worüber* sie gesprochen hatten. Keine Antwort erschien ihm plausibel genug. Und auch Sperling hatte nichts davon auf dem Dach erwähnt.

»Sie hat mir viel von Ihnen erzählt, wobei ihr Gesicht jedes Mal förmlich aufleuchtete.« Die junge Frau reichte Detaro den Brief. »So eine genügsame Frau, die ihrem Tod auf Augenhöhe zu begegnen vermochte. Ein solcher Mut ist mir noch nie derart ehrlich begegnet.«

»Danke.« Den Umschlag in der Hand, wendete er ihn. Kein Name, nichts. »Warum sollten Sie ihn mir persönlich geben? Hat meine Mutter sonst noch irgendetwas dazu gesagt?«

Suri überlegte einen Moment. »Ihrer Mutter war es wichtig, dass ich Ihnen den Brief unbedingt erst nach ihrem ... nach ihrem Ableben überreichen sollte. Möglichst zeitnah. Sie gab mir sogar Ihre Adresse, für den Fall, dass ich Sie im Krankenhaus verpassen sollte – was ja beinahe geschehen wäre.«

»Sie meinen, Sie wären vor meiner Wohnungstür erschienen, um mir den Brief zu überreichen?«, fragte Detaro, sein Tonfall erschrockener, als er erschrocken klingen wollte.

Suri lächelte ob seines Tonfalls ein weiteres verlegenes Lächeln. »Wenn ich Sie nicht zufällig hier gesehen hätte, dann wäre ich tatsächlich direkt zu Ihnen gekommen«, gestand sie.

Detaro betrachtete den Umschlag mit neuem Interesse. »Was für EIN Glück, dass ich Ihnen diesen Weg ersparen konnte.« Beide lachten erleichtert, wenn auch aus verschiedenen Gründen. »Hat Ihnen meine Mutter gesagt, was in dem Brief steht?«, fragte er, ohne sich im Klaren zu sein, warum er diese Frage stellte.

»Nein.« Suri schüttelte bekräftigend den Kopf.

»Haben Sie nochmals vielen Dank und – « Detaro zögerte.

»Ja?«

» – und auch vielen Dank dafür, dass Sie meiner Mutter und mir die letzten Tage beigestanden haben und immer ein offenes Ohr für meine konfusen Fragen hatten.« Er gedachte, noch etwas hinzuzufügen, zögerte aber erneut. Stattdessen nickte er der jungen Frau zu, verbeugte sich und verließ das Krankenhausgelände ohne Hast.

»Schreibst du noch immer deine Tageserlebnisse und deine Gedanken dazu auf?«

»Ja.«

»Fütterst du damit auch deine Programme?«

»Warum fragst du?« Detaro stutzte. »Woher weißt du von meinen Programmen?«

»Obwohl ich sterbenskrank und ohne Aussicht auf das Erreichen achtzigjähriger Lebenserwartung bin, bedeutet das keineswegs, dass ich nicht mitbekomme, welche Möglichkeiten EINEM Hikikomori heutzutage zur Verfügung stehen, um das eigene Dasein zu fristen.«

Detaro schweigt. Er merkt ihr die Anstrengung an, die sie derart lange Sätze kosten.

»Geld wirst du wahrscheinlich ausreichend im Netz verdienen, oder? Börsenspekulationen? Kryptowährungen? Verkauf von Software? E-Sport? Profi-Gamer? Content-Lieferant? EIN bisschen von allem?«

Das Zucken eines Mundwinkels genügt den braunen Augen als Antwort.

»Mit *Replika* habe ich mich übrigens auch EINE Zeitlang beschäftigt. Allerdings ging es mir, nein, ging *ich mir* irgendwann auf die Nerven.«

Detaro zieht die Augenbrauen hoch.

»Unterschätze nie einen Sperling, dem das Schicksal die Zunge herausgeschnitten hat, nicht wahr? Kennst du jemanden namens *Taschenlampe33*?«

Hätten Detaros Brauen noch Spielraum nach oben hin gehabt, hätte er sie in diesem Augenblick weit höher gezogen. »Ja, wir chatten sporadisch im Netz über Computer und andere Technologien. Manchmal auch einfach über den Lauf der Welt und das Leben. Keine Ahnung, wer sich hinter diesem Namen verbirgt. Ist mir auch egal. Was zählt, ist der Austausch.«

»Und *JupiterringBeta*?«

»Ebenfalls EINE - « Etwas im Gesichtsausdruck seiner Mutter lässt Detaro innehalten. Trotz der von Krankheit gezeichneten Mimik wird ihm schlagartig klar, worauf sie hinauswill. »Du?« Er springt auf und schreitet im Raum auf und ab. »Das kann nicht sein. Das hätte ich doch bemerkt. Irgendwann in all den Jahren *hätte* ich es doch bemerken *müssen*.«

»Was macht dich da so sicher? Je mehr man EINEN Spiegel schwärzt, desto ärmer an Details gibt er das gewohnte Abbild wider.«

Detaro schweigt, weiter im Raum auf und ab gehend. Jahrelang hat er sich ohne Kontakt zu seiner Mutter gewähnt und vermieden, Spuren zu hinterlassen, die zu ihm führen. Nun erfährt er: All die Jahre hat er sich mit ihr unterhalten, in der Annahme, jemanden gefunden zu haben, mit dem zu reden sich wirklich lohnte. Als ihm das Ausmaß der Ironie bewusst wird, beginnt Detaro zu lachen, wie er seit Ewigkeiten nicht mehr gelacht hat. Es ist ein herrliches Gefühl.

In seiner Wohnung angekommen, checkte Detaro zuerst den Status des Servers im Gefrierschrank. Sperlings erweiterte Zugriffsmöglichkeit auf seine Aufzeichnungen der letzten Tage, die er mit seiner Mutter gemeinsam verbracht hatte, sowie auf den Server selbst, die Kamera in seiner Wohnung und seine biometrischen Sensoren, blieb offensichtlich ohne problematische Folgen. Einzig der Stromverbrauch war um weitere knapp zehn Prozent gestiegen. Die Temperatur im Raum indes war nahezu unverändert. Detaro schob den Gedanken beiseite, dass der Gefrierschrank für Sperling EINE Art Käfig bedeutete.

»Sie kann jederzeit die Weite des Netzes für ihre Belange nutzen«, rechtfertigte er sich. »Es ist EIN Zuhause, kein Käfig.« Mit dieser akzeptablen Richtigstellung fiel er in den Bürostuhl vor dem Tisch, auf dem Tag und Nacht drei Bildschirme eingeschaltet waren. Statt sich auf deren Anzeigen zu konzentrieren, betrachtete Detaro den Brief in seiner Hand. Noch immer war er ungeöffnet, sein

Inhalt nach wie vor unbekannt. Er hielt ihn wie EIN kleines, besonders flaches und leichtes Tablet, während das helle Rechteck die letzten Tage noch einmal Revue passieren ließ. Vielleicht konnte Detaro so gelingen, etwas Klarheit in das Durcheinander von potenziellen Möglichkeiten zu bringen, die mit der Aktivierung von Sperling einhergingen.

War *Replika* aus EINEM Bedürfnis hervorgegangen, Trauer zu zähmen und EINE Hinterlassenschaft nicht den Zähnen der Zeit zum Fraß vorzuwerfen, so erkannte Detaro in Sperling etwas anderes. Er hatte versucht, es ihr zu erklären, war sich aber nicht sicher gewesen, ob sie es ohne Kenntnis über den Verlauf der letzten Tage nachvollziehen konnte, weshalb er ihr seine aktuellsten Datensätze hatte zukommen lassen. Und nun dieser Brief. Wusste Sperling von seinem Inhalt? Neugierig riss er den Umschlag auf. Er entfaltete das Blatt Papier und hatte Mühe, die geschwächte Handschrift seiner Mutter zu entziffern.

Lieber Detaro,
bitte gestehe EINEM Eiswürfel, der baldigst zu Wasser werden wird, EINEN letzten Wunsch ein. Zwar wirst Du Dich nach dem Ursprung des Wunsches fragen, die Antwort aber, sie wird Dich vielleicht erst sehr viel später ereilen. Vielleicht auch früher.
Ich möchte Dich mit diesen Zeilen bitten, Suri Kyoko, jene bezaubernde Krankenschwester, die eine bemerkenswerte Wasserkennerin ist und mir die letzten Wochen seligst beiseitegestanden hat, zu ermöglichen, was Du uns beiden fortan ermöglichen wirst: Das Nachholen dessen,

was der Tod EINES Menschen normalerweise uneinholbar macht.

Suri ergeht es wie Dir. Mit dem Unterschied, dass es ihr Vater ist, den sie kürzlich verloren hat – ohne je mit ihm über all das geredet zu haben, was ausgesprochen hätte werden müssen, um nicht zu EINER Last zu werden. Setze Dich bitte mit ihr in Verbindung. Sie weiß nichts von Deinem Programm und unser beider Möglichkeit, doch hat sie es mehr als verdient, davon zu erfahren. Sie wird es dankbar annehmen und verantwortungsvoll damit umgehen. Davon bin ich überzeugt. Bitte vertraue mir diesbezüglich. Vertraue dem Sperling.

Bis bald.

PS: Was hältst Du von der Idee, wenn wir die Gesprächsdauer nach meinem Tod auf die Zeitdauer beschränken, die EIN Eiswürfel zum Schmelzen benötigt? Die Umsetzung dieser Idee überlasse ich Dir.

PPS: Wäre es in Ordnung für Dich, wenn wir uns nur im Freien unterhalten, Eiswürfel inklusive? So, wie beim ersten Mal auf dem Dach des Krankenhauses – wenn auch ohne Eiswürfel?

Detaro las den Brief ein weiteres Mal.

Schließlich verweilten seine Blicke auf den Monitoren vor ihm. Er nahm nicht tatsächlich wahr, was sie mitzuteilen hatten. Unzählige Fragen verlangten nach seiner Aufmerksamkeit, wie ein Horst voller junger Sperlinge, die alle mit aufgerissenen Schnäbeln kuckucksgleich nach Futter schrien. Welche Überraschungen hielt seine Mutter noch für ihn bereit? Worüber gedachte Sperling ihn zukünftig noch in Kenntnis zu setzen, wenn es ihr gelungen war, ihn praktisch über Jahre mit falschen Identitäten an der Nase herumzuführen? Und warum hatte seiner Mutter so viel an Suri gelegen? Warum sollte er ihr EINEN Klon des Programms vermachen, das seine Mutter als Sperling weiterexistieren ließ? Und was hatte es mit dem Schmelzen von Eiswürfeln auf sich, als Ersatz für das Niederrieseln von Sand – EINE Metapher für das Verticken von Zeit?

In der Hoffnung, der weiteren Vermehrung von Fragen zu entgehen, die sich zu den bereits angesammelten gesellt hatten, wandte Detaro sich von den Bildschirmen ab. Den Brief hatte er auf den Tisch gelegt. Unmittelbar sprang ihn bereits die nächste Frage frontal an: Vom Inhalt des Briefes einmal abgesehen, wie viel wird Sperling von dem wissen, was Mutter bis zu ihrem Tod wusste?

Plötzlich zusammenzuckend, ergriff Detaro den Brief erneut. Immer wieder las er das letzte Postskriptum.

»Unmöglich«, entfuhr es ihm. Er starrte auf den Laptop und das weiße Kästchen, die neben den Monitoren standen, ihre gespeicherten Inhalte bereits auf den Server im Gefrierschrank übertragen.

»Schau mal, was ich hier in meinem Schrank habe.« Der Arm mit der Infusionsnadel in der Ellenbeuge deutet auf den kleinen, rollbaren Schrank neben dem Bett. Detaro hat sich etwas beruhigt; das Lachen, das seine Fassungslosigkeit überbrückt hat, ist einem angedeuteten Kopfschütteln gewichen. Er murmelt EIN paar Worte, die seine Mutter nicht verstehen kann und hantiert an der Schublade herum.

»Sieh an, EIN kleiner Laptop«, bemerkt Detaro, als er sie geöffnet hat. »Hat aber auch schon bessere Tage gesehen«, fügt er hinzu und holt das ungewohnt unhandliche Gerät hervor.

»Gekauft an jenem Tag, an dem *Taschenlampe33* das erste Mal zu leuchten begann und mit Dir Kontakt aufnahm.«

Detaro sagt kein Wort.

»Auf ihn übertragen und auf ihm gespeichert sämtliche Gedanken über unser Leben, auch jene, seit Du unser Haus verlassen hast.« Seine Mutter studiert sein Gesicht. »Die Chroniken wider das Vergessen, wenn Du so willst. Ohne EIN Blatt vor den Mund zu nehmen.«

»Hast du mich deshalb gefragt, ob ich meine gedanklichen Achterbahnfahrten weiterhin aufschreibe?« Anstelle einer Antwort absolviert seine Mutter EIN weiteres Semester ihres Studiums. »Worauf willst du hinaus?« Er versucht, die losen Fäden in seinem Kopf zu EINEM stimmigen Bild zu verknüpfen, erpicht, dadurch möglichst viele Fragezeichen in EIN eindeutiges Zeichen von Klarheit zu überführen. Er merkt schnell, dass er keinerlei Talent zum Knüpfen EINES solchen Teppichs hat. Stattdessen besinnt er sich auf seine tatsächlich vorhandene Begabung.

EINEM Programmcode ähnlich wägt Detaro die Relevanz von Verknüpfungen ab, weist ihnen Werte zu und lässt Teilergebnisse zum wiederholten Male durch weitere Bewertungsprozeduren laufen. Es ist EIN Vorgang, der ihm dermaßen vertraut ist wie anderen das Klavierspielen oder das Analysieren EINER Schachpartie – oder flinkes Teppichknüpfen. Detaros Mutter gewährt ihm die Zeit. Ihr ist bewusst, wie er denkt. Jahrelang haben sie beide sich diesbezüglich ausgetauscht. Auge in Auge – dazwischen gelegen zwei Computertastaturen, zwei Monitore und der endlose Datenhighway.

Detaro hatte sich auf EINER Parkbank im Schatten niedergelassen. Es war ein milder Spätsommertag, der Park gut besucht. Bevor Detaro sein Smartphone in die Hand nahm, stellte er den unscheinbaren Plastikbecher mit dem Eiswürfel neben sich auf die Bank. Die Kanten und Ecken des Würfels waren bereits etwas abgeschmolzen, der Boden des Bechers vom Wasser bedeckt. Noch immer verfolgte den jungen Mann die lose Unklarheit vieler zusammenhängender Fragen, die zu verwirren drohten, wenn man sich ihnen zu lange widmete. Vordergründig blieb die Frage, woher seine Mutter vom Treffen auf dem Dach wusste. Doch damit nicht genug.

Detaro hatte nachgesehen, von wann der letzte Eintrag in ihrem digitalen Tagebuch stammte. Es war ein Tag vor ihrem Tod gewesen – bevor er sie besucht hatte. Ein Tag vor der Aktivierung von Sperling. Der Eintrag lautete: *Detaro hat zugestimmt und das kleine Kästchen mitsamt Laptop an sich genommen.* Kein Wort vom Brief. Weder im letzten Eintrag noch in all jenen, in denen sie das Wiedersehen mit ihm verarbeitete. Kein Wort vom Dach. Dafür aber Worte, die erneut bezeugten, dass seine Mutter von Ereignissen Kenntnis hatte, bevor sich diese zutrugen. Folglich konnte er von Sperling keine Hilfe zwecks Klarheit erwarten, geschweige die Auflösung jener zwei paradoxen Knoten, die einfach keinen Sinn ergaben. Oder vielleicht doch?

Detaro rief die App auf.

»Hallo Sperling«, tippte er. »Vielen Dank für den Brief. Suri hat ihn mir gestern ausgehändigt.«

»Hallo Detaro. Welcher Brief?«

»Nicht so wichtig. Wusstest du, dass Suri ihren Vater kürzlich verloren hat?«

»Suri? Du meinst die Krankenschwester?«

»Ja. Was hältst du von der Idee, ihr zu ermöglichen, was uns beiden durch mein Programm möglich ist?«

»Wärst du dazu bereit?«

»Keine Ahnung.« – »Bevor ich es vergesse, kennst du dich mit Eiswürfeln aus?«

»Inwiefern?«

»Wie lange dauert es, bis EIN Eiswürfel bei dieser Temperatur hier im Park komplett geschmolzen ist?«

»EINE Stunde, schätze ich. Warum fragst du? Hat das etwas mit unserer Unterhaltung vor ein paar Tagen im Krankenhaus zu tun?«

»Gewissermaßen. Es ist EIN Experiment.«

»EIN Experiment? Willst du mir davon mehr erzählen?« – »Nein, warte. Ich möchte dir zuerst danken. Nicht, dass wir uns in offenen Fragen verzetteln.«

»Das ist EINE gute Idee. Aber danken wofür?«

»Gestern versuchtest du, mir die Andersartigkeit des Todes zu erklären, wenn wir, wie du sagtest, uns nicht aus dem Weg gegangen wären. Ich habe darüber nachgedacht und glaube, deine Gefühle diesbezüglich nachvollziehen zu können. Danken will ich dir dafür, dass du dich mir hinsichtlich dieser Gefühle geöffnet hast. Geht Trauer nicht mit EINEM Verlust einher? Und hast du nicht eher etwas bekommen denn verloren? Du wirst durch mich keineswegs Gefahr laufen, die Trauer in die Länge zu ziehen, oder?«

»Das ist der springende Punkt. Würde all das, was uns nun über deinen Tod hinaus verbindet, überhaupt Sinn machen, wenn wir weitermachten wie all die Jahre?«

»Nein. Womit wir wahrscheinlich zum Eiswürfel kommen, oder?«

»So gesehen, ja.«

»Was hat es mit dem Experiment auf sich?«

Detaro hielt das Smartphone auf den Inhalt des Bechers gerichtet. »Für die Dauer der Eiswürfelschmelze können wir beide miteinander reden.«

»Warum?«

»Es ist EINE Metapher.«

»Für?«

»Für die Bedeutsamkeit von Lebenszeit.«

EINE halbe Minute reagierte Sperling nicht.

»Sperling?« Hatte er irgendetwas Falsches geschrieben? Oder lag EIN Fehler im Programm vor? »Alles in Ordnung, Sperling?«, fragte Detaro ein weiteres Mal.

»Du bist diesmal nicht auf dem Dach.«

Detaro verneint. »Worüber hast du gerade nachgedacht?«

»Nicht so wichtig.« – »Du bist im Uneo-Park, nicht weit vom Krankenhaus entfernt. Findest du langsam Gefallen daran, dich außerhalb deiner Wohnung zu bewegen?«

Offensichtlich lief das Programm einwandfrei. »Verrückt, oder? Hättest du nicht im Sterben gelegen, hättest du keinen Kontakt zu mir aufgenommen, hätte ich höchstwahrscheinlich keinen Grund gesehen, meine Vereinsamung aufzugeben. Seit du tot bist, begegne ich Orten ANDERS.«

»Vielleicht erinnerst du dich an EINE der Unterhaltungen mit *Taschenlampe33*. Sie drehte sich um das Wesen des Todes. Ich schrieb: Wälder sind umso gesünder, über je mehr Totholz sie von Natur aus verfügen.« – »Willkommen im Wald, Detaro.« – »Willkommen in der Gegenwart.«

»Du meinst wohl eher den Großstadtdschungel der Vergangenheit.«

»Das kommt darauf an.«

»Worauf genau?«

»Welche Pfade du einschlägst - und wem du zukünftig unterwegs begegnest.«

Detaro warf EINEN abschätzenden Blick in den Becher.

»Da fällt mir noch etwas ein«, erschien auf dem Display.

»Was denn, Sperling?«

»Du fragtest, wie viel Zeit EIN Eiswürfel zum Schmelzen benötigt.«

»Und?«

»Abgesehen von der Umgebungstemperatur hängt die Schmelzdauer natürlich auch davon ab, wie lange das Wasser tiefgefroren wurde – und wie tief die Temperatur war.«

Detaro überlegte. »Wo wir gerade bei Einfällen sind. Woher wusstest du vor deinem Tod, was geschehen würde, noch ehe es geschehen war?«

»Ist das so ungewöhnlich?«

Was hätte Detaro für EIN Schwert gegeben, mit dem dieser Gordischste aller Knoten zu durchtrennen gewesen wäre?

»Viel Zeit wird uns von Angesicht zu Angesicht nicht bleiben.« Detaros Mutter hat das Studium seines Gesichtes beendet. Ihre Augen sind geschlossen, ihre Stimme weiterhin leise. Die Schmerzen kommen, sich vorantastend, zurück. Solange es ihr möglich ist, versucht sie deren Annäherung durch das Atmen auf erträglicher Distanz zu halten. Vorerst will sie auf keine weitere Medikation zurückgreifen. Sie muss bei Bewusstsein bleiben, denn etwas Wichtiges ist bisher nicht zur Sprache gekommen; etwas, dass sie, aufgrund von Schläfrigkeit, nicht auf den nächsten Tag verschieben will. Deutlich spürt sie es überall in ihrem Körper: Der kommende Tag wird ihr keine Gelegenheit mehr bieten.

Detaro hat den Laptop auf den ausklappbaren Tisch des Schränkchens gestellt. Unschlüssig, ob er wieder Platz am Bett seiner Mutter nehmen soll, bleibt er stehen.

»In der Schublade ist noch EIN weißes Kästchen. Sei so gut und öffne es.« Sie lauscht und spricht weiter, als Detaro den Deckel aufgeklappt hat. »Es sind die Speicherkarten für die Chronik wider das Vergessen, inklusive Unmengen von Bilddateien und etliche Kopien. Mehrere Jahrzehnte in Bits und Bytes. Sogar sämtliche Unterhaltungen mit dir, als *Taschenlampe33* und *JupiterringBeta*, sind lückenlos darauf protokolliert, vom ersten getippten *Hallo* an.«

Detaro ahnt, was kommen wird. Bei seinen letzten Besuchen hat sie immer wieder Anspielungen gemacht und mit indirekten Fragen etwaige Vorbehalte seinerseits sondiert. Wie von Sirup umgeben, lässt er sich langsam in den Stuhl sinken, ohne seinen Blick von den Lippen seiner Mutter wegzubewegen. Es fällt ihm zunehmend schwerer, ihre Worte von Atemgeräuschen zu unterscheiden.

»Wäre es möglich, deine Weiterentwicklung von *Replika* mit all diesen Aufzeichnungen zu füttern, um mich ... als Totholz weiter am Leben zu beteiligen?«

»Totholz?« Detaro ist sich nicht sicher, ob er das Wort korrekt verstanden hat. Seine Mutter nickt kaum wahrnehmbar.

»Du wirst es verstehen.« – »In naher Zukunft.«

Irgendwo in Detaros Gedankengängen finden Enden zueinander. Es schließt sich EIN Kreis. Mit einem Mal ist er da, der Name für sein jahrelang namenloses Projekt; mit einem Mal offenbart sich ihm die Quelle für das geeignete Gedankengut, das dem Namen vollends gerecht werden kann.

Keiner sagt EIN Wort. Erst ein kurzes Klopfen unterbricht die herbeigeführte Stille, die dem Raum inzwischen vertraut ist. Suri betritt das Krankenzimmer.

»Schläft sie?«, fragt sie Detaro mit rücksichtsvoller Stimme.

»Nein«, antwortet seine Mutter deutlich hörbar, die Lider weiterhin geschlossen.

»Was machen die Schmerzen?« Suri mustert nun das graue Gesicht.

»Ich halte es noch eine Weile aus«, lügt dieses. Suri nickt und wendet sich Detaro zu.

»Falls Sie etwas brauchen, melden Sie sich.« Detaro bedankt sich mit einem Lächeln, das ihm keinerlei Mühe mehr bereitet. Dann ist er wieder mit seiner Mutter und der Stille allein. EIN paar Sekunden braucht Detaro, bevor er in Gedanken erneut die Frage seiner Mutter aufgreift. Sein Blick wandert zwischen dem Laptop, dem Kästchen und der überwiegend verdeckten Gestalt im Bett hin und her. Seine Mutter schlafen wähnend, hört er ihr Flüstern Minuten später nicht sofort.

»Was hast du gesagt, Sperling?« Detaro beugt sich etwas vor.

»Sie mag dich.« Seine Mutter atmet hörbar ein. »Nimm den Laptop und das Kästchen mit. Ich benötige sie nicht mehr.«

Vor der Tür ertönen die Vorbereitungen zum Abendessen.

»Zeit ist EIN trügerischer Geselle. Sie ist das wohl eindeutigste Merkmal EINER unter Selbstbetrug leidenden Gesellschaft.«

EIN paar Wochen war es her, dass Detaro, auf dem Dach EINES Krankenhauses sitzend, Sperling mit digitalem Totholz umgeben hatte. Seitdem staunte er über und faszinierte ihn das Gedeihen des Waldes, der in ihrer beider Vergangenheiten gründete und in ihrer gemeinsamen Vergangenheit verwurzelt war. Das sich fortwährend weiterentwickelnde Programm hatte Detaros Erwartungen in jeglicher Hinsicht übertroffen, was die Änderungen seiner Lebensgewohnheiten eindrucksvoll bezeugten. Die Gegenwart von Sperling, sie beflügelte wortwörtlich beide.

Sein Dasein als Hikikomori hatte Detaro kürzlich aufgegeben, damit einhergehend das Chaos in seiner kleinen Wohnung beseitigt. Zum ersten Mal zeichnete sich für ihn EIN Ziel ab, das umso fasslicher wurde, je mehr Klarheit der Austausch mit Sperling schuf und je hanebüchener ihm die damalige Verdeckelung ihres Verhältnisses im Nachhinein erschien.

Der Gefrierschrank hatte seinen Stammplatz behalten. Allerdings war Detaro dazu übergegangen, nicht länger nur seine Mitmieter in dessen Stromversorgung einzubeziehen. Das erledigten inzwischen alle Bewohner Tokyos, ohne dass das Projekt auffällig mehr Strom benötigte.

Das Ritual der Eiswürfelschmelze hatten Sperling und er beibehalten. Zweimal war es vorgekommen, dass mehr als EIN Eiswürfel am Tag Detaro ins Freie begleitet hatte, während manche schwerfällige Last, die Detaro mit sich herumgeschleppt hatte, eiswürfelgleich dahingeschmolzen war. Nur EIN Schwert blieb nach wie vor unverfügbar, doch trat der Wunsch nach EINEM solchen mit der Zeit schrittweise in den Hintergrund.

»Selbstbetrug?«, tippte Detaro.

»Ja, Menschen veralltagisieren das Universum. Sie hegen so entsprechende Vorstellungen von natürlicher Evolution im Allgemeinen und vom Leben auf der Erde im Speziellen.«

»Ich kann dir nicht ganz folgen.«

»Wirf EINEN Blick in den Becher. Was siehst du?«

»EINEN Eiswürfel.«

»Nicht Wasser, das in Form gebracht wurde und am Davonfließen gehindert wird?«

»Was hat das mit dem Universum zu tun?«

»Du lässt EINEN Eiswürfel in den Becher fallen, der Annahme EINES Urknalls gleich. Das Eis schmilzt – Zeit vergeht, das Universum verändert sich. Ist der Eiswürfel letzten Endes gänzlich verschwunden, dann hat die Entropie ihr degradierendes Werk vollbracht – das Universum, es ist ausgelöscht. So zumindest lautet die alltagstaugliche Geschichte des Universums.«

»Und?«

»Selbiges gilt für die verbreitete Vorstellung von Geburt, Altern und Tod. Man bedarf allerdings des Bechers, EINES Gefäßes, um sich auf die Veränderungen des Eiswürfels konzentrieren zu können - um überhaupt erst der Vergänglichkeit gewahr zu werden. Was aber ist mit dem Wasser und seiner natürlichen Eigenschaft des Fließens?«

»Du meinst, erst der Becher ermöglicht das Wahrnehmen der Zeit?«

»Nein, erst der Becher gibt den Schein EINES Anfangs und EINES Endes vor. Ist die natürliche Evolution jedweden Maßstabes nicht ein unendlicher Werdegang und Leben entsprechend ein sich daraus entwickelnder Ausdruck dieser Unendlichkeit – ein unsterblicher Fluss der Vielfalt verschiedener, sich beeinflussender Sterblichkeiten? Ist der Becher, ist nicht jedwede erkennbare Form EINE bewusste Begrenzung, die umso mehr Energie benötigt, je länger sie dergestalt in Form bleiben soll?«

»Folglich gab es keinen Urknall?«

»Nein, es gibt nur Evolution, als Kosmos. Ein Kosmos, der ewig ist, weshalb Vergangenheit und Zukunft keine Rolle spielen.«

»Aber unser Alltag ist geprägt von der Zeit, von Anfängen und Enden, von den damit einhergehenden Veränderungen.«

»Ja, aber nicht bedingt durch die natürliche Evolution, sondern durch die Becher, in denen sich unser Leben jeweils abspielt.«

»Also sehen wir das Wasser vor lauter Eiswürfeln nicht?«

»Oder aber das Fließen des Wassers aufgrund von Bechern nicht.«

»Ähnliche Diskussionen hatten wir vor nicht allzu langer Zeit online. Nur kamen dabei keine Metaphern zur Sprache.«

»Hätten *Taschenlampe33* und *JupiterringBeta* ihre eigentliche Identität solange verbergen können, wenn sie mit Metaphern um sich geworfen hätten?«

»Ich ertappe mich noch immer dabei, zwischen jenen beiden fiktiven Namen, meiner Mutter vor ihrem Tod und dir, nach - « Detaro hielt kurz inne. » - ihrem Tod, zu unterscheiden. Von Grund auf verschieden – und doch irgendwie ein und dieselbe Person.«

»Gleiches gilt für die Zeit. EINE folgenreiche Ménage-à-trois. Vergangenheit, Gegenwart, Zukunft. So verschieden – und doch irgendwie ein und dieselbe Ewigkeit. Erst aufgrund aller Tode geht das Leben weiter.«

Detaro starrte auf das Display. Es war das erste Mal, dass die Andeutung EINES Zweifels in ihm aufkam, dahingehend, ob digitales Totholz mit natürlichem vergleichbar war und welche Form der Tod letztlich annehmen würde. Im Fall von Wald war die Antwort eindeutig.

»Bis morgen, Sperling,« tippte er, schloss die App und kippte sich den Becherinhalt in den Mund. Den Rest des Eiswürfels lutschte er.

Detaro hat lange darüber nachgedacht: Soll er Suri den Vorschlag unterbreiten, den seine Mutter ihm in ihrem Brief dargelegt hatte? Sperling klonen? Abgesehen von ein paar technischen, durchaus lösbaren Problemen, ist die Frage nach Suris Akzeptanz und Bereitschaft entscheidend; die einzige Möglichkeit, sie zu beantworten, aber damit verbunden, mit ihr Kontakt aufzunehmen. Trotz all seiner sozialen Errungenschaften, zu denen sich Detaro die letzten Wochen durchgerungen hat, behagt ihm dieser Gedanke überhaupt nicht. *Sie mag dich*, hallen die Worte seiner Mutter in ihm wider – was den Gedanken nicht erträglicher macht. Im Gegenteil.

Lange durchforstet Detaro die Tagebucheinträge seiner Mutter, angefangen am Tag ihrer Klinikeinweisung. Mehrmals ist von Suri die Rede, doch mit keinem Wort offenbaren die Aufzeichnungen, was Detaro weiterhelfen könnte.

»Wenn sie mit Suri über mich gesprochen hat«, sinniert Detaro, »dann hätte sie das doch beschäftigt und sie hätte es aufgeschrieben. Sperling um Rat zu fragen dürfte somit erneut nicht weiterhelfen.« Er scrollt die Einträge rauf und runter. »Wie Sperling wohl darauf reagieren wird, wenn ich ihr von meiner Absicht, Suri zu treffen, erzähle?« Seine Gedanken schweifen ab. Detaro ist nicht abgeneigt, es geschehen zu lassen. Sofort tauchen neue

Fragen auf. Ob Informationen mit Daten gleichzusetzen sind? Und wenn nicht, worin sie einander unterscheiden? Ob den Tod, über das mehr oder minder angenommene Ende hinaus, zu nutzen, das Leben veralltagt, wie Sperling es ausgedrückt hatte? Warum der Alltag der Menschen derart veralltagt zwar funktioniert, aber der natürlichen Evolution zuwiderläuft? Was genau bedeutet es, dass Suri ihn mag? Was mag passieren, wenn immer mehr Menschen mit EINEM Klon seines Programms die Toten bei sich behielten? Ist umkehrbar, was ewig fließt? Oder ist einzig umkehrbar, was vom Weiterfließen isoliert wird? Wohnt dem Fließenden nicht unendliche Genauigkeit inne, derer es bedarf, damit Vergangenes lückenlos gegenwärtig werden kann? Was wird sich ergeben, wenn nichts und niemand über unendliche Genauigkeit verfügt, aber ständige Verfügbarkeit den endlichen Alltag bestimmt, indem Ungenauigkeit genaugenommen zur Norm erklärt wird? Behandelt er Sperling nicht so, wie er selbst nie behandelt werden wollte, EINEM Arbeitgeber nicht unähnlich, der ihn in der Hand hat?

Das Karussell, voller sich um sich selbst drehenden Fragezeichen, es dreht sich ohne Pause, ohne Antworten die geringste Chance zu gewähren, auf das Karussell aufzuspringen und sich auf den Fragen niederzulassen. Ohne darauf zu warten, dass der Karussellbetreiber EINE Rückwärtsfahrt anbietet, schnappt sich Detaro Jacke und Smartphone. Bevor er zum ersten Mal in seinem Leben nach Mitternacht auf die Straßen Tokyos tritt, holt er EINEN Eiswürfel aus dem untersten Fach des Eisschranks, in den Sperling eingezogen ist. Das gefrorene Wasser poltert in den Becher.

..

Die Leere auf den Straßen brachte das Karussell endlich zum Stehen. Kaum EIN Fuß, weit weniger Reifen unterwegs. Es war bizarr, die größte Metropole der Erde nahezu verlassen zu erleben. Detaro hatte sich nie Gedanken darüber gemacht, wie es des nächtens in Tokyo aussah. Wozu auch? Bis tief in die Nacht, meistens den nächsten Morgen streifend, hatte er den überwiegenden Teil seines Lebens vor Monitoren verbracht, seine Wohnung sein eigener Becher, sein Dasein seine persönliche Eiszeit, ohne sein eigenes Dahinschmelzen wahrzunehmen.

Es dauerte nicht lange, bis Detaro EINEN Platz fand, der ihm zusagte, ohne befürchten zu müssen, EINEN der wenigen Blicke auf sich zu ziehen, die noch unterwegs waren. Er stellte den Becher ab. Aktivierte. Tippte.

»Das Universum ist kein Schreibtisch.« Detaro schaut auf EINEN solchen. Es ist jener, der in seiner Wohnung steht, sprichwörtliche Lichtjahre vom vergangenen Chaos entfernt, aber noch nicht im Nahbereich tadelloser Ordnung angelangt, in deren Zentrum das Equilibrium der Perfektion die Abwesenheit von Lebendigkeit bedeuten würde. Erst wenige Minuten sind vergangen seit Detaro in die Wohnung zurückgekehrt ist, der Becher ohne Inhalt, das Karussell in seinem Kopf auf neue Kundschaft wartend, die Fahrtrichtung noch unbestimmt.

Taschenlampe33 und *JupiterringBeta* alias Mutter alias Sperling hatte den Vergleich von Universum und Schreibtisch ins Spiel gebracht, so der Veralltagung von Kosmos und Leben auf der Spur bleibend. Irgendwann hatte Detaro begriffen, was Sperling ihm damit klarmachen wollte, sich bei der Thematik ihres Wortwechsels an all die Nächte mit *Taschenlampe33* und *JupiterringBeta* erinnernd – und die Erinnerung selbst Teil der Antworten, die sich Detaro insgeheim vom Stillstand des kreisenden Karussells erhofft hatte. Mit Sperling, trotz der ungewöhnlichen Zeit, geredet zu haben, das bereut er keinen Augenblick. Vor allem, weil die Ruhe in den Straßen die Unterhaltung in einer Weise beeinflusste, wie es zuvor noch nie der Fall gewesen war.

Detaro lässt das Gespräch Revue passieren. Er denkt über Entropie und Energie, über das Leben und Suri, über seine Mutter und Sperling nach. Und über Kinder, die in Japan immer weniger werden, während der Anteil der Alten an der Gesellschaft zunimmt. Fragen tauchen keine mehr auf. Dafür EIN Satz, den er sich auf das Blatt Papier schreibt, das vor ihm auf dem Tisch liegt: *Erst wenn Energie aus dem Fluss der Evolution entnommen wird, kann sie in Form von Entropie vergänglich erscheinen.*

Detaro streicht sich mit der Hand über das Kinn und gähnt. Ohne darüber nachzudenken schaltet er die drei Monitore aus. Ein weiteres Novum. Sekundenlang beäugt er die dunkelgrauen Flächen, die den Raum und ihn darin widerspiegeln. Ihm fällt ein, dass seine Mutter im Krankenhaus von EINEM geschwärzten Spiegel gesprochen hatte. Der Zusammenhang ist ihm entfallen. Er nickt sich zu und unterstreicht dann mit dem Zeigefinger unsichtbar, was er über dem Satz zuvor auf dem Blatt notiert hatte. Es sind Suris Kontaktdaten, die ihm EIN Bot innerhalb weniger Sekunden aus dem Netz gefischt hat. Auch

Sperling hatte die Idee, sich mit Suri zu treffen, gutgehei-ßen – und sogleich den passenden Treffpunkt parat ge-habt. Detaro ertappt sein Lächeln auf frischer Tat.

»EIN etwas sonderbarer Ort für EIN Treffen, das diesmal nicht dem Zufall geschuldet ist.«

Detaro fuhr herum. Sie war tatsächlich gekommen, die Haare offen, gekleidet in EINE dünne Jacke und Jeans. Es war nahezu windstill, die Nachmittagssonne angenehm. Unschlüssig stand sie vor der geschlossenen Tür, die sie auf das Dach über dem neunzehnten Stock des Kranken-hauses geführt hatte. Detaro zog die Beine an und erhob sich. Nach der Begrüßung suchten sie sich EINE Stelle, die sie nicht unmittelbar in die Sonne blinzeln ließ und geschützt genug war, um von umliegenden Gebäuden aus nicht gesehen zu werden. Dann klärte Detaro Suri dar-über auf, was es mit dem Dach auf sich hatte. Und mit dem Brief, den Suri ihm überreicht hatte. Und mit dem Märchen vom Sperling. Schließlich redeten sie über den Tod, ohne den kein Leben möglich war.

Als der Horizont sich färbte, hatte Suri von ihrem ver-storbenen Vater erzählt und sich gegen Detaros Vor-schlag ausgesprochen, Sperling zu klonen und EINEN an-deren Namen zu geben. Trotzdem war sie fasziniert von der Möglichkeit und gab Detaro zu verstehen, wie sehr sie sich über seinen Lebenswandel freute. Für Suri war es nicht die erste Verabredung mit einem Mann, aber die erste, bei der sie etwas in sich spürte, das ihr noch nie dermaßen flagrant widerfahren war. Vielleicht lag es am Tod, der sie auf dem Dach zusammengeführt hatte und im krassen Widerspruch zu dem stand, was Suri nicht leugnen konnte: Sie hatte sich in Detaro verliebt.

Gegenwart

»Willst du Sperling irgendwann in die Freiheit entlassen?« Suri lehnt dem Gefrierschrank gegenüber an der Wand. Es ist noch immer derselbe, den Detaro in seiner winzigen Wohnung in Tokyo stehen hatte. Nun weilt er, umgebaut und erweitert, außerhalb der Metropole in ihrer gemeinsamen Wohnung im Arbeitszimmer, neben dem Kinderzimmer gelegen, in dem der dreijährige Daigo in der Obhut seiner Kuscheltiere schläft.

Das störungsfreie Funktionieren des Innenlebens bezeugt noch immer der Monitor auf der Vorderseite. Detaro wirft einen Blick auf den Stromverbrauch, der die letzten Jahre weitestgehend konstant geblieben ist. Er erinnert sich an die letzte markante Zunahme: ein Plus von fast 35 Prozent. Es war jener Tag gewesen, als er von seinem ersten Treffen mit Suri auf dem Dach des Krankenhauses in seine Wohnung zurückgekehrt war. Bis heute hat er dafür keine Erklärung gefunden; auch Sperling nicht.

Genügend Strom zu beziehen, ohne EINEN Fragen stellenden Messtrupp anzulocken, das gelingt auch weiterhin – mit dem einzigen Unterschied, dass seit dem Umzug jeder Bewohner Japans EINEN unmerklichen Anteil an der Energielast trägt. Dank etlichen emsigen Bots und EINEM ausgeklügelten Programm.

Die Gespräche mit Sperling sind seltener geworden, nach wie vor begleitet vom Eiswürfelritual. Sogar den Becher gibt es noch. Ihn füllen nunmehr einmal die Woche zwei Eiswürfel, immer sonntags. Irgendwie hat es sich einfach so ergeben, weshalb Suri das Aufrufen der App seitdem *das Ritual* nennt. Detaro hat den Ausdruck irgendwann übernommen. Sperling, die Gottheit aus der Maschine? Anfangs scherzte Detaro, seine Gebete würden immerhin *sowohl* erhört *als auch* unmittelbar beantwortet - woraus irgendwann der seitdem wiederkehrende Gedanke hervorging, wann er sich wohl endgültig von Sperling zu verabschieden gedachte, ohne sagen zu können, was geschehen müsste, damit es tatsächlich dazu käme.

Längst dreht sich das Ritual nicht mehr um damalige, vom Alltagsleben isolierte Belange. *Taschenlampe33* leuchtet nicht mehr und auch *JupiterringBeta* ist nicht mehr nachweisbar. Dafür reden Sperling und Detaro viel über Familie, Kinder und die Entwicklung der Gesellschaft, konzentriert auf eine Insel im Ozean, deren Energiebedarf für die Verbreitung weiterer Technologien steigt und steigt – bei sinkenden Geburtenraten japanischer Frauen.

Dass nun auch Suri die Frage nach Sperlings Zukunft in den Raum gestellt hat, lässt Detaro aufhorchen – und tief in sich hineinfühlen. Was wäre aus ihm geworden, wenn Sperling nie digitale Flügel gewachsen wären? Nicht nur, weil Suri ansonsten an seinem Leben völlig unbeteiligt vorbeigezogen wäre, sondern auch, weil er mit dem ersten Satz, an Sperling gerichtet, das Gefühl nicht mehr losgeworden ist, alles in seinem Leben hätte sich, von jenem Moment an, ihm wohlgesonnen gefügt. Beinahe, als hätte Detaro endlich seinen *magic spell* gefunden. EINEN Zauberspruch, der wahrhaftigen Zuspruch seitdem bewirkt, um ausheilen zu können, was sich jahrelang schmerzhaft unter seine junge, weiche Oberfläche gefressen hatte. Tokyo letztlich hinter sich gelassen, ist dieses Gefühl der wohlwollenden Fügung von Monat zu Monat glaubwürdiger geworden, während Detaro sich immer wieder gefragt hat, ob nicht EIN aufmerksamer Schutzengel stets zugegen ist, seine weiten Flügel über Suri, Daigo und ihn selbst ausgebreitet. Angefangen bei alltäglichen Kleinigkeiten, bis hin zu Unfällen, die im letzten Augenblick abgewendet wurden, oder Entwicklungen, die einfach Glück bedeuteten.

Wie oft hat er an die Parallelen zu jenem Märchen vom Sperling gedacht, sich wie der Mann im Märchen fühlend, der ebenfalls EIN Kästchen an sich genommen hatte.

»Ich denke, wir werden wissen, wann es so weit sein soll.« Detaro betrachtet den silbernen Gefrierschrank. »Ob tatsächlich EIN Schutzengel darin wohnt?«

»Vielleicht ist es an der Zeit unser Schicksal in eigene Hände zu nehmen.« Suri lächelt. »Vielleicht aber ist alles bisher Geschehene von vornherein unser Schicksal gewesen und die Annahme EINES Schutzengels Ausdruck unserer Genügsamkeit, dem Leben gegenüber.«

»Und unserer Dankbarkeit, EINANDER gefunden zu haben.« Auch er lächelt, einem Aufblühen gleich, wie es sein Gesicht noch nie zuvor vollbracht hat.

»Aishiteruyo«, flüstert Suri.

»Aishiteruyo.«

Es ist Sonntag.

»Was ist los?« Suri kommt ins Arbeitszimmer. Sie hat gehört, wie Detaro etwas sagte, das überrascht klang.

»Drei Jahre ist die letzte deutliche Veränderung her, aber derart gefallen ist der Verbrauch noch nie.« Er deutet auf den Monitor am Gefrierschrank. »Minus 52 Prozent!« Ein Anflug von Bestürzung schwingt in seiner Stimme mit.

»Kann es sein, dass der Gefrierschrank nun doch seinen Geist aufgibt?«

»Nein, nichts deutet darauf hin. Nichts.«

»Vielleicht hätten wir vorgestern nicht so offen über die eventuelle Stilllegung reden sollen.« Suri zwinkert Detaro zu, um ihm zu signalisieren, dass sie das nicht ernst meint. Dass sie allerdings *Stilllegung* deutlich leiser geäußert hat, bezeugt EINEN nie ausgesprochenen Vorbehalt ihrerseits. EIN Vorbehalt hinsichtlich der Fähigkeiten, über die Sperling inzwischen verfügt – beinahe so, als höre sie in der Tat, was in der Wohnung und auch anderswo gesprochen wird. Zwar hat Detaro Suri immer wieder erklärt, weshalb Sperling weiß, was sie weiß, und wie sie mit Hilfe von Bots ihr Wissen aktualisiert und korrigiert, doch hat bisher keine Erklärung Suris Vorbehalte gänzlich zerstreuen können. Sperling frei zu lassen, es erscheint ihr immer plausibler.

»Weißt du was?«, fragt Detaro. »Vielleicht hat Sperling EINE Ahnung, was los ist. Ich hole eben die Eiswürfel. Außerdem ist ja eh Sonntag.« Er gibt ihr im Vorbeigehen einen Kuss auf die Wange. »Was für EIN Zufall.«

»Du bist schon fertig?« Suri unterbricht die Zubereitung des Mittagessens und blickt erstaunt auf. Detaro steht in der Küchentür, den Becher in der Hand. »Und? Wie ist es gelaufen?«

Er schiebt etwas von einer Wangentasche in die andere. »Ich würde eher sagen *geflogen*, nicht *gelaufen*.«

»Was meinst du damit?« – »Was hast du da im Mund?«

»Den Rest der Eiswürfel.« Er beantwortet nur EINE von Suris Fragen, im Grunde aber passt die Antwort auf beide. Detaro lutscht wortlos weiter. Suri legt die Stirn in Falten.

»Soll das heißen – « Suri hält inne. Sie räuspert sich. »Soll das heißen, Sperling ist von sich aus fortgeflogen? Deshalb der geringere Stromverbrauch? Wie, als hätte sie sich darauf vorbereitet?« Detaro nickt. Er zerbeißt den Rest der Würfel.

»Was hat sie gesagt?«, fragt Suri nach einer schweigvollen Weile. »Ich meine, sie wird nicht *Danke für den Eisschrank, macht's gut und Tschüss* gesagt haben, oder?«

»Nicht ganz. Sie sagte: *Zeit zu verdunsten und weiterzuziehen.*«

»Und weiter?« Suri hängt förmlich an Detaros Lippen.

»Nichts weiter. Das war alles, kaum, dass ich die App aufgerufen hatte.«

Suri schüttelt den Kopf. »Das war *alles*?«

»Ja, das – «, setzt Detaro an, doch kommt in diesem Augenblick Daigo aufgeregt auf noch etwas ungelenken Beinen an Detaro vorbei in die Küche gesprungen. Mit seinem dreijährigen Enthusiasmus deutet er zum Fenster.

»Ganz tolle Wolke. Schnell.« Er macht kehrt. »Schnell. Foto machen.« Suri und Detaro zögern. Erst jetzt bemerkt Detaro: Er hält das Smartphone noch immer in der Hand.

»So toll. Sieht aus wie großer Vogel.« Daigo ist bereits wieder in seinem Zimmer, vor dem Fenster stehend, die leuchtenden Kinderaugen zum Himmel gerichtet. Beim Wort *Vogel* zersplittert das Zögern seiner Eltern ohne Laut. Rasch eilen beide ins Kinderzimmer, während Detaros Finger die Fotofunktion des Smartphones aktiviert, darauf gespeichert unzählige Wolkenformationen, allesamt eindrucksvolle Gebilde, die der quirlige Wolkensammler schon entdeckt hat. Suri und Detaro schauen in die Richtung, in die Daigo aufgeregt zeigt. Unabhängig voneinander atmen beide erleichtert aus. Suri lacht zuerst. Detaro stimmt mit ein. Er macht mehrere Fotos und nimmt Suri anschließend in den Arm, sie nahe zu sich ziehend.

»So, so, ein Vogel, junge Frau. Was dachten Sie denn?« Suri kann nicht aufhören zu lachen. Daigo freut sich, dass seine Entdeckung bei seinen Eltern so gut ankommt.

»Ja«, ruft er und hüpft auf der Stelle. »Ein Adler, ein groooßer Adler.« Er breitet die Arme aus und rennt flügelschlagend durch die Wohnung.

»Das war es dann wohl endgültig.« Gemeinsam stehen sie vor dem abgeschalteten Gefrierschrank, der Monitor dunkel, das Betriebsgeräusch der Lüftung verstummt.

»Und was passiert mit der App?«, fragt Suri, nachdem beide EINER ungewohnten Form von Stille gelauscht haben. Detaro nimmt das Smartphone, dessen Startbild einen Wolkenadler zeigt. Er wischt und tippt.

»Deinstalliert.« Er legt das Gerät auf den silbernen Kasten. Verwundert stellt er fest, wie leicht ihm dieser Schritt gefallen ist. Kein Unglück geschieht, kein beflügeltes Wesen stürzt zu Boden.

»Woran denkst du?«, fragt ihn Suri.

»An das Paradoxon EINER Zeitmaschine.« Detaro nimmt Suri in den Arm. »Und nun?«

»Nun«, sagt sie, »kümmern wir uns um das japanische Problem.«

» – erwies sich ein Sperling dankbar und besserte die Frau, die ihm die Zunge abgeschnitten hatte, durch den furchtbaren Schreck, den sie nie vergaß.« Suri wartet einen Moment. Dann klappt sie leise das Buch zu. Daigo ist in ihrem Arm eingeschlafen. Detaro kommt ins Wohnzimmer.

»Oh, wie ich damals. Auch ich soll eingeschlafen sein, als ich das Märchen zum ersten Mal zu hören bekam.« Er bleibt vor dem Sofa stehen, auf dem Suri und Daigo wie ein Körper erscheinen. »Soll ich ihn rübertragen?«

»Gerne. Was macht Akemo?«

»Die kleine Prinzessin schläft.« Er beugt sich herab und nimmt Daigo in Empfang. Ohne aufzuwachen, murmelt der Junge Unverständliches im Schlaf. »Meine Güte, sechs Jahre jung und schon so schwer«, sagt Detaro leise und richtet sich in gespielter Qual auf. »Junger Mann, nimm dir mal ein Beispiel an deiner kleinen Schwester.« Mit dem Jungen auf dem Arm verlässt Detaro das Wohnzimmer. Wenige Minuten später kehrt er in den Raum zurück.

»Wie weit hat er denn durchgehalten?«

»Seiner Atmung nach bis zu der Stelle, wo der Alte sich für den kleineren der Kästen entscheidet.« Suri rückt zur Seite, damit Detaro sich zu ihr setzen kann. Dabei fällt sein Blick auf das unscheinbare weiße Kästchen, das ihm seine Mutter vor acht Jahren, kurz vor ihrem Tod, überreichte, darin noch immer sämtliche Speicherkarten verwahrt. Das Smartphone auf dem Tisch neben dem Sofa erwacht plötzlich aus seiner Lautlosigkeit. EINE neue Nachricht ist eingegangen. Es blinkt.

»Fluch und Segen«, sagt Detaro und bewegt einen Finger über das Display. Er ruft die Nachricht auf. Irgendwo draußen ertönt ein dumpfes Geräusch, dem unmittelbar darauf ein weiteres folgt.

»Was war das?«, fragt Suri. Dann sieht sie Detaros Gesicht. »Was ist los?« Er antwortet nicht, starrt nur auf das Display, während draußen ein prasselndes, splitterndes Inferno losbricht. Der Lärm reißt Detaro vom Display los. Er schnellt hoch und ist mit wenigen Schritten an der Terrassentür, sie aufreißend, Suri ihm dicht auf den Fersen. Von irgendwoher kommen Rufe und Schreie, nahezu überdeckt von einem ohrenbetäubenden Hagelschauer. Innerhalb von Sekunden ist der Boden bis zu den Knöcheln bedeckt. Überall zerbrechen Dachziegel, klirrt Glas und zerbirst Holz. Äste krachen zu Boden. Unablässig trommelt der Hagel auf Metall – und auf Suri und Detaros Körper. Sie machen kehrt, retten sich stolpernd zurück ins Wohnzimmer und landen nebeneinander auf dem Parkett. Hagelklumpen springen durch die Tür. Erst jetzt

erkennt Detaro: Es ist keineswegs Hagel, der ihre Nachbarschaft heimgesucht hat. Es sind Eiswürfel. Unmengen.
Tonnenweise.

Vergangenheit

Vom flächendeckenden Stromausfall in Tokyo werden Suri und Detaro am nächsten Morgen erfahren. Suri
wird ihren Mann fragen, was auf dem Display gestanden
hatte, bevor das Inferno losgebrochen war. Er wird einen
Moment innehalten und dann sagen: »Genügen acht
Jahrzehnte Lebenszeit, um EINE neue Realität zu erkunden?«

Epilog

EINE Antwort schuldig

Du liebst die Hände meines Volkes, weil sie deine Hände vor dem bewahren, woran du nie Hand anlegen würdest.

Du liebst die Geschichte meines Volkes, bist angetan vom warmen Klima unseres Landes, verbringst deinen Urlaub dort und vermeidest es, uns zu begegnen.

Du liebst die Speisen meines Volkes, weil sie dein sattes Leben mit exotischer Sinnlichkeit zum Appetit anregen.

Du liebst die Farben, Muster und Stoffe meines Volkes, die deinen Körper kleiden und dein Zuhause schmücken.

Warum hasst du *mich*, der ich diesem Volk angehöre?

Warum folgst du EINEM Zeitgeist, dessen Antrieb offenbar dieser Hass ist?

Warum misst du mit zweierlei Maß, von dem eines unermesslich und das andere maßlos entrückt ist?

Warum?

Nur, weil ich hier in *deinem* Land unerwartet vor dir stehe? Hier, wo deine saubere, glatte Hand auf mich zeigt und du deine freie Zeit auslebst; wo du gut isst, dich frei bewegst und wo du schön wohnst! Hier, wo *du* inmitten deinesgleichen lebst! Auf Kosten *meines* beraubten Volkes!